AF105563

BERND KÖSTERING
Die Witwen von Weimar

BERND KÖSTERING

Die Witwen von Weimar

Historischer Roman

GMEINER

Die automatisierte Analyse des Werkes, um daraus Informationen insbesondere über Muster, Trends und Korrelationen gemäß § 44b UrhG (»Text und Data Mining«) zu gewinnen, ist untersagt.

Immer informiert

Spannung pur – mit unserem Newsletter informieren wir Sie regelmäßig über Wissenswertes aus unserer Bücherwelt.

Gefällt mir!

Facebook: @Gmeiner.Verlag
Instagram: @gmeinerverlag

Besuchen Sie uns im Internet:
www.gmeiner-verlag.de

© 2024 – Gmeiner-Verlag GmbH
Im Ehnried 5, 88605 Meßkirch
Telefon 0 75 75 / 20 95 - 0
info@gmeiner-verlag.de
Alle Rechte vorbehalten
1. Auflage 2024

Herstellung: Mirjam Hecht
Umschlaggestaltung: U.O.R.G. Lutz Eberle, Stuttgart
unter Verwendung der Bilder von: © https://commons.wikimedia.org/wiki/File:Der_Musenhof_der_Herzogin_Amalie_1909_(149111073).jpg
und https://commons.wikimedia.org/wiki/File:Meyer%E2%80%99s_Universum_Bd._7._1840_(139845875).jpg
Druck: GGP Media GmbH, Pößneck
Printed in Germany
ISBN 978-3-8392-0691-1

Vorwort

Liebe Leserinnen und Leser,

um Ihnen die Zeit von 1804 im Herzogtum Sachsen-Weimar-Eisenach näherzubringen, wurden in diesem Roman einige Wörter in der damals üblichen Schreibweise belassen, zum Beispiel »Tieffurth«, »Geheimrath« und »Polizey«.

In historischen Romanen werden üblicherweise geschichtlich belegte Personen mit fiktiven Figuren gemischt. Im Anhang 2 ab Seite 362 finden Sie eine Auflistung der historischen Persönlichkeiten, die in dem Roman eine Rolle spielen. Alle in dieser Liste nicht erwähnten Namen gehören Figuren, die der Fantasie des Autors entsprungen sind.

Weiterhin enthält der Roman Begriffe, die heutzutage nicht mehr gebräuchlich sind oder zum thüringischen Sprachschatz zählen. Das Gleiche gilt für Orte, die nicht mehr existieren beziehungsweise inzwischen andere Namen tragen. Wenn Sie mögen, können Sie eine alphabetisch geordnete Erläuterung dazu im Anhang 3 ab Seite 371 nachlesen.

Bernd Köstering im Sommer 2023

1. Von Ratten und Kuhpocken

Freitag, 28. September 1804

Wilhelm Gansser ahnte, dass der Damensekretär, den er am Vortag im Schloss Tieffurth instandgesetzt hatte, ein Geheimnis barg. Die äußeren Maße des Möbelstücks stimmten nicht mit den Abmessungen der beiden Schubladen überein, das hatte er mit dem geübten Blick des Möbeltischlers sofort erkannt. Da musste ein zusätzlicher Stauraum sein, eine Art Geheimfach. Aber wie konnte Wilhelm das finden? Natürlich durfte er sich nicht erwischen lassen, das würde ihn seine Stellung kosten. Von den Holzhandwerkern, die für das Herzogtum Sachsen-Weimar-Eisenach arbeiteten, verlangte man absolute Loyalität und Verschwiegenheit. Ein Wort von Herzog Carl August hätte genügt, die Tischlerei Frühauf aus dem Geschehen am Hofe zu verbannen.

Wilhelm war mit dem Pferdegespann unterwegs zur Walkmühle in Oberweimar, um Buchenholzbretter abzuholen. Er hielt die Zügel in der Hand und lenkte das Gespann über die Landstraße entlang der Ilm. Er trug die übliche Kleidung eines Tischlergesellen: schwarze Hose mit doppelter Knopfreihe und ausgestelltem Bein. Letzteres sollte verhindern, dass Sägespäne in die Schuhe gelangten. Dazu die typische schwarze Handwerkerweste, die er während seiner Zeit auf der Walz mit Perlmuttknöpfen hatte schmücken lassen, sowie einen Werkzeuggürtel. Ein Filzhut bändigte seine braunen Locken. Neben ihm auf dem Kutschbock saß sein Gehilfe Anton, ein junger Bursche, der Wilhelm oft bewunderte, besonders seiner Kleidung wegen. Anton selbst trug eine einfache Arbeitskluft, die mit der zünftigen Gesellentracht nicht vergleichbar war und auch nicht vergleichbar sein durfte.

Die Straße von Weimar in Richtung Süden war holprig und nicht komplett mit Steinen befestigt. Zum Glück herrschte trockenes Herbstwetter an diesem Freitag, sodass Wilhelm das Pferdegespann nicht durch Schlamm und Morast steuern musste. Er mochte die grobe Arbeit seines Berufsstandes nicht, auch wenn die Natur ihm die Voraussetzung dafür in Form eines großen, muskulösen Körpers mitgegeben hatte und er sich mit seinen sechsundzwanzig Jahren im besten Mannesalter befand. Das spätere feine Bearbeiten des Holzes, das vorsichtige Hobeln, Schleifen und Beizen, das wundervoll gemaserte Tischplatten und Schranktüren hervorbrachte – das war seine liebste Tätigkeit. Meister Frühauf wusste das und er schätzte es. Aber einmal im Monat, immer am letzten Freitag, musste Wilhelm die schwere Arbeit beim Auf- und Abladen der Bretter auf sich nehmen. Damit er nicht vergaß, welche Mühsal notwendig war, das Holz in die Tischlerei zu schaffen – so meinte der Meister.

Während Wilhelm die beiden Pferde laufen ließ, hing er seinen Gedanken nach. Eines der Beine des Sekretärs war von Ratten angefressen worden, er hatte es ersetzt. An der Nachbildung mit dem eleganten Schwung im unteren Drittel und dem kunstvollen Fuß hatte er drei Tage lang gearbeitet. Dazu war es notwendig gewesen, eine neue Formzeichnung anzufertigen, da der Sekretär eine Spezialanfertigung mit niedriger Sitzhöhe für die klein gewachsene Demoiselle von Göchhausen war. Während seiner Arbeit im Schloss Tieffurth hatte sich keine Gelegenheit geboten, nach dem Geheimfach zu suchen, denn Louise von Göchhausen war immer in seiner Nähe geblieben. Außerdem hatte er sich auf die Befestigung des ausgetauschten Beins mit Holzdübeln und Knochenleim konzentrieren müssen. Der Sekretär schien der Demoiselle wichtig zu sein. Vielleicht musste Wilhelm gerade deswegen noch einmal nachsehen, ob das Bein hielt. War er zu neugierig? Seine Mutter pflegte das jedenfalls zu behaupten – mit einem liebevollen Augenzwinkern.

Er steuerte das Pferdegespann von der Taubacher Landstraße hinunter zur Mühle. Anton legte sich mit seinem ganzen Körpergewicht auf die Druckbremse, um zu verhindern, dass der Wagen schneller wurde als die Pferde. Der Bremsklotz gab ein lautes, unangenehmes Geräusch von sich und schien fast zu glühen, als sie unten ankamen. Anton würde ihn mit dem Wasser der Ilm abkühlen müssen.

Wilhelm sprang vom Kutschbock und legte Hemmschuhe vor und hinter die Räder. Der Wagen durfte sich während des Ladens nicht bewegen. Meister Vent, der Mühlenbetreiber, kam auf ihn zu. Er zeigte auf einen mächtigen Bretterstapel, wohl an die drei Waldklafter groß. Wilhelm rückte seinen Filzhut zurecht. Es konnte losgehen.

⁓☙⁓

Auf den ersten Blick konnte man Louise von Göchhausen für ein Kind halten. Beim näheren Hinschauen erkannte man eine kleinwüchsige Dame gehobenen Alters. Eine ihrer Schultern war von Geburt an verformt, wodurch sie über die Jahre ein schiefes Gangbild entwickelt hatte. Mit diesem äußeren Makel behaftet war sie jeglicher Chance beraubt, einen standesgemäßen Ehemann zu finden. Doch Fürstin Anna Amalia, die Mutter des regierenden Herzogs, schätzte sie wegen ihrer geistreichen, humorvollen Art, sodass sie zu ihrer ersten Hofdame aufgestiegen war. Louises vornehmliche Aufgabe bestand darin, die Herzoginmutter und deren Gäste zu unterhalten, und mit ihren zweiundfünfzig Jahren hatte sie genügend Übung in dieser Profession.

Das Tieffurther Schloss vor den Toren von Weimar diente als Sommersitz der Fürstin Anna Amalia, und auch Louise von Göchhausen hielt sich bis in den Oktober hinein hier auf. Sie saß an ihrem Damensekretär und betrachtete einen Brief. Schon zehn Mal hatte sie ihn gelesen. Wer mochte Dietrich Gottlieb Taupe sein, der ihr dieses ungeheuerliche Schreiben geschickt hatte? Und wer waren die beiden Witwen, von denen darin die Rede war?

Es klopfte an der Tür. »Herein!«

Ihre Kammerzofe trat ein. »Gnädigste, der Kutscher lässt ausrichten, es sei angespannt!«

Alle Bediensteten, Bekannten und Freunde hatten sich daran gewöhnt, Louise nicht mit »Gnädiges Fräulein« anzureden, wie es sich geziemt hätte. Sie konnte das nicht leiden.

»Danke, Rosine! Du kannst dich zurückziehen.«

Die Zofe verbeugte sich und entschwand.

Louise verstaute den Brief sorgfältig im Sekretär, legte ihr *Fichu* um die Schultern, steckte ein blütenweißes Taschentuch in ihren Pompadour und verließ ihr Privatgemach im Anbau des Tieffurther Schlosses.

Langsam, aber stolz schritt sie den Gang zum Hauptbau entlang. Seit ihrer Jugend hatte sie sich angewöhnt, gemächlichen Schrittes zu gehen. Beim ungezügelten Laufen oder gar Rennen geriet sie ins Wanken. Sie wollte nur noch durchs Leben schreiten.

Louise warf einen Blick über den rechter Hand in den Park ragenden Altan. Das Herbstwetter an diesem letzten Freitag im September schien mild und sonnig zu bleiben, und sie freute sich auf die Fahrt mit dem halboffenen Landauer nach Weimar. Louise würde die Herzoginmutter und einige andere kunstinteressierte Menschen zur Teegesellschaft im Witthumspalais treffen.

Während der Kutschfahrt überlegte Louise fieberhaft, wen sie nach Dietrich Taupe fragen konnte. Herder war leider im vergangenen Jahr verstorben, er hätte ihr zumindest eine der priesterlichen Verschwiegenheit unterlegene Andeutung machen können. Schiller? Nein, der kannte nicht viele Menschen, er vertiefte sich in seine Bühnenstücke, war kränklich und bekam wenig Besuch. Wieland war nach dem Tod seiner Frau gerade erst wieder von seinem Landgut in Oßmannstedt nach Weimar zurückgekehrt, ihn musste sie verschonen. Goethe? Ja, er, der allgegenwärtige Geheimrath, der konnte etwas wissen. Und er war es gewohnt, die standesübliche Zurückhaltung weitgehend fallen zu lassen. Aber würde er heute anwesend sein? Charlotte von Stein? Nein, sie würde solch unbedeutendem Gerede überhaupt keine Beachtung schenken. Was der Geheimrath an ihr fand, war Louise schleierhaft. Nun ja – alles eine Frage des Geschmacks.

Der Kutscher setzte sie vor dem Weimarer Hoftheater ab, da er wegen eines Erntezugs nicht direkt vor dem Witthumspalais halten konnte. Die Bauern transportierten Getreide, Futtermais und Rüben vom Erndtethor kommend in Richtung Jacobsvorstadt. Männer schrien, Ochsen brüllten, Wagenräder rumpelten über das Pflaster, der Geruch von Dung und Rauch hing in der Luft. Auf dem Weg zum Palais konnte Louise einem Bauern mit einem Leiterwagen gerade noch rechtzeitig ausweichen.

»Nu geh doch ma weg, du aale Heppe!«

Da ihr der bäuerliche Sprachduktus nicht geläufig war, wusste sie mit dem Ausdruck »aale Heppe« nichts anzufangen, konnte sich aber denken, dass es eine Beleidigung war.

Sie würde später ihre Zofe fragen, die kannte sich mit solchen Schmähungen aus.

Schon im Vestibül traf sie auf den Geheimrath von Goethe.

»Luischen, wie schön, dich wiederzusehen!«

Ohne dass sie es jemals erlaubt hatte, duzte er sie – eigentlich ein Affront. Dennoch streckte sie ihre Hand aus, und Goethe beugte sich zu einem formvollendeten Handkuss hernieder. Dann sah er sie mit seinen großen dunkelbraunen Augen an.

»Du bist mir doch nicht gram, oder?«

Sie lächelte. »Nein, mein bestes Geheimräthchen. Sie sind unkonventionell wie immer!«

»Nun ja, Gnädigste, Konventionen sind dazu da, gebrochen zu werden.«

Sie schüttelte den Kopf. »So wie das Blümlein im Walde?«

»Oh nein, das bleibt einer anderen Dame vorbehalten!«

»Jaja, ich weiß, der Dame Vulpius. Immer noch nicht verheiratet?«

»Luischen, du weißt doch, dass mir an einem Trauschein nicht gelegen ist. Da müsste schon die Welt untergehen, bevor ich heirate!«

»Nun, mein lieber Goethe, da sollten wir aufpassen, dass der Weltuntergang nicht aus Frankreich heranzieht.«

»Du meinst den selbsternannten Kaiser?«

»*Exactement*, diesen Napoleon Bonaparte. Angeblich soll er in Bälde gekrönt werden, ich frage mich nur, von wem?«

Der Geheimrath kräuselte die Stirn. »Ich habe einen Brief empfangen, aus dem die Sorge spricht, er könnte sich selbst krönen.«

»Oh nein!« Louise von Göchhausen spürte einen Stich in ihrem Inneren. Wie konnte ein Mensch – ein Mensch! – nur so selbstherrlich sein.

»Kurz etwas anderes, liebster Geheimrath, bevor die Herzoginmutter erscheint: Kennen Sie einen Herrn namens Taupe, Dietrich Gottlieb Taupe?«

»Ja, der werte Herr ist mir bekannt.«

Louise von Göchhausen wartete.

»Was ist mit ihm?«, fragte Goethe.

»Nun, er ist im Begriffe, einer Freundin in Apolda den Hof zu machen«, log sie schamlos. »Und ich frage mich, ob er von zweifelsfreiem Ruf ist.«

»Absolut, bester Leumund! Er ist ein angesehener Kaufmann aus Jena, handelt mit Wein und Gewürzen. Meine Verbindung zu ihm liegt hauptsächlich im Weinhandel begründet.«

»Das kann ich mir denken!«, sagte Louise augenzwinkernd.

Goethe lachte. »Er liefert jeden Freitag zuverlässig in mein Haus. Seine Frau verstarb vor zwei Jahren im Kindbett und hinterließ ihm fünf Bälger.«

»Aber Herr Geheimrath!« Sie sah ihn strafend an, zugleich amüsierte sie sich köstlich. »Und wer kümmert sich um die Kinder?«

»Er ist gut situiert und kann sich zwei Kindermädchen leisten.«

Im selben Moment erschien Anna Amalia an der Treppe in der ersten Etage. »Nanu …«, rief sie von oben herab. »Findet hier eine zweite Versammlung statt?«

Die beiden Angesprochenen verbeugten sich.

»Keineswegs, Hoheit«, antwortete der Geheimrath. »Wir pflegten lediglich einen kleinen Austausch über die Weimarer Bürgerschaft.«

»Soso, schwadronieren? Geziemt sich das für einen bekannten Dichter in seinen Fünfzigerjahren?«

Louise war höchst erstaunt. Wie konnte die Herzoginmutter so unverblümt auf Goethes Alter anspielen?

»Eigentlich nicht«, entgegnete der Geheimrath, dem das gleichgültig zu sein schien. »Allerdings genießt es der mit literarischem Wortschatz Gesegnete manchmal, in die Niederungen der gemeinen Sprache hinabzusteigen.«

Die Herzogin nickte wohlwollend.

»Wenn Sie gestatten, Hoheit«, warf Louise ein. »Ich wollte mich gerade den Gästen widmen!«,

»Das wird auch Zeit, sie wird bereits erwartet!«

»Selbstverständlich, Eure Hoheit!« Damit erklomm Louise die Treppe.

Im Tafelrundenzimmer befanden sich vier Personen in lebhafter Unterhaltung, zwei Männer und zwei Frauen. Christoph Martin Wieland – wie immer ohne Perücke, dafür mit seiner typischen schwarzen Kalotte auf dem Kopf – und Friedrich von Schiller, er hatte es tatsächlich geschafft. Daneben Charlotte von Stein und eine Dame, die Louise nicht kannte. Sie begrüßte Schiller, Wieland und Frau von Stein, um dann mit einer leichten Verbeugung vor der Unbekannten stehen zu bleiben. Diese war schlicht, aber elegant und vollständig in Schwarz gekleidet. Frau von Stein stellte sie als Isabella von Zeiselburg vor, ihre Cousine zweiten Grades aus Eisenach. Vor einem Dreivierteljahr war deren Gatte verstorben, so erklärte die Stein, und nun halte sich Isabella zur Erholung in Schloss Kochberg auf, dem Landsitz derer von Stein. Heute war sie zwecks geistiger Auffrischung zur Teegesellschaft der Herzoginmutter geladen.

Louise begrüßte Frau von Zeiselburg, die außer einem leichten Kopfnicken und einem indignierten Blick auf Louises mohnrotes Kleid nichts für sie übrighatte. Louise trug fast ausschließlich rote Kleider, da sie meinte, auf diese Weise, trotz ihres Kleinwuchses, besser wahrgenommen zu werden. Alle anderen in der Runde kannten ihr Faible für diese Farbe.

Im Verlauf des Abends wurde über den »Zippelmarckt« gesprochen, der am übernächsten Wochenende zum hunderteinundfünfzigsten Mal stattfinden sollte. Herzog Carl August hatte im letzten Jahr, zum hundertfünfzigsten Jubiläum, im Hoftheater ein unterhaltsames Theaterstück für die Bevölkerung aufführen lassen, bei freiem Eintritt. Nun hatte er seine Mutter gebeten, mit ihrer kulturbeflissenen Runde über eine Wiederholung dieses Spektakels zu beraten. Da Goethe ein Liebhaber des Marktgeschehens war – er mochte die namensgebende Zwiebel und sprach ihr eine gesundheitsförderliche Wirkung zu –, sicherte er die Unterstützung durch das von ihm geleitete Hoftheater zu. Der kurze Vorlauf von zwei Wochen schien ihm keine Schwierigkeiten zu bereiten.

Auch Friedrich von Schiller liebte den Zwiebelmarkt. Man sagte ihm nach, er bevorzuge Äpfel, die er wochenlang in der Schublade seines Schreibpults aufbewahrte, bis sie anfingen zu faulen und zu riechen, denn das, so hieß es, fördere seinen Gedankenfluss.

Louise von Göchhausen war keine Freundin von Märkten. Sie konnte sich nicht gut in Menschenmengen bewegen, und mehrmals schon hatte man sie aufgrund ihrer körperlichen Statur als Kind angesehen und gefragt, wo ihre Mutter sei. Nein, das brauchte sie nicht. Aber sie freute sich, dass die Menschen sich dort mit Gemüse, Obst und Vieh für den Winter eindecken konnten und sich amüsierten. Im Laufe der Jahre hatte sich der »Zippelmarckt« zu einem halben Jahrmarkt entwickelt, mit Gauklern, Feuerschluckern, Zirkusvorführungen und Theatergruppen. Dass dabei auch mancher Halunke seinen Vorteil suchte, war ein unschöner Nebeneffekt.

Um den schweren, mit Buchenholzbrettern beladenen Wagen zur Straße hochziehen zu können, lieh sich Wilhelm zwei Kaltblüter vom Mühlenbesitzer. Oben angekommen, wurden die kräftigen Pferde wieder ausgespannt. Der Rückweg von der Sägemühle führte an einem Wiesengrund entlang, der sich bis zu den Weimarer Herrschaftswiesen hinzog. Unter einer einzeln stehenden Eiche hielt Wilhelm das Gespann mit einem lauten »Brrr!« an. Schnaubend und dampfend kamen die Tiere im Schatten des Blätterdachs zum Stehen, immer an der gleichen Stelle, jeden letzten Freitag im Monat. Die beiden jungen Männer nickten sich zu. Sie wussten, dass die Pferde sich vom Ziehen der schweren Last erholen mussten. Anton zog einen Holzeimer unter dem Kutschbock hervor und tränkte sie mit dem Wasser der Ilm. Wilhelm liebte die Natur. Ehrfürchtig betrachtete er die mächtige Eiche und sprach ein kurzes Gebet für all die Bäume, die zur Herstellung eines Möbelstücks gefällt worden waren.

Kaum hatten sie die Tischlerei in der Rittergasse erreicht, sprang Wilhelm vom Kutschbock und rannte in die Werkstatt. Er wollte wissen, was aus seiner Tischplatte geworden war, die er aus drei wunderschön gemaserten, rötlichen Kirschbaumbrettern zusammengeleimt hatte. Sie sollte zu einem *Bureau Plat*, einem Schreibtisch ohne Aufsatz, werden. Die Schreiber der Canzley des Geheimen Conseils warteten schon sehnsüchtig darauf. Vorsichtig fuhr er mit der flachen Hand über die Platte. Der Leim war getrocknet. Er löste die Schrauben und entfernte den Leimknecht, der die drei Bretter zusammengehalten hatte. Wilhelm legte die Kirschholzplatte auf die Werkbank, fixierte sie mit vier Schraubzwingen und griff nach dem Schlichthobel. Langsam fuhr er damit über die aufgeraute Holzoberfläche, immer im Fünfundvierzig-Grad-Winkel zur Maserung. Diese Technik des Zwerchens hatte er auf seiner zweijährigen Wanderschaft von einem Schreiner in Krakau gelernt. Dadurch wurde eine gleichmäßige, glatte Oberfläche hergestellt, ohne unnötig viel Abtrag zu erzeugen.

»Wilhelm, wo bleibst du?«, rief Anton von draußen.

»Ich komme gleich!« Wilhelm konnte sich nicht von der beeindruckenden Maserung lösen.

»Wir müssen das Holz abladen, bevor es dunkel wird.«

»Ich weiß.«

Als Wilhelm nach einer Viertelstunde immer noch mit der Tischplatte beschäftigt war, betrat Anton die Werkstatt. »Was machst du?«

»Ich glätte die Oberfläche dieser Kirschholzplatte, erst mit dem Schlichthobel, danach mit der Raubank.«

»Was ist denn eine Raubank?«

Wilhelm freute sich über Antons Wissbegierde. »Da hinten.« Er deutete an die Wand. »Der lange, schmale Hobel, das ist eine Raubank. Die nimmt man zum feinen Glätten der Oberfläche, danach Sandpapier. Man muss gut aufpassen, nicht zu viel abzutragen. Ein kluger Mann hat einmal gesagt: ›In der Beschränkung zeigt sich erst der Meister.‹«

»Das möchte ich auch mal können«, sagte Anton.

»Wirst du, wirst du. Aber um die Gesellenprüfung zu machen, musst du schreiben, lesen und rechnen können. Wie willst du sonst einen Schrank oder einen Tisch planen und aufzeichnen?«

»Wie hast du schreiben und lesen gelernt?«

»Nun, mein Vater hat mich die Buchstaben gelehrt. Alles andere habe ich mir mithilfe von Büchern selbst beigebracht. Später hat mir Meister Frühauf geholfen.«

»Sehr gut, Wilhelm. Nur … meine Eltern können selbst nicht lesen, sie sind arme Bauern.«

»Aha, dann musst du dich allein darum kümmern.«

»Hilfst du mir dabei?«

Wilhelm warf ihm einen erstaunten Blick zu und schwieg.

»Siehst du, es ist schwierig«, rief Anton. »Immer wenn ich denke, ich hätte eine Möglichkeit gefunden, platzt mein Traum wie eine Seifenblase.«

»Du sprichst gut, hast Talent, bist anstellig, du wirst auch lesen und schreiben lernen.«

»Hilfst du mir nun oder nicht?«

Wilhelm überlegte. »Gut, ich helfe dir. Dafür musst du mir aber einen Gefallen tun.«

Anton sprang vor Freude in die Luft. »Jeden Gefallen, Wilhelm, alles, was du willst!«

»Morgen früh muss ich nach Tieffurth zur Demoiselle von Göchhausen, ihren Damensekretär prüfen. Ich brauche dich dazu.«

»Oh, ins Tieffurther Schloss, wunderbar, ich begleite dich. Endlich geht es voran!«

»So ist's recht. Doch fasse dich in Geduld. Du bist erst sechzehn Jahre alt. In fünf Monaten kannst du mit der Lehre beginnen. Danach gehst du auf die Walz. Das Ganze dauert fünf Jahre.«

Anton riss die Augen auf. »Fünf Jahre? Bis dahin kann ich ja schon tot sein!«

»Unsinn. In fünf Jahren bist du ein Mann.«

Anton nickte.

~∞~

Nach dem Abendessen lenkte Louise von Göchhausen das Gespräch im Tafelrundenzimmer geschickt auf Sophie von La Roche. Sie fragte Christoph Martin Wieland, wie es seiner Base ginge. Der jedoch, immer noch mit dem Tode seiner Frau und dem Umzug von Oßmannstedt nach Weimar beschäftigt, auch gezeichnet vom hohen Alter, konnte nicht viel beitragen. Sophie wohne als Witwe weiterhin in Offenbach am Main, so berichtete er, sie kümmere sich dort um ihre Tochter Lulu und einen Teil der Kinder ihrer verstorbenen Tochter Maximiliane Brentano. Sie gehabe sich recht wohl, so wohl, wie es einer über Siebzigjährigen eben sein könne. Das reichte Louise, von dort schlug sie vorsichtig den Bogen zu Witwen im Allgemeinen und deren Lebensumständen. Insbesondere zu deren Vermögensverhältnissen nach dem Tode des Ehemanns, die oft – so meinte sie – eine gewisse Verzagtheit und Hoffnungslosigkeit zur Folge hatten. Schon in diesem Moment sah die Herzoginmutter sie verwundert an. Sie fragte sich wohl, so wie alle anderen im Raume, wohin diese Konversation führen sollte. Louise beeilte sich zu sagen, dass bei Sophie von La Roche dieser Kummer nicht eingetreten sei, denn sie könne von den Einnahmen ihrer Schriftstellerei leben. Doch bei anderen führe der Tod des Gatten mitunter zu unüberlegten Taten, zum Beispiel zur Verzweiflungsheirat mit einem zweiten Ehemann, der Sicherheit bot. Oder vorgab, selbige bieten zu können. Damit war Louise endlich an ihrem Zielpunkt angelangt.

»Man hört von zwei Witwen, die letztens im herzoglichen Regierungsbereich zu Tode gekommen sein sollen«, sagte sie.

Anna Amalia zögerte einen Moment, so als überlege sie, ob sie zu diesem Betreff überhaupt Stellung nehmen sollte. Dann schob sie ihren Fächer zusammen und sagte: »Nun ja, das ist korrekt, es handelt sich um Frau Meyerbeer und Frau von Bandewitz. Die Damen waren ernsthaft erkrankt, die Erstere an den Pocken, die Zweite erlitt einen Schlag.« Sie hob bedauernd die Schultern und fügte hinzu: »Dies ist umso tragischer, als beide kurz zuvor erneut den Bund der Ehe eingegangen waren.«

Es stimmt also, was dieser Taupe in seinem Brief geschrieben hatte, dachte Louise. Sehr zu ihrer Zufriedenheit nahm Goethe ihren eigenen Faden auf: »Darf ich fragen, Hoheit, wie deren Vermögensverhältnisse sich befanden? Fielen die Eheschließungen in die von Demoiselle von Göchhausen erwähnte Kategorie der Verzweiflungsheirat?«

Anna Amalia lächelte leicht amüsiert. »Keineswegs, lieber Geheimrath, Franziska Meyerbeer besaß eine blühende Tuchmanufaktur in Apolda mit mehr als hundert Arbeitern, Eleonore von Bandewitz ein ausgedehntes Landgut in Kleyn Kromstorff, dessen Ländereien sich hinziehen bis zur Burg Denstedt und nach Umpferstedt.«

»Nun ja ...«, erklang eine fremde Stimme. Isabella von Zeiselburg. Die mit dem kühlen Blick. »Vielleicht ging es den beiden Frauen vornehmlich darum, eine kräftige Hand für die Bestandsführung ihrer Besitztümer zu finden.«

»Mag sein«, pflichtete Charlotte von Stein bei. »Doch dies kann durchaus auch von Frauenhand geschehen, nicht wahr?«

Wieland schüttelte zweifelnd den Kopf. »Eine Tuchmanufaktur mit hundert Arbeitern und dieses große Landgut?«

»Warum nicht?«, meinte Louise. »Es gibt Frauen, die über Jahre sogar ein ganzes Herzogtum geführt haben!«

Wieland bekam einen roten Kopf und entschuldigte sich mit einem devoten Nicken bei der Herzoginmutter. Louise hatte einen Pluspunkt bei Anna Amalia gesammelt, was nach dem Auftritt im Treppenhaus dringend notwendig war.

Nun schaltete sich Herr von Schiller ein. »Was mich nachdenklich stimmt, ist die Tatsache, dass die Pocken in Apolda und Umgebung seit einigen Monaten fast ausgemerzt schienen. Der dortige Bürgermeister achtet sehr auf Sauberkeit in seinen Straßen. Er entlohnt vier zusätzliche Wegmacher, die gute Arbeit leisten. Das fördert die Gesundheit der Menschen, mehr weiß die medizinische Wissenschaft noch nicht zu sagen über diese Plage der Menschheit. Aber vielleicht war Frau Meyerbeer ... auf Reisen.«

Die Anwesenden hörten interessiert zu, denn als ausgebildeter Regimentsarzt genoss Schiller in den Kreisen der Teegesellschaft hohes Ansehen.

»Nun ja, in einigen Jahren werden die Pocken hoffentlich ausgerottet sein!«, fügte er an.

»Sie meinen mit dieser Kuhpockengeschichte?«, fragte Frau von Stein.

»Ja, richtig. Die Ärzte in England erzielen damit gute Erfolge. Alles hat vor einigen Jahren mit einem gewissen Edward Jenner begonnen, der an einem zehnjährigen Jungen eine sogenannte Vakzination vornahm.«

»Sie erklären uns medizinischen Laien sicher dieses Wort?«, fragte Anna Amalia.

»Selbstverständlich, Hoheit. Vielen Dank für die Gelegenheit. Der Begriff stammt vom lateinischen *vacca* …«

»Die Kuh?«, fragte Louise.

»Jawohl. Jenner gab den Eiter der Kuhpocken in eine kleine Wunde des Zehnjährigen, wodurch dieser an den harmlosen Kuhpocken erkrankte, aber nicht an den gefährlichen Pocken, die wir als todbringende Menschheitsbürde kennen.«

»Kuhpocken-Eiter?« Louise schüttelte sich vor Ekel.

Schiller hob die Schultern. »Alles ist besser als der Tod. Durch diese Maßnahme scheint eine Art Schutzmantel um den Jungen gelegt worden zu sein. Auch Soemmerring in Frankfurt am Main und Heim in Berlin haben damit erstaunliche Erfolge erzielt.«

Er wandte sich erneut an die Herzoginmutter: »Wie mit seiner Durchlaucht, dem Herzog, besprochen, hat der von Ihnen, Hoheit, eingesetzte Amtsphysikus Dr. Paul Johann Helmershausen hier in Weimar bereits eine Kampagne bei Kindern veranlasst. Leider wehren sich viele Eltern dagegen. Es ist schwer, Ihnen zu erklären, dass ihre Kinder zuerst krank werden sollen, um danach nicht sterben zu müssen.«

Anna Amalia nickte. Die Beschlüsse ihres Sohnes, des Regenten, kommentierte sie grundsätzlich nicht.

»Aber vielleicht ist Ihnen dieser Bericht unangenehm«, fuhr Schiller fort, »sodass ich anfrage, aus meinem neuesten Bühnenstück, dem *Demetrius*, einige Zeilen vortragen zu dürfen.«

Die Frauen klatschten begeistert in die Hände, die Herzoginmutter machte eine jovial zustimmende Handbewegung. Schiller zog einige dicht beschriebene Blätter hervor und begann zu lesen.

2. Von einem erzwungenen Kuss

Samstag, 29. September 1804

Kurz nach Sonnenaufgang liefen Wilhelm und Anton los. Wenn genug Zeit war, bevorzugte Wilhelm den Weg direkt an der Ilm entlang. Gerade jetzt, im Herbst, konnte er so das farbige Bild der Bäume genießen.

Doch heute wollte er den Weg schnell hinter sich bringen. Sie verließen die Stadt durch das Kegelthor, wandten sich nach links, erklommen die Anhöhe zum Büchsenschießhaus und marschierten entlang der Tieffurther Chaussee in Richtung Webicht. Am Waldrand ästen zwei Rehe, die den Kopf hoben, als die beiden Handwerksburschen näher kamen. Anton trug eine kleine Werkzeugtasche, mehr war heute nicht vonnöten.

Nach einer Stunde erreichten sie Tieffurth. Sie blieben neben dem Schloss stehen und blickten in den Park. Ein paar dünne Nebelschleier lagen noch auf den Wiesen. Der Rotahorn glänzte in der Morgensonne, zwei Bussarde kreisten über den Baumwipfeln. Ein wunderschöner Anblick.

Im Hof vor dem Eingang zur kalten Küche trafen sie auf die Zofe. Sie trug eine weiße Schürze, ihr Haare waren blond, ihr Mieder eng geschnürt, ihre üppigen Brüste kaum zu bändigen. Auch ein schöner Anblick.

»Guten Morgen, Rosine«, sagte Wilhelm. »Wir wollen den Damensekretär der Demoiselle von Göchhausen prüfen, das reparierte Bein, ob es perfekt sitzt.«

»Soso«, antwortete die Zofe. »Der schöne starke Schreinergeselle und so ein ... Bübchen!« Sie grinste.

Anton holte tief Luft.

Wilhelm legte ihm beruhigend die Hand auf die Schulter. »Es dauert nur wenige Minuten«, sagte er.

»Meine Herrin ist nicht im Hause, sie übernachtet in ihrer Mansarde im Palais der Herzoginmutter. Das habe ich dir schon beim letzten Mal gesagt.«

»Oh ... das muss ich wohl vergessen haben.«

»Zudem weiß ich nichts von dieser ... Beinprüfung«, sagte sie.

»Na komm, Rosinchen, wir sind extra von Weimar hierhergelaufen, das soll doch nicht umsonst gewesen sein, oder?« Wilhelm lächelte.

Sie schien zu überlegen. »Na gut, aber ihr dürft nichts anderes berühren in ihrem Gemach, nur den Sekretär, und nichts verstellen oder gar zerstören!«

»Selbstverständlich!«

Rosine zog einen Schlüssel aus ihrer Schürzentasche und ging voraus ins Schloss. Erneut staunte Wilhelm über die vielen Spiegel und die teuren Tapeten, beides kannte er nicht aus seinem Elternhaus, das konnten sich Handwerkerfamilien nicht leisten. Sie stiegen die Treppe hinauf und bogen rechts ab in den Gang zum Nebengebäude. Dort angekommen, öffnete Rosine die Tür zum Gemach der Göchhausen.

»Wenn es nicht lange dauert, kann ich ja hier auf euch warten.«

»Oh, nein, liebste Rosine, das geht nicht, wenn mir jemand beim Arbeiten zusieht, kann ich nicht ...«

»Soso.« Sie grinste.

»Und schon gar nicht, wenn eine Frau zugegen ist.«

»Ach, tatsächlich!«, rief Rosine verärgert, drehte sich um und stapfte den Gang zurück ins Haupthaus.

Anton wollte gerade in das Göchhausen-Gemach eintreten, da sagte Wilhelm: »Halt! Du wartest hier vor der Tür, wenn jemand kommt, klopfst du, klar?«

»Aber ich ...«

»Keine Widerrede, es gibt nicht viel zu sehen, ich bin gleich zurück.« Damit schloss er die Tür von innen. Sofort ging er auf den Damensekretär zu. Das reparierte Bein hielt fest, es wackelte nicht und war kaum von den anderen zu unterscheiden. Genau das hatte er erwartet. Er legte sich auf den Boden und betrachtete die Unterseite des Schubladenkastens. Irgendwo musste eine Vorrichtung zum Öffnen und Schließen sein. Langsam fuhr er mit den Fingern an den Rändern entlang. Da: In der Mitte der vorderen Kante fühlte er etwas, jetzt konnte er es erkennen: ein kleiner Federmechanismus. Er drückte vorsichtig auf die metallene Lasche, und siehe da: Der gesamte Boden des Schubladenkastens klappte nach unten. Er kniete sich vor den Sekretär und konnte in das geheime Fach hineinsehen. Ein Brief. Absender: Dietrich Gottlieb Taupe. Ein Siegel, auf dem er die Buchstaben JEN erkennen konnte. Wahrscheinlich Jena. Sein Blick flog über die Zeilen:

Hochverehrte gnädige Demoiselle von Göchhausen, hiermit wende ich mich an Sie in einer äußerst delikaten Angelegenheit. Ich hege den Verdacht, dass zwei angesehene Damen von hohem Stand, die in der letzten Zeit im Raum Weimar und Apolda dahinschieden, nicht aufgrund einer natürlichen Ursache ins Grab sanken. Beide waren Witwen mit beträchtlichen Besitztümern, welche nach ihrem Tode an den jeweiligen Ehemann fielen. Die Gatten, und das ist das Auffällige an dieser Causa, hatten die Damen erst kurze Zeit zuvor geehelicht. Bei der einen waren es drei Wochen, bei der anderen sechs Wochen. Ich weiß,

dass dieser Verdacht ungeheuerlich ist, und wollte deswegen nicht Mitglieder des Geheimen Conseils oder gar den Ehrwürdigen Durchlauchtesten Herzog direkt ansprechen. Vielleicht haben Sie als einflussreiche Person bei Hofe eine Idee, wie wir hinter das Geheimnis kommen.
Mit Hochachtung und voller Ehrerbietung,
Dietrich Gottlieb Taupe

PS. Ich werde am folgenden Montag um den Mittag einen Boten zu Ihnen senden, dem Sie eine Antwort mitgeben können. Wir sollten uns nicht zu viel Zeit lassen, denn es könnte ein nächstes Opfer geben.

In diesem Moment flog die Tür auf. Rosine stand im Zimmer. Wilhelm spürte sein Gesicht schlagartig heiß werden.

»Dacht' ich mir's doch! Du willst rumspionieren!«

Geistesgegenwärtig legte er den Brief zurück in das Geheimfach und klappte es hoch, bis es einrastete.

»Was war das für ein Papier?«, fragte Rosine.

»Ein Brief, der zufällig herunterfiel.«

»Und wo ist der jetzt?«

»Kannst ihn sowieso nicht lesen, stimmt's?«

Rosine sah ihn mit glühenden Augen an. »Du sicher auch nicht, oder?«

»Nein, ich auch nicht«. So konnte er das Ganze herunterspielen.

»Pass auf, schöner Schreinergeselle«, säuselte Rosine, »entweder ich verrate dich bei meiner Herrin oder ...«

»Oder was?«

Ihr Mund kam näher, ihre Brust bebte, ihre Zunge schlängelte sich zwischen ihren Lippen hervor. Ihm wurde übel. Es blieb Wilhelm nichts anderes übrig, als sie zu küssen.

»Rosine, wo bist du?« Das war Antons Stimme.

Wilhelm schob das Mädchen von sich und wandte sich dem Sekretär zu.

»Rosine, du solltest Wilhelm doch in Ruhe arbeiten lassen!« Anton tauchte im Türrahmen auf.

Die junge Frau lachte laut. »Schon fertig mit dem Frühstück?«

Anton blickte Wilhelm unsicher an. »Entschuldige, sie hat mich nach unten in die kalte Küche gelockt.«

»Sorge dich nicht, ich bin fertig. Hier, sieh dir das reparierte Bein an, es sitzt hervorragend.«

Anton nickte, kam aber nicht näher.

»Lass uns gehen«, sagte Wilhelm.

Als sie die Treppe hinabstiegen, rief Rosine ihnen hinterher: »Schreinergeselle, falls du noch einmal eine Beinprüfung vornehmen möchtest, dann nimm ein richtiges Bein statt einem Holzbein!«

»Was meint sie damit?«, fragte Anton.

Wilhelm sah ihn ernst an. »Frauen sind eine schwierige Angelegenheit. Du bist noch jung, du musst nicht alles wissen.«

»Aber ...« Anton zögerte.

»Komm, wir gehen, ich erzähle dir im Wald mehr, da hört uns niemand.«

»Gut, gut«, sagte Anton eifrig. Als er kurze Zeit später die Wahrheit über Rosines Ausspruch erfuhr, glühte sein Kopf wie eine Laterne. Wilhelm fühlte sich fast wie ein großer Bruder, der den Kleineren in die Welt der Erwachsenen einführte. Er mochte dieses Gefühl. Schon immer hatte er sich Geschwister gewünscht. Die meisten jungen Männer in Weimar hatten zwei oder drei Brüder und Schwestern, so wie Anton, viele hatten fünf oder mehr, so wie seine Nachbarn in der Winkelgasse. Wilhelm liebte den Trubel, die Lebendigkeit in den Häusern, das Tischgebet an einer langen Tafel. Doch er war ein Einzelkind und würde es auch bleiben.

Von dem erzwungenen Kuss berichtete Wilhelm nicht. »Ich kann dir nur eines sagen, Anton, nimm dich vor Rosine in Acht. Sie ist gefährlich!«

3. Von Theo, Annette und Graf von Truss

Sonntag, 30. September 1804

Der Pfarrer predigte über das Thema Heimat. Innere und äußere Heimat. Die innere Heimat der Menschen müsse bei Gott sein, so meinte er. Die äußere Heimat könne sich jeder selbst gestalten, sodass er damit während seines kurzen Erdendaseins zurechtkäme, Freude daran haben und den anderen Menschen dienen könne.

Wilhelms innere Heimat lag beim Allmächtigen, er war der Kompass seines Lebens, das Halteseil über den Abgründen des Alltags. Seine äußere Heimat war hier, in Weimar. Nie hätte er sich vorstellen können, in einer anderen Stadt zu leben. Während seiner Zeit auf der Walz hatte er große Städte kennengelernt, Leipzig, Krakau und Prag. Nein, das war nichts für ihn. Mehrere Zehntausend Einwohner, meine Güte, welch ein Gedränge! Dazu schmale, stinkende Gassen, wenig Grün, lange Fußmärsche, um Feld, Wald oder Wiese zu erreichen. In der Schule hatte er gelernt, dass Weimar etwa siebentausend Einwohner hatte und eigentlich eine Provinzstadt war, abseits der großen Handelsstraßen. Dennoch zeigte Weimar eine eigene Art von Stolz, nicht überheblich, ein gesunder Stolz, das gefiel Wilhelm. Er bewunderte Anna Amalia und ihren Sohn Carl August, die die Stadt vorangebracht und gemeinsam mit den großen vier – Wieland, Goethe, Herder und Schiller – ihren Geltungsbereich vergrößert hatten.

Dennoch spürte Wilhelm, dass ihm zwischen dieser inneren und äußeren Heimat etwas fehlte. Was war es? Was mochte diese Lücke füllen? Er konnte es nicht fassen.

Die Bauern und Handwerker verließen die Stadtkirche zuerst, bildeten draußen auf dem Töpfermarkt eine Art Spalier, durch das die Adligen stolzieren mussten, vielleicht auch durften. Dann erschien die Herzoginmutter mit ihrem Gefolge, Louise von Göchhausen war ebenfalls dabei. Zuletzt kam Herzog Carl August mit seiner Ehefrau, Herzogin Luise.

Wilhelm überragte die anderen um Haupteslänge, mit seinen 6 ½ Fuß war er unübersehbar. Die Demoiselle von Göchhausen warf ihm einen Blick zu, der ihm wie ein Messer in den Magen fuhr. Wusste sie von seinem Fauxpas?

Die Familie Gansser wohnte im Ilmbezirk. Heinrich Gansser hatte das kleine Fachwerkhaus in der Winkelgasse mit seinem Sohn in alter Handwerkstradition selbst errichtet. Unten bestand es aus einem Wohn- und Kochraum, oben aus einem Schlafraum, in dem drei einfache Betten standen, mit Strohsäcken gefüllt. Wilhelm hatte die Schlafstätten selbst gezimmert, und manches Mal hatte er sich gefragt, ob ihn sein Vater nur deswegen gedrängt hatte, den Beruf des Schreiners zu ergreifen. Aber am Ende war ihm die Antwort auf diese Frage gleichgültig, denn das Arbeiten mit Holz machte ihm Spaß und er konnte sich keinen anderen Beruf vorstellen. Sein Vater war Dachdecker und Spengler, er war dünn und wendig, sodass er leichtfüßig auf den Dächern umherlaufen konnte. Er hatte die Dachschindeln ihres Hauses mit in Teer getränkter Pappe unterlegt, was zu verbesserter Dichtigkeit und zu erhöhtem Brandschutz führte. Auch einen Blitzableiter hatte Heinrich Gansser montiert. Die Folgen des Schloss- und Stadtbrandes von 1774 waren immer noch gegenwärtig, Wilhelms Großeltern hatten damals ihr gesamtes Hab und Gut verloren. An der Straßenseite hatte sein Vater sogar einen Regenablauf aus Zinkblech errichtet, ein neuartiges Material, das er mithilfe seiner Zunftkollegen aus Belgien bekommen hatte – sein ganzer Stolz. Damit war es vor dem Haus immer trocken, nicht so wie bei vielen Nachbarhäusern, in die man bei Regen nur eintreten konnte, indem man durch Matsch und Pfützen watete. Zudem sammelte Agnes Gansser das Regenwasser in einer großen Tonne und benutzte es zum Wässern ihrer Pflanzen, zum Tränken der Ziege und zum Reinigen des Abtritts. Dadurch musste sie weit weniger zum Plumpborn laufen als manch andere Frau aus der Winkelgasse. Den Rest des Zinkblechs hatte Wilhelms Vater hinter dem Herd an der Wand befestigt, um zu verhindern, dass umherfliegende Glutreste das Gefach entzündeten, das mit Lehm und Weidengeflecht verfüllt war.

Manchmal musste Wilhelm mit seinem Strohsack unten am Herd schlafen, was er besonders gerne im Winter tat. Im Übrigen war er mit sechsundzwanzig Jahren in einem Alter, in dem man weiß, dass ein Ehepaar bisweilen ungestört sein möchte.

Es gab nicht jeden Sonntag Fleisch, aber am Vortag hatte seine Mutter von einem mit dem Drückkarren umherziehenden Bauern eine Schweineleber gekauft, dazu gab es Kartoffeln und Rübchen.

»Hast du immer noch kein Weib gefunden?«, fragte Heinrich Gansser seinen Sohn.

Wilhelm hob den Kopf. »Nein, Vater, bislang nicht. Wie soll ich mit siebzig Talern Lohn pro Jahr eine Familie ernähren?«

»Dann heirate eben eine reiche Madame!«

»Was wollen Sie mir sagen, Vater? Soll ich das Haus verlassen?«

»Nein, nein, Wilhelm«, ging seine Mutter dazwischen. »Ist schon gut, dein Vater meint das nicht so, er sorgt sich nur um dich. Du wirst sicher eine brave Frau finden.«

»Ja, das werde ich. Bisher fand ich keine, die ich liebhaben konnte.«

»Man muss ein Weib nicht unbedingt ›liebhaben‹!«, polterte sein Vater. »Hauptsache, sie hält Bett und Herd warm.«

Wilhelm sah seine Mutter an. Ihr stand das Wasser in den Augen. Er nickte ihr zu und sie verstand.

Der Vater beendete sein Essen. »Ich erwarte, dass du bis zu deinem nächsten Geburtstag einen eigenen Hausstand gründest, mit oder ohne Eheweib!« Damit stand er auf und erklomm die Stiege nach oben, um seinen sonntäglichen Mittagsschlaf zu halten.

»Ich kann doch nicht bis zum 2. April einen eigenen Hausstand gründen. Was meinen Sie, Mutter, wie soll ich das bewerkstelligen?«

»Ich weiß es nicht«, sagte Agnes Gansser traurig. »Dein Vater ist manchmal schwierig, er hat eine spezielle Sorgenfalte, hier oben auf der Stirn.« Sie zeigte mit dem Finger zwischen ihre Augenbrauen.

»Ja, aber woher kommt die?«

»Das erkläre ich dir irgendwann einmal. So lange behalte die Suche nach der Liebe bei, mein Sohn, lass dich nicht davon abbringen. Von niemandem!« Damit legte sie zärtlich ihre Hand auf die seine. »Begleitest du mich zu Adelheid?«

»Natürlich, Mutter, ich begleite Sie gern!«

Der Sonntag war der einzige Tag im Wochenablauf, an dem die Familienmitglieder ihre Zeit nach freiem Willen einteilen konnten. Genau genommen betraf es nur den Sonntagnachmittag, denn Kirchgang und Mittagessen waren bindend.

Für eine Frau war es unüblich, ohne männliche Begleitung längere Wege in der Stadt zurückzulegen. Auch war es nicht ungefährlich, zumal es jetzt im Herbst früher dunkel wurde. Wilhelm hatte es sich angewöhnt, seine Mutter sonntags zu ihrer Cousine Adelheid in den Duck'schen Garten an der Ilm zu bringen und sie dort gegen Abend wieder abzuholen. In der Zwischenzeit spazierte er an der Stadtseite der Ilm entlang, saß am Flussufer, beobachtete die Schwäne und hing seinen Gedanken nach. Heute jedoch hoffte er, eine bestimmte Person anzutreffen.

Es war kühler geworden, obwohl die Sonne immer noch vom wolkenlosen Himmel schien. Wilhelms Mutter nahm eine Wolljacke und legte sie sich über den Arm. Sie passierten die Hauptwache. Von dort war zu erkennen, wie die Tüncher den Anstrich der Schlossfassade erneuerten. Man bereitete sich auf die Rückkehr des Erbprinzen Carl Friedrich aus Sankt Petersburg vor. Dort hatte er geheiratet, und die Weimarer Bevölkerung wartete gespannt auf die Ehefrau des zukünftigen Regenten, auf Großfürstin Maria Pawlowna Romanowa, die Schwester des Zaren.

»Haben Sie Neuigkeiten von Adelheid?«, fragte Wilhelm seine Mutter.

»Mein neugieriger Sohn!«, sagte Agnes Gansser lächelnd. »Ja, man hört, dass demnächst ein herzoglicher Physikus durch die Häuser gehen wird, um möglichst viele Kinder mit diesen Kuhpocken zu behandeln. Vorsorglich, wie man sagt. Angeblich sollen die Kleinen danach krank werden, jedoch nicht sterben. Seltsame Sache dies …«

»Ich werde mich mal erkundigen, was Theo davon hält, und Ihnen dann Bericht erstatten.«

»Danke, Wilhelm. Aber …« Sie zögerte.

»Sie meinen wegen Theo?«

»Ja, ich weiß nicht, ob er der richtige Umgang für dich ist.«

»Keine Angst, Mutter. Ich kenne ihn, wir waren fast zwei Jahre zusammen auf der Walz. Er ist ein guter Mensch.«

»Bitte pass auf, mein Sohn!«

»Ja, Mutter. Und wie sieht es in Apolda aus?«

»Besser, kaum noch Pockentote. Aber die Meyerbeer'sche Tuchmanufaktur soll verkauft werden. Komplett mit sämtlichen Webstühlen, den Lagerhäusern, der Färberei in Kitzelbach – einfach alles. Viele Weber fürchten um ihr Einkommen. Und erst recht all die Strumpfwirkerinnen!«

»Oh Gott, das ist ja furchtbar! Sie sagten verkauft? An wen denn?«

»Das weiß ich nicht. Jedenfalls wird gemunkelt, dass Graf von Truss kein Interesse an gutem Tuch habe, nur an blanken Talern.«

»Graf ... wer?«

»Graf von Truss. Er hatte Frau Meyerbeer kürzlich geehelicht und ist jetzt der Besitzer ihrer gesamten Güter.«

»Aha, interessant ...«

»Aber Wilhelm, seit wann interessierst du dich für solche Geschichten, für Gerede und Faselei? Das ist doch sonst nicht deine Sache, oder?«

»Nun ja, Mutter, ich bin eben neugierig, das wissen Sie doch!«

Agnes Gansser verabschiedete sich mit einer Umarmung, wobei sie sich strecken musste, denn sie war deutlich kleiner als ihr Sohn, dann lief sie über den Ilmsteg, der zum Duck'schen Garten führte.

Wilhelm hatte einen Plan. Er überquerte die große Wiese und erreichte nach wenigen Minuten die Floßbrücke. Hier zweigte der Floßgraben von der Ilm ab, der zum Holzplatz führte. Er hoffte, dass das Gatter an der Brücke nicht geschlossen war. Und er hatte Glück – es schwang auf. Eigentlich durfte kein Gemeiner die Floßbrücke überqueren, denn sie öffnete den Weg zum Stern, dem herzoglichen Lustgarten. Wilhelm wollte nicht direkt in den Stern hineinlaufen, das wäre zu auffällig gewesen, so blieb er auf dem schmalen Seitenpfad, der hinunter zu des Geheimrath Goethes Garten führte. Er schlich sich von einem Buschwerk zum nächsten, suchte Deckung und hoffte, dass seine Gebete erhört würden. Und tatsächlich, da saß sie auf einer Steinbank. Ein Geschöpf des Himmels, ein Engel ohne Flügel. Sie trug ein helles Sommerkleid, die dunklen Haare waren von einem weißen Häubchen bedeckt, ein kleiner Sonnenschirm spendete ihr Schatten. In Gedanken verloren starrte sie in Richtung Ilm, so als suchte sie im Fluss die Antwort auf die Frage, was die Welt im Inneren zusammenhält. Er rührte sich nicht. Sie durfte ihn hier und jetzt auf keinen Fall bemerken.

Vor einer Woche hatte sie ihn bemerkt. Beim Verlassen der Stadtkirche hatte sie ihm einen Blick zugeworfen, einen Blick, den er bis heute nicht wirklich deuten, aber auch nicht vergessen konnte. Würde er mutig denken, so wäre der Blick freundlich gewesen, vielleicht sogar liebevoll. Würde er das Ganze kleinmütig betrachten, wäre es reiner Zufall gewesen.

»Annette, kommst du?«, rief ein älterer Herr ihr zu. Wilhelm hatte ihn zuvor nicht wahrgenommen.

»Ja, Onkel!« Sie stand auf und lief vorsichtig in Richtung des großen Sterns. Ja, vorsichtig, so konnte man ihren Laufstil nennen, aber nicht nur das: auch eine fremdartige Bewegung war zu erkennen, eine Mischung aus Eleganz und gewagter Eigenwilligkeit, wie eine Tänzerin in übergroßen Schuhen. Wilhelm konnte sich von dem Anblick nicht lösen. Er stand hinter einer dünnblättrigen Hecke, bewegungslos, und er sah ihr nach, bis sie nur noch als ferner weißer Punkt zu erkennen war. Es kostete ihn enorme Überwindung, sich von der Szene zu lösen. Endlich ging er zurück zur Floßbrücke, ohne jemandem begegnet zu sein. Er griff unwillkürlich nach der kleinen blauen Holzfigur, die er ständig bei sich trug, meistens in der linken Hosentasche. Ein Glücksbringer. Eigentlich war die Figur geschlechtslos, ein amateurhaft geschnitztes Etwas. Aber sie gehörte zu ihm, seit er denken konnte, und ihr Name war Viola. Ein wenig Glück hatte sie ihm auch diesmal wieder gebracht. Denn immerhin wusste er jetzt, wie der Engel ohne Flügel hieß: Annette.

～⊚～

Louise von Göchhausen sah hinauf zum Himmel: weiterhin wolkenlos. Sie konnte einen kleinen Nachmittagsspaziergang durch den Tieffurther Park wagen, wenngleich es kühler geworden war. Ihre Schulter schmerzte heute nicht, was zu ihrem Wohlbefinden beitrug. Rosine lief hinter ihr und trug die Wolljacke ihrer Herrin über dem Arm. Am Ilmufer nahm Louise auf einer Bank Platz.

»Rosine, setz dich!«

Das war ungewöhnlich, normalerweise setzten sich die Angestellten nicht neben ihre Herrschaft.

»Gnädigste …?«

»Ja, du hast richtig gehört!«

Rosine nahm vorsichtig Platz.

»Pass auf, ich brauche jemanden, der sich mit der Meyerbeer'schen Manufaktur auskennt.« Im selben Moment erkannte Louise, dass sie ihr Anliegen ungeschickt in Worte gefasst hatte. Mit der Formulierung »ich brauche« hatte sie sich selbst in den Status einer Bittstellerin versetzt.

Rosine straffte ihren Rücken. »Was meinen Sie mit ›auskennen‹, Gnädigste?«

»Jemand, der dort arbeitet und weiß, was los ist nach dem Tode von Frau Meyerbeer.«

»Aha.«

»Was heißt denn aha?«

»Ich bin mir nicht sicher, ob …«

»Außerdem muss ich erfahren, ob sie wirklich an den Pocken starb.«

»Müssen Sie?«

Wieder hatte Louise sich mit ihrer Formulierung in einen Nachteil manövriert. »Ja«, sagte sie trotzig. Sie musste vorsichtig argumentieren. »Und außerdem könntest du mir erklären, was ›aale Heppe‹ zu bedeuten hat!«

»Schauen Sie, Gnädigste, ich habe ein paar Freundinnen in der Tuchmanufaktur, Strumpfwirkerinnen und eine Weberin. Die wissen genau, dass ich bei Ihnen arbeite. Die sagen mir nichts.«

Louise sah sie entsetzt an. »Ich bitte dich! Warum denn nicht?«

»Die sind nicht besonders gut zu sprechen auf Adelsleute und Großgrundbesitzer – Sie verstehen?«

»Nein, das verstehe ich nicht. Was soll das?«

»Die Mädchen arbeiten hart, den ganzen Tag bis acht am Abend, sechs Tage in der Woche, und verdienen gerade mal …«

»Wie viel denn?«

»Mögen Gnädigste schätzen?«

»Na ja, ungefähr zweihundert Taler im Jahr.«

»Ha!« Rosine lachte kurz und trocken. »So viel verdient ja nicht einmal ein Tischler!«

»Wie kommst du jetzt auf einen Tischler?«

»Wilhelm Gansser. Er war gestern im Schloss.«

»Warum?«

»Er behauptete, das neu angefertigte Bein an Ihrem Damensekretär prüfen zu müssen.«

»Aha!«

»Aber wenn Sie mich fragen, Gnädigste …«

Louise merkte, dass ihre Zofe ein gerissenes Weibsstück war. »Also gut, ich frage dich!«

»Ich denke, er hat was anderes gesucht. Möglicherweise einen Brief, der auf oder in Ihrem Sekretär lag.«

»Na, langsam, wie kannst du so etwas behaupten?«

»Er hatte ein Papier in der Hand, als ich hineinkam, dann hat er es schnell verschwinden lassen und behauptet, er sei sowieso des Lesens nicht mächtig.«

»Ach, du Dummerchen, natürlich kann er lesen, er muss ja Pläne zeichnen, beschriften und so weiter ...«

Louise merkte, dass Wilhelm hier der faule Apfel war und nicht Rosine. Sie überlegte einen Moment. »Gut, ich danke dir für den Hinweis. Was ist nun mit deinen Freundinnen in Apolda?«

»Wie gesagt, Gnädigste, sie sind auf Leute von hohem Stand nicht gut zu sprechen, es sei denn ...« Rosine schaute demonstrativ gen Himmel, so als würde sie angestrengt nachdenken. Diesmal baute Louise ihr keine Brücke.

»Es sei denn, Sie bezahlen sie dafür.«

»Wie bitte? Bezahlen? Ich soll für eine Auskunft zahlen, für Gerede, für Geschwätz?«

»Diese Auskunft ist Ihnen ja offensichtlich wichtig. Also kann es sich wohl kaum um Geschwätz handeln. Wir sind vier Frauen, für jede einen viertel Taler.«

»Nein, Rosine. Du solltest lediglich mal deine Ohren offen halten, und dafür werde ich nichts bezahlen, das ist eine Unverschämtheit!«

»Gut«, sagte Rosine, stand auf und stellte sich mit erhobenem Kinn neben die Bank. »Damit ist die Angelegenheit für mich erledigt.«

»Ich benötige wohl bald eine andere Zofe, die mehr Respekt zeigt!«

»Wie Sie meinen, Gnädigste. Dann fragen Sie doch die Herzoginmutter.«

Louise wusste, was das bedeutete. Anna Amalia hatte Rosine vor Jahren an den Hof geholt und hielt nach wie vor viel von ihr. Sie würde Rosine nicht so leicht gehen lassen.

»Nein, Anna Amalia frage ich nicht. Vielmehr werde ich den Herzog direkt ansprechen. Bei ihm liegt immer noch die endgültige Entscheidung das Personal betreffend.«

Sie würde das nie tun, denn Carl August hasste es, sich mit solchen Streitereien beschäftigen zu müssen. Aber das wusste Rosine nicht. Inzwischen war Louise von Göchhausen klar, dass sie es mit zwei faulen Äpfeln zu tun hatte. Langsam erhob sie sich und trat schwerfällig den Rückweg an.

Rosine hatte sich in kleinen Seitschritten immer mehr von der Bank entfernt. Unvermittelt sagte sie: »Falls es Gnädigste interessiert, eine Strumpfwirkerin verdient höchstens fünfzig Taler im Jahr. Bei diesem seltsamen Verlagssystem noch weniger.«

»Verlagssystem – was bedeutet dieses Wort?«

»Weiß ich doch nicht.«

Louise schüttelte den Kopf. Rosine hatte sich da wohl einiges zusammengereimt oder sogar ausgedacht.

»Und eine ›aale Heppe‹ ist übrigens eine alte Ziege«, rief die Zofe.

Louise blieb der Mund offen stehen.

»Und diese Auskunft bekommen Sie von mir ohne Bezahlung!« Damit trabte Rosine los, ohne auf ihre Herrin zu warten.

4. Von einem Rauswurf, einem Reiter und einem Runksen

Montag, 1. Oktober 1804

Als Wilhelm am Montag früh den Hof der Tischlerei betrat, lief ihm Meister Frühauf winkend entgegen.

»Hier ist ein Billett für dich. Es kam gestern Nachmittag. Hier, schau!«

»Danke, Meister. Gestern, am Sonntag? Da erreicht Weimar doch weder die fahrende noch die reitende Post.«

»Das stimmt. Der Brief wurde von einem herzoglichen Boten gebracht.«

»Oh!« Wilhelm musste tief durchatmen. »Sie haben, also ich meine, Sie haben ihn doch nicht geöffnet?«

»Natürlich nicht. Er ist ja an dich adressiert.«

In einer schwungvollen Handschrift stand dort: *An den Tischlergesellen Wilhelm Gansser.* Ein herzogliches Siegel. Wilhelm brach es auf. Frühauf blieb in gemessenem Abstand stehen.

Ich erwarte dich am Montag bis zum Mittag im Schloss Tieffurth.
Göchhausen

Kurz und bündig. Wilhelm ahnte, um was es ging. Rosine, dieses Aas. Er steckte den Zettel ein und erklärt dem Meister, dass etwas mit dem Damensekretär zu klären sei. Frühauf machte sich Sorgen, fragte, was schiefgelaufen sei. Wilhelm beruhigte ihn, es gehe lediglich um eine Kontrolle des ersetzten Beins, er werde das erledigen und gegen Mittag wieder zurück sein. Ach, meinte der Meister daraufhin, da sei Wilhelm ja schon auf dem halben Weg nach Kleyn Kromstorff, dort sei in dem Herrenhaus des großen Gutshofs noch eine Kleinigkeit zu erledigen, eine Schranktür müsse gerichtet werden. Wilhelm war nicht begeistert, denn das bedeutete einen zusätzlichen Fußmarsch von einer Landmeile. Natürlich konnte er sich gegen diesen Auftrag nicht wehren, und Frühauf hatte recht: Tieffurth lag auf dem Weg nach Kleyn Kromstorff. Wilhelm bestückte seinen Werkzeuggürtel und lief los. Anton hatte von alledem nichts mitbekommen, er säuberte das Holzlager, wie jeden Morgen.

Während des einstündigen Fußwegs hatte Wilhelm genug Zeit, sich zu überlegen, wie er reagieren sollte. So wie er die Demoiselle von Göchhausen einschätzte, hatte es wenig Sinn zu leugnen, zu lügen oder fadenscheinige Ausreden anzubringen. Sie würde wissen oder zumindest ahnen, dass er den Inhalt des Briefs kannte. Er entschloss sich, mutig zu sein, das hatte ihm schon oft geholfen.

Als er schließlich vor ihr stand, verbeugte er sich. »Gnädigste, ich bedaure zutiefst, dass mir dieser Fehler unterlaufen ist. Bei der Kontrolle des Sekretärs hat sich versehentlich dieses ... Fach geöffnet, und ein Brief fiel heraus.«

»Kannst du lesen?«, fragte Fräulein von Göchhausen.

»Ja, Gnädigste, sonst könnte ich ja nicht ...«

»Rede nicht so viel! Hast du den Brief gelesen?«

»Ich bin untröstlich, Gnädigste, meine Mutter schilt mich oft einen Neugierigen ...«

»Ja oder nein?«

»Ja, Gnädigste!« Wilhelm verbeugte sich demütig.

»Unfassbar!«

»Der Brief lag geöffnet vor mir auf dem Boden, ich konnte nicht anders.«

»Unsinn! Wer ist deine Mutter?«

»Oh, Gnädigste, bitte ...«

»Wie heißt sie und wo wohnt sie?«

»Gansser, Agnes. Im Ilmbezirk.«

Sie hob die Augenbrauen.

»Winkelgasse.«

»Ich werde mit ihr reden müssen, sie hat wohl bei deiner Erziehung einige Lücken gelassen.«

Wilhelm wurde es heiß in seinem Wams. »Bitte, Gnädigste, ich wäre Ihnen sehr verbunden, wenn Sie das nicht täten. Meine Mutter ist eine rechtschaffene Frau, sie sorgt sich um mich, besonders ...«

»Was?«

»... weil ich noch kein Eheweib gefunden habe.«

»Du kannst ja meine störrische Zofe heiraten, dann bin ich sie wenigstens los!«

»Oh, Gott bewahre!«

Der strenge Blick der Demoiselle traf Wilhelm bis ins Mark. Sie war zwar klein und krumm gewachsen, konnte aber eine Autorität ausstrahlen, die einem Respekt einflößte.

»Darf ich einen Vorschlag machen?«, fragte Wilhelm. »Ich kann Ihnen helfen, die Mörder zu finden, ich weiß etwas über Frau Meyerbeer und die Tuchmanufaktur in Apolda.«

»Was untersteht Er sich?«, schrie Louise von Göchhausen. »Kein Wort zu irgendjemandem über den Inhalt des Briefs! Hat Er das verstanden?«

Wilhelm nickte.

»Und jetzt hinaus mit Ihm!«

Die Demoiselle klingelte nach ihrer Zofe.

»Rosine!«, rief sie schrill.

Die Angesprochene öffnete umgehend die Tür, als hätte sie

davorgestanden und gelauscht. Sie nahm Wilhelm am Arm und zog ihn in den Flur. Dabei grinste sie so unverschämt, dass es ihm zuwider war, das Wort an sie zu richten. Bevor er solch ein Mädchen heiratete, würde er sich freiwillig den Kopf abschlagen lassen.

Als er das Schloss verließ, die Augen zu Boden gerichtet, hörte er einen Reiter heranpreschen. Wilhelm hob den Blick. Ein Mann in der typischen Uniform der Lohnboten, er kam aus Richtung Jena. Das musste der im Brief erwähnte Bote von Herrn Taupe sein. Was würde die Demoiselle von Göchhausen ihm wohl mitteilen?

Wilhelm lief die wenigen Schritte bis zur Ilm, setzte sich auf einen Baumstamm und dachte nach. Während der Fluss vor sich hin plätscherte, rauschten die Gedanken, Stromschnellen gleich, durch seinen Kopf. Vielleicht war die Idee, zwei Mörder zu suchen, völliger Wahnsinn. Er, Wilhelm, ein gemeiner Tischlergeselle, der noch bei seinen Eltern wohnte, kein Pferd sein Eigen nannte, mit dem er dort hingelangen konnte, wo es Geheimnisse zu klären galt, der kaum Geld und keinerlei Einfluss besaß – er wollte zwei heimtückische Schurken finden? Nein, das konnte nicht gut gehen. Im nächsten Moment drehten sich seine Überlegungen in die entgegengesetzte Richtung. Seine Neugier bewässerte das müde Pflänzchen der Mördersuche in seinem Kopf, brachte es zum Wachsen und Blühen, sehr schnell, als seien Frühling und Sommer nur ein paar Minuten lang. Er erhob sich und trottete langsam am Fluss entlang, zurück in Richtung Weimar.

༺☙༻

Als Wilhelm am Abend schlecht gelaunt nach Hause zurückkehrte, stand ein zimtig duftender Haferbrei auf dem Tisch und seine Mutter war dabei, ein dickes Stück Brot abzuschneiden.

»Hier hast du 'nen ordentlichen Runksen«, sagte sie.

»Ich danke Ihnen, Mutter.« Er nahm Platz und wunderte sich insgeheim, dass der Vater nicht anwesend war.

Agnes Gansser antwortete auf die nicht gestellte Frage: »Heinrich ist noch auf der Baustelle in Oßmannstedt, in der Mühle. Das Dach muss diese Woche fertig werden, er übernachtet dort in der Scheune.«

»Hm«, machte Wilhelm, »ist das dieser Cämmerer ... oder wie heißt der?«

»Ja, Johann Philipp Cämmerer.«

»Ist mir ganz recht, da habe ich Zeit zum Nachdenken.«

Die Mutter nickte. »Warum hast du mich gestern eigentlich nach der Apoldaer Tuchmanufaktur gefragt?«

»Ach, nur so«, nuschelte Wilhelm zwischen zwei Löffeln Haferbrei. Er überlegte, ob er seiner Mutter die Wahrheit zumuten konnte. Nein, lieber nicht, sie würde sich Sorgen machen, würde befürchten, ihm könnte etwas zustoßen.

»Es ist möglich, dass wir dort Arbeit verrichten«, sagte er. Bei einer Notlüge hatte er immer ein schlechtes Gewissen, besonders seiner Mutter gegenüber.

»Dann wartet lieber, bis der neue Herr bekannt ist, sonst bekommt ihr vielleicht kein Geld.«

»Sagt das die Adelheid?«

»Nein, eine ihrer Freundinnen, die Hedwig. Sie wohnt in Umpferstedt und arbeitet als Lohnköchin, überall in der Gegend. Oft auch bei den Meyerbeers.«

»Hat sie Frau Meyerbeer regelmäßig gesehen?«

»Ja, in letzter Zeit schon. Seit dieser Graf im Haus ist, musste Hedwig fast täglich aushelfen bis zu Frau Meyerbeers Tod, danach nicht mehr. Die arme Frau konnte ja selbst nichts mehr machen, sie hatte die Hände voll Blattern, aber nur die Hände, im Gesicht war nichts. Dafür hatte sie rote Augen, so was hat sie noch nie gesehen, sagt die Hedwig. Wie aufgequollen.«

»Seltsam.« Wilhelm wusste, dass die Pocken eigentlich den gesamten Körper befielen und teilweise schreckliche Narben im Gesicht hinterließen – wenn man überlebte.

In diesem Moment klopfte es an der Tür. Bevor Agnes Gansser etwas sagen konnte, stand schon ein Mann im Haus, klein, dicklich, gut gekleidet, ohne Haare auf dem Kopf. Wilhelm stellte sich sofort vor seine Mutter.

»Darf ich fragen, wer sich erlaubt, in unser Haus einzudringen?«

Der Mann war mehr als einen Kopf kleiner als Wilhelm, sein Blick verriet Unsicherheit. »Verzeihung, ich bin das so gewohnt. Ich bin der herzogliche Physikus und gehe durch alle Häuser, um die Kinder zu vakzinieren. Das bringt einen erheblichen Vorteil für die Kleinen ...«

»Das einzige Kind in diesem Haus bin ich«, unterbrach ihn Wilhelm.

»Ach ...« Der Arzt schien das nicht wahrhaben zu wollen. »Keine kleinen Kinder?«

»Nein«, antwortete Agnes Gansser. »Ich habe nur ein Kind.«

Der Physikus hob die Augenbrauen und blickte zögerlich zwischen Wilhelm und seiner Mutter hin und her.

»Das können Sie ruhig glauben«, sagte Wilhelm. »Ich wäre froh, wenn ich Geschwister hätte.«

Seine Mutter schien verblüfft zu sein.

»Sie heißen?«, fragte der Physikus.

»Gansser, Wilhelm und dies ist meine Mutter Agnes. Gansser mit doppeltem s«.

»Und sonst, ich meine, Ihr Vater?«

»Gansser, Heinrich. Auf Arbeit.«

»Ich prüfe das in den Kirchenbüchern.«

»Nein, das machen Sie nicht ... bitte!«, rief Agnes Gansser.

Wilhelm wunderte sich über den Einwurf seiner Mutter, sagte aber dennoch: »Keine Sorge, Mutter, das ist nur Angeberei. Da hätte er viel zu tun und der Pfarrer auch. Außerdem besteht vonseiten des Geheimen Conseils keine Pflicht zur Vakzination.«

»Also gut, ich glaube Ihnen.« Der Physikus wandte sich zum Gehen.

»Einen Moment, der Herr«, hielt Wilhelm ihn auf. »Sie kennen sich gut aus mit den Pocken, richtig?«

Der Arzt legte die Stirn in Falten. »So gut, wie sich ein Mensch nach dem Stand der modernen Medizin damit auskennen kann.«

»Darf ich Sie etwas fragen?«

Der Mann schien nicht begeistert zu sein. »Von mir aus, aber ich habe nicht viel Zeit.«

»Blattern und Geschwüre nur an den Händen, nicht im Gesicht. Rote Augen, stark geschwollen. Sind das die normalen ... also die gefährlichen Pocken?«

Der Physikus hob beide Hände. »Schwer zu sagen, da müsste ich den Kranken sehen. Wäre aber ungewöhnlich. Spricht eher für die Kuhpocken. Die sind harmlos. Deren Serumflüssigkeit verwenden wir zum Vakzinieren. Danach sind die Kinder zehn Tage krank, einer Influenza ähnlich, dann wieder gesund und geschützt vor den gefährlichen Pocken.«

»Und das funktioniert?«

»Schon seit acht Jahren. Eine Entdeckung aus England.«

»Gut, vielen Dank, Herr ...«

»Herr Doktor reicht. Warum wollen Sie das eigentlich alles wissen?«

Wilhelm schluckte. »Nun, wir wohnen in guter Gemeinschaft, hier in der Winkelgasse. Wenn einer der Nachbarn solch eine Hauterscheinung zeigt, könnten wir ihn ... warnen.« Wilhelm ertappte sich dabei, dass ihm das Notlügen Spaß machte.

Der Physikus hob die Augenbrauen. »Die Kuhpocken bekommen nur Menschen, die mit Rindern zusammenleben. Also vorwiegend Bauern. Unter Handwerkern ist das unwahrscheinlich. Und, Gansser«, er hob den Zeigefinger, »betätigen Sie sich nicht als Möchtegern-Heiler, rufen Sie besser einen herzoglich anerkannten Medicus!«

Damit drehte er sich um und verließ das Haus.

5. Von Brief und Siegel und einem Schlag ins Gesicht

Dienstag, 2. Oktober 1804

Louise von Göchhausen stand am Fenster und sah hinaus auf den Tieffurther Park. Die Grasspitzen der sanft abfallenden Wiese glänzten in der Morgensonne. Im Bereich der Ilm und des dahinter aufragenden Steilhanges hingen einzelne Nebelschwaden.

Sie hatte dem reitenden Boten aus Jena ohne Zögern eine Depesche ausgehändigt, in der sie Taupe zusagte, sich um den in seinem Brief erwähnten Verdacht zu kümmern. Der Zeitpunkt war günstig, denn Anna Amalia war ohne sie nach Eisenach gereist und hatte ihr erlaubt, den Sommeraufenthalt in Tieffurth zu verlängern, um Annette noch etwas Ruhe zu gönnen. Dadurch war Louise selbst in ihrem Tagesablauf unabhängig geworden, auch wenn dieser Zustand nur bis zum Ende der Woche anhalten würde. Am Samstag sollte die übliche vom Herzog veranstaltete Herbstjagd stattfinden mit einem anschließenden Fest am Sonntagabend, an dem die Herzoginmutter auf jeden Fall teilnehmen musste.

Louise verspürte ein leichtes Kribbeln in den Fingerspitzen bei dem Gedanken, womöglich zwei Mörder jagen zu können. Sie nahm sich vor, alle Erlebnisse der nächsten Wochen aufzuschreiben, um eine Erzählung zu Papier zu bringen. Ein fiktiver Roman auf autobiografischer Basis.

Dazu brauchte sie allerdings Informationen zum Tod der

beiden Witwen. Und zwar auf einem anderen Weg als über ihre renitente Zofe. Ihr fiel das Gespräch während der Teegesellschaft am vorigen Freitagabend im Witthumspalais ein. Was hatte Wieland gesagt, als es um die Besitztümer der Witwen ging? »Eine Tuchmanufaktur mit hundert Arbeitern und dieses große Landgut?« Nachträglich klang das für Louise so, als kenne Wieland die beiden Liegenschaften. Immerhin – er hatte selbst lange ein Gut bewirtschaftet und zu dieser Zeit in Oßmannstedt gelebt, unweit von Apolda und Kleyn Kromstorff. Zudem war Wieland ein kluger, ehrlicher Mann, er würde ihr keine Halbwahrheiten auftischen.

Louise fasste einen Entschluss. Sie setzte sich an ihren Damensekretär, zog ein weißes Blatt aus der Schublade und tauchte den Federkiel ins Tintenfass.

Nach unserem angeregten Gespräch am Freitag, lieber verehrter Wieland, frage ich mich, ob Sie bereit wären, mir weitere Einzelheiten zur Meyerbeer'schen Tuchmanufaktur und dem von Bandewitz'schen Landgut anzuvertrauen. Nun sind Sie sicher im Begriffe zu fragen, was diese kleine Bucklige genau wissen will. Und das Wichtigste: warum? Dies zu beantworten käme einem Buch zu schreiben gleich, sodass ich Sie bitten möchte, mich am morgigen Mittwoch um drei am Nachmittag im Schloss Tieffurth zu besuchen. Falls Sie sich nicht in Ihrer hiesigen Wohnstätte aufhalten, wäre ich bereit, nach Weimar zu kutschieren. In letzterem Fall expedieren Sie mit der kommende Nacht abgehenden Chursächsischen Ordinären Fahrenden Post ein Billett nach Tieffurth, um mich ins Bild zu setzen. Ich bitte um Nachsicht für die Kurzfristigkeit meines Anliegens, dieses ist durchaus dringlich, denn es geht um das Wohl einer mir unbekannten Person.

Es möge Ihnen indes recht gut sein.
Tieffurth, Dienstag, 2. Oktober 1804
L. von Göchhausen

Zufrieden faltete sie den Brief zusammen, erwärmte Siegellack im Schmelzlöffel über ihrer Öllampe, goss den flüssigen Lack auf die Briefrückseite und drückte ihren Siegelring hinein. Anschließend klingelte sie nach Rosine.

»Gnädigste wünschen?«

»Rosine, geh hinüber zu Wielands Wohnstätte und sieh, ob der Herr anwesend ist. Dann händige ihm diesen Brief aus!«

»Welche Wohnstätte?«

»Meine Güte, bist du dumm? Diejenige, die Ihre Hoheit Anna Amalia ihm leihweise zur Verfügung gestellt hat, bis er sich vom Tod seiner Frau erholt hat. In dem Bauernhaus hier in Tieffurth, das …«

Rosine nickte. »Ach ja, ich weiß!«

»Na also, geh los!«

Rosine wirkte unglücklich.

»Hast du ein Problem?«, fragte Louise von Göchhausen in strengem Ton.

»Schauen Gnädigste bitte nach draußen – es regnet.«

»Dieser Brief duldet keinen Aufschub. Zieh dir ein Regencape über und eile dich!«

Rosines Gesicht verfinsterte sich noch mehr, sie schloss die Tür hinter sich.

Nach einer halben Stunde kehrte sie zurück. »Er ist nicht anwesend.«

»Nun ja«, sagte Louise, »dann geh in die Poststation und übergib den Brief einem reitenden Boten, hier hast du Wegegeld.«

Sie drückte Rosine ein paar Münzen in die Hand und befahl ihr mit einer energischen Handbewegung, sich zu beeilen.

Die einstündige Kutschfahrt von Weimar nach Tieffurth wollte Louise dem siebzigjährigen Wieland nicht zumuten, diese Strapazen würde sie selbst mit ihren zweiundfünfzig Jahren besser verkraften. Und eine Selbsteinladung sollte bei dem langjährig und freundschaftlich gepflegten Verhältnis zu Wieland kein Problem sein. Die Passage mit dem »Wohl einer mir unbekannten Person« hatte sie absichtlich verfasst, um das Ganze geheimnisvoll erscheinen zu lassen und den Mann neugierig zu machen.

Wenn sie am folgenden Tag nach Weimar fahren sollte, würde sie Tieffurth bereits gegen Mittag verlassen und vor der Wielandvisite Frau Gansser in der Winkelgasse aufsuchen.

~⊙~

Den gesamten Vormittag über hatte sich Wilhelm damit beschäftigt, die Kirschholzplatte zu glätten, zuerst mit der Raubank, dann mit Sandpapier. Meister Frühauf war zufrieden mit der Arbeit seines Gesellen. Da die Canzley-Angestellten im Roten Schloss auf ihren Schreibtisch warteten, wollte Frühauf nicht, dass Anton daran übte. Es durfte nichts schiefgehen. Stattdessen gab er ihm ein Abfallstück, das er glatt hobeln und fein zuschleifen sollte. Am nächsten Tag würde Wilhelm das Kirschholz beizen können. Der Meister selbst setzte die Schubladen für den Schreibtisch zusammen. Der Leimtopf köchelte bei seiner Frau auf dem Küchenherd, daneben hingen die Leimschürzen.

Gegen Mittag saßen Wilhelm und Anton auf einer Bank im Hof der Tischlerei. Dunkle Wolken hatten sich über Weimar aufgetürmt, aber es hatte noch nicht zu regnen begonnen. Das Frühstück erhielten sie von Montag bis Freitag von ihrem Brotherrn, um das Mittagessen mussten sie sich selbst kümmern. Wilhelm konnte von einer Bemme seiner Mutter zehren, Anton gab sich mit zwei Birnen zufrieden.

Wilhelm nahm einen Stock und malte ein großes A in den Sand. »Pass auf, Anton, jeden Mittag schreibe ich dir hier einen Buchstaben in den Sand, immer nur einen. Du merkst ihn dir und schnitzt ihn zu Hause in ein Stück Holz, das ich dir später mitgebe. Sauber und ordentlich. Auf diese Weise verbindest du Holzhandwerk mit Schreiben und Lesen.«

»Was für eine geniale Idee!«, rief Anton erfreut.

Wilhelm lächelte. »Kennst du das A?«

»Ja, das kenne ich von meinem Namen. Anton ist das einzige Wort, das ich lesen kann.«

»Gut, dann male es nach!« Er gab Anton den Stock.

Der Junge führte das Holz ungeschickt.

»Schau hier«, sagte Wilhelm. »Der kleine Querstrich, der schaut bei dir an der Seite heraus, das darf nicht sein. Noch einmal!«

Anton malte ein neues A.

»Schon besser. Nun geh zu der Treppe dort und stell einen Fuß auf die erste Stufe, den anderen lass unten.«

Antons Verwirrung war deutlich erkennbar. »Warum ...?«

»Na los!«, sagte Wilhelm lächelnd.

Anton tat, wie ihm geheißen.

»Stehst du bequem?«, fragte Wilhelm.

»Äh, nein, aber was meinst du damit?«

»Schau mal dein A an, die beiden Füße befinden sich nicht auf gleicher Höhe, ich denke, das ist sehr unbequem für dein A.«

Anton lachte und malte ein drittes A.

»So ist es gut«, sagte Wilhelm. »Jetzt hast du nicht mehr gemalt, sondern geschrieben.«

Anton strahlte. Den Regen, der an seinem Kopf herunterlief, schien er vor lauter Glück gar nicht zu bemerken.

Kaum zurück in der Werkstatt, kam der Meister auf Wilhelm zu. Er schien in einer aufgeregten Stimmung zu sein. »Was wollte die Mademoiselle von Göchhausen gestern von dir? War sie ungehalten? Oder sogar verärgert? Das kann ich mir nicht leisten, hörst du?«

Wilhelm hatte mit dieser Reaktion gerechnet. »Keine Sorge, Meister, mit dem Damensekretär des Fräuleins von Göchhausen ist alles in Ordnung, sie ist mit der Reparatur sehr zufrieden. Ich habe lediglich den Sitz des Beins noch einmal geprüft.« Das entsprach der Wahrheit.

Frühaufs Gesicht entspannte sich. »Sehr gut, sehr gut, Wilhelm. Und Kleyn Kromstorff?«

»Wie bitte? Ach du liebe Zeit! Das habe ich vergessen.« Wilhelm spürte einen inneren Impuls wegzulaufen, so sehr schämte er sich. Vor dem Meister und vor Anton.

»Vergessen? Das ist doch nicht möglich! Du bist sonst so zuverlässig.« Er schüttelte voller Unverständnis den Kopf.

»Es tut mir wirklich leid«, murmelte Wilhelm. »Ich war mit meinen Gedanken ...«

»Irgendwo!« Frühaufs Stimme wurde schärfer. »Aber nicht bei deiner Arbeit. Nun gut, wir verschieben das mit der Schranktür auf nächste Woche, jetzt müssen wir uns um den *Bureau Plat* kümmern. Aber eins dürfte klar sein, Wilhelm: So etwas darf nicht wieder vorkommen.«

»Ja, Meister.«

»Nie wieder!«, schob Frühauf hinterher.

Anton hatte sich währenddessen aus der Werkstatt verzogen. Er hatte ein gutes Gespür für Situationen, in denen seine Anwesenheit nicht erwünscht war.

⁓☙⁓

Die Dämmerung hatte bereits eingesetzt an diesem Dienstagabend, feuchte Luft zog von der Ilm heraufkommend durch die Stadt. Vor den großen Gebäuden und auf den wichtigen Plätzen brannten Tran-, Talg- oder Öllaternen, so zum Beispiel auf der Esplanade, vor dem Schloss und an den beiden Kirchen. Die Lampenwärter waren fürs Anzünden bei einsetzender Dunkelheit, das Löschen bei Sonnenaufgang und das Reinigen zuständig. Aber nicht alle Laternen brannten, denn einige Hausbesitzer weigerten sich, das dafür fällige Entgelt zu zahlen. Vor den Häusern der Zahlungsunwilligen und außerhalb der Stadtmauern versank Weimar im Dunkel der Nacht. Die meisten Menschen trauten sich nur mit einer eigenen Stocklaterne auf die nächtlichen Straßen, eine kleine, leichte Öllampe, die sie an einem Stab vor sich hertrugen.

Wilhelm mochte das nicht, er fand sich auch ohne Licht zurecht. Seine einzige Sorge war, in einer dieser dunklen Ecken der Stadt einer Gassennymphe zu begegnen. Er wusste, dass es in Prag, Krakau und Nürnberg solche Mädchen gab. Angeblich hielten sich auch einige in Weimar auf, und es hieß, sie stünden unter Kontrolle der Kriminaljustiz. Keinen der Gedanken rund um dieses Thema traute er sich zu Ende zu denken.

Er bog ab in die Kleine Windische Gasse. Unbehelligt erreichte er das Gasthaus, in dem er mit Theo verabredet war. Es befand sich im Keller eines schmalen Hauses. Ein müder Lichtschein fiel durch die Fenster auf das Pflaster. Sein Vater hätte ihm wahrscheinlich verboten, auch nur einen Fuß dort hineinzusetzen. Zum Glück weilte der in Oßmannstedt, sodass Wilhelm keine Erklärung abgeben musste, wo er den Abend verbrachte. Er merkte, dass es Zeit wurde, ein Leben unabhängig von seinen Eltern zu führen, aber er wusste nicht, wie er das anstellen sollte.

Über dem Eingang der Schankwirtschaft hing das Holzrelief eines Fischs. Wir treffen uns in der Forelle, hatte Theo gesagt. Jeder nannte sie so, nicht »Zur Forelle« oder »Gastwirtschaft Forelle«, nein, einfach nur »Die Forelle«.

Wilhelm hatte seinen Freund Theo auf der Walz kennengelernt, im Fränkischen, in der Nähe von Bayreuth. Theo war aus seiner sächsischen Heimatstadt Zwickau dorthin gekommen und arbeitete in einer Schreinerei. Er hatte sich Wilhelm kurzerhand angeschlossen. Zum Ende ihrer fast zweijährigen Wanderschaft entschloss er sich, mit nach Weimar zu gehen. Wilhelm hatte damals gedacht, Theo könne hier leicht eine Anstellung finden. Immerhin beherbergte die Stadt zwanzig Tischlermeister. Doch viele arbeiteten allein, ohne Gesellen und ohne Hilfsburschen, verdienten trotzdem zu wenig, um ihre Familie zu ernähren. Es hatte nicht geklappt mit einer Arbeit für Theo im Tischlergewerbe, er schlug sich seitdem mit Gelegenheitsarbeiten durch.

Die Forelle war voll besetzt mit jungen Männern. Ein schwerer Geruch aus Bier und Branntwein, Schweiß und Rauch – fast schon animalisch zu nennen – hing in der Luft. Die Würfel kreisten, die Karten fielen, Stimmen überschlugen sich. Wilhelm entdeckte Theo sofort an einem der Tische, einen großen Bierkrug vor sich. Wie immer trug er eine graue Tunika mit einem einfachen Strick um die Hüften. Sein Bauch hatte in den letzten Monaten eine deutliche Vorwölbung erfahren. Wilhelm fragte sich, woher er das Geld für so viel Bier und fettes Essen hatte.

»Nu gugge da, der Wilhelm! Sei mir gegrüßt!«, rief Theo. Bierschaum hing an seinem dünnen Bart. Seine Haare lagen auf den Schultern. »Soll'ch dir 'n Krug Bier bestellen, mei Gutsder?«

»Gott zum Gruße. Nein danke, ich trinke lieber einen Becher Wein.« Wilhelm kannte die Forelle, er war sich nicht sicher, ob hier das Thüringer Reinheitsgebot beachtet wurde. Einige Bierbrauer mischten Harz oder Steinwurz in die Maische.

»Nu gugge da, der Herr trinkt Wein, wie fürnehm!«, rief Theo. »Forellenwirt, een Becher Wein für meinen Freund!«

Wilhelm erkannte an Theos Augen, dass dies nicht sein erster Krug Bier war. »Meine Güte, schrei nicht so rum. Ist ja schließlich nichts Besonderes.«

»Nu ja. Unn, was macht Meister Frühauf? Braucht er immer noch geen zweiten Gesellen?«

»Nein, leider nicht.«

»Nu ja, macht nüscht, ich gomm schon glar.«

»Sag, Theo, bist du manchmal in Kleyn Kromstorff? Oder in Apolda?«

Sein Freund sah ihn verdutzt an. »Wie gommst'n da drauf?«

»Ach, ich müsste etwas wissen von dort.«

»Was 'n?«

»Etwas über Frau von Bandewitz. Und Frau Meyerbeer.«

»Sind beede tot.«

»Ja, das weiß ich.«

»Die Bandewitz wird am Samstag in Weimar begrab'n«, nuschelte Theo und nahm einen großen Schluck aus seinem Krug. Der Wirt stellte einen Becher Wein auf den Tisch.

Wilhelm überlegte. »Hier, auf dem Jacobskirchhof?«

»Ja, genau. Warum? Willste dabei sein?«

»Nein, natürlich nicht«, antwortete Wilhelm. Schon wieder eine Notlüge. Die Not wurde immer größer. »Aber warum in Weimar und nicht in Kleyn Kromstorff? Die haben doch selbst eine Kirche und einen Friedhof.«

»Geene Ahnung!« Der nächste Riesenschluck folgte. »Soll'ch das rausgriech'n?«

»Ja, gerne, wenn das möglich ist.«

»Gostet aber was!«

»Wie bitte? Für einen Freundschaftsdienst willst du bezahlt werden?«

»Nu glar, ich muss ja da hinfahrn und brauch Zeit, solange kann ich nich arbeeten. Und ab und zu brauche'ch ooch mal 'ne Bratwurscht und 'ne ordentliche Bemme.«

»Du hast Arbeit? Wo? Bei wem?«

»Nu ja, so Verschiedenes.«

Wilhelm merkte, dass Theo nicht mehr dazu sagen wollte. Vermutlich verrichtete er eine Tätigkeit, die einem Tischlergesellen nicht angemessen war. Auf dem Feld oder im Stall. Gut, dass er überhaupt eine Beschäftigung hatte.

»Was kannst du mir bringen?«

»Nu, ich gann lesen. Vielleicht find'ch was Geschriebenes.«

»Wie willst du das anstellen?«

»Nu, ich hab da so meine Methoden, lass mich nur machen.«

»Also gut, wie viel willst du?«

»Fünf Groschen.«

»Was?« Wilhelm sah sich um und dämpfte seine Stimme. »Das ist fast mein ganzer Tageslohn!«

»Nu beruhig dich ma' wieder!«, sagte Theo. »Das wusste ich ja nich'. Dann eben drei Groschen.«

»Einer!«

»Die Mitte – zwee Groschen?«

Sie schlugen ein. Wilhelm trank seinen Wein. Er schmeckte sauer. »Wenn du solch gute Quellen hast: Ich muss wissen, woran sie gestorben ist, die Frau von Bandewitz.«

»Ou, das gost' aber mehr.«

»Meine Güte, von mir aus, einen Groschen extra!«

»Geht glar, mei Gutsder«, frohlockte Theo, ein wenig lauter als zuvor. »Ich kümmer mich um die Bandewitz.«

Das schien ein Mann am Nachbartisch gehört zu haben, er kam zu ihnen herüber, ein Mensch mit breitem, pockennarbigem Gesicht, den Wilhelm nicht kannte. »Die Bandewitz! Diese Größenwahnsinnige! Liegt mit einem italienischen Grafen im Bett, und wir werden geknechtet, draußen auf dem Feld bei jedem Wetter, Kälte, Regen, Hitze, Sturm! Stimmt's, Theo?«

»Welcher Graf?«, fragte Wilhelm.

»Irgend so ein Spinola, mit dem macht sie es sich bequem, rührt keinen Finger, und wir müssen schuften. Immer dieses Adelspack!«

»Na, also, was soll das?«, rief Wilhelm. »Es sind schließlich nicht alle so.«

»Ach ja, und woher weißt du das?«

Theo legte Wilhelm die Hand auf die Schulter, doch sein Freund ließ sich nicht beruhigen. Er stand auf. »Ich weiß es ganz einfach. Man kann ...«

Weiter kam er nicht, schon hatte er die Faust des Pockennarbigen im Gesicht. Es tat höllisch weh. Für den Moment war er nicht mehr Herr der Lage, fühlte nur noch, wie er nach draußen gezogen wurde, hörte Theo rufen, dass er morgen bezahlen werde. Im nächsten Moment spürte er die kalte Nachtluft. Theo lehnte ihn gegen die Hauswand.

»Nu sache ma, seit wann setzt du dich so für höhere Stände ein?«

Wilhelm schüttelte den Kopf, er konnte nichts sagen, seine Nase blutete.

»Wir müssen abhauen!« Theo schob ihn in Richtung Zeughaus. Als sie außer Sichtweite der Forelle waren, sagte er: »Schaffst du's von hier alleene?«

Wilhelm nickte.

»Is' besser, wenn deine Eltern mich nich' zu sehn griech'n. Ich meld mich. Wie immer, Freitagabend, Steinernes Felleisen.« Mit großen Schritten entfernte er sich durch die Breite Gasse.

6. Von Tränen, Flüchen und einem Unwetter

Mittwoch, 3. Oktober 1804

Wilhelm hatte es sich in der Nacht mit seinem Strohsack am Herd bequem gemacht. Er nahm sich vor, seiner Mutter am nächsten Morgen die Wahrheit zu gestehen, und hoffte, dass sie sein Gesicht mit einer Kräutertinktur beträufeln würde. Allerdings hatte er nicht damit gerechnet, dass sein Vater bereits zurück war und oben schlief.

In der Nacht wälzte er sich umher, seine linke Wange und das Auge schmerzten. Endlich, als es bereits dämmerte, schlief er ein. Kurz danach hörte er Schritte von oben. Unsanft wurde er aus dem Schlaf gerissen.

»Steh auf, du Nichtsnutz! Wo warst du gestern?«

Wilhelm lag noch am Boden, er versuchte, sich zu orientieren. »Vater«, murmelte er. »Sie sind schon zurück?«

»Ha, das hast du wohl nicht erwartet! Wo warst du?«

»Verzeihen Sie, Vater, aber ich bin erwachsen und muss keine Rechenschaft ablegen über meinen Aufenthalt!«

Sein Vater war Linkshänder. Das war Wilhelms Glück im Unglück, denn so traf ihn die Ohrfeige auf der rechten Wange. Er schoss hoch. Aufrecht stand er vor Heinrich Gansser. Er, Wilhelm, groß und kräftig. Das Gesicht eines Geschundenen. Das Gemüt eines Unerfahrenen.

Sein Vater, mittelgroß, schmal. Das Gesicht rot angelaufen. Ein zorniges Leichtgewicht.

»Nein!«, schrie seine Mutter. »Wilhelm, nicht!«

Er hörte auf sie. Überhaupt war sie der einzige Mensch, dessen Rat ihm etwas bedeutete. Er rollte ohne ein weiteres Wort seinen Strohsack zusammen, packte sein Kleiderbündel und verließ das Haus. Draußen hörte er das Schluchzen seiner Mutter und die Flüche seines Vaters.

～∞～

Was sollte Wilhelm tun? Alles – nur nicht zurück nach Hause. Zunächst musste er in die Tischlerei. Meister Frühaufs Blick fiel auf das Gesicht seines Gesellen, dann auf sein Gepäck. »Was ist passiert?«

»Ich kann nicht mehr nach Hause.« Das war zwar keine Antwort auf die Frage, aber Frühauf würde ahnen, was geschehen war.

»Pass auf, Wilhelm. Ich brauche einen Gesellen, der voll bei der Sache ist, der mitarbeitet und mitdenkt. Das geht nur, wenn du mit deinen persönlichen Umständen im Reinen bist. Morgen, am Donnerstag, gebe ich dir einen Tag frei, und du bringst deine Angelegenheiten in Ordnung. Klar?«

Wilhelm sah ihn mit großen Augen an. Er schätzte Frühauf ohnedies sehr, mit solch einer Großzügigkeit hatte er jedoch nicht gerechnet. »Vielen Dank, Meister!«

»Heute wirst du die Kirschholzplatte beizen, morgen werde ich sie lackieren, Anton hilft mir. Über Nacht wird der Lack trocknen, am Freitag liefern wir den Schreibtisch aus.«

Wilhelm nickte.

Am Abend gegen 18 Uhr war die Platte gebeizt und wartete darauf, am nächsten Tag mit transparentem Lack auf Hochglanz gebracht zu werden. Wilhelm überlegte, wo er die Nacht verbringen sollte. Er ließ seinen Blick durch die Werkstatt schweifen. Konnte er hier heimlich schlafen, in dem

Raum, in dem er den gesamten Tag über arbeitete? Überall roch es nach Beize, in so mancher Ecke raschelte es. Nein, dieser Gedanke gefiel ihm nicht. Doch wo sollte er hin? Zu Theo? Das war zu unsicher, wer wusste schon, welche seltsamen Bekannten er noch hatte. Außerdem mutmaßte Wilhelm inzwischen, dass Theo entweder in der Bandewitz'schen Scheune oder unter einer Ilmbrücke schlief. Unvermittelt fiel ihm ein, dass er am nächsten Tag nicht zu arbeiten brauchte. Daraus ergab sich eine Idee. Eine wagemutige, riskante, fast schon unglaubliche Idee. Er packte sein Bündel und verließ die Werkstatt.

Louise von Göchhausen wies Herrmann, den Kutscher ihrer Fürstin, an, neben dem Wilhelm-Ernst-Gymnasium zu halten. Sie stieg aus der Kutsche, schritt nach Norden und ging rechter Hand in die Winkelgasse hinein. Zwischen den Häusern waren quer über die Gasse Wäscheleinen gespannt. Kinder in zerschlissenen Kleidern rannten umher und erzeugten durch ihr Spiel einen für Louise ungewohnten Lärm. Sie erinnerte sich an einen Beitrag im Weimarischen Wochenblatt aus dem Juni des laufenden Jahres, in dem die »heutige Jugend« wegen ihrer Ausgelassenheit und störenden Spielweise angeprangert wurde. Louise liebte Kinder, doch die in der Winkelgasse herrschende Zügellosigkeit ging auch ihr zu weit. Aus dem Fenster eines Hauses wurde plötzlich eine stinkende Flüssigkeit direkt vor ihr auf den Boden gekippt. Beim empörten Blick nach oben erkannte sie, dass es sich um den Inhalt eines Nachttopfs handelte. Seit einigen Jahren war es verboten, das Nachtgeschirr auf die Straße zu entleeren.

Die Frau am Fenster grinste. »Haben wir das gnädige Fräulein etwa belästigt? Na dann: Entschuldigung, Euer Hochwohlgeboren!« Damit lachte sie so laut, dass es durch die gesamte Winkelgasse schallte, und alle Kinder lachten mit.

Louise überlegte, ob sie umkehren sollte. Doch Aufgeben war ihre Sache nicht. Als sie ein Haus mit einem Regenabfluss aus Zinkblech erblickte, hatte sie den Eindruck, dies könnte das Heim eines gediegenen Handwerkers sein. Sie musste sich eingestehen, dass ihr die Machart des kleinen, niedrigen, aber stabilen Gebäudes Respekt einflößte. Sie klopfte. Eine Frau mittleren Alters öffnete. Sie musterte Louise von oben bis unten.

»Sie wünschen?«

»Sind Sie Agnes Gansser?«

»Wer will das wissen?«

»Louise von Göchhausen, erste Hofdame der Herzoginmutter.«

Wilhelms Mutter war sichtlich beeindruckt. »Ja ... ich bin Agnes Gansser.«

»Ich möchte mit Ihnen über Ihren Sohn sprechen.«

Agnes Gansser hob die Augenbrauen. »Treten Sie ein.« Sie ging voran und schob Louise einen Küchenstuhl hin.

»Ihr Sohn Wilhelm hat bei der Reparatur meines Sekretärs einen Brief gelesen. Einen sehr persönlichen, ja sogar geheimen Brief. Das gehört sich nicht.«

Agnes Gansser schien einen Moment zu überlegen. »Das tut mir leid, gnädige Frau ... aber so etwas hat er bei uns nicht gelernt. Wir respektieren das private Leben anderer Menschen. Wahrscheinlich war das ein Missgeschick. Der Brief fiel herunter, und Wilhelm hat ihn aus Versehen gelesen. Wenn man lesen kann, dann muss man ja wohl nur kurz draufschauen, um die Wörter zu ... erkennen.«

Louise merkte, dass Agnes Gansser eine gewisse Hochachtung vor Menschen hatte, die lesen konnten. »Hat Wilhelm Ihnen davon erzählt?«, fragte sie.

»Das hat er.« Die Antwort kam kurz und bündig.

»Hat er auch gesagt, was in dem Brief zu lesen war?«

»Nein.«

Louise wollte den Worten kaum glauben. »Er hat Ihnen also nichts von dem Inhalt des Briefs berichtet?«

»Ich habe ihn danach gefragt, aber er wollte es mir nicht sagen.«

Louise nickte anerkennend. All das, was sie Wilhelms Mutter noch hatte sagen wollen, war plötzlich vergessen. »Das ist so weit … in Ordnung, dann darf ich mich verabschieden!«

»Ja, das dürfen Sie«, antwortete Agnes Gansser. »Und im Übrigen, Wilhelm wohnt nicht mehr hier, er ist jetzt …« Sie zögerte.

»Was ist er?«, fragte Louise.

»Eigenständig.«

Louise wusste nicht so recht, was sie mit diesem Wort anfangen sollte. »Aha«, sagte sie nur und meinte, in den Augen von Agnes Gansser das Wasser stehen zu sehen. Sie schritt zur Tür und verließ das Haus.

Als Louise von Göchhausen wieder am Gymnasium ankam und in die Kutsche stieg, bemerkte sie, dass der Saum ihres karmesinroten Kleides vollkommen verunreinigt war. So konnte sie nicht bei Wieland vorsprechen. Sie musste sich im Mansardenzimmer des Witthumspalais umkleiden.

»Zum Palais!«, rief sie Herrmann zu.

⚜

Wieland war für ein paar Tage beim Geheimrath von Goethe zu Gast. Seine eigene Wohnung in der Rittergasse, in der er nach dem Verkauf seines Landguts in Oßmannstedt wohnte, hatte er zur Renovierung in Auftrag gegeben. Dort sollte es spuken, eines unrechtmäßig Gefangenen wegen, dessen Geist sich angeblich im Haus umhertrieb. Die Magd traute sich nicht mehr in den Keller, die Kinder konnten nicht schlafen, die Milch wurde sauer. Nun waren die Tüncher am Werk, vielleicht konnte der armen Seele damit Ruhe gegeben werden.

Herrmann fuhr, vom Frauenplan kommend, über das linke Tor in den Hof hinein. Er hielt an und öffnete Louise von Göchhausen den Schlag. Sie entstieg dem Landauer, frisch und elegant gekleidet. Von dort gelangte sie über den rückwärtigen Eingang ins Treppenhaus der Goethe'schen Heimstatt.

Des Geheimraths Diener Johann Ludwig Geist empfing sie und geleitete sie die Treppe hinauf ins Gesellschaftszimmer. Noch ein Geist, so ging es Louise durch den Kopf.

Wieland erhob sich mühsam aus seinem Sessel. »Ich begrüße Sie aufs Herzlichste, liebe Demoiselle von Göchhausen.«

»Es ist mir eine besondere Freude, lieber Wieland. Ich danke Ihnen für die freundliche Entgegennahme meiner Besuchsanfrage.«

Sie setzten sich, ein Hausmädchen mit gestärkter weißer Schürze servierte Tee.

»Für den Fall, dass Sie den Hausherrn vermissen, er ist auf Reisen«, sagte Wieland. »Erfreulicherweise hat er mir trotzdem gestattet, hier zu wohnen, für einige Tage, bis die Rittergasse renoviert ist.«

»Sehr großzügig! Und Sie befinden sich wohl? So hoffe ich doch«, fragte Louise.

»Danke, meine Liebe. Ich habe einige Post zu erledigen, das ist das einzig Drängende derzeit.« Er lachte, als sei dies ein gelungener Scherz. »Darunter sind auch Briefe von Herrn von Kleist, die ich scheue zu beantworten. Kennen Sie ihn?«

»Heinrich von Kleist?«

Wieland nickte.

»Nein, ich habe nur gehört, dass er bei Ihnen in Oßmannstedt weilte. Ist er nicht ein wenig ... verwirrt?«

»Das kann man so sagen, es ist schwierig, mit ihm umzugehen. Nun, Liebste, lassen Sie uns zum Anlass Ihres Besuchs kommen, Sie haben mich wirklich neugierig gemacht. Wie kann ich Ihnen helfen?«

»Schauen Sie, verehrtester Wieland, ich muss Ihnen etwas anvertrauen. Ich möchte einen Roman schreiben. Ein ähnliches Werk, wie Ihre Lieblingscousine aus Offenbach es verfasste.« Louise wählte diesen Vergleich absichtlich, denn sie wusste, dass Wieland und Sophie von La Roche in ihrer Jugend mehr als nur verwandtschaftliche Gefühle füreinander gehegt hatten.

»Die ›Geschichte des Fräuleins von Sternheim‹?«

»Richtig. Es soll ein Roman für Teutschlands Töchter werden, ein Bildungsroman.«

In Wielands Ohren klang das Wort »Bildungsroman« wahrscheinlich interessanter als die Beschreibung eines Doppelmords.

»Aha, sehr mutig, meine Liebe!«

Louise lächelte. »Dafür benötige ich Informationen über verschiedene Frauenschicksale. Zum Beispiel diejenigen der Frau Meyerbeer und der Frau von Bandewitz.«

»Und ich soll Ihnen davon berichten?«

»So dachte ich. Was meinen Sie dazu?«

»Von mir aus gerne. Ich weiß nicht sonderlich viel über die beiden Damen, aber die eine kannte ich immerhin persönlich.«

»Wunderbar!«, rief Louise aus und merkte, dass sie sich in ihrer Begeisterung zügeln musste.

»Frau Meyerbeer war Besitzerin einer gar einträglichen Tuchmanufaktur in Apolda. Vor Ort beschäftigte sie etwa fünfzig Weber, Strumpfwirkerinnen und Ähnliches. Weitere fünfzig Strumpfwirkerinnen sind in Heimarbeit angestellt. Dazu kommen dreißig Arbeiter in der Färberei in Niederroßla. Ihr erster Gatte verstarb vor zwei Jahren an der Typhusseuche. Ich war mit ihm befreundet. Seitdem bemühte sie sich, die Manufaktur weiterzuführen, aber sie war bei den Arbeitern, auch bei den Arbeiterinnen, nicht anerkannt. Zudem musste sie sich um fünf Kinder kümmern. Ich habe ihr geraten, das Geschäft einem erfahrenen Verwalter zu übergeben. Das hat sie auch getan. Dass sie ihn gleich heiraten sollte, habe ich ihr nicht empfohlen.« Er hob die Schultern und lächelte.

»Sie meinen diesen Grafen von Truss?«, fragte Louise.

»Den meine ich. Ungewöhnlich war zudem, dass der Graf fünfzehn Jahre jünger war als seine Braut.«

»Oh!«

»Ein durchaus gewinnender Typ, höflich, eloquent, muskulös, blonde Mähne.«

»Sie haben ihn kennengelernt?«

»Ja, während der Hochzeitsfeiern. Seine Familie besitzt ein Landgut, nicht weit von hier auf dem Weg nach Jena.«

Louises Neugier stieg. »Wo genau?«

»Das weiß ich nicht mehr, ich habe es vergessen zwischen all den Feierlichkeiten. Seine Eltern sind bereits verstorben, und er hat keine Geschwister. Frau Meyerbeer hatte vier Brüder, die meisten leben im Niederländischen, nur ein jüngerer Bruder ist mit hierhergekommen. Er bewirtschaftet eine minder rentierliche Landwirtschaft in Großromstedt, einer kleinen Siedlung zwischen Weimar und Apolda.«

»Hat Frau Meyerbeer ihren Bruder dort manchmal besucht?«

»Jaja, ihre Kinder haben sich bei dem Onkel gern vergnügt, in der Scheune und zwischen den Tieren, Sie wissen schon.«

»Und sie ist an den Pocken gestorben?«

»Ja. Sie haben am 2. September geheiratet, zwei Wochen danach fing es an mit den Blattern, eine Woche später schied sie dahin, es ging sehr schnell – welch ein Unglück!«

»Haben Sie Frau Meyerbeer noch krank gesehen?«

»Nein, nein, das ging zu schnell.«

»Wissen Sie, was ihre Hausgeister dazu gesagt haben? Ihre Köchin, ihre Zofe und so weiter, die waren ja täglich bei ihr ...«

»Tut mir leid, aber mit diesen ... mit den von Ihnen genannten Menschen pflege ich keinen Kontakt.«

»Ich danke Ihnen, lieber Wieland. Und wie sieht es mit Frau von Bandewitz aus?«

»Nun, sie ist mir persönlich nicht bekannt, ich weiß nur, dass sie ein ausgedehntes ländliches Anwesen besaß. Ihr erster Ehemann starb bei einem Reitunfall.«

»Wen heiratete Frau von Bandewitz danach?«

»Einen italienischen Grafen, Federico Conte di Spinola, er stammt aus Welschtirol, ist deutlich jünger als sie. Angeblich will er hier Wein anbauen, bei Kromstorff Major auf dem Bärenhügel. Frau von Bandewitz starb ebenfalls kurz nach ihrer zweiten Hochzeit. Sie ...« Er zögerte. »Sie glauben doch nicht etwa ...?«

Louise blieb ruhig. »Was meinen Sie, Verehrtester?«

Wieland strich sich über die Stirn, so als müsse er überlegen, was er antworten sollte. Dann rückte er seine schwarze Samtkalotte zurecht. »Schon gut. Nur ein dummer Gedanke. Aber jetzt eine Frage meinerseits, wenn Sie gestatten. Sie schrieben: ›Es geht um das Wohl einer mir unbekannten Person.‹ Wer ist diese Person?«

Louise hatte vergessen, sich auf diese Frage vorzubereiten. Sie überlegte fieberhaft, wie sie sich aus dieser misslichen Lage befreien sollte. Zur Überbrückung täuschte sie einen Hustenanfall vor. Dann sagte sie: »Ich. Ich bin diese Person.«

Wieland schenkte ihr ein väterliches Lächeln. »Wenn wir das Ganze einmal philosophisch betrachten, denke ich, dass Sie sich selbst doch recht gut kennen sollten, nicht wahr?«

»Mich selbst als Louise schon, ja. Auch mich als Krüppel, als Gnom – oder besser Gnomide. Aber die Schriftstellerin in mir, die kenne ich noch nicht. Es ist eine neue Persönlichkeit, die da in mir wohnt. Besser gesagt, die gerade erst eingezogen ist.«

⁓☙⁓

Der Kutscher hielt gegen sieben am Abend vor dem Tieffurther Schloss. Die Sonne war noch nicht untergegangen, aber durch die tiefhängenden Regenwolken hatte sich der Himmel verdunkelt. Jeder erfahrene Landmann hätte ein Gewitter vorhergesagt. Als Louise gerade die Treppen zum Portal hinaufsteigen wollte, stand plötzlich ein Mann neben ihr. Groß, muskulös, ein Kleiderbündel unter dem Arm.

»Wilhelm!«, rief sie. »Das ist ja nicht zu fassen! Ausgerechnet du! Ausgerechnet hier?«

»Entschuldigen Sie, Gnädigste, ich habe keinen … äh …«

»Schlafplatz?«

»Woher wissen Sie?«

»Ich war bei deiner Mutter.«

»Oh Gott!«

»Es mag sein, dass der Allmächtige dir jetzt hilft.« Sie blickte zu den Wolken empor. »Wenigstens bist du kein Plappermaul.« Dann zeigte sie in Richtung Osten zum Schlosspark. »Geh diesen Weg entlang. Weiter hinten findest du eine Holzhütte für die Vorräte und das Gartenwerkzeug. Darinnen kannst du Schutz suchen und schlafen. Morgen entscheide ich, was weiter geschieht!«

»Danke, Gnädigste!«

»Wer war das?«, fragte Louise von Göchhausen unverblümt, während sie auf sein Gesicht zeigte.

»Ein Schläger«, sagte Wilhelm und deutete mit wenigen Gesten an, dass derjenige breit und kraftvoll war.

»Stärker als du?«

Er nickte. »Ja.«

»Kaum zu glauben«, sagte Louise.

Wilhelm hob entschuldigend seine Arme. »Vielleicht war er im Faustkampf erfahren. Für mich war es das erste Mal.«

Ein Blitz zuckte über Tieffurth, kurz darauf folgte ein Donnergrollen. Wilhelm sah hinüber in Richtung der Gartenhütte, dann wieder zu Louise.

»Nun geh schon, es wird gleich regnen.«

»Untertänigsten Dank!« Wilhelm rannte los. Kaum hatte er die Tür der Hütte hinter sich geschlossen, setzte ein Platzregen ein. Er hockte sich auf einen prall mit Eicheln gefüllten Jutesack, faltete die Hände und schickte ein Dankgebet nach oben.

7. Von einer essbaren Mondsichel

Donnerstag, 4. Oktober 1804

Es klopfte. Noch einmal. Wilhelm öffnete die Augen. Durch das Fenster der Gartenhütte schauten Engelsaugen herein. War er schon wach? Er schlug sich gegen die Stirn – ja. War er im Himmel? Nein, der Engel hatte keine Flügel.

»Wilhelm?« Eine Frauenstimme. »Meine Tante wünscht dich zu sprechen.«

»Äh, ja … einen Moment, bitte!« Jetzt hatte er einen Verdacht. Konnte das möglich sein? Er öffnete das Fenster. Annette! Er musste sich sammeln.

»Entschuldigen Sie, gnädiges Fräulein, ich bin noch nicht ausgehfertig.«

Sie lachte. »Du beherrschst die Sprache der Abgehobenheit. Respekt!«

Er lachte ebenfalls. Vorsichtig. Es war eher ein unsicheres Lächeln.

»Tantchen erwartet dich an der Bank vor dem Schloss.«

Sie war hübsch. Strahlend grüne Augen, das weiße Häubchen kontrastierte gut mit ihrem dunklen Haar.

»Sehr gern, gnädiges Fräulein.«

Sie schien irritiert zu sein. Vielleicht sprach er zu förmlich?

»Danke, Fräulein Annette!«, schob er nach.

»Woher kennst du meinen Namen?«

Wilhelm schluckte. »Haben Sie den nicht eben erwähnt?«

»Ich denke nicht ...«

»Oh, ich dachte ... Aber Sie heißen doch Annette, nicht wahr?«

»Ja, das stimmt. Ich bin Annette von Auerbach, eine entfernte Nichte von Tante Louise. Ich verbringe diese Woche hier bei ihr in Tieffurth.«

Damit drehte sie sich um und lief in Richtung Schloss davon, ruhig und gelassen, mehr schreitend als gehend. Wieder dieser spezielle Gang, den Wilhelm vom Stern her kannte, mit dieser Mischung aus Gewandtheit und Eigensinn.

Er sah ihr nach. Als sie aus seinem Sichtfeld verschwunden war, rannte er zur Ilm hinab und wusch sich. Das Wasser kühlte seine geschwollene Wange, die Schmerzen hatten nachgelassen. Selten schlief Wilhelm so lange. Der Schlag ins Gesicht und die vorangegangene unruhige Nacht am heimischen Herd hatten ihm zugesetzt. Er ordnete die Haare mit den Händen, ohne Kamm und Spiegel. Das war er gewöhnt, seine braunen Locken benötigten nicht viel Zuwendung. Sodann richtete er seine Kleidung und ging hinauf zum Schloss.

Die Demoiselle von Göchhausen saß auf einer weißen Bank, neben ihr ein kleiner Tisch mit Kaffee und einem halbmondförmigen Gebäck, ihr gegenüber ein leerer Stuhl.

Rosine stand daneben und grinste Wilhelm an. Es war ein einfältiges Grinsen.

»Nimm Platz!«, sagte die Demoiselle in Wilhelms Richtung und zeigte auf den freien Stuhl.

»Sie meinen?«

»Ja, setz dich. Hast du Hunger?«

Wilhelm nickte und ließ sich nieder.

»Rosine!«

Die Zofe sah ihre Herrin bestürzt an.

»Na los, schenk ihm Kaffee ein!«

In diesem Moment wäre es an Wilhelm gewesen zu grinsen, doch er war so verblüfft, dass er vergaß, die Genugtuung auszukosten. Rosine goss ein, anschließend befahl Louise von Göchhausen ihr mit einem Handzeichen, sich zurückzuziehen. Sie verschwand sichtlich missgelaunt in Richtung kalter Küche.

Die Demoiselle zeigte auf das Gebäck. »Die Franzosen haben es nach der Sichel des Mondes *croissant de la lune* genannt.«

Wilhelm nahm eines der Gebäckteile und biss hinein. Er konnte sich nicht erinnern, jemals etwas Köstlicheres gegessen zu haben. Butterweiche Krümel zergingen in seinem Mund, eigentlich musste er gar nicht kauen, er tat es trotzdem, reine Gewohnheit, fast bedauerte er, dass dadurch die Krümel schneller seine Zunge verließen, der Duft des heimatlichen Backhauses stieg in seine Nase und füllte sie mit kindlicher Zufriedenheit.

»Pass auf, Tischlergeselle. Wir frühstücken zusammen, und du erzählst mir, was du von Frau Meyerbeer weißt. Wenn ich damit zufrieden bin, darfst du mir zuarbeiten, was die mögliche Aufklärung dieser Causa betrifft. Schließlich muss ich erst prüfen, ob dein geistiger Horizont dafür ausreicht.«

Wilhelm schluckte. »Und was ist mit der Sache Bandewitz?«

»Weißt du davon auch etwas?«

»Bisher nicht, aber bald erfahre ich mehr.«

»Gut, dann kannst du mir auch in dieser Sache zuarbeiten.«

»Nein.«

»Was?« Das Gesicht der Demoiselle lief rubinrot an, sodass es der Farbe ihres Schals ähnelte.

»Ich werde Ihnen nicht zuarbeiten. Ich möchte, dass wir ebenbürtige Partner sind.«

»Das ist ja nicht zu fassen!« Sie wollte sich erheben, doch Wilhelm gab ihr ein vorsichtiges Handzeichen abzuwarten.

»Ich habe einen Freund, der in Apolda und Kleyn Kromstorff Erkundigungen einholen wird. Ich treffe ihn in den nächsten Tagen. Er ist ein einfacher Handwerker, so wie ich, und ... wie soll ich es ausdrücken ... er ist dadurch imstande, Informationen zu bekommen, die Sie nicht erhalten würden.«

Die Demoiselle von Göchhausen lehnte sich auf ihrer Bank zurück und schien zu überlegen. Sie sah ihn mit zusammengekniffenen Augen an. Schließlich sagte sie: »Das hast du sehr schlau formuliert. Und ich muss dir recht geben.«

Wilhelm verkniff sich ein triumphierendes Lächeln und beschloss, seine Kenntnisse offenzulegen. Sein Gefühl sagte ihm, dass er Louise von Göchhausen vertrauen konnte. »Die Namen der beiden toten Witwen haben sich ja inzwischen herumgesprochen, auch ihr Reichtum. Frau Meyerbeer hat vor Kurzem einen Grafen von Truss geheiratet, ich weiß nicht genau, wann das war. Sie hatte die Blattern an den Händen, und zwar nur an den Händen, nicht im Gesicht. Zweitens hatte sie eine Augenentzündung. Ein Medicus hat den Verdacht geäußert, es könnten die harmlosen Kuhpocken gewesen sein. Aber dazu hätte sie Kontakt mit Rindern haben müssen, was bei einer Fabrikbesitzerin unwahrscheinlich ist.«

Louise von Göchhausen nickte anerkennend. »Woher weißt du das alles?«

»Das ist mein Geheimnis.«

»Pass auf, Wilhelm, wenn wir – wie du verlangst – auf Augenhöhe zusammenarbeiten sollen, müssen wir uns gegenseitig vertrauen. Dazu gehört auch, dass wir die Glaubwürdigkeit unserer Erkenntnisse einschätzen können, also die Quelle der Informationen offenlegen. Allerdings nur zwischen uns beiden, alles bleibt unter uns.«

Wilhelm musste ihr innerlich zustimmen. Die Göchhausen war eine gewitzte, kluge Person. »Einen Teil weiß ich von einer Freundin meiner Mutter, die wiederum hörte es von zwei Frauen, die in der Tuchmanufaktur arbeiten, eine davon als Strumpfwirkerin, die andere war direkt bei Frau Meyerbeer im Kontor angestellt. Sie hat sie jeden Tag gesehen. Den anderen Teil über die Pockenkranken weiß ich von Ihro Durchlaucht herzoglichem Physikus.«

»Wie bitte?«

»Er war bei uns in der Winkelgasse, und bei dieser Gelegenheit habe ich ihn danach gefragt.«

Die Demoiselle schob ihr Kinn vor. Sie schien von Wilhelms Erkenntnissen beeindruckt zu sein.

»Noch etwas«, fuhr er fort. »Dieser Graf von Truss will die Tuchmanufaktur verkaufen, alle bangen um ihre Arbeit.«

»Tatsächlich ... Das werde ich mit der Serenissima besprechen, sie wird sich darum kümmern.«

»Mit wem?«

»Mit der Herzoginmutter.«

»Ah ja. Ist das auch ein französisches Wort?«

»Nein, ein lateinisches. Es bedeutet etwas Ähnliches wie ›Durchlaucht‹.«

Wilhelms Respekt wuchs. »Und Sie glauben, das nützt etwas? Also, ich meine, wenn Sie mit der Herzoginmutter reden.«

Louise von Göchhausen lächelte. »Natürlich. In den meisten Dingen hört sie auf mich.«

»Oh!« Wilhelm nahm einen Schluck Kaffee. Die Porzellantassen waren so dünn, dass er befürchtete, sie mit seinen Handwerkerhänden zu zerbrechen. Die Erkenntnis, dass seine Gesprächspartnerin solch einen Einfluss bei Hofe hatte, musste er erst einmal verdauen.

»Übrigens«, fuhr Wilhelm fort, »zur Causa Bandewitz ... Sagt man das so?«

»Ja, völlig korrekt!«

»Sie wird am nächsten Samstag beerdigt, und zwar auf dem Friedhof der Jacobskirche in Weimar. Nicht in Kleyn Kromstorff. Warum das so ist, weiß niemand. Ihr neuer Ehemann ist ein gewisser Graf Spinola. Klingt italienisch.«

Aus einem der Fenster in den oberen Stockwerken erklang Musik. Zarte, vorsichtige Klänge eines Saiteninstruments. Er sah nach oben.

»Das ist Annette«, erklärte die Demoiselle von Göchhausen. »Die Serenissima hat ihr gestattet, ihre neue Guitarre zu spielen. Das hört sich schon recht gut an.«

Wilhelm nickte. Er war verwirrt. Annette, Musik, unbekannte Speisen, mit einer Dame des herzoglichen Hofs an einem Tisch … Er musste sich konzentrieren.

»Haben Sie auch etwas herausbekommen?«, fragte er.

»Ja.« Sie zögerte.

Vertraute sie ihm nicht?

»Und zwar einiges, das sehr gut zu Ihren Nachforschungen passt!«

Hatte sie ihn soeben in der Sie-Form angesprochen? Nein, sicher hatte er sich verhört.

»Frau Meyerbeer soll angeblich an den Pocken gestorben sein. Sie hat den Grafen von Truss am 2. September geheiratet, ist also diejenige, die Taupe in seinem Brief mit ›drei Wochen nach der Hochzeit‹ gemeint hat. Sie hat einen Bruder, der in einem kleinen Weiler Richtung Apolda namens Großromstedt einen Hof führt, dort war sie mehrmals mit ihren Kindern. Wir müssen nur noch herausbekommen, ob sie bei dieser Gelegenheit tatsächlich mit Rindern in Kontakt gekommen war.«

»Das sollte wohl möglich sein.«

»Das denke ich auch. Zwei Wochen nach der Hochzeit kamen die ersten Blattern, eine Woche später war sie tot. Sagt jedenfalls Wieland.«

»Wieland? Der große Wieland, der Dichter?«, fragte Wilhelm.

Louise von Göchhausen lächelte. »Genau der. Er ist ein guter Freund.«

»Meine Güte, wen Sie alles ...«

»Wenn Frau Meyerbeer tatsächlich an den Kuhpocken erkrankt war, dann stimmt die offizielle Version nicht, und sie ist an etwas anderem gestorben.«

Wilhelm nickte.

»Dieser Graf von Truss soll ein vernünftiger Mensch sein«, fuhr die Göchhausen fort. »Das werde ich noch prüfen.«

»Oder wir?«

»In diesem Fall sollte ich eher ›imstande‹ sein, das zu klären.«

»Hm. Ja.«

»Er war fünfzehn Jahre jünger als sie.«

»Na und?«

»Immerhin ist es ungewöhnlich. Von Wieland bekam ich keine Aussage zu Franziska Meyerbeers Aussehen in ihrer letzten Lebenswoche, aber das wissen wir ja nun von Ihnen. Hier ergänzen sich unsere Erkenntnisse. Nun zu Frau von Bandewitz. Ihr Vorname ist Eleonore.«

Wilhelm sah sie neugierig an.

»Von ihr weiß ich, dass sie diesen Conte di Spinola geheiratet hat. Auch in diesem Fall decken sich unsere Informationen – das ist gut, das gibt Sicherheit. Er kam aus Welschtirol.«

»Entschuldigung, Gnädigste, ich bin nicht so gut bewandert in Geographie, wo ist Welschtirol?«

»Es liegt in Italien, jenseits der Alpen. Sagt Ihnen das etwas?«

»Ja.« Sie siezte ihn immer noch. Unglaublich.

»Im nördlichsten Teil, in der Nähe des Gardasees. Die Hauptstadt ist Trient. Schöne Landschaft.«

»Waren Sie schon dort?«

»Ja, auf der Italienreise mit der Herzoginmutter.«

»Oh!« Die Welt der Adligen und Reichen faszinierte Wilhelm.

»Wissen Sie, ob auch der Conte die Besitztümer seiner verstorbenen Ehefrau verkaufen will?«, fragte sie.

»Nein. Das weiß ich nicht.«

»Man munkelt, er wolle auf dem Bärenhügel Wein anbauen.«

»Wein?« Wilhelm staunte. »Bei unserem Klima? Geht das denn überhaupt?«

»Grundsätzlich schon, man muss nur einen sonnigen Hügel finden und kalkhaltigen Boden.«

»Aha!«

»Passen Sie auf, Wilhelm. Der Herzog besaß am Schweinemarkt große Scheunen, die sind vor sieben Jahren größtenteils abgebrannt. Sie werden außerhalb der Stadt neu errichtet. Von den alten Scheunen sind nur wenige verschont geblieben, eine davon befindet sich draußen am Schwanseegatter. Da gibt es eine Kammer. Sie ist klein, aber ordentlich und im Winter nicht allzu kalt. Früher war dort der Schweinehirt untergebracht. Ich werde mit der Herzoginmutter reden, dass Sie dort unterkommen dürfen. Wenigstens vorübergehend.«

Er verbeugte sich. »Ich danke Ihnen sehr.«

»Noch Kaffee?«

»Danke, lieber nicht, ich bin dieses Getränk nicht gewöhnt.«

Sie lächelte. »Verstehe. Der Abtritt befindet sich dort hinten, jenseits des Schlosses.«

»Ich danke Ihnen, Gnädigste. Übrigens: Wenn wir tatsächlich annehmen, dass die beiden Frauen ermordet wurden …« Er merkte, wie die Demoiselle von Göchhausen bei dem Wort »ermordet« zusammenzuckte. »… dann fehlt uns noch die

Tötungsart, die die Meuchelmörder angewendet haben, und die – wie soll ich es nennen? Die Beweggründe.«

»Was meinen Sie damit?«

»Die Mörder müssen ja einen Grund gehabt haben, Frau Meyerbeer und Frau von Bandewitz zu töten. Ohne einen Auslöser, nur so zum Zeitvertreib, macht das doch kein Mensch.«

»Das ist wahr. Darüber muss ich ... äh, müssen wir nachdenken.«

»Und Herr Taupe?«

»Was ist mit ihm?«

»Ich denke, wir sollten wissen, wer das ist, ob man ihm vertrauen kann und wie sein Verdacht aufkam, dass die Frauen keines natürlichen Todes starben.«

Louise von Göchhausen lächelte. »Sie sind ein pfiffiger Mensch, Wilhelm. Ich habe mit dem Geheimrath von Goethe darüber gesprochen. Taupe hat einen einwandfreien Leumund, er ist ein Wein- und Gewürzhändler aus Jena. Wie er zu dem Verdacht kam und warum er mir diesen Brief sandte, das bespreche ich morgen mit ihm.«

»Morgen?«

»Ich habe ihn eingeladen, mich am Vormittag auf einen Kaffee zu besuchen. Hier in Tieffurth ist solch ein Treffen unauffälliger zu bewerkstelligen als im Palais in Weimar.«

Wilhelm nickte und war ein wenig enttäuscht, dass er an diesem Gespräch nicht teilnehmen konnte, denn am folgenden Tag würde er den Schreibtisch ausliefern, und sowieso war der Freitag ein normaler Wochentag, an dem er arbeiten musste. So eine Gesellschaftsdame am herzoglichen Hof hatte Zeit genug, um sich für den Vormittag zu verabreden, verbunden mit diesem schmackhaften Kaffee und den teuren *croissants de la lune*. Nun ja, wenigstens konnte sie so Informationen bekommen, die er selbst nicht erhalten würde.

Die Demoiselle von Göchhausen betrachtete ihn. »Ihrem Gesicht könnten Heiltinkturen helfen. Soll ich Rosine beauftragen?«

Es gibt Zeiten, in denen man mutig ist, und andere, in denen man sich scheu und zurückhaltend verhält. Wilhelm befand sich gerade in einer couragierten Lebensphase. Er fühlte sich befreit und sogar ein wenig erlöst von der Enge seines Elternhauses. »Verzeihen Sie, Gnädigste, Sie haben sicher schon bemerkt, dass ich Rosine nicht sonderlich zugetan bin. Könnte das vielleicht …?«

»Bitte?«

»Könnte Annette …?«

»Oh, nein, das ist eine Arbeit für Dienstboten, Sie müssen schon mit Rosine vorliebnehmen.«

Wilhelm fühlte sich ertappt, es war ihm unangenehm.

»Rosine gibt Ihnen ein Fläschchen, die darin enthaltene Tinktur können Sie auch selbst auf die Haut auftragen. Und morgen Mittag Schlag zwölf finden Sie sich vor dem Weimarer Rathaus ein. Dort werden Sie eine Nachricht erhalten.«

»Wie? Von wem?«

»Abwarten, junger Mann!«

※

Den Rest des Tages irrte Wilhelm mit seinem Strohsack und dem Kleiderbündel in Weimar umher. Er hatte keine Ahnung, wohin er gehen sollte, was er tun konnte, an wen er sich wenden mochte. Nur eines war klar: Er wollte nicht zurück in die Winkelgasse. Hätte er doch nur Geschwister. Oder einen Onkel, eine Tante. Er fühlte sich heimatlos.

Auf dem Marktplatz hielten ihn zwei herzogliche Ordonnanzhusaren an und fragten, wer er sei und was er in Weimar zu tun habe. Durch solche Kontrollen wollte die Stadtregierung verhindern, dass Landstreicher und Bettler die Straßen bevölkerten. Als Wilhelm sagte, dass er in der Tischlerei in der Rittergasse bei Meister Frühauf arbeite, wiesen sie ihn an, dort hinzugehen und sich nicht in der Stadt herumzutreiben. Er tat, wie ihm geheißen. Wieder nahm er seinen Mut zusammen und fragte den Meister, ob er ausnahmsweise in der Werkstatt übernachten dürfe. Nur eine Nacht.

Frühauf wurde wütend. Wilhelm solle seine persönlichen Dinge in Ordnung bringen und so lange gefälligst bei seinen Eltern nächtigen. Eine Werkstatt sei kein Schlafsaal.

Wilhelm trabte traurig von dannen. Draußen auf der Rittergasse vernahm er eine Stimme. Eine leise Frauenstimme. Er hob den Blick. Oben am Fenster stand Frau Frühauf, sie winkte in Richtung ihrer Scheune. Er lächelte dankbar.

8. Von Brüsten und zwölf Schlägen

Freitag, 5. Oktober 1804

In der Scheune roch es wesentlich angenehmer als in der Werkstatt. Zudem war es deutlich bequemer, und in den Ecken piepste und raschelte es nicht, denn eine weiße Katze mit grün funkelnden Augen und einer schwarzen Stirnblesse sorgte für Ordnung. Frau Frühauf nannte sie Wendela.

Wilhelm war schnell eingeschlafen. Nächtens ereilte ihn ein Traum, in dem sein toter Vater zusammen mit einer lebenden Ratte im Sarg beerdigt wurde. Als er hochschreckte, hatte die Morgendämmerung eingesetzt. Wendela lag zwischen seinen Füßen und hielt die kleine blaue Holzfigur stolz im Maul. Viola – sie war wohl aus Wilhelms Hosentasche gefallen. Er lächelte und nahm sie wieder an sich.

Mit einem dumpfen Schlag wurde das Scheunentor geöffnet. Der Meister stürmte herein. »Was soll das? Wie bist du hier hereingekommen?«

Wilhelm traute sich nicht zu antworten. Hinter Frühauf tauchte seine Ehefrau auf.

»Verzeih«, sagte sie. »Ich habe ihm geöffnet. Er kann ja nicht auf der Straße schlafen.«

Der Meister schnappte nach Luft. Wilhelm merkte, dass er sich nur schwer beherrschen konnte.

»Na, meinetwegen, aber das war das erste und letzte Mal, ist das klar?«

»Ja«, antwortete Wilhelm und rollte schnell seinen Strohsack zusammen.

Frau Frühauf hatte das Frühstück bereits vorbereitet: frisch gebackenes Roggenbrot, Butter und Obst mit Schmand. Auch Kaffee gab es, auf den freute sich Wilhelm besonders, allerdings schmeckte er bei Weitem nicht so gut wie derjenige im Tieffurther Schloss. Üblicherweise aßen der Meister, die Gesellen und die Lehrlinge am selben Tisch. Heute jedoch hatte Frühauf seinen Gesellen mit dem Essen in die Werkstatt verbannt. Anton saß bei ihm und kaute still, ohne Fragen zu stellen. Wilhelm zeichnete ein großes A ins Sägemehl.

»Nenn mir Wörter, die mit A beginnen«, sagte er.

Anton überlegte. »Anton«, sagte er.

»Das ist zu einfach, etwas anderes!«

»Apfel, Anker, Aprikose ...«

»Gut so, weiter!«

»Ast, Ahorn, Amsel ...«

»Oder Arbeit!«, rief Meister Frühauf von der Tür her.

Wilhelm und Anton sprangen auf.

Sie bereiteten alles vor, um den Schreibtisch in der Canzley des Geheimen Conseils abliefern zu können. Gegen 9 Uhr zogen sie los. Wilhelm und Anton trugen das flache Tisch- und Schubladenteil, Meister Frühauf die vier Beine, die an Ort und Stelle eingeleimt werden sollten. Sämtliche Teile waren in Schaffelle gehüllt, sodass keine Kratzer oder Beschädigungen entstehen konnten.

Sie betraten das Rote Schloss und wurden in den ersten Stock des Westflügels geleitet. Von hier aus hatte man einen guten Blick auf den Marktplatz. Zwei Canzley-Sekretäre empfingen sie und wiesen dem neuen Möbelstück einen Platz zu. Wilhelm und Anton legten den Schreibtisch vorsichtig mit der Platte nach unten ab, gepolstert durch zwei Schaffelle, trugen den Leim auf und passten die Beine ein. Ein langer Ledergurt diente als Leimknecht. Nebenan im Sitzungszimmer verhandelte Meister Frühauf mit dem Geheimrath Voigt. Es ging um ein neues Möbelstück, sie waren sich schnell handelseinig. Wilhelm konnte nur vernehmen, dass es sich um einen Schrank handelte. Er erklärte den beiden Canzley-Sekretären, dass der Schreibtisch bis zum nächsten Tag nicht berührt werden dürfe. Einer von ihnen, ein Mann mit einer erstaunlich langen, krummen Nase, machte einen ungeduldigen Eindruck und meinte, das sei doch sicher nicht notwendig, er müsse den Schreibtisch unbedingt noch heute benutzen. Wilhelm ließ sich nicht beirren und erklärte, dass die Tischlerei Frühauf in diesem Falle keine Gewährschaft für die Stabilität des Schreibtischs übernehmen könne. Der andere Sekretär akzeptierte das und überzeugte den Krumme-Nase-Mann, seine Arbeit auf Samstag zu verschieben. Wilhelm präzisierte diese Angabe auf Samstagnachmittag. Er werde gegen Mittag kommen, um die Klebestellen zu prüfen und den Leimknecht zu entfernen. Erst danach dürfe das Möbelstück auf die Beine gestellt und benutzt werden.

Während Wilhelm ein letztes Mal den straffen Sitz des Ledergurts prüfte, legte der Mann mit der krummen Nase sichtlich verärgert einen Stapel handbeschriebener Papiere – mit einem Riemen gebunden – in ein Regal und verließ murrend die Schreibstube. Als der zweite Canzley-Sekretär ihm nachging, waren Wilhelm und Anton allein.

Aus dem Nebenraum hörten sie den Geheimrath Voigt weiter mit Meister Frühauf sprechen. Inzwischen ging es um eine Frau aus Wiesenthal im Eisenachschen, die unter Verdacht stand, ihr Neugeborenes getötet zu haben. Das kam leider zu oft vor, da sich viele Frauen nicht trauten, ein unehrenhaft gezeugtes Kind der Öffentlichkeit zu zeigen. Dabei fiel auch das Wort Todesstrafe. Wilhelm erstarrte. Das war es also: In der geheimen Mission, auf die er sich gemeinsam mit Louise von Göchhausen eingelassen hatte, ging es um nicht weniger als um Leben und Tod. Konnte er dieser Verantwortung gerecht werden?

Da die Unterhaltung noch nicht beendet schien, wagte Wilhelm einen Blick auf die Papiere, die der Canzlist mit der krummen Nase im Regal abgelegt hatte. Anton raunte ihm zu, er solle aufpassen, aber Wilhelms Neugier siegte. Als er den Stapel durchblätterte, erkannte er, dass alle Papiere in einer fremden Sprache abgefasst waren. Nach dem Gespräch mit Louise von Göchhausen vermutete er, dass es sich um französische Schriften handelte. Auf einem Blatt las er in großen, ordentlichen Buchstaben: »Acte de n…«.

»Wilhelm!«, rief Anton laut durch den Raum. »Ich bin fertig!«

Wilhelm bückte sich schnell und tat so, als müsse er seine Schuhe schnüren.

Meister Frühauf stand in der Tür. Er schien zu überlegen, ob hinter Wilhelms seltsamer Bewegung mehr steckte als ein simples Schuhbinden.

»Nun, gehen wir.« Offensichtlich hatte er beschlossen, keine weiteren Fragen zu stellen. »Der Geheimrath ist sehr zufrieden. Zur Belohnung für eure gelungene Arbeit lade ich euch zu einer Rostbratwurst ein!«

Frühauf kannte einen Fleischer, der mit seinem Holzkohlegrill auf dem Marktplatz stand und dessen Wurst eine ausgezeichnete Qualität hatte. Wilhelm kannte Bratwurst in Franken, Polen, Tschechien und Böhmen. Doch keine reichte an den Geschmack der Thüringer Rostbratwurst heran. Wenig später saßen sie zu dritt auf einer Holzbank am Rande des Marktplatzes. Wilhelm zog seinen Zimmermannshammer aus dem Gürtel und malte mit dem Stiel ein auf dem Rücken liegendes B in den Sand.

»Anton, an was erinnert dich das?«

Der junge Mann hörte auf zu kauen, betrachtete das umgekippte B und schüttelte den Kopf. »Ich weiß nicht ...«

»Das ist ja wohl klar«, sagte Wilhelm, »an zwei Frauenbrüste!«

Anton bekam einen purpurroten Kopf.

»Na ja«, sagte Wilhelm. »Macht ja nichts. Ist aber einleuchtend, oder?«

Anton nickte grinsend.

»Die Frauen haben nun mal so was, wir Männer haben dafür etwas anderes, so ist die Natur!«

»Ich hab ja noch nie ...«, murmelte Anton.

Wilhelm überging diese Bemerkung galant und erkannte aus dem Augenwinkel, wie der Meister lächelte.

»Also, wenn du meine Figur aufstellst ...«, er kratzte das umgekippte B weg und zeichnete ein neues, aufrecht stehendes B, »... dann erhältst du den zweiten Buchstaben, den du heute Abend in dein Holzbrett schnitzt: das B. B wie Biene, Bier oder eben ... Brüste.«

Anton war wohl unsicher, ob dem Meister diese Lektion gefallen hatte, und erläuterte in aller Ausführlichkeit das zwischen ihm und Wilhelm vereinbarte Prinzip der Alphabetisierung. Bratwurstkauend gab Frühauf mit einem Handzeichen seine Zustimmung.

Dann erklärte Wilhelm seinem Gehilfen Anton, dass sie tauschen müssten. Er solle am morgigen Samstag den Schreibtisch kontrollieren, er selbst werde dafür die Beerdigung auf dem Jacobsfriedhof übernehmen. Anton war sichtlich überrascht, denn eigentlich war die Sargkontrolle vor einer Beerdigung Gehilfenarbeit, nicht Gesellenaufgabe. Wilhelm hatte den Tausch im Beisein des Meisters kundgetan, ohne diesen vorher gefragt zu haben. Das war riskant, aber Wilhelm kannte Frühauf, in Anwesenheit von Anton würde er keine Einwände erheben. Und so geschah es. Anton übte noch dreimal das B, dann traten sie den Rückweg in die Tischlerei an.

Während sie die Große Windische Gasse durchquerten, berichtete Frühauf gut gelaunt von dem neuen Auftrag. Ein Eichenschrank sollte es werden, zweitürig, der Korpus mit abgeschrägten Ecken und einem profilierten Gesims. Besonders das Gesims hatte es dem Geheimrath Voigt angetan, so etwas hatte er bei einem Neustädter Kollegen gesehen, und das wollte er auch haben. Für seine private Wohnung. Die Türen sollten Rahmentafeln bekommen, mit Ahornintarsien in floraler Gestalt. Wilhelm hörte aufmerksam zu und begann im Geiste schon, einen ersten Arbeitsplan zu entwerfen, als vom Rathaus her ein Uhrenschlag ertönte. Vor dem Rathaus, Schlag zwölf! Ehe er sich gesammelt hatte, erklang der zweite Glockenschlag.

»Bin gleich zurück!«, rief er und rannte los, während der dritte Schlag durch die Stadt tönte. Wilhelm entschied sich für den Weg durch die Breite Gasse, da kam er schneller voran, weil es mehr Platz gab. Dafür musste er den Gestank des Lottenbachs ertragen, doch das war ihm in diesem Moment egal. Der vierte Glockenschlag. Er stieß mit einem Mann zusammen, der ein Holzbündel auf dem Rücken trug, der Mann taumelte, versuchte, das Gleichgewicht zu halten, der fünfte Schlag erklang, Wilhelm entschuldigte sich, hielt das Holzbündel fest, sodass es dem armen Menschen nicht vom Rücken fiel, und lief weiter. Schlag Nummer sechs. Der siebte folgte, als er die nächste Kreuzung erreicht hatte und das Rathaus bereits sehen konnte. Er bog rechts ab – der achte Uhrenschlag. Er musste kurz Luft holen, Nummer neun. Als Wilhelm den Rand des Marktplatzes erreicht hatte, wehte der Wind den zehnten Glockenschlag über den Platz. Es klang wie eine Mahnung, fast wie eine Anklage.

Er konnte keine Kutsche erkennen. Fast hätte er vergessen, weiterzulaufen. Schlag zwölf erreichte er das Portal des Rathauses. Immer noch keine Kutsche. Hatte er sich vertan? Was hatte die Demoiselle von Göchhausen gesagt? »Sie erhalten eine Nachricht!« Natürlich wäre es normal gewesen, wenn sie in einer Kutsche vorgefahren käme, aber es konnte auch sein …

Eine gebückt schlurfende Frau mit einem grauen Kapuzencape kam auf ihn zu. »Wilhelm!«, krächzte sie. Er sah sie an und blickte in ein wunderschönes engelsgleiches Gesicht: Annette. Er war verwirrt. Niemals hätte er mit dieser Botin gerechnet.

»Äh, guten Tag, gnädiges Fräulein«, sagte er, und kaum hatte er die Worte ausgesprochen, wusste er, dass diese Anrede viel zu steif und zu förmlich war.

Annette zog ihre Kapuze ein wenig zurück, sodass ihr kastanienbraunes Haar zum Vorschein kam. Unter dem kurzen Cape trug sie, dem herbstlichen Wetter entsprechend, ein knöchellanges blaues Überkleid.

»Wilhelm«, sagte sie halb tadelnd, halb scherzend, aber mit ihrer normalen Stimme. »Ich weiß inzwischen, dass du die höfische Etikette beherrschst, du kannst jetzt Annette zu mir sagen.«

Er lachte. »Gut, vielen Dank, ich wusste ja bis gestern nicht, dass Sie …«

»… dass du!«

»Ja, also, dass … du eine von Auerbach bist.«

»Das ist mir egal, ich lege keinen Wert auf solche Förmlichkeiten. Sollen wir über den Markt gehen?«

»Jawohl, also … gerne!«

Für eine einzelne Frau wäre es unschicklich gewesen, allein über den Markt zu gehen. Wilhelm bot ihr seinen Arm, Annette hakte sich ein, und sie schlenderten zwischen den Marktständen hindurch, als wären sie ein Ehepaar. Sein Inneres frohlockte. Er befand sich in diesem wohlbekannten Zustand des ersten Liebestaumels, in dem man weiß, was man möchte, aber nur eine nebulöse Ahnung davon hat, wie es sein wird, wenn man es erreicht hat.

An einem Obststand beugte sich Annette vor zu den Äpfeln und griff nach einem schönen, rotbackigen Exemplar. Fast gleichzeitig versuchte Wilhelm, denselben Apfel zu ergreifen, und ihre Hände trafen sich. Scheu sahen sie sich an. Die Marktfrau lächelte.

»Du kannst die Hirtenkammer nutzen, soll ich dir sagen.«
»Meinst du die Kammer des Schweinehirten?«, fragte er.
»Jaja, die meine ich. Hirtenkammer klingt besser.«
Was für eine Frau!

»Hier ist dein Einlassschein. Falls du einer Husarenstreife begegnest.« Sie reichte ihm ein zusammengefaltetes Papier. Den Apfel hatten sie beide vergessen. »Und diesen Brief soll ich dir aushändigen.« Sie zog ein versiegeltes Schreiben aus dem Ärmel ihres Umhangs und reichte es Wilhelm.

»Ich danke dir! Gibt es einen Schlüssel?«

»Natürlich, entschuldige.« Annette griff in die Tasche ihres Umhangs und zog ein blaues Samtband heraus, an dem ein Schlüssel hing. Wilhelm war erstaunt über das wertvolle Band, sagte jedoch nichts und wollte den Schlüssel entgegennehmen. Da er jedoch in diesem Moment Annette mit leuchtenden Augen ansah, rutschte ihm der Schlüssel aus den Händen und fiel zu Boden. Wilhelm war das peinlich, er murmelte eine Entschuldigung und bückte sich. Zum Glück lag das blaue Samtband nicht im Schmutz. Als er sich wieder aufgerichtet hatte, sagte Annette: »Ein gar liebliches Muttermal hast du im Nacken. Es erscheint mir wie ein Gesicht, was meinst du?«

Er lächelte und wunderte sich, dass sie ein solch persönliches, ja fast intimes Merkmal angesprochen hatte.

»Ich kann es nur mühsam im Spiegel erkennen. Meine Mutter meint, es sei einem Kindergesicht ähnlich.«

»Das passt gut«, sagte Annette.

Sie gingen weiter. Als Wilhelm sich in der Mitte des Marktplatzes nach links wenden wollte, merkte er, dass Annette sich auch nach links orientierte, er musste und wollte und brauchte sie nicht zu lenken.

»Was hast du eigentlich mit Tantchen auszuhandeln?«, fragte sie.

»Es tut mir leid, Annette, das darf ich niemandem sagen. Auch dir nicht. Frag bitte deine Tante, vielleicht vertraut sie dir etwas an.«

»Habe ich schon versucht, sie ist verschlossen wie eine Auster!« Annette lachte.

»Was ist denn eine Auster?«, fragte Wilhelm.

Sie wirkte überrascht. »Äh, das ist eine Art Muschel. Schmeckt aber nicht.«

»Diese ... Muschel kann man also essen?«

»Ja, das kann man. Doch wie gesagt: Sie schmeckt nicht.«

Annette schien leicht verwirrt. Wilhelm hoffte, dass er sie nicht in irgendeiner Weise kompromittiert hatte.

»Es tut mir leid, Annette, ich muss zurück in die Tischlerei. Der Meister wartet auf mich.«

»Hast du denn keine Mittagspause?«

»Doch, aber die dauert inzwischen schon recht lange, ich muss zurück.«

»Ist dein Meister so streng?«

»Nein, er ist sogar sehr großzügig, sonst hätte ich gar nicht hier sein können. Solch eine Mittagspause ist eher ungewöhnlich. Äh ... ich hoffe, wir sehen uns bald wieder?«

»Vielleicht«, antwortete sie, wobei ein leichtes Lächeln ihre Lippen umspielte.

Das wirkte so umwerfend auf Wilhelm, dass er sie am

liebsten sofort geküsst hätte. Das war jedoch unmöglich. Sie – eine Dame von hohem Stand, er – ein einfacher Handwerker, noch dazu in der Öffentlichkeit, nein, undenkbar! Und davon abgesehen: Wollte sie das überhaupt?

Sie verabschiedeten sich. Am liebsten hätte er ihre Hand ewig gehalten, er hielt sie schon zu lange, endlich beugte er sich hinab und deutete einen Handkuss an. Sie lächelte, streifte die Kapuze über und verschwand mit einem leichten Kopfnicken in Richtung Frauenthor.

⁓☙⁓

Meister Frühauf war über Wilhelms mittäglichen Ausflug nicht erfreut, das sah er ihm an. Trotzdem zahlte er Wilhelm anstandslos seinen Wochenlohn in Höhe von einem Taler und zwölf Groschen aus. Aus Dankbarkeit blieb Wilhelm abends länger in der Werkstatt. Als er endlich seine Arbeitsstätte verließ, hatte die Dämmerung bereits eingesetzt. Zunächst wollte er herausfinden, ob sich die Hirtenkammer wirklich als Schlafstätte eignete. Mit seinem Strohsack und dem Kleiderbündel unter dem Arm durchquerte er die Innenstadt in Richtung Westen.

Weimar befand sich um die Jahrhundertwende in einer Phase des Umbaus. Überall wurde abgerissen, hinzugefügt oder neu errichtet. Dabei ging alles recht langsam voran. Wilhelm erinnerte sich gut an das vergangene Jahr, als die herzogliche Familie mit großen Feierlichkeiten von ihrem achtundzwanzig Jahre währenden Übergangsdomizil im Fürstenhaus endlich wieder ins Residenzschloss hatte zurückkehren können. So wurde das Schloss nun jedenfalls genannt, nachdem 1774 der Vorgänger, die Wilhelmsburg, abgebrannt war. Auch jetzt konnte nur der Ostflügel bewohnt werden, die anderen Gebäudeteile waren noch im Wiederaufbau begriffen.

Nebenan, im Grünen Schloss, in dem inzwischen die Bibliothek untergebracht war, wurde an einer Verbindung zu einem alten Wehrturm gearbeitet. Manchmal dachte Wilhelm, es wäre einträglicher für ihn gewesen, als Maurer zu arbeiten, denn dieses Handwerk wurde besser bezahlt als das Gewerbe der Möbeltischler. Aber das hätte ihn nicht wahrlich befriedigt. Keine noch so schöne Mauer war vergleichbar mit der sich fein dahinziehenden Maserung einer Holzplatte.

Auch war es die Zeit der Stadterweiterung. Die drei großen Raths-Teiche waren in den vergangenen Jahren teilweise zugeschüttet worden, auch daran wurde weiter gearbeitet. Die auf dieser Fläche entstehende Straße namens »Der Graben« sollte als Flaniermeile für alle Einwohner dienen, sozusagen als Kontrapunkt zur Esplanade, die vor allem von den Adligen und Reichen genutzt und üblicherweise durch zwei Eisengitter abgesperrt wurde. Diesem Tun fielen die inneren Thore der mittelalterlichen Stadtbefestigung Stück für Stück zum Opfer, die Stadt musste sich ausbreiten, sie musste atmen. Wilhelm begrüßte das, denn die andauernden Kontrollen und Nachfragen an den inneren Stadttoren ärgerten ihn. Er war ein freier Handwerksgeselle, warum konnte er nicht gehen, wohin er wollte?

Der Platz des ehemaligen Schweinemarkts war seit dem großen Scheunenbrand vor sieben Jahren noch immer nicht komplett wiederhergerichtet, es lagen verkohlte Gebäudereste umher, und der Untergrund bestand weiterhin aus Lehm. Gemäß der offiziellen Planung sollte dieser Platz repräsentativ ausgebaut und gepflastert werden, aber die herzogliche Schatulle gab das wohl nicht her. Die »Neue Straße« – so nannten die meisten Weimarer diesen Teil der Stadt jetzt – lag weitgehend im Dunkeln, nur der erste Neubau an der Südseite, die Löwenapotheke, und die Magazinscheunen am Nordrand waren erleuchtet. Dahinter gen Norden erstrahlte das großzügige Haus von Friedrich Justin Bertuch, dem wahrscheinlich reichsten Kaufmann der Stadt.

Wilhelm lief zu den Magazingebäuden. Dort traf er auf eine Patrouille der herzoglichen Ordonnanzhusaren. Er ging auf sie zu, zeigte den Einlassschein und wurde durchgewunken. Auf der Rückseite des Dokuments befand sich eine Handzeichnung, in der Dämmerung gerade noch erkennbar, die ihn bis kurz vor das zur äußeren Stadtbefestigung gehörige Schwanseegatter führte. An der Nordseite das Gatters stand eine einzelne Scheune, hinter der sich der Bertuch'sche Baumgarten erstreckte. Wilhelm fand den Zugang zur Hirtenkammer über einen schmalen Gartenweg. Die Tür befand sich auf der Rückseite der Scheune, gut versteckt zwischen Obstbäumen und niedrigem Heckenbewuchs. Es duftete nach Äpfeln und Hagebutten. Er zog das blaue Samtband aus der Tasche, steckte den Schlüssel ins Schloss und öffnete die Tür. Die Nacht hatte sich vollends über Weimar gesenkt, nur das blasse Mondlicht fiel durch ein kleines Fenster. Soweit erkennbar, war die Kammer von annehmbarer Größe. Es roch nicht nach Fäkalien, und er hörte kein Rascheln und Piepsen. Wilhelm schloss die Tür und schob den inneren Riegel vor. Damit fühlte er sich sicher. Da es in Scheunen bei Höchststrafe verboten war, eine Kerze anzuzünden, musste er mit dem Lesen des Briefes, den Annette ihm übergeben hatte, bis zum Morgen warten. In der Werkstatt und in der Öffentlichkeit hatte er sich nicht getraut, den Brief zu öffnen, aus Sorge, dabei beobachtet zu werden. Er stieß mit dem Fuß gegen ein Möbelstück und ertastete ein Bett. Lächelnd nickte er sich selbst zu und rollte seinen Strohsack auf der Schlafstatt aus. Mit einem Seufzer ließ er sich nieder, stopfte sein Kleiderbündel unter den Kopf, dankte Gott für seine Rettung und schlief ein.

Fast zur gleichen Zeit stand Louise von Göchhausen am Fenster ihres Gemachs und sah hinaus in den Tieffurther Park. Sie hatte keine Kerze angezündet, denn sie liebte es, aus dem Dunkel des Zimmers unerkannt die Welt zu beobachten. Sie bewegte sich nicht. Die Baumkronen waren im Mondlicht nur schemenhaft zu erkennen. Ein Tier schlich über die Wiese, wahrscheinlich ein Fuchs. Fledermäuse kamen pfeilschnell auf ihr Fenster zugeflogen, drehten im letzten Moment ab, ein Käuzchen rief. Schritte. Schritte im Kies?

Es war kurz nach zehn am Abend, um diese Zeit befanden sich normalerweise alle in ihren Kammern, die Herrschaft ebenso wie die Bediensteten. Louise öffnete vorsichtig die Tür ihres Gemachs im Schlossanbau. Nichts zu hören, nichts zu sehen. Sie schlich langsam den Altangang entlang, der den Durchgang zum Innenhof überspannte. Das fiel ihr nicht leicht, denn durch ihre Verwachsungen war es schwierig, die Fußsohlen abzurollen. Unten hörte sie Stimmen. Vorsichtig, einen Fuß vor den anderen setzend, bewegte sie sich bis zur Statue der Knöchelspielerin.

»Was willst du?« Das war Annette. »Wo kommst du überhaupt her, so spät?«

»Ich war bei meiner Mutter.« Die Stimme von Rosine. »Wir haben Pilze gesucht, draußen am Ettersberg. Die Gnädigste hat mir den Auftrag gegeben.«

»Gut. Also, was willst du?«

»Ich weiß, mit wem deine Tante Geheimnisse austauscht, mit einem Herrn Taupe!«

Louise zuckte zusammen. Sie glaubte kaum, was sie da hörte. Zum einen hatte Rosine sie belauscht, zum andern duzte sie Annette. Eine Zofe duzte eine Adlige: nicht zu fassen! Louise wusste, dass Annette nicht viel Wert auf Höflichkeitsformen legte, aber das ging zu weit. Sollte sie mit ihr ein ernstes Wort reden oder auf Annettes eigene Persönlichkeitsbildung vertrauen?

»Und, wer ist dieser Taupe?«, hörte sie Annette fragen.

»Ein Wein- und Gewürzhändler aus Jena. Ich habe ein wenig mit seinem Boten geturtelt.«

»Ist das alles?«, unterbrach Annette. Sie klang verärgert. »Und dafür muss ich zu nachtschlafender Zeit das Schloss verlassen? Bist du verrückt?«

»Na ja, da ist noch eine Sache. Wilhelm hat mich geküsst. Am Samstag. Hier im Schloss, während sich deine Tante in Weimar aufhielt. Es war ... herrlich!«

Ein Klatschgeräusch, ein »Au!«, etwas fiel zu Boden.

»Verdammt, meine Pilze!«

Schritte entfernten sich.

»So eine Frechheit!«, rief Rosine. Sie brummte noch eine Weile vor sich hin, vermutlich sammelte sie die Pilze auf, dann trabte auch sie davon. Louise von Göchhausens Ärger über ihre Zofe steigerte sich zusehends.

9. Von einem Blick in den Sarg

Samstag, 6. Oktober 1804

Als es vom Rathaus 7 Uhr schlug, fuhr Wilhelm von seinem Strohlager hoch. Am Samstag begann die Arbeit in der Werkstatt später als sonst, er hatte also noch zwei Stunden Zeit. Müde sank er zurück auf den Strohsack und fiel in einen Traumzustand, der ihn zwischen Fantasie und Wirklichkeit hin und her trieb. Irgendwann hörte er eine Katze maunzen. Er kämpfte sich in die Aufrechte und sah sich um. Durch das Fenster fiel dünnes Morgenlicht in die Kammer. Seine Behausung war nicht groß, etwa hundertfünfzig Quadratfuß. In einer Ecke stand eine Truhe, er warf sein Kleiderbündel hinein. Darüber hing ein Regal, schräg zusammengezimmert, wie er sofort feststellte, daneben standen ein schmaler Tisch und ein Stuhl – das war's.

Der Brief des Fräuleins von Göchhausen! Er nahm ihn in die Hand. Fast hätte seine Neugier gesiegt, doch dann drangen ihm die Worte seiner Mutter ins Bewusstsein: zuerst waschen und essen – dann das Tagwerk beginnen.

Er schob den Riegel zurück und öffnete die Tür. Eine weiße Katze mit grün funkelnden Augen und einer schwarzen Stirnblesse sah ihn an: Wendela. Wilhelm strich ihr über den Kopf und hob entschuldigend die Arme, er hatte nichts zu fressen für sie. Schnell verschloss er seine neue Wohnstätte, steckte den Schlüssel in die Hosentasche und spürte dabei das Samtband. Sofort dachte er an Annette. Seine Mutter hätte ihn gewarnt, sein Vater gescholten. Eine Adlige – völlig unmöglich.

Aus der Ferne in westlicher Richtung hörte er Jagdhörner, wahrscheinlich war der Herzog mal wieder mit einer Jagdgesellschaft am Ettersberg unterwegs. Zum Abend würden sie viel Fleisch mitbringen, rein rechnerisch genug, um die Stadt eine Woche lang zu versorgen. Aber so rechnete niemand bei Hofe.

Wilhelm lief über den ehemaligen Schweinemarkt zurück in die Innenstadt. Zum Ziehborn am Kirchhof mochte er nicht gehen, das war zu nah bei seinen Eltern. Zunächst setzte er seine Hoffnung auf den übrig gebliebenen Raths-Teich, doch der war so voller Algen, Dreck und Schutt, dass er sich ekelte, seine Hände dort hineinzutauchen. Er ging ein Stück weiter und bog rechts ab, um zum Brunnen hinter dem Zuchthause zu gelangen. Dort waren einige Mägde mit großen Holzbottichen beim Wasserholen. Er half ihnen mit der schweren Arbeit und durfte sich dafür waschen.

Wilhelm kaufte sich ein Groschenbrot vom Vortag, das der Bäckermeister für einen halben Groschen abgab. Es hatte eine harte Kruste, Wilhelm riss sie auseinander und verschlang einen Teil davon ohne Butter und Salz, aber mit Heißhunger. Endlich war er so weit, den Brief der Demoiselle von Göchhausen lesen zu können.

Nun, Wilhelm, will ich Sie in meine neuesten Erkenntnisse einweihen und ersuche Sie, diesen Brief, nachdem Sie ihn gelesen haben, umgehend zu verbrennen. Noch ist unser Verdacht zu vage, dass wir eine weitere Person ins Vertrauen ziehen oder die Angelegenheit sogar auf die offene Bühne bringen können. Herr Dietrich Gottlieb Taupe ist, wie bereits vom Geheimrath von Goethe bestätigt, ein jenaischer Kaufmann, der mit Wein und Gewürzen handelt. Er besitzt einen einwandfreien Leumund, und nach meinem Gespräch mit ihm bin ich überzeugt, dass wir uns auf ihn verlassen können. Nach dem Grund befragt, warum er die möglichen Bluttaten aufgedeckt wissen möchte, überraschte er mich mit der Aussage, er habe zu beiden Damen in seiner Sturm- und Drangzeit ein Liebesverhältnis unterhalten und habe sie bis zuletzt sehr geschätzt. Er bekam dabei einen feuerroten Kopf und blickte verschämt zu Boden. Ich sagte ihm, dass eine reine Liebe etwas Gutes sei, und wenn diese selbst nach zwanzig Jahren noch anhalte, so sei dies ein hoch einzuschätzendes Gut. Wie Taupe zu der Vermutung gelangt ist, Frau Meyerbeer und Frau von Bandewitz seien auf unnatürliche Weise ins Jenseits expediert worden, wollte er mir nicht verraten. Seine Regungen den Damen gegenüber scheinen mir wahrhaft zu sein. Dass er uns den Grund für seinen Verdacht nicht nennen mag, finde ich jedoch befremdlich. Wir sollten uns dazu besprechen. LvG

Wilhelm las den Brief noch einmal.

Zunächst wunderte er sich über den gekünstelten Schreibstil der Demoiselle von Göchhausen. Statt »Taupe ist zu der Vermutung gelangt« hätte er selbst geschrieben: »Taupe vermutet«, und statt »ins Jenseits expediert« hätte er das einfache Wort »gestorben« gewählt. Nun ja, die Adligen schienen auch einen eigenen Schreibstil zu haben. Noch mehr wunderte ihn, dass der von Goethe bestätigte Leumund des Herrn Taupe von der Göchhausen offensichtlich als unumstößliches Urteil gewertet wurde. War dieser Goethe denn ein allwissendes Monster? Oder ein schreibgewaltiger Heiliger? Im Grunde hätte Wilhelm das selbst überprüfen müssen, doch er wusste nicht, wie und wann und auf welche Weise er nach Jena hätte kommen können. Er besaß kein Pferd und erst recht keine Kutsche, und die reguläre Postkutsche konnte er nicht bezahlen.

Während er gedanklich auf die Frage nach dem Grund für Taupes Interesse an den beiden Todesfällen zusteuerte, fragte Wilhelm sich selbst, was ihn dazu antrieb, Nachforschungen zu betreiben, die eigentlich das Vorrecht von herzoglichen Beamten waren. Mit reiner Neugier konnte man das nicht mehr erklären. Eher schon mit einem inneren Antrieb ungeklärter Ursache. Wilhelm musste sich wappnen, seiner Mutter eines Tages diese Frage zu beantworten.

Er steckte den Brief in die Tasche seiner Handwerkerweste und machte sich auf den Weg zur Jacobskirche.

⁜

Eine Stunde vor Beginn der Bestattung betrat Wilhelm die Kirche. Er ging vor zum Altar und trat an den Sarg. Nach einer kurzen Verbeugung prüfte er den korrekten Sitz des Sargdeckels und die Befestigung der Griffe. Damit war seine übliche Arbeit schon erledigt, dennoch klopfte er an die Tür der Sakristei. Oberkonsistorialrat Wilhelm Christoph Günther bat ihn herein, auch wenn er nicht erfreut schien. Er hielt eine Metallfeder in der Hand, neben ihm lag eine dicke Kladde – das Kirchenbuch. Er streifte die Feder am Tintenfass ab und schloss das Buch. Offensichtlich hatte er soeben etwas eingetragen.

Wilhelm bat ihn, während der Bestattung anwesend sein zu dürfen. Der Prediger stimmte zu. Geschickt verwickelte Wilhelm ihn in ein Gespräch über die Tote und fragte dabei, warum die Bestattung in Weimar und nicht in Kleyn Kromstorff stattfände.

Günther, nun mitteilsamer, berichtete, dass er Frau von Bandewitz gut gekannt habe und sie gerne in ihrer Geburtsstadt Weimar von ihm persönlich beerdigt werden wollte. Er hatte ihr auf dem Totenbett die Beichte abgenommen, dabei habe sie diesen Wunsch geäußert. Über Sonstiges dürfe er nicht sprechen – Beichtgeheimnis.

Wilhelm musste sich etwas einfallen lassen. Er behauptete, es gäbe ein Gerücht, in Kleyn Kromstorff habe sich Typhus ausgebreitet. Er schielte kurz zum Jesuskreuz und bat um Verzeihung für die nächste Notlüge.

Nein, nein, meinte der Prediger, kein Typhus, da könne er beruhigt sein, Eleonore, also Frau von Bandewitz, sei am Schlagfluss gestorben. Ihre Blutversorgung habe ausgesetzt, zudem habe sie starke Bauchschmerzen gehabt, auch Übelkeit, blaue Lippen und Lähmungserscheinungen. Am Ende sei sie an Luftnot verstorben, quasi erstickt. Ein mühsamer Todeskampf sei das gewesen. Und das mit nur zweiundvierzig Jahren. Er selbst und der Medicus konnten nichts für sie tun, als zu beten. Aber mehr dürfe er nun wirklich nicht sagen.

Wilhelm merkte, dass der Todeskampf der Frau einen bleibenden Eindruck bei Wilhelm Christoph Günther hinterlassen hatte. Er hätte gern gewusst, wie der besagte Medicus hieß, erkannte aber, dass er in diesem Moment besser nicht weiter insistieren sollte, und bedankte sich. Unvermittelt hatte er den Drang, sich den Leichnam anzusehen. Sonst scheute er sich vor dem Anblick der Toten, aber mehr denn je misstraute er den Schilderungen der Beteiligten und am meisten dem Urteil des Medicus, der eine natürliche Todesursache bescheinigt hatte. Er verabschiedete sich und erklärte, dass er noch einmal die Verschlüsse des Sargdeckels überprüfen müsse.

Wilhelm ging zurück ins Kirchenschiff. Er musste all seinen Mut zusammennehmen. Vorsichtig öffnete er den Sarg und schob den Deckel beiseite. Er sah sich um – kein Mensch in der Nähe. Jedenfalls kein Lebender. Eleonore von Bandewitz lag seitlich im Sarg, völlig verkrümmt, es roch nach Schweiß und Erbrochenem – ein erbarmenswürdiger Anblick. Ein Bild, das Wilhelm nie vergessen würde. Er hörte die Tür der Sakristei, erschrak und schloss den Sarg mit einem durch das Kirchenschiff schallenden Geräusch. Auf die Frage des Oberkonsistorialrats, ob alles in Ordnung sei, nickte er nur.

Wilhelm Christoph Günther ging an ihm vorbei in Richtung Kirchturm und stieg die Treppe zur zweiten Galerie hinauf. Wilhelm setzte sich auf eine Kirchenbank. Er brauchte einen Moment Ruhe. Von oben drangen Stimmen zu ihm herunter, der Pfarrer unterhielt sich mit dem Kantor. Wilhelm dachte an den Physikus und die seltsame Reaktion seiner Mutter, als dieser die Kirchenbücher erwähnte. Er spähte hinauf, Günther unterhielt sich immer noch mit dem Kantor, der Orgel zugewandt, den Rücken zum Kirchenschiff. Ein paar schnelle Schritte, Tür auf, Tür zu – schon stand Wilhelm in der Sakristei. Er musste sich orientieren, suchte nach einem Notausgang – für den Fall der Fälle. Linksseitig entdeckte er eine kleine Tür, seinem recht guten Orientierungssinn nach musste sie zur Nordseite der Kirche führen. Ein Schlüssel steckte im Schloss, er drehte ihn um, öffnete die Tür und warf einen Blick hinaus: Bäume, Sträucher. Er ließ die Tür einen Spalt offen stehen.

Das Kirchenbuch: Wonach sollte er suchen? Bei dem Gespräch mit dem Physikus war es um mögliche Geschwister von ihm selbst gegangen. Ohne besonderen Grund beschloss er, bei seinem eigenen Geburtsdatum zu beginnen, dem 2. April 1778. Er suchte das entsprechende Jahr und landete zufällig im Februar. Als er weiterblättern wollte, hörte er ein Geräusch hinter sich. Die Tür zur Sakristei wurde geöffnet. Schnell klappte er das Buch zu, sprang zu der halb geöffneten Tür und schlüpfte hinaus ins Freie. Hinter sich hörte er Günther rufen: Ist da jemand? Leise ließ er die Tür ins Schloss gleiten.

Unvermutet stand er vor Louise von Göchhausen.

»Was machen Sie denn hier?«, fragte sie geradeheraus.

»Das erzähle ich Ihnen später, bitte tun Sie so, als seien wir in einem lockeren Gespräch, bitte!«

Die kleine Tür flog auf.

»Was machen Sie da?«, rief Günther.

Louise sah ihn vorwurfsvoll an. »Ich muss doch bitten, Herr Oberkonsistorialrat. Wir führen seit zehn Minuten ein Gespräch und bedauern die arme Frau von Bandewitz!«

»Hm«, machte Günther. »Verzeihen Sie!« Damit schloss er die Tür.

»Puh.« Wilhelm legte erleichtert die flache Hand auf seinen Brustkorb. »Danke! Ich habe den Sarg geprüft, und danach meinte ich, es sei eine gute Idee, im Kirchenbuch nachzusehen, ob ich etwas über die beiden toten Frauen finde. Ich habe aber nichts erreicht, der Pfarrer kam zurück ...«

»Schade«, sagte Louise. »Das müssen wir nachholen – irgendwie. Ich werde an der Trauerfeier teilnehmen, um bei der Gelegenheit mit ein paar Leuten zu sprechen, verstehen Sie?«

»Ja, sehr gut. Können wir mal ... reden?«

»Natürlich, lassen Sie uns spazieren gehen.«

Wilhelm war sich bewusst, dass sie ein seltsames Bild abgaben: eine kleine Frau mit einer bordeauxroten Pelisse und ein Mann, der problemlos im altpreußischen Infanterieregiment No. 6 – den langen Kerls – hätte dienen können, in schwarzer Handwerkerkluft, zusammen über den Kirchhof schlendernd.

Wilhelm begann seinen Bericht: »Der Pfarrer hat mir erzählt, dass Frau von Bandewitz starke Bauchschmerzen hatte, blaue Lippen, Lähmungen und Luftnot. Am Ende sei sie erstickt.« Er griff sich unwillkürlich an den Hals. »Der

Pfarrer war am Totenbett bei ihr. Er sagt, sie sei am Schlagfluss gestorben, das habe der Medicus bestätigt. Wer dieser Medicus war, konnte ich nicht herausbekommen.«

»Oh, die arme Frau! Trotzdem – bei allem Mitgefühl – für uns ist das wichtig, gut gemacht!«

»Dann habe ich mir den Leichnam angesehen.«

»Waaas?«

»Ja, ich musste den korrekten Sitz des Sargdeckels prüfen.« Er versuchte, ein wenig zu lächeln, aber es misslang. Der grauenvolle Anblick der Toten hatte ihn noch fest im Griff.

Louise von Göchhausen schüttelte den Kopf. »Sie sind ein bemerkenswerter junger Mann. Recht vorwitzig. Aber auch sehr mutig!«

»Das könnte auch …« Er zögerte.

»… auf mich passen?«

Er hob die Hände und zog es vor, nicht darauf zu antworten. »Jedenfalls lag Frau von Bandewitz auf der Seite, nicht auf dem Rücken, und es roch schrecklich. Erbrochenes, Schweiß und so weiter.«

»Das heißt, der Bestatter hat sie nicht hergerichtet?«

»Richtig.«

»Vielleicht hatte er Angst, sich zu infizieren.«

»Sich … was?«, fragte Wilhelm.

»Sich anzustecken.«

»Möglich. Und sie war so verkrümmt, so zusammengezogen – ich weiß nicht, wie ich es ausdrücken soll …«

»Verkrampft?«

»Ja, ja, genau!«

»Also ich bin zwar keine Expertin, aber für mich klingt das nach einer Vergiftung.«

»Hm. Wer könnte uns da weiterhelfen?«

Louise überlegte. »Da kommt nur einer infrage: Hoffmann, der Hofapotheker am Markt.«

»Kennen Sie den?«

»Nein, aber ich kenne jemanden, der ihn kennt.«

»Gut. Im Übrigen, vielen Dank für Ihren Brief. Taupe kannte die beiden Frauen also, sehr interessant! Aber glauben Sie wirklich, dass er vertrauenswürdig ist, nur weil der Geheimrath von Goethe gut über ihn spricht?«

»Ja, das glaube ich. Wenn Sie Goethe nicht vertrauen können, dann vertrauen Sie mir. Bitte.«

Wilhelm nickte. »Einverstanden. Aber worin Taupes Mordverdacht begründet ist, das muss er uns noch sagen.«

»Richtig, das muss er, bei nächster Gelegenheit frage ich ihn.«

Wilhelm überlegte. »Mal so, als Gedanke: Falls der Mörder wirklich Gift benutzt hat, um Frau von Bandewitz zu töten, liegt es nahe, dass es ihr Ehemann war, dieser Conte. Er war in ihrer Nähe, hätte ihr etwas ins Essen oder in den Trinkbecher mischen können und hatte einen eindeutigen Beweggrund. Aber was ist in diesem Fall mit Graf von Truss? Hat er Frau Meyerbeer ermordet? Hat auch er Gift verwendet, vielleicht sogar das gleiche? Kennen die beiden sich und haben womöglich ein Mordkomplott geschmiedet?«

»Ein Mordkomplott? Nein, das ist zu unwahrscheinlich. Ich denke eher, eine der Frauen wurde ermordet, die andere ist einer Krankheit zum Opfer gefallen. Oder einer versehentlichen Pilzvergiftung. So etwas passiert immer wieder. Wir wissen nur noch nicht, welche Frau welchem Schicksal erlegen ist. Und wir brauchen dringend mehr Fakten, sonst ist das alles reine Spekulation.«

»Da haben Sie recht. Ich muss zurück in die Werkstatt, tut mir leid.«

»Schon gut, schon gut. Ich bleibe hier und versuche, mich nach der Bestattung etwas umzuhören.«

»Gut, wann sehen wir uns wieder?«

»Ich lasse Ihnen eine Nachricht in die Hirtenkammer schicken!«

»Danke. Gnädigste, ich empfehle mich!«

»Moment, Wilhelm Gansser!«

Er hielt erstaunt inne.

»Ihre Mutter macht sich Sorgen um Sie.«

»Ich weiß, aber … wenn ich das so sagen darf: Das sollte nicht zu Ihrer Beunruhigung beitragen.«

»Dennoch, passen Sie gut auf sich auf!«

Wilhelm war gerührt. Nach einer kurzen Verbeugung drehte er sich um und verschwand.

Wilhelm hatte den gesamten Samstag über nicht mit Meister Frühauf gesprochen. Seine Frau warnte ihn am Nachmittag, ihr Mann sei erzürnt, sowohl über Wilhelms Scheunenübernachtung als auch über seinen unangekündigten Mittagsausflug und den erzwungenen Tausch Schreibtisch gegen Sarg. Er solle sich nun absolut korrekt verhalten, so meinte Frau Frühauf, sonst könne sie für nichts garantieren. Wilhelm bedankte sich und versicherte, er wolle sich zusammennehmen. Dann berichtete er, dass die Katze Wendela ihm bis zu seiner Unterkunft gefolgt sei. Frau Frühauf hatte das Tier schon vermisst und freute sich, dass es ihm gut ging. Ob er die Katze bei sich beherbergen könne, fragte Wilhelm, Wendela möge ihn und er werde ihr einen feinen Schlafplatz einrichten. Frau Frühauf sah ihn erstaunt an und überlegte einen Moment. Dann stimmte sie zu. Am Abend gab sie Wilhelm einen Krug Milch mit auf den Heimweg, der sei für Wendela. Wilhelm lächelte und nickte dankbar, wohl wissend, dass die Menge der Milch auch noch für ihn selbst reichen würde. Den Rest des trockenen Groschenbrots darin eingeweicht ergab ein passables Einbrocksch zum Abendessen.

Als die Rathausuhr achtmal anschlug, machte Wilhelm sich auf den Weg zum Jacobsfriedhof. Die Stadt hatte sich vom Lärm des Tages befreit. Keine über das Pflaster rumpelnden Karren mehr, keine schreienden Kinder und Mütter, keine Soldatenkommandos, keine brüllenden Ochsen oder hufschlagenden Pferde. Die Straßenbeleuchtung reichte gerade so eben, den Weg durch die schmalen Gassen zu weisen, an einigen Stellen half der Mondschein. Es war nachtkühl, aber nicht kalt. Die Wärme des Sommers war noch auf der Haut zu spüren, gleichzeitig kündigte sich die Unerbittlichkeit des Winters an.

Vor der Ziegelhütte war einer der Lampenknechte gerade dabei, die Laterne aufzufüllen. Es roch nach Fischtran. Wilhelm meinte, den Mann zu kennen, wollte ihn aber nicht bei seiner Arbeit stören und ging weiter in Richtung Jacobskirche. Als er noch bei seinen Eltern in der Winkelgasse gewohnt hatte, war es bequem gewesen, das geheime Briefversteck in der Nähe zu haben, jetzt ärgerte ihn die Ortswahl, denn es bestand die Gefahr, seinem Vater über den Weg zu laufen.

Wilhelm betrat den Friedhof. Er wusste genau, welchen Stein in der Mauer er herausziehen musste. Die Stelle lag hinter dem dicken Stamm einer Buche und war kaum einsehbar. Trotzdem musste er aufpassen, dass ihn niemand beobachtete. Er wollte das Versteck, in dem er mit Theo gegenseitig Nachrichten austauschte, nicht gefährden. Sie nannten es ihr »Steinernes Felleisen«. Er fand einen zusammengefalteten Zettel, den er sofort in seine Westentasche steckte. Es war ohnehin zu dunkel, um die Nachricht zu lesen.

Er musste umgehend verschwinden. Vorsichtig trat er hinaus auf den Jacobskirchhof. Am Eingang der Kirche brannten zwei Laternen. Als er das Portal passierte, meinte er, Stimmen zu hören. Er blieb stehen. Ein Fehler.

Die Kirchentür wurde aufgestoßen, kräftige Hände zogen ihn hinein und warfen ihn zu Boden. Die Angreifer waren zu dritt, er versuchte, sich zu wehren, doch in kürzester Zeit hatten sie ihm ein Seil um den Körper geschlungen und drückten ihn auf den kalten Steinboden.

»Was machst du auf dem Friedhof? Bist du einer dieser elenden Grabschänder?«

Wilhelm kannte die Stimme. Er versuchte, sich zu befreien, da wurde die Kirchentür langsam geöffnet, der Lichtschein der Laternen fiel herein. Jetzt konnte er die drei Männer erkennen. Tatsächlich: sein Vater und zwei seiner Dachdeckerkollegen. Sie mussten ihm gefolgt sein.

Wilhelm antwortete nicht. Der Küster trat durch das Portal und kam näher. »Was geschieht hier?«

Sie hatten das Seil gelockert. »Ach, das war nur ein kleiner Spaß im Dunkeln«, sagte Heinrich Gansser. Wilhelm nickte. Sie lösten das Seil und gingen einträchtig nach draußen. Der Küster folgte ihnen mit Kopfschütteln.

In diesem Moment fuhr eine zweispännige Berline an ihnen vorbei. Wilhelm rannte los. Er war es gewohnt, sich schnell zu bewegen. Gerade als er die Kutsche erreicht hatte, zügelte der Schwager die Pferde, da er in die Kirchhofsgasse einbiegen wollte. Wilhelm sprang auf das hintere Trittbrett, rutschte mit einem Fuß weg, der andere hielt ihn oben, er griff nach der Haltestange, und schon tauchte er mit der Berline in die Nachtschwärze der Kirchhofsgasse ein. Hinter ihm lachten die drei Männer. Der Kutscher fuhr wie der Teufel, schlug auf die Pferde ein und schrie: »Heja, heja, heja ho!« Am Ende der Gasse verlangsamte er die Fahrt, um rechts abzubiegen. Wilhelm wurde es angst und bange. Er entschied sich abzuspringen, landete auf feuchtem Steinpflaster und stürzte. Sein linkes Hosenbein wurde aufgerissen, sein Knie blutete. Er richtete sich auf, konnte weiterlaufen, drückte sich an den Hauswänden entlang und humpelte in Richtung Neue Straße.

Wirre Gedanken waberten durch seinen Kopf. Was wollte sein Vater von ihm? Hatte er ihn überhaupt erkannt? Sie hatten sich nie gut verstanden, aber solch ein Überfall? Nein, das war unmöglich. Was hätten die drei Männer getan, wenn der Küster nicht zufällig aufgetaucht wäre? Fragen über Fragen.

Auf dem Heimweg – war die Hirtenkammer nun seine Heimstatt? – sah er den Lampenknecht, der ihm zuvor schon begegnet war und jetzt auf dem Weg zum Erfurther Thor zu sein schien. Wilhelm erkannte ihn als einen alten Schulfreund. In der Volksschule hatten sie ihn Florian genannt, nach dem Schutzpatron der Feuerwehr, obwohl er einen anderen Vornamen trug, denn bereits als Kind spielte er gerne mit dem Feuer. An seinen wirklichen Namen konnte Wilhelm sich nicht erinnern. Glücklicherweise hatte das Leben den einstigen Schulkameraden in gefahrlose Bahnen gelenkt, er durfte jeden Abend die öffentlichen Laternen anzünden und für deren reibungsloses Funktionieren sorgen. Wilhelm sprach ihn bereits von Weitem an, um ihn nicht zu erschrecken, und bat ihn um Licht. Florian freute sich über das Wiedersehen und hielt seine eigene Stocklaterne hoch, damit Wilhelm den Brief lesen konnte:

Müssen uns dringend treffen, aber nur im Dunkeln. Sonntag Schlag acht unter der Kegelbrücke am Floßholzplatz. T.

Der Floßholzplatz lag am östlichen Ilmufer zwischen der Schlossbrücke und der Kegelbrücke. Hier wurde das aus der Enklave Ilmenau stammende Holz gelagert, das über die Ilm und den Floßgraben eingeschwemmt wurde. Es diente hauptsächlich als Baumaterial für die herzoglichen Gebäude.

Wilhelm hielt Theos Nachricht in die Tranflamme seines pyromanisch veranlagten Freundes und warf das brennende

Papier in den letzten noch verbliebenen Rathsteich. Dann verabschiedete er sich. Der Brief von Louise von Göchhausen ruhte immer noch in seiner Westentasche.

10. Vom großen Fressen und dem Leben unter der Brücke

Sonntag, 7. Oktober 1804

Wilhelm hatte durchaus damit gerechnet, seine Mutter beim sonntäglichen Kirchgang wiederzusehen. Aber seine eigene Reaktion hatte er nicht vorhergesehen.

Er stand weit hinten, unter der Orgel, und lauschte hingebungsvoll der Musik. Mit geschlossenen Augen nahm er die Töne auf und ließ sie in seinem Körper weiterklingen. So merkte er nicht, dass sie neben ihm stand, bis sie am Ende des Lieds seine Hand nahm. Erstaunt blickte er nach links. Sie lächelte. Seine Seele war geöffnet, von den Gebeten, von der Musik, von allen Ereignissen der letzten Tage. Er umarmte sie, er weinte, die Tränen liefen nur so an seinem Gesicht herab, und seiner Mutter erging es ebenso.

Schon warfen ihnen die Umstehenden vorwurfsvolle Blicke zu. Statt sich für Mutter und Sohn zu freuen, beharrten sie auf Konventionen. Wilhelm war das egal, nur sprechen konnte er nicht. Während das nächste Kirchenlied angestimmt wurde, fragte Agnes Gansser ihren Sohn mit Blicken, ob es ihm gut ginge. Er verstand. Und er nickte.

Der Gottesdienst war beendet, die hinteren Reihen mussten als erste die Stadtkirche verlassen. Wilhelm trennte sich von seiner Mutter ohne ein Wort. Im Menschengewühl verloren sie sich, behielten aber die Gewissheit, sich nie wirklich verlieren zu können.

Wie immer bildete Wilhelm mit den anderen Bauern, Handwerkern und Arbeitern ein Spalier für die Hofgesellschaft. Da kam Louise von Göchhausen, sie nickte ihm freundlich zu.

Dann sah er Annettes Onkel, mit Perücke und Zylinder. Er führte eine ältere Frau – wahrscheinlich seine Ehefrau – am rechten Arm, Annette am linken. Würde sie ihn bemerken? Ihn erkennen? Ihm zulächeln?

Sie erkannte ihn. Ihr Blick war durchaus freundlich, trotzdem fragend. Er musste mit ihr reden. Aber wie und wann?

~~~

Herzog Carl August hatte am Vortag eine große Jagdgesellschaft einberufen. Sie war unter Hörnerklang und lautem Getöse in die Wälder am Ettersberg hinausgezogen. Louise von Göchhausen konnte der Jagd nichts abgewinnen, es war eine Männersache, so wie das Töten von Tieren zur Ernährung der Familie schon immer eine Männersache gewesen war. Allerdings ging es hier weit über die Nahrungsbeschaffung hinaus. Die Jagd war zum Vergnügen und zur Freizeitbeschäftigung für junge gelangweilte Adlige geworden. Und diese Entwicklung verabscheute Louise.

Noch bevor sie an diesem Abend den großen Saal im Residenzschloss überhaupt betreten hatte, wurde ihr schon die stolze Vollzugsmeldung der gestrigen Jagd nahegebracht: einundzwanzig Stück Rotwild, fünfzehn Wildschweine, je elf Rebhühner und Fasane sowie zweiunddreißig Hasen. Insgesamt also neunzig Stück Wildbret. Sie wusste, dass die Hälfte an diesem Abend aufgetischt, die andere Hälfte durch Salz oder Rauch haltbar gemacht werden würde. Ein großer Teil von beidem würde am Ende an die Schweine verfüttert werden.

Anna Amalia war am Vorabend aus Eisenach zurückgekehrt, bei solch einem Fest des amtierenden Herzogs durfte sie nicht fehlen. Den gesamten Tag über hatte sie mit ihren Bediensteten zugebracht, die Kleider und Mitbringsel aus Eisenach auszupacken und zu ordnen. Am Nachmittag hatte sie Louise ausrichten lassen, sie müsse in Bälde Schloss Tieffurth verlassen und nach Weimar zurückkehren.

Louise hatte sich für ein scharlachrotes Abendkleid entschieden. Entsprechend der aktuellen Mode lief der rote Musselinstoff von der Schnürbrust fließend hinab bis zu den Knöcheln. Das kam ihr entgegen, denn dadurch wirkte sie größer als mit einem in der Hüfte gegürteten Kleid. Im Schloss würde es warm sein, allein schon wegen der Vielzahl von Menschen, sodass ein leichter Unterrock ausreichte. Der Hofschneider in der Wagnergasse brachte es fertig, die Stoffe so an ihre verwachsene Schulter anzupassen, dass diese kaum auffiel. Meistens trug sie dazu ein *Fichu*, jenes aus der französischen Mode übernommene Dreieckstuch, das Schultern und Dekolleté bedeckte – mal mehr, mal weniger. Viele Damen trugen zur Abendgarderobe Pelzschals, locker über die Schulter geschwungen, so wie es Friedrich Justin Bertuchs »Journal des Luxus und der Moden« vorschlug. Louise mochte sich nicht vorstellen, Haut und Fell eines toten Tieres auf ihren Schultern liegen zu haben. Sie liebte Samt und Seide. Seit der Anpflanzung von Maulbeerbäumen auf den Gothaer Herrenwiesen hatte die Seidenraupenzucht in Thüringen einen enormen Aufschwung erlebt. In Kombination mit den Seidenwebstühlen rund um Apolda war es dadurch im Herzogtum Sachsen-Weimar-Eisenach einfacher geworden, an gute Seidenstoffe zu kommen. Besonders die glänzende Seidenduchesse hatte es Louise angetan.

Als kleine, glänzende Erscheinung schwebte sie in den großen Saal des Residenzschlosses.

Sie wusste, dass die Herzoginmutter sie erwartete, um mit deren Gästen zu parlieren, und sie wusste auch, in welcher Ecke des Saals sie sich üblicherweise aufhielt. Doch bevor sie dort hingelangte, traf sie auf Henriette »Jette« von Egloffstein, die Louise in allerhöflichster Form begrüßte und sich nach ihrem Befinden erkundigte. Sie war rund zwanzig Jahre jünger als Louise, da konnte man die Sorge um die Gesundheit der Älteren verstehen. Louise mochte Jette, allein schon wegen der selbstbewussten Art, mit der sie sich im Vorjahr von ihrem leichtlebigen ersten Ehemann hatte scheiden lassen, um kurz danach Carl von Beaulieu-Marconnay zu heiraten, einen königlich hannoverschen Offizier und Oberforstmeister – eine Liebesheirat, zugleich eine Sicherung des Lebensunterhalts für sie und ihre Töchter.

Nach einem kurzen *parler de tout et de rien* konnte sich Louise verabschieden und strebte ihrer Herrin entgegen. Nun ließ sie sich nicht mehr aufhalten, winkte jovial lächelnd Carl Ludwig von Knebel und seiner Frau zu, die von Jena herübergekommen waren, begrüßte mit einem Kopfnicken den Geheimen Rath Christian Gottlob Voigt und dessen Ehefrau sowie Karl Wilhelm von Fritsch mit seiner angetrauten Henriette. Und sie wechselte ein paar schnelle Worte mit Friedrich von Schiller und Christoph Martin Wieland. Das Hofzeremoniell lag ihr nicht besonders, sie hätte all diese Menschen lieber in einem kleinen Kreis zu einem anregenden Gespräch getroffen. Aber dazu würde es in den kommenden Wochen noch Gelegenheit geben.

Endlich erreichte sie die Herzoginmutter, die sich wie immer mit einer eleganten Turmfrisur für den Abend gewappnet hatte, von wertvollen Perlen geschmückt, mit Samtbändern umrandet. Und natürlich erstrahlte sie mit kostbarem Geschmeide. Louise begrüßte die Serenissima mit einem höflichen Knicks. Bei Anna Amalia stand ein junger Mann, groß, kräftig, vielleicht dreißig Jahre alt, dunkelblondes Haar, das im Nacken auffällig lang gewachsen war, ohne die bei älteren Männern noch übliche Perücke, Vollbart, durchaus attraktiv, in edler Kleidung, sandbraun mit dunkelgrünem, goldbesticktem Randbesatz. Louise reichte ihm in förmlicher Manier die Hand, er verbeugte sich und deutete einen Handkuss an.

»*Ma chère*«, sagte Anna Amalia, »darf ich Ihnen Graf Friedrich von Truss vorstellen?«

Louise war so überrascht, dass sie unwillkürlich auf die Kleidung des Grafen schaute, die einem trauernden Ehemann gewiss nicht angemessen war.

Friedrich von Truss bemerkte ihren Blick. »Ich darf mich entschuldigen, auf unserem Familiengut hat es gebrannt, und fast meine komplette Garderobe hat dadurch einen beißenden Geruch angenommen, den ich Ihnen unmöglich zumuten konnte.«

»Oh, ich bitte um Verzeihung, werter Herr Graf.« Louise spürte ihren Kopf heiß werden. »Selbstverständlich ist das Ihre Angelegenheit, und ich darf Ihnen mein tiefempfundenes Beileid zum Tode Ihrer Gemahlin aussprechen!«

»Vielen Dank, gnädiges Fräulein!«

Louise zuckte zusammen.

Die Serenissima gab ein Handzeichen. »Herr Graf, meine liebe Louise, ich muss mich verabschieden, ich möchte mich dem Gesprächskreis des Serenissimus anschließen. Sie werden sich wohl gut unterhalten.«

So entschwand Anna Amalia, während die beiden Zurückgebliebenen sich höflich verbeugten.

»Darf ich Ihnen etwas zu trinken kommen lassen, gnädiges Fräulein?«

»Nein, danke, und ... Herr Graf, wenn ich bitten darf, lassen Sie das Fräulein in meiner Anrede weg.«

»Oh, bitte verzeihen Sie, gnädige Dame, ich wusste nicht, dass Sie verheiratet sind.«

»Ja, ich bin tatsächlich verheiratet, und zwar mit einem Geist.«

»Äh, entschuldigen Sie ...?«

»Mit *meinem* Geist!«

Der Graf sah sie verwirrt an, Louise genoss es.

»Oh, das ist sehr ... geistreich!«, erwiderte er nach einer Denkpause.

»Wenn ich fragen darf, wo befindet sich eigentlich Ihr Familiengut?«

Er lächelte. »Zwischen Weimar und Jena, ungefähr in der Mitte, Gut Kö... also, ich meine ... Gut Kötschenroda, so heißt es.«

Louise versuchte, ihre Sinne zu schärfen. Falls er tatsächlich etwas mit dem Tod von Franziska Meyerbeer zu tun haben sollte, musste sie vorsichtig sein, damit er keinen Verdacht schöpfte. Wie konnte sie das Gespräch unauffällig auf seine verstorbene Frau lenken?

»Ich kenne das mit den nach Rauch riechenden Kleidern«, sagte sie. »1774 nach dem Schlossbrand musste die Herzoginmutter ihre halbe Garderobe an Bedürftige verschenken und neue kaufen.«

»1774? Vor dreißig Jahren. Waren Sie da schon in der Herzogin Dienst?«

Sie musste aufpassen! »Nein, noch nicht, ich begann meinen Dienst bei ihr erst einige Jahre später. Aber ich hörte davon. Der Brand war jahrelang Stadtgespräch.«

»Nun, wir besitzen eine Tuchmanufaktur, insofern wird mir der Ersatz der Garderobe nicht so schwerfallen«, entgegnete er.

»Ach, richtig, ich vergaß. Verzeihen Sie, die Tuchmanufaktur gehört doch nun Ihnen allein, nehme ich an, oder?«

Er sah sie indigniert an.

»Ja, schon«, sagte er. »Ich spreche trotzdem weiterhin in der Wir-Form. Ich kann es nicht fassen, dass Franziska ...« Er drehte sich weg, um seine feuchten Augen zu verbergen.

Waren das echte Gefühle oder war er ein guter Schauspieler?

»Ihre Frau war bestimmt ein bemerkenswerter Mensch. Leider hatte ich nicht das Vergnügen, sie kennenzulernen. Meine Zofe stammt aus einem kleinen Weiler nahe Apolda, Großromstedt nennt er sich. Sie sagte mir, der Bruder Ihrer verstorbenen Frau führe dort einen Bauernhof?«

»Das stimmt«, antwortete Graf von Truss. »Konrad Jansen, meine Frau war eine geborene Jansen, verwitwete Meyerbeer. Es ist nicht lange her, vor einigen Wochen war sie in Großromstedt, mit drei ihrer fünf Kinder. Übrigens, direkt neben Konrad wohnt eine Frau Schandinger, Franziska kaufte ab und zu Pilze bei ihr. Man sagt, ihre Tochter Rosine arbeite am herzoglichen Hof. Ist sie Ihre Zofe?«

Jetzt war es an Louise, mit einer ungeahnten Gesprächswendung konfrontiert zu werden. Hatte er zum Gegenangriff ausgeholt oder kreuzten sich hier nur zufällig Lebenswege?

»Das ist sie«, sagte Louise.

»Interessant. Die Mutter ist eine seltsame Frau, aber wie gesagt, sie scheint sich mit Pilzen auszukennen. Hoffe ich jedenfalls!« Er lachte laut auf.

Durch ihre mannigfaltigen Begegnungen mit Menschen in Anna Amalias Kreis hatte Louise eine gute Menschenkenntnis erworben. Oft zog sie aus der Art, wie jemand lachte, ihre Rückschlüsse. Bei Graf von Truss verspürte Louise eine Unsicherheit, sie konnte ihn nicht einordnen. Einerseits mochte sie seine Art zu lachen, offen, sympathisch, nicht übertrieben, kein Ziegengemecker und kein in sich gekehrtes, ersticktes Kichern. Andererseits verspürte sie eine Skepsis, die sie gerne ignoriert hätte, aber nicht konnte. Wahrscheinlich war dieser Eindruck in dem vagen Mordverdacht begründet, und sie ermahnte sich im Innern, keine voreiligen Schlüsse zu ziehen.

In diesem Moment ertönte die Glocke, die zum Festmahl rief. Aus dem Speisesaal wehte der typische Geruch von gebratenem Fleisch herüber. Die Gäste begaben sich zu Tisch. Die lange Tafel war festlich gedeckt mit Weimarer Porzellan, blitzenden Kristallgläsern, Silberbesteck und bunten Herbstblumen. Louise von Göchhausen hatte schon oft an solchen Festessen teilgenommen, immer wieder war sie fasziniert von der Fülle und dem Luxus des Hoflebens.

An der Stirnseite der Tafel nahmen Herzog Carl August und seine Gemahlin Herzogin Luise Platz. Daneben Fürstin Anna Amalia mit ihrem fünfköpfigen Hofstaat. Louise saß diesmal nicht neben ihrer Herrin, sondern fünf Plätze weiter. Das hatte sie sich gewünscht, denn so kam rechts von ihr der Geheimrath von Goethe zu sitzen, mit dem sie sich gern unterhielt. Neben diesem saßen die beiden anderen Weimarer Geistesgrößen Schiller und Wieland, alle drei ohne Ehefrauen. Louise vermutete, dass Friedrich von Schiller darauf verzichtet hatte, seine Frau Charlotte mitzubringen, aus Solidarität mit Goethe und Wieland. Goethe und seine Christiane lebten seit sechzehn Jahren unverheiratet in »sündiger« Gemeinschaft, was Christiane von höfischen Anlässen ausschloss. Wielands Frau war vor drei Jahren verstorben. Danach folgten in der Tischreihe die beiden Geheimräthe Voigt und von Fritsch mit ihren Angetrauten. Gegenüber die Gäste aus den benachbarten Herzogtümern Sachsen Coburg-Gotha, Sachsen-Altenburg und dem Fürstentum Schwarzburg-Sondershausen. Zusammen mit weiteren Mitgliedern des herzoglichen Hofs und dem Weimarer Bürgermeister Carl Adolph Schultze mit seinen hohen Polizeybeamten kam die Gesellschaft – so schätzte Louise – auf etwa achtzig Personen. Graf von Truss saß fast am Ende der Tafel und damit weit weg von ihr. Sie registrierte diesen Umstand mit Erleichterung.

Zum *Entrée* gab es ein Fasanensüppchen mit Wachteleiern.

»Nun, meine liebe Louise«, begann Goethe die Unterhaltung, »ich habe gesehen, Sie haben sich mit dem Grafen von Truss vortrefflich unterhalten?«

In der Öffentlichkeit wagte er nicht, sie zu duzen.

»Ja, mein lieber Geheimrath, ich habe mich mit ihm unterhalten, aber vortrefflich möchte ich das nicht nennen.«

Goethe sah sie verwundert an, den Suppenlöffel in der Hand haltend. »Oho, gab es Unstimmigkeiten mit dem Herrn Grafen?«

»Nun ja, die gab es in der Tat, und zwar in einem Punkt«, antwortete sie. »Er behauptet, ein Landgut in Kötschenroda zu besitzen, und als er dies sagte, schien er seltsam zu zögern und zu stottern. Sagt Ihnen dieser Ortsname etwas?«

»Nein, meine Beste, aber ich kann auch nicht jeden kleinen Weiler im Herzogtum kennen. Liegt sein Gut denn überhaupt in seiner Durchlaucht Landgebiet?«

»Der Graf behauptet, es läge zwischen Weimar und Jena.«

»Hm, seltsam.«

Sie löffelte weiter ihre Suppe, peinlichst darauf bedacht, den Löffel waagerecht zu halten, nichts auf die Kleidung zu tropfen und keine Wachteleier über den Tisch rollen zu lassen. Die Gäste benahmen sich vornehm, vorsichtig und vorausschauend. Doch das würde sich bald legen, dachte Louise, spätestens nach dem zweiten Glas Wein war es mit der *Noblesse* vorbei.

Die Suppenteller wurden abgeräumt, der nächste Gang folgte: hauchdünne Scheiben vom Hirschfilet, mariniert in einer Essenz aus Kräutern, Essig und Äpfeln, dazu frischer roter Pfeffer. Goethe erklärte ihr, dass man dieses Gericht in Italien »Carpaccio« nenne. Sie war begeistert. Um das

Geschmackserlebnis zu vervollständigen, nahm sie einen kleinen Schluck Rotwein. Der gockelhaft umherschreitende Hofmarschall verkündete, dass es sich um einen zwölf Jahre alten Burgunder handele. Goethe war schon beim zweiten Glas angekommen, er vertrug wesentlich mehr als Louise, da er in Übung war. Er setzte sein Weinglas ab.

»Meine Liebe, wegen dieses Ortes Kötschau ...«

»Kötschenroda«, korrigierte sie.

»Ach ja, Kötschenroda. Fragen Sie doch den von mir sehr geschätzten Professor Heinrich Voß dort drüben, er ist als Präzeptor am Gymnasium Wilhelminum Ernestinum tätig. Er wird Ihnen sicher helfen können.«

»Mein Lieber, das ist ein guter Einfall, vielen Dank!« Sie beugte sich zu ihm hinüber und flüsterte: »Ansonsten führte ich ein recht artiges Gespräch mit dem Grafen. Vielleicht ... nun ja, vielleicht hat er mich etwas von oben herab angesprochen.«

Er näherte sich ebenfalls ein wenig und flüsterte: »Was bei deiner Körpergröße ja kein Wunder ist.«

»Wie wahr, wie wahr«, raunte sie ihm zu. »Aber mein allerbestes Geheimräthchen möge sich daran erinnern, dass körperliche und geistige Größe zwei unterschiedliche Kategorien darstellen.«

Er grinste.

Der Hauptgang wurde aufgetragen. Etwa dreißig Bedienstete brachten Wildschwein- und Hasenbraten herbei, dazu gab es Kastanien, warme Äpfel, gebackene Pflaumen und rotes Kohlgemüse. Natürlich durften auch Klöße nicht fehlen. Nachdem die Kartoffel offiziell vom Preußenkönig empfohlen worden war, hatte sie sich in teutschen Landen sehr schnell als Grundnahrungsmittel durchgesetzt. In Thüringen und dem angrenzenden Franken nahm die Verarbeitung in Form von Klößen einen rasanten Aufschwung.

»Ein Sonntag ohne Klöße verlöre viel von seiner Größe«, rezitierte Louise. Goethe staunte. Diesen Satz schien er noch nicht zu kennen.

Zum Dessert wurde jedem Gast in einer kleinen irdenen Schüssel eine Crème brulée serviert.

»Wundervoll«, schwärmte Goethe. »Die Franzosen wissen zu leben!«

»Wie wahr«, bestätigte Louise. »Aber diese Arbeit, alles in solch kleine Töpfchen abzufüllen und dann mit dem Karamellisiereisen jede einzelne Zuckerschicht herzustellen, das Ganze achtzig Mal, das ist ungeheuer viel Arbeit!«

Goethe nickte. »Die Fürsten haben das Privileg, solche Aufgaben zu delegieren. Egal ob in Frankreich oder in teutschen Landen.«

»*Exactement!* Apropos, was hört man aus Frankreich?«

»Alexander von Humboldt hat mir geschrieben. Er ist im August aus Amerika zurückgekehrt und hält sich derzeit in Paris auf.«

»Humboldt ist zurück?«

»Ja, nach fünf Jahren in Amerika ist er für uns gewissermaßen von den Toten wiederauferstanden.«

»Was weiß er zu erzählen aus der Neuen Welt?«

»Eine Menge. Er schreibt, dass es ihm gut geht, wenngleich er dreimal dem Tode entronnen ist. Krokodile auf dem Orinoco, eine Schneelawine in den Anden und ein Jaguar im Dschungel.«

»*Mon dieu!* Solch ein mutiger Mann. Ein wahrer Weltentdecker!«

»In der Tat. Und er wird noch eine Weile in Paris bleiben. Dort sind die Größen der Wissenschaft vereint. Er wohnt mit einem Franzosen namens Gay-Lussac zusammen, in Frankreich wohl recht bekannt. Und er ist begeistert von diesem neuen metrischen System, das die französische Nationalversammlung vor einigen Jahren beschlossen hat. Grundlage ist ein Meter.«

»Ein Meter? Was soll das sein?«, fragte Louise.

»Humboldt schreibt, das sei der zehnmillionste Teil eines Viertel Erdumfangs mit den beiden Fixpunkten Paris und Nordpol.«

»An unserem Planeten orientiert, ja, das ergibt Sinn.«

»Nun«, warf Goethe ein, »ich denke, das Ganze wird sich nicht durchsetzen. Die über Jahrhunderte gebräuchlichen Längenmaße von Elle, Fuß und Meile werden sich nicht abschaffen lassen. Das sind menschenbezogene Maßstäbe, die kann sich jeder Fürst und jeder Bauer besser vorstellen als dieses anonyme Teil eines Viertels. Außerdem ist das Ziel dieser Vereinheitlichung zu diskutieren. Sie soll einen Vorteil für den länderübergreifenden Handel bringen. Man stelle sich das vor, dieses riesige Marktgeschehen zwischen den Ländern und Kontinenten soll synchronisiert werden. An einem Ende Schiffspassagen von Wochen, am anderen Ende ein Handel von Minuten – wie soll das gehen? Dazu kommen die neuen Dampfmaschinen und seit Kurzem in England sogar eine Schienendampflokomotive zum Transport von schweren Lasten, ganz ohne Pferde.«

Er redete sich in einen Rausch der Langsamkeitsbefürwortung hinein. »Es gibt immer mehr Manufakturen statt familieneigener Werkstätten, arbeitsteilige Produktion statt Handwerkskunst bis zum fertigen Produkt. Reichtum und Schnelligkeit ist, was die Welt bewundert und wonach jeder strebt. Die Uhren ticken«, er zog seine Taschenuhr aus der Westentasche und hielt sie demonstrativ hoch, »und diktieren unseren Tagesablauf. Wir verharren damit in der …«

Goethe verstummte. Der Herzog hatte sich erhoben.

Nach der Rede des Herzogs mit viel Lob für die Jagdhelfer, die draußen im Schlosshof verköstigt wurden, endete der offizielle Teil des Abends. Alle begaben sich zurück in den großen Festsaal. Musik spielte auf, Mozart war gerade in Mode. Nach zehn Minuten gelang es Goethe, seinen Freund Heinrich Voß ausfindig zu machen, und stellte ihn Louise von Göchhausen als Professor Voß vor.

»Sehr erfreut, *Demoiselle*!«, sagte Voß. Er war ein ernster junger Mann von Mitte zwanzig mit schwarzem Haar und lebhaften blauen Augen. Nachdem Louise ihre Frage gestellt hatte, antwortete er: »Ein Kötschenroda gibt es im Herzogtum Sachsen-Weimar-Eisenach nicht. Mir ist nur ein Kötzschenbroda bekannt, das liegt im Königreich Sachsen, nahe Dresden. Zwischen Weimar und Jena gibt es allerdings das Hofgut Kötschau, vielleicht ist dieses gemeint.«

»Kötschau?« Louise sah den Geheimrath von Goethe an. »Haben Sie nicht beim Essen aus Versehen ›Kötschau‹ gesagt?«

Goethe nickte. »Ja, das ist möglich.«

»Na gut«, sagte Louise. »Vielen Dank, Herr Professor Voß, Sie haben mir sehr geholfen!«

Sie verabschiedeten sich.

Goethe zog sie beiseite und flüsterte: »Louise, was ist das für eine Geschichte mit dem Gut Kötschau?«

»Ich bitte um Verzeihung, das kann ich derzeit nicht sagen, dazu ist es zu frisch. Jedenfalls hat der Graf vorhin auf meine Frage, wo sich sein Gut befindet, angefangen ›Kö…‹ zu sagen, hat dann innegehalten und behauptet, es wäre ›Kötschenroda‹. Aber diesen Ort gibt es nicht. Sehr seltsam.«

»Und, was schließt du daraus?«

»Mein allerliebster Goethe«, flüsterte sie, »dies ist eine äußerst delikate Angelegenheit, die ich Ihnen zum jetzigen Zeitpunkt nicht nahebringen kann. Auf jeden Fall hat sie mit dem Grafen von Truss zu tun. Aber das muss unbedingt geheim bleiben. Ich bitte Sie darum! Sie schaffen das, schließlich sind Sie ja ein geheimer Rath!«

Er lächelte. »Eine solch hochliterarisch vorgebrachte Bitte kann ich wohl kaum ablehnen.«

»Ich müsste übrigens dringend mit Herrn Hoffmann sprechen.«

»Mit dem Hofapotheker?«

»Ja, so ist es.«

»Der ist nicht hier, doch ich kenne ihn gut, wir veranstalten bisweilen gemeinsame Experimente. Ich werde heute noch eine Empfehlung aussprechen.«

»Ich bin Ihnen zu Dank verpflichtet!«

In diesem Augenblick kam der Herzog eiligen Schrittes auf sie zu und befahl seinem Ministerfreund Goethe mit einem Wink, ihm zu folgen. Noch war unklar, ob er ihn als Minister oder als Freund brauchte.

⁂

Am selben Abend gegen halb acht lief Wilhelm in Richtung Kegelthor, um sich mit Theo zu treffen. Als er den Ostflügel des Schlosses passierte, sah er viele erleuchtete Fenster und hörte Rufe und Gesänge aus dem Schlosshof. Er kannte das, einmal im Jahr veranstaltete der Herzog eine große Jagd am Ettersberg. Die wichtigen Menschen feierten danach im Residenzschloss, die weniger wichtigen draußen im Schlosshof, die unwichtigen gar nicht.

Aber das interessierte ihn im Moment nicht, er war neugierig auf Theos Bericht. Die Kegelthorwache war mit drei Wachposten besetzt. Tranlaternen tauchten das Torgebäude und einen Teil der Brücke in trübes Licht. Wilhelm nannte seinen Namen und den seiner Eltern und erklärte, dass er vor Toresschluss um zehn zurück sein werde. Das war wichtig, sonst hätte er Sperrgeld zahlen müssen. Auf der Kegelbrücke verließ er den Lichtkegel der Wache und tauchte in das Dunkel der Nacht ein. Hier gab es nur eine Lichtquelle: den Mond. Er bewegte sich langsam, leise und vorsichtig, wollte nicht durch unnötige Geräusche auf sich aufmerksam machen. Jetzt spürte er ein Kitzeln in der Nase, griff schnell in die Westentasche, zog ein Schnupftuch heraus und erstickte den Niesreiz. Am Ende der Brücke erhoben sich vor ihm die Umrisse der Altenburgschanze, auf deren Terrasse die »Lärmstücke« standen, Kanonen, die mit ihrem Donnerlärm vor drohender Feuergefahr warnen sollten.

Wilhelm stieg rechtsseitig die Böschung hinab. Es wurde immer dunkler, die Bäume rundherum warfen einen sanften Mondschatten auf die Wiese. Für einen Moment bekam er Angst, denn außerhalb der Stadtmauern trieben sich oft Halunken herum. Auf halber Höhe blieb er stehen, um seine Augen an die Ilmszenerie zu gewöhnen. Vor sich hörte er das Wasser plätschern und sah immer wieder kleine Wellen aufblitzen. Linker Hand erkannte er große längliche Schatten, das mussten die gestapelten Baumstämme auf dem Floßholzplatz sein.

Mit einem Mal wurde er gepackt, umgerissen und zu Boden geworfen, er trat um sich, versuchte, sich zu wehren, jemand sagte: »Sei ruhig«, er schrie auf und bekam einen Hieb gegen das Kinn. Eine stinkende alte Decke wurde über ihn geworfen. Er versuchte, sich zu befreien, was misslang, der Unbekannte flüsterte im typischen Dialekt: »Bleib ruhig, die sin' gleich weg!«

Er kannte diese Stimme. Wer war das? Er atmete aus und ein, versuchte, sich zu konzentrieren. Theo, es war Theo!

»Pst!«

Wilhelm verhielt sich ruhig, wartete. Endlich wurde die Decke weggezogen. »Bist du verrückt?«, flüsterte er.

»Entschuldsche, mei Gutsder, in dieser Gegend gibt's Diebe, Verbrecher und Banden, die wissen, wo wir schlafen, und denken, bei uns wär was zu holen.«

»Was? Du übernachtest hier, unter der Brücke?«

»Natürlich. Was hast'n du gedacht? Manchmal habe ich 'ne Gelegenheitsarbeit in Weimar, manchmal in Schonndorf, manchmal in Gromstorff, Oßmischt oder Abolle, wie es so gommt. Zuletzt war ich 'n Steinewerfer.«

»Steinewerfer?«

»Nu glar, Ziegelsteine. Habb ich dem Maurer zugeworfen, erst über drei Schritte, dann über fünf, zuletzt über zehn Schritte Entfernung. Glappt wunderbar!«

»Das tut mir leid. Ich dachte, du hättest wieder eine feste Anstellung.«

»Nu, schon gut. Wir gehen da rüber zu den großen Trauerweiden, da können wir sitzen und in Ruhe reden, da find' uns geener.«

Als sie in ihrem Versteck saßen, reichte ihm Theo eine Branntweinflasche. »Da, nimm, iss' gut!«

Wilhelm trank sonst keinen Branntwein, aber jetzt nahm er einen Schluck.

»Bass uff«, sagte Theo. »Ich war in Abolle, ein Biergutscher hat mich mitgenommen. Ich hab ihm dafür abladen geholfen. Ich bin ... also, ich war im Haus der Frau Meyerbeer. Die hat drei Töchder, die ält'ste is' sechzehn oder siebzehn, recht adrett, muss ich sach'n, Denise heißt se. Die hat mich reingelassen.«

»Was? Sie hat dich reingelassen? So wie du aussiehst? – Entschuldige. Das glaube ich nicht. Bist du eingebrochen? Sei ehrlich!«

Theo grinste, das konnte Wilhelm selbst im Mondlicht sehen. »Sie hat 'n Gellerfenster offen gelassen, da gonnt' ich nicht anders, ist doch 'ne Einladung, oder?«

»Du bist verrückt!«

»Nu gut, dann sach'ch eben nüscht mehr ...«

»Unsinn, nun warst du drin, das können wir nicht mehr ändern. Hauptsache, du hast nichts gestohlen.«

»Dazu gomm' wir später ...«

»Oh nein, mir wird schlecht!« Aus Wilhelms Mund entwich ein tiefer Seufzer.

»Ich hab gewartet, bis es dungel war, dann bin ich rein. Das Gellerfenster führt direkt zur Speisegammer, da roch es so gut, da musste ich 'ne Gnackwurst essen. Aber da hingen fuffzig Stück, das fällt gar nich' uff.«

Wilhelm war kurz davor, einen Wutausbruch zu bekommen. »Weiter, Theo!«

»Dann gam ich in den Flur, da musst' ich erstema' speckelieren, konnt mich aber gut bewegen, weil da geener war, die Schlafzimmer sind alle oben. Jedenfalls bin ich in die Güche, da stand mittendrin ein Gorb mit Pilzen. Unn uff'm Güchentisch lag ooch'n Pilz, 'n großer, so 'n Grawenzmann ...« Er maß mit den Händen einen Pilz in Mannskopfgröße ab.

»Hast du einen der Pilze mitgenommen?«

»Nee, wozu? Außerdem sollte ich ja nüscht glauen. Hast du selber gesagt!«

»Ja, habe ich. Pass auf Theo, das ist wichtig: Wie sah der Pilz aus?«

»Meine Güte, ja, also ... großer weißer Hut, unten drunter Lamellen, gerader Stiel, das war's.«

»Welche Farbe hatten die Lamellen?«

»Braun. So ... mittel- bis dunkelbraun.«

»Sicher?«

»Nu ja, sicher! Mir ist noch der Unterschied zwischen dem hellen Hut obendruff und der dunklen Unterseite uffgefallen. Aber dann ...« Theo stockte und verdrehte die Augen.

»Was?«

»Dann ... dann habb ich im Gerzenschein was Schreckliches gesehen. Uaah, mich schaudert's jetzt noch!«

»Was denn, Theo? Einen Geist?«

»Nee, 'ne tote Gatze. Sie lag unterm Güchentisch. 'ne gleene Schwarze. Schade um das Viech! War schon ganz steif und irgendwie hielt sie die Beene so ... gomisch.«

Wilhelm musste schwer schlucken.

»Nu, danach habsch die Güchenschränke durchsucht, nüscht, geen Geld, geen Schmuck oder so was. Aber das hier!« Theo hielt ein kleines Buch in die Höhe.

»Was ist das?«

»Een Heft oder besser 'n Buch, so eens zum Reinschreiben, weißt du? Uff der ersten Seite steht: Diarium Franziska Meyerbeer. Was heißt 'n das?«

»Ein Tagebuch. Zeig mal!«

Theo reichte ihm das Buch.

Wilhelm blätterte es durch. »Sie hat einiges notiert, ich kann nicht viel erkennen, es ist zu dunkel.«

»Ich hab's gelesen, nicht alles, aber 'n Teil. Sie hat an jedem Tag was reingeschrieben, immer mit dem Datum und der Uhrzeit dazu.«

»Sehr gut. Ich schau mal, ob uns das weiterbringt.«

»Wen meenste denn mit ›uns‹?«

»Das kann ich dir nicht sagen.«

»Na, gomm, Wilhelm, jetzt mähr dich ma' aus!«

»Wirklich nicht, tut mir leid.«

»Es geht um 'ne Frau, stimmt's?«

»Nein, Theo. Es geht um zwei Frauen.«

»Oje, oje, du bist ja 'n ganz Schlimmer!«

Wilhelm lachte. »Kannst du das Tagebuch zurückbringen, nachdem ich es gelesen habe?«

»Du Trienickl, wie soll 'n das gehen? Die hat doch nich' immer das Fenster offen!«

»Ist ja gut. Vielleicht weiß dieser Graf von Truss gar nicht, dass seine Frau Tagebuch geführt hat. Sonst noch etwas?«

»Nee, in die Schlafzimmer hab ich mich nich' reingetraut. Drei Töchter und zwee Söhne. Und dann womöglich dieser Graf von irgendwas.«

»Besser so. Ich hoffe, du hast außer dem Tagebuch nichts mitgehen lassen.«

»Nu ja …«

»Oh Gott, ich fasse es nicht!«

»Nur 'nen gleen' blauen Seidenschal, von der hübschen Tochter, weißt du, der riecht so gut!« Theo grinste.

Wilhelm schlug sich gegen die Stirn. »So etwas Törichtes! Einen Seidenschal! Den wird sie suchen, und wenn ihn jemand bei dir findet, hat er einen Beweis für deinen Einbruch!«

»Den findet geener, da pass ich schon uff.«

»Das hoffe ich.«

»Auf dem Rückweg war ich in Gleyn Gromstorff, da had'sch 'nen kurzen Arbeitseinsatz, Kühe in den Stall treiben und melken.«

»Kannst du das denn?«

»Nu glar. Nich' ganz so gut wie die Frau neben mir, aber die is' Melgerin von Beruf, seit ihrer Gindheit. Sie hat mir erzählt, dass manche Gühe die Guhbocken griegen und dass die dann Blattern am Euter ham. Sie hat sich ma' angesteckt, beim Melgen, hatte Blattern an den Händen – sonst nirgends. Ihr war 'n paar Tage unwohl, dann ging's wieder. Und die richtigen Pocken hat sie nich' gegricht, Glück gehabt. Sie ist so 'ne Art Lohnmelgerin, hilft ma' hier, ma' da.«

»War sie auch mal bei Konrad Jansen, dem Bruder der Meyerbeer?«

»Nu ja, da war sie ooch schon. Sie sagt, sein Hof wirft nicht viel ab, der geht bald gaputt. Also, das meint sie, die Melgerin. Ich weiß nich', ob euch das was nützt.«

»Das wird sich zeigen, Theo.«

»Soll ich noch was für euch ausgundschaften?«

»Hm, könnte sein, ja ...«

»Das kostet aber extra, glar, ich muss ja ...«

»Gut, gut, ich überleg's mir«, brummte Wilhelm.

»Ach, ich habe was vergessen. In Gleyn Gromstorff erzählt man sich, dass der Spinola jetzt doch geen Wein auf dem Bärenhügel anbauen will. Oder nicht darf. So ganz glar ist das nicht.«

»Interessant! Dann brauche ich dich auf jeden Fall noch einmal. Versuche zu klären, warum er keinen Wein anbauen wird und was er mit dem Landgut vorhat, ob er es verkaufen will.« Wilhelm drückte Theo einen Groschen in die Hand. »Wenn du gute Informationen bringst, bekommst du einen weiteren Groschen!«

»Oh, der Herr ist schlau geworden. Also gut, Sie werden mit mir zufrieden sein, Hochwürden!«

Wilhelm schüttelte den Kopf. »Red nicht daher wie ein geschraubter Hofdiener. Bisher hast du das gut gemacht.«

Theo grinste.

»Bis auf den blauen Seidenschal von Denise!«, warf Wilhelm hinterher.

11. Von einem Tagebuch und seinen Folgen

Montag, 8. Oktober 1804

Anna Amalia, die ehemalige Herzogin von Sachsen-Weimar-Eisenach, hatte sich 1775 nach der Übergabe der Herrschaft an ihren Sohn Carl August in das barocke Stadtpalais gegenüber des Komödienhauses zurückgezogen. Das Herzogtum hatte das inzwischen als Witthumspalais bekannte Gebäude dem Vorbesitzer Jakob Friedrich Freiherr von Fritsch, dem Vater des designierten Generalpolizeydirektors, abgekauft. Ihrer ersten Hofdame Louise von Göchhausen hatte sie in der Mansarde des Palais einen kleinen eigenen Wohnbereich einrichten lassen. Nur im Sommer verlagerte Anna Amalia ihren Lebensmittelpunkt ins Schloss Tieffurth. Wie lange der Sommer tatsächlich als solcher betrachtet wurde, war eine jährlich wechselnde, individuelle Entscheidung der Herzoginmutter. Bislang hatte er sich jedoch nie länger als bis zum Zwiebelmarkt hingezogen.

Als an diesem Montagmorgen ein Diener an ihrer Mansardentür klopfte, war Louise noch nicht empfangsbereit. Auf die Frage, was man von ihr wünsche, antwortete der Diener, er lege etwas vor ihre Tür, das gerade von einem jungen Mann abgegeben worden sei. Bei dem Begriff »junger Mann« dachte Louise sofort an Wilhelm Gansser.

Und sie sollte recht behalten. Nachdem sie ihre Toilette beendet hatte, öffnete sie die Tür und fand ein kleines Päckchen auf dem Fußabtreter. Voller Skepsis wickelte sie es aus und hielt ein kleines Buch in der Hand. Bereits die erste Seite offenbarte den Zweck des Werks: »Diarium Franziska Meyerbeer«. Darunter stand in einer schwungvollen Handschrift: »Persönlich und geheim!«

Louise war schockiert.

Wie kam Wilhelm an dieses Tagebuch? Schon fiel ihr ein Zettel in die Hände mit einer Nachricht des »jungen Mannes«, die besagte, er habe das Tagebuch gefunden, und da sie mehr Zeit zum Lesen habe als er selbst, möge sie doch bitte schauen, ob sich das ein oder andere brauchbare Faktum darin fände.

Louises Hände zitterten. Gefunden. Natürlich. So etwas lag ja auf der Straße in Apolda oder sonst wo, man brauchte es nur aufzulesen. Ja, aufzulesen im doppelten Sinn, ging es ihr durch den Kopf. Bei einem ihrer Freundschaftstage hätte dies ein gutes *Bonmot* ergeben. Lange überlegte sie, ob sie das Tagebuch öffnen sollte.

Erneut stand der Diener vor der Tür. Er bat sie zum Frühstück. Sie rief, dass sie heute nicht frühstücken wolle, und öffnete das Tagebuch. Umgehend blätterte sie vor bis zum Tag der Hochzeit.

> *2. September 1804: Der glücklichste Tag meines Lebens – ich heirate Friedrich.*
> *3. September 1804: Er ist der Richtige!*

Muss ja eine tolle Hochzeitsnacht gewesen sein, dachte Louise. Aber sie gestand sich selbst ein, dass sie davon keine Ahnung hatte.

> *4. September 1804: Friedrich muss verreisen, so kurz nach der Hochzeit. Er hat Geschäfte in Hannover zu erledigen.*

*5. September 1804: Ich fahre zur Ablenkung mit den
Kindern zu Konrad. Traurigkeit. Warum kann Friedrich nicht mitkommen?*

Louise sah auf. Seltsames Tagebuch, immer nur wenige Sätze pro Tag, wie ein knappes Resümee. Und dann kam das Wichtigste:

*6. September 1804: Heute zum ersten Mal eine Kuh
gemolken, hat mir Spaß bereitet!*

Sie hatte tatsächlich eine Kuh gemolken! Alles sprach für die Kuhpocken. Louise blätterte ein paar Seiten weiter.

*19. September 1804: Erste Blattern an den Händen,
alle reden von den Pocken.
20. September 1804: Noch mehr Blattern an den
Händen, zum Glück nicht im Gesicht. Unwohlsein,
Bauchschmerzen, Übelkeit.*

Keine Blattern im Gesicht. Louise überlegte: Laut Wilhelms Gespräch mit dem Physikus war dies ein Anzeichen für die Kuhpocken.

*21. September: Endlich ist Friedrich zurück, er steht
mir bei.
22. September: Kaum ist er zurück, geht es mir besser. Er kocht für mich, so etwas hat noch kein Mann
für mich getan, er ist der Beste.
23. September 1804: Leider Rückfall, fühle mich wieder schlechter. Friedrich ist übel gelaunt.
24. September: Erneut Bauchschmerzen, Übelkeit, ich
dachte, das sei überstanden. Caro geht es auch nicht*

gut. Friedrich seltsam, rücksichtslos, beachtet mich kaum. Brief an Dietrich.

Wer war Caro? Louise kannte niemanden mit diesem Namen. Sollte das eine Caroline sein? Deren gab es genug in ihrem Bekanntenkreis.

25. September 1804: Fühle mich hundeelend, weiß nicht, ob ich das überstehe, der Medicus kann mir keinen Rat mehr geben.
26. September: Gott stehe mir bei!

Louise von Göchhausen sprang auf. Sie musste unbedingt einen Boten zu Geheimrath von Goethe schicken.

~~~

An diesem Montagmorgen erschien Wilhelm eine halbe Stunde zu spät in der Werkstatt. Er hatte noch das Tagebuch zum Witthumspalais gebracht und kaum gewagt, dessen Innenhof zu betreten. Schließlich fand er dann aber doch den Mut, zu klopfen und das Päckchen einem Diener zu übergeben. Dessen Blicke waren von Erstaunen geprägt, zudem von einer gewissen Amüsiertheit, so als betrachtete er Wilhelms Handwerkerkluft als Fastnachtsverkleidung. Nun ja, solche Menschen hatten eben keine Berührung mit dem wahren Leben, dachte Wilhelm, und er selbst fand das Leben hinter herzoglichen Mauern nicht erstrebenswert. Es basierte – so sein Eindruck – sehr stark auf Unterordnung, vielleicht sogar auf Selbstverleugnung. Über all das dachte er auf dem Weg in die Rittergasse nach, sodass er bummelte und zu spät kam. Dadurch erfuhr er gnadenlos, wie auch sein eigenes Leben auf einer strengen Ordnung beruhte.

Meister Frühauf stand mit hochrotem Gesicht mitten in der Werkstatt und zeigte auf die Wanduhr. »Du bist zu spät. Mehr als eine halbe Stunde!«

Wilhelm verbeugte sich mit einer entschuldigenden Geste. »Es tut mir leid, Meister!«

»Es reicht, Wilhelm. Solch einen unzuverlässigen Gesellen kann ich nicht gebrauchen. Du bist entlassen. Hier ist dein restlicher Lohn!« Er drückte ihm sieben Groschen in die Hand. »Für letzten Samstag, heute hast du ja nicht gearbeitet.«

»Aber ... aber, Meister, es tut mir leid, ich bin mit meinen Gedanken nicht so ganz ...«

»Genau das ist das Problem. Du scheinst andere Dinge wichtiger zu nehmen als deine Arbeit bei mir. Ich muss mich auf meinen Gesellen verlassen können. Und ich habe dich mehrmals gewarnt. Jetzt ist Schluss. Raus aus meiner Werkstatt!«

Anton tauchte hinter dem Meister auf mit Tränen in den Augen.

»Bitte, ich ...«, stammelte Wilhelm.

»Raus!«

Ehe Wilhelm vollends begriff, was geschehen war, fand er sich draußen in der Rittergasse wieder.

Die Leere zog ihn nach unten, zerrte an seinen Beinen und an seinem Herzen, er versuchte, sich zu wehren, griff nach oben, sah hinauf zu dem Fenster, an dem Frau Frühauf schon einmal erschienen war, um ihn zu retten.

Doch das Fenster blieb geschlossen.

Er stand mitten auf der Gasse, stumm, starr, wie eingefroren. Die Morgensonne erhob sich über die Dächer von Weimar und lachte ihm ins Gesicht, so als wollte sie sagen: »Na, Wilhelm, du Dummkopf, das hast du nun von deinen Träumereien!«.

Endlich, lange nach dem Rauswurf, setzte er sich langsam in Bewegung, als hätte die Sonne seine Glieder wieder aufgetaut. Er taumelte, wankte wie ein Betrunkener, schien in einem Tunnel zu wandeln, Häuserfronten zogen an ihm vorüber. Wer würde Anton nun die Buchstaben beibringen? Und wer sollte den Intarsienschrank anfertigen? Er erreichte einen Turm, der riesig wirkte, fast als würde er bis in den Himmel reichen. Überraschend öffnete sich eine Tür, er ging hindurch und setzte sich Sekunden später auf eine Holzbank.

Der Kontakt seines Körpers mit dem Holz brachte ihn zurück in die Wirklichkeit. Er saß auf einer Bank in der Stadtkirche, vor sich den Altar, neben sich die bunten Kirchenfenster. Mit voller Wucht wurde ihm seine Situation bewusst: Er hatte kein Zuhause mehr, keine Verwandten, an die er sich wenden konnte, keine Arbeit, nichts zu essen, nichts zu trinken und kaum noch Geld. Sein Gefühl, jung zu sein, war schlagartig verschwunden.

Jemand begann, Orgel zu spielen. Ein wunderschönes Stück. Der Organist übte, er spielte eine Stelle wieder und wieder, aber das störte Wilhelm nicht. Er liebte Musik und war traurig, kein Instrument spielen zu können. Ein Traum, den er nie gewagt hatte, seinen Eltern zu offenbaren. So etwas konnten sich nur betuchte Leute erlauben. Friedrich Justin Bertuch fiel ihm ein, der mit dem großen Haus in der Neuen Straße, der konnte sich das leisten. »Bertuch« und »betucht« – wie nah doch manche Wörter von Sinn und Aussprache beieinanderlagen.

Die Musik tröstete ihn.

⁓❦⁓

Der Bote, den Louise von Göchhausen zum Geheimrath von Goethe geschickt hatte, kam nach einer Stunde zurück ins

Witthumspalais und überbrachte ihr ein kleines Papier. Eines von Goethes berühmten »Zettelgen«.

Liebste Louise, ich habe Herrn Professor Hoffmann eine Botschaft übermitteln lassen, du kannst ihn gern heute noch aufsuchen. G

Solche Nachrichten war sie gewohnt. Kurz und bündig, ohne Abschweifungen. Und immer nur mit »G« unterzeichnet. Louise schmunzelte. Sie sah auf die Standuhr in ihrem Mansardenzimmer: Viertel elf. Genügend Zeit bis zum Mittagessen.

Louise griff nach ihrem bordeauxroten Überkleid und verließ das Witthumspalais durch den Hinterausgang. In Anna Amalias Garten waren die Küchenhilfen dabei, Pastinaken zu ernten. Louise nahm die Abkürzung über das fürstliche Kornhaus, von dort durch die Windische Gasse zum Markt. Es herrschte freundliches Herbstwetter, die Sonne schien, war aber weit entfernt von ihrer sommerlichen Kraft, sodass Louise keinen Sonnenschirm zur Bewahrung ihres Teints benötigte. Die Apotheke lag an der Nordseite des Marktplatzes. Als sie eintrat, befand sich Karl August Hoffmann gerade im Gespräch mit einer Frau, die Abführprobleme zu haben schien, und erklärte ihr, dass sie keinen Sud von abgekochten Schnecken trinken, sondern stattdessen lieber Glaubersalz einnehmen sollte. Louise sah diskret aus dem Ladenfenster hinaus auf den Marktplatz, um das peinliche Gespräch nicht noch peinlicher werden zu lassen. Nach einer langen Diskussionseskapade, die Hoffmann mit erstaunlicher Geduld bestritt, verließ die Frau die Apotheke, und er konnte sich endlich Louise von Göchhausen zuwenden.

»Gnädiges Fräulein, es tut mir leid …«

»Ich möchte Sie bitten, das Fräulein zu vermeiden, Herr Professor. Hat der Geheimrath von Goethe Sie informiert?«

»Äh, ja, ich meine ... ja, das hat er. Sie benötigen eine Auskunft, schrieb er. Was kann ich für Sie tun?«

»Es geht um eine fragliche Pilzvergiftung ...«

»Oh, là, là, damit ist nicht zu spaßen!«

»So ist es, deswegen bin ich hier. Starke Bauchschmerzen, Übelkeit, Erbrechen, blaue Lippen, Lähmungen, Luftnot. Spricht das für eine Pilzvergiftung?«

»Haben Sie eine Beschreibung des Pilzes?«

»Leider nicht.«

»Nun, die von Ihnen geschilderten Symptome klingen sehr nach einer Vergiftung. Aber sie sind zu unspezifisch, um sie einer Pilzvergiftung zuzuordnen. Es könnte sich ebenso gut um eine Lebensmittelvergiftung oder eine Pflanzenvergiftung handeln.«

»Aha. Und eine Lebensmittelvergiftung ... woher kommt so etwas?«

»Verdorbenes Essen, nicht gekühlt, nicht geräuchert, ungesotten, vergoren, verschimmelt – da gibt es viele Möglichkeiten. Auch Pilze, die normalerweise genießbar sind, aber zu lange ungekühlt bleiben, können die von Ihnen beschriebene Reaktion hervorrufen.«

»Das hört sich ja kompliziert an, Herr Professor Hoffmann.«

»Ja, tut mir leid, gnädiges ... äh, gnädige Dame. Dazu kommt, dass Gift in einer geringen Dosis sogar heilen kann, das wissen wir seit Paracelsus, einem schweizerischen Alchemisten. Vielleicht können Sie ja doch ein Stück des fraglichen Pilzes mitbringen. Und noch eines möchte ich Ihnen anraten: Fragen Sie wegen der Pilze bitte nicht Frau Schandinger.«

»Frau Schandinger? Sie meinen Margarete Schandinger?«

»Genau die meine ich.«

»Wie kommen Sie darauf?«

»Nun, sie genießt einen recht zweifelhaften Ruf – um es vorsichtig auszudrücken. Man sagt, sie habe mit ihren Expertisen schon Menschen zu Tode gebracht.«

»Soso ...«

»Jedenfalls ist sie unter Apothekern und Medici nicht wohlgelitten.«

»Gut, dann darf ich mich bedanken. Wenn Sie erlauben, würde ich mit weiteren Ergebnissen meiner Recherche wiederkommen.«

»Sehr gerne, Gnädigste.«

»Ich empfehle mich!«

Hoffmann nickte ergeben und hielt ihr die Ladentür auf.

Da stand sie nun mitten auf dem Marktplatz und musste das Gesprächsergebnis erst einmal verdauen. Pilze, die genießbar und ungenießbar sein konnten. Gift, das heilen und töten konnte. Frau Schandinger, die gut oder böse sein sollte. Ihre Verwirrung war perfekt. Sie beschloss, zunächst einmal zum Palais zurückzukehren, um am Mittagessen teilzunehmen. Fürstin Anna Amalia hatte sich Forelle mit Breikartoffeln, Butter und Pastinakengemüse gewünscht. Plötzlich fiel Louise ein, dass man auch an einer Fischvergiftung sterben konnte. »Nein, nein«, murmelte sie sich selbst zu, »keine Geister heraufbeschwören!«

⁂

Zwei oder drei Stunden war Wilhelm in der Stadtkirche sitzen geblieben. Lange genug, um zu erkennen, dass es viel schlimmere Schicksale gab als das seinige. Im Herzogtum wurden Menschen ohne Unterkunft als Vagabunden angesehen und des Landes verwiesen. Das blieb ihm erspart, denn er hatte einen Schlafplatz. Wo hätte er auch hingehen sollen? Seine Stadt verlassen? Sein Weimar. Nein. Und immerhin hatte er zwei Freunde: Theo und Louise. Dazu eine ihn liebende Mutter. Außerdem die Aussicht, zwei Mörder überführen zu können. Gar nicht so übel.

Er überlegte, was nun zu tun sei. Dann fasste er einen Plan – zumindest für den heutigen Tag, weiter wagte er noch nicht zu denken. Es war inzwischen Mittag geworden, und er verspürte Hunger. Also verließ er die Kirche und kaufte sich eine Kleinigkeit zu essen. Um 15 Uhr lief er zur Poststation. Er versuchte, den Kutscher der Herzoglich Ordinären Fahrenden Post zu überreden, ihn kostenlos auf dem Weg nach Jena bis Umpferstedt mitzunehmen. Als Gegenleistung bot er an, ein Stück des Weges die Zügel zu übernehmen, damit der Kutscher schlafen konnte. Wilhelm erklärte, dass er es gewohnt sei, Vierspänner mit großer, schwerer Last zu lenken, sogar mit viel mehr Gewicht als eine Postkutsche, nämlich mit zehn oder zwölf Baumstämmen. Das beeindruckte den Kutscher, sodass er zusagte. In Umpferstedt – auf dem halben Weg nach Jena – legten sie einen kurzen Halt ein, Wilhelm sprang vom Kutschbock und verabschiedete sich.

Die Köchin Hedwig fand er in dem kleinen Dorf schnell. Sie bestätigte ihm, dass sie in den letzten drei Lebenswochen der Frau Meyerbeer in deren Haus in Apolda gekocht hatte. Sie habe in dieser Zeit dort wohnen dürfen. Und ja, einmal habe der Graf von Truss tatsächlich selbst gekocht – woher Wilhelm das eigentlich wisse? Na, egal, sie redete weiter, ohne seine Antwort abzuwarten, denn sie hatte sich in einen Wortfluss gesteigert, der jegliche Verschwiegenheit in Bezug auf ihre Auftraggeber vermissen ließ. Jedenfalls habe der Graf keine Pilze gekocht, sondern einen Eintopf mit grünen Bohnen und Hammelfleisch. Auf Nachfrage erklärte sie, dass eine Frau Schandinger oft Waldpilze in den Meyerbeer'schen Haushalt geliefert habe, wann dies zum letzten Mal der Fall gewesen sei, wisse sie nicht.

Wilhelm war enttäuscht. Ob denn jemand Streit mit Frau Meyerbeer gehabt habe, wollte er wissen. Da war die Hedwig kaum noch zu bändigen! Im Grunde habe die Meyerbeer mit allen Strumpfwirkerinnen im Streit gelegen, sogar ihre eigene Katze habe sie besser behandelt, die durfte mit vom Tisch fressen. Ihre Angestellten betrieben Heimarbeit nach dem Verlagssystem, bei minimalem Verdienst und langer Arbeitszeit. Die Frauen meckerten darüber, wie man sich die wildesten Ziegen nicht vorstellen könne, und vor einem Jahr habe der Ärger fast zu einer Meuterei geführt.

»Eine Meuterei?«, fragte Wilhelm. »So etwas gibt es doch nur auf einem Schiff.«

»Meinetwegen, dann nennen Sie es anders, aber die Manufaktur kann man durchaus mit einer großen Galeere vergleichen, mit Frau Meyerbeer als Kapitänin und der Uhr als Taktgeber.«

Dann wollte Wilhelm wissen, was es denn mit dem Verlagssystem auf sich habe. Die Köchin Hedwig explodierte fast vor Empörung. Die Strumpfwirkerinnen müssten mit dem vom Verleger – in diesem Fall von Frau Meyerbeer – gemieteten Webstuhl und dem von ihr gekauften Garn arbeiten und die Produkte dann zu einem schandhaft niedrigen Preis an sie zurückverkaufen. Die Produktion liefe in der Wohnstatt der Frauen ab, meist in der Küche, wobei die Kinder oft mithalfen. Er brauche sich in Umpferstedt nur einmal umzusehen, wenn er das nicht glauben wolle. So funktioniere dieses Verlagssystem, und keine der Strumpfwirkerinnen könne wirklich davon leben und schon gar nicht – im Falle, sie seien verwitwet – ihre Kinder ernähren. Wilhelm hörte eine Zeit lang zu und teilte Hedwigs Groll, denn er hatte sich bis dahin nicht vorstellen können, dass es Berufe gab, in denen man noch weniger verdiente als im Tischlerhandwerk. Leider brachten ihn Hedwigs Informationen bei seiner Mördersuche kein Stück weiter. Zumindest dachte er das in diesem Moment.

Er bedankte sich und musste die sich über eine Landmeile hinziehende Strecke nach Weimar zurücklaufen. Den restlichen Inhalt seiner schmalen Geldbörse wollte er für die nächsten Tage aufsparen, also ernährte er sich von halbvergorenem Fallobst am Wegesrand. Die abendliche Kälte zog unter seine Weste, er merkte, dass er für den kommenden Winter warme Kleidung benötigte. Doch die befand sich an einem Ort, den er nie wieder betreten wollte: in der Winkelgasse.

Als er in der Hirtenkammer ankam, war es bereits tiefe Nacht. Im Dunkel meinte er, einen weißen Zettel auf dem Boden vor der Tür liegen zu sehen. Er hob ihn auf, konnte darauf aber mangels Licht nichts erkennen und ließ sich völlig übermüdet auf sein Strohlager fallen. Über dem Gedanken, dass giftige Pilze und Graf Truss nicht unbedingt zusammengehören mussten, schlief er ein. Und kein Traum gab ihm eine Antwort auf die Frage, wer dann, wenn nicht Graf Truss, der mögliche Pilzvergifter sein konnte. Oder die Pilzvergifterin.

12. Von einer Hähnchenkeule im Weißen Schwan

Dienstag, 9. Oktober 1804

Der weiße Zettel, den er vor der Tür der Hirtenkammer gefunden hatte, erwies sich als Mitteilung von Louise von Göchhausen.

> *Treffen Dienstag um 12 Uhr vor dem Weißen Schwan.*
> *LvG.*

Vor dem Restaurant oder im Restaurant? Er las die Nachricht erneut: *vor* dem Weißen Schwan. Sein Magen war so leer, dass es schmerzte. Ob sie ihn vielleicht zum Essen einlud?

Als Wilhelm bei klarem Herbstwetter den Frauenplan erreichte, stand die Berline mit dem herzoglichen Wappen bereits vor dem Restaurant. Der Kutscher öffnete gerade den Schlag, Louise von Göchhausen stieg aus. Sie nickte Wilhelm zu und deutete auf den Eingang des Weißen Schwan. Er verbeugte sich kurz, hielt der Demoiselle die Tür auf, sie bedankte sich, beide nahmen Platz.

Wilhelm fühlte sich unwohl. Es war ihm durchaus bewusst, dass der Mann normalerweise die Speisen bestellte und auch bezahlte. Wie sollte er das bewerkstelligen? Gab es überhaupt eine Auswahl?

»Sehen Sie die Tafel dort?«, fragte Louise. »Da sind die Speisen aufgelistet. Was mögen Sie?«

Wilhelm war überrascht. Braten vom Schwein mit Thüringer Klößen, Erbseneintopf, Kohlroulade mit Breikartoffeln, Hähnchenkeule mit gebratenen Kartoffeln. Die Preise ließen ihn fast schwindlig werden.

»Schauen Sie nicht nach den Preisen, Sie bestellen, ich bezahle.«

»Also, ich … ich wollte schon immer mal eine Hähnchenkeule probieren …«

»Na, dann bestellen Sie eine. Ich nehme den Schweinebraten mit Klößen. Ich esse für mein Leben gern Klöße!« Sie lächelte.

Der Wirt erschien am Tisch. »Was kann ich den Herrschaften bringen?« Dabei sah er Wilhelm an.

»Also … für die Dame den Braten vom Schwein, aber bitte mit Klößen, die mag sie sehr.«

»Selbstverständlich, der Herr.«

»Und für mich die Keule … also die Hähnchenkeule, geht das?«

»Sehr gerne. Einen Apfelsaft dazu?«

Wilhelm warf Louise einen unsicheren Blick zu. Sie nickte. »Gut, einen Apfelsaft.«

»Und für Sie? Auch einen Apfelsaft?«

Wilhelm war versucht, die Demoiselle erneut um Zustimmung zu bitten, beschloss dann aber, mutig zu sein, und sagte: »Äh, ja. Für mich auch.«

»Kommt sofort!«

Wilhelm merkte, dass er schwitzte. »Ich war noch nie in einer Gastwirtschaft«, sagte er.

»Noch nie?«

Er schüttelte den Kopf.

»Dafür haben Sie das sehr gut gemacht.«

»Danke!«

Der Wirt erschien umgehend mit zwei Gläsern Apfelsaft. Louise nahm sofort einen Schluck. »Haben Sie meine Nachricht in der Hirtenkammer gleich gefunden?«

Wilhelm musste seine Gedanken zusammennehmen. »Oh, ich bitte um Verzeihung, nicht sofort, erst heute früh. Gestern Nacht bin ich sehr spät aus Umpferstedt zurückgekommen, da war es schon dunkel.« Er trank.

»Was hatten Sie denn in Umpferstedt zu tun?«

»Ich habe Hedwig besucht, sie ist Lohnköchin und hat in den letzten drei Wochen von Frau Meyerbeers Leben in ihrer Küche geholfen.«

»Oh, sehr gut. Diese Hedwig ist, wenn ich mich recht erinnere, eine Freundin einer Freundin Ihrer Mutter?«

»So ist es.«

»Und? Was sagt sie?«

»Graf Truss hat tatsächlich einmal für Frau Meyerbeer gekocht, als sie krank war, allerdings keine Pilze, sondern Bohneneintopf mit Hammelfleisch.«

»Hm, seltsam«, murmelte sie.

»Warum?«

»Nun ja, zum einen ist es verwunderlich, dass ein Graf überhaupt selbst kocht ...«

»Die Hedwig hat es als Liebesbeweis für seine Frau angesehen«, warf Wilhelm ein.

»Für mich klingt das verdächtig«, sagte Louise. »Dazu auch noch Bohneneintopf mit Hammel – bitte nicht falsch verstehen, aber das ist kein übliches Essen für einen Grafen.«

»Soso. Kein ›übliches‹ Essen.« Wilhelm lehnte sich zurück. »Was heißt das denn?«

Louise sagte nichts, sodass er seine Frage selbst beantwortete.

»Ein Arme-Leute-Essen. Das meinen Sie doch, oder?«

Sie hob die Schultern.

»Und was ist das hier? Hähnchenschenkel und Schweinebraten?«

»Das ist ein Handwerkeressen.«

Sie schien um keine Antwort verlegen zu sein. Wilhelm schüttelte den Kopf. Es gärte in ihm, er wollte jedoch nicht undankbar sein – besser schnell das Thema wechseln.

»Ich habe außerdem Neuigkeiten aus Apolda«, sagte er.

»Von demjenigen, der das Tagebuch ›gefunden‹ hat?«

Wilhelm atmete tief durch. »Genau, von diesem Freund. Er ist sehr begabt, kann viele verschiedene Arbeiten ausführen. Auch Kühe melken. Dabei hat er eine Lohnmelkerin kennengelernt. Sie hat bestätigt, dass die Kuhpocken nur Blattern an den Händen verursachen, so wie es der Physikus schon gesagt hat. Sie hat es am eigenen Leib erfahren.«

»Misstrauen Sie womöglich dem herzoglichen Physikus?«, fragte Louise von Göchhausen.

Was war nur mit dieser Frau heute los? Wilhelm beschwor sich, ruhig zu bleiben. »Nein, aber in unserem Fall ist es besser, alle Erkenntnisse von einer zweiten Person absichern zu lassen. Es geht schließlich um Leben oder Tod.«

»Wie meinen Sie das?«

»Die Mörder erwartet ja wohl die Todesstrafe.«

Sie nickte. Mit logischen Argumenten konnte man sie erreichen.

»Die Lohnmelkerin arbeitet manchmal auch in Großromstedt, auf dem Hof von Konrad Jansen. Sie meint, sein Hof stehe kurz vor der Pleite. Das könnte der Beweggrund für einen Mord sein.«

»Wie das?«

»Falls Jansen glaubt, er würde etwas von seiner Schwester erben.«

»Hm. Seine eigene Schwester töten? Möglich …«

»In der Küche von Frau Meyerbeer befanden sich Pilze. Weißer Hut, gerader Stiel, dunkelbraune Lamellen.«

»Oh, sehr gut, mit dieser Beschreibung kann ich etwas anfangen!«

»Außerdem lag dort eine kleine schwarze Katze. Tot.« Er legte eine kurze Pause ein, doch das verendete Tier schien die Demoiselle nicht zu beschäftigen. »Und, was haben Sie herausbekommen?«

Das Essen kam, es duftete köstlich. Die Hähnchenkeule war nach dem *croissant de la lune* das Zweitbeste, was Wilhelm jemals gegessen hatte. Endlich stellte sich bei ihm wieder ein Wohlbefinden ein. Er dachte an seine Mutter. »Ist gefüllt der Magen, kann man denken, kann man wagen.« So hatte sie es immer ausgedrückt. Wilhelm lächelte ihr innerlich zu.

Offensichtlich war auch die Demoiselle zufrieden mit den Thüringer Klößen. Sie legte ihr Besteck zur Seite.

»Ich war bei Professor Hoffmann, dem Apotheker«, sagte sie. »Anhand der Krankheitssymptome konnte er nicht sagen, ob es sich um eine Pilzvergiftung handelt. Jetzt, mit der Beschreibung der Pilze, werde ich es noch einmal versuchen. Bei den Gesprächen während und nach der Bestattung von Frau von Bandewitz habe ich nichts Neues erfahren können. Den Conte di Spinola habe ich nur von schräg hinten gesehen, sein Antlitz war zudem von einer mächtigen Perücke umrahmt, teils sogar verdeckt. Es waren viele Leute zugegen, ich konnte mich nicht nach vorn wagen, meine Anwesenheit dort war nicht wirklich erklärbar.«

Wilhelm nickte verständnisvoll. »Mit unseren Nachforschungen können wir nicht immer direkte Erfolge erzielen. Aber davon lassen wir uns nicht kleinkriegen … oh, äh, entschuldigen Sie bitte!«

Louise von Göchhausen lächelte. »Kein Problem. Großartig zu sein ist für mich schwierig.«

Wilhelm brauchte einen Moment, um diesen auf sie selbst gemünzten Scherz zu verstehen. »In Bezug auf Ihren Geist und Verstand ist es nicht schwierig.«

»Danke, Wilhelm!« Für einen Moment schien es, als wollte sie noch etwas hinzufügen. Dann fuhr sie fort: »Den Grafen von Truss hingegen habe ich persönlich kennengelernt«, fuhr sie fort. »Am Sonntag bei einem herzoglichen Bankett.«

»Was ist das – ein Bankett?«

»Großes Fressen.«

Wilhelm merkte, dass Louise von Göchhausen eine eigene Art von Humor besaß. Er wartete darauf, dass sie fortfuhr.

»Der Graf ist ein durchaus angenehmer Mensch. Jedoch behauptete er, ein Gut in Kötschenroda zu besitzen, während Professor Voß sagt, dass es diesen Ort gar nicht gibt.«

»Heinrich Voß?«

»Ja, kennen Sie ihn?«

»Ich habe mal mit ihm gesprochen, ist schon lange her.«

Louise von Göchhausen sah ihn kurz verwundert an. »Nur ein Gut Kötschau gibt es.«

»Davon habe ich gehört«, sagte Wilhelm. »Muss in der Nähe der Umspanne liegen, auf dem halben Weg nach Jena. Im Gasthaus redeten sie darüber.«

»Gut, das müssen wir noch klären. Und Graf von Truss hat berichtet, dass der Haushalt von Frau Meyerbeer oft mit Pilzen von Margarete Schandinger beliefert wurde, von der der Apotheker Hoffmann wiederum behauptet, sie sei nicht vertrauenswürdig.«

Wilhelm nickte.

»Falls Sie es nicht wissen: Margarete Schandinger ist Rosines Mutter.«

»Oh!« Wilhelm war überrascht. Er überlegte: Waren Obszönität und Hinterhältigkeit vererbbar? Schwer zu sagen.

»Nun aber das Wichtigste«, sagte die Demoiselle. »Frau

Meyerbeer hat tatsächlich auf dem Hof ihres Bruders Kühe gemolken.«

»Ist das sicher?«

»Sie hat es selbst im Tagebuch notiert.«

»Aha, dann hat uns das Buch doch etwas genutzt!«

»Allerdings. Etwa zwei Wochen später bekam sie die ersten Blattern an den Händen. Eindeutig die Kuhpocken, die Inkubationszeit beträgt ungefähr zwei Wochen.«

»Die Inku… was?«

»Die Inkubationszeit, so nennen die Medici die Zeit zwischen dem Kontakt und den ersten Krankheitszeichen.«

»In – ku – ba – ti – ons – zeit?«, murmelte er vor sich hin.

»Genau!«

Wilhelm überlegte, während die Tochter des Wirts die Teller abräumte. »Gut, jetzt wissen wir, dass Frau Meyerbeer an den Kuhpocken erkrankt war, aber nicht, woran sie gestorben ist. Infrage käme eine Pilzvergiftung. Eventuell mit den Pilzen von Frau Schandinger, die wiederum keinen guten Leumund hat. Wir werden hören, was der Apotheker zu der Beschreibung der Pilze sagt. Vielleicht war die Todesursache auch eine ganz andere. Jansen hätte einen Beweggrund, auch wenn der noch nicht komplett erforscht ist, dazu fehlt uns das Testament. Und wir wissen, dass der Graf für seine Frau gekocht hat, aber keine Pilze, sondern Bohneneintopf.«

»Das haben Sie gut zusammengefasst«, sagte Louise von Göchhausen. »Die tote Katze fehlt noch in der Aufzählung. Aber die hat wohl kaum etwas mit Frau Meyerbeers Tod zu tun.«

Sieh an, dachte Wilhelm, sie hat das tote Tier in seinem Bericht doch wahrgenommen. »Bei Frau von Bandewitz kennen wir die Krankheitszeichen, und ich habe ihren verkrampften Leichnam gesehen.« Er schüttelte sich.

»Das scheint Ihnen ja gehörig zugesetzt zu haben«, sagte die Demoiselle.

Wilhelm atmete hörbar aus. »Ehrlich gesagt, das Bild verfolgt mich jede Nacht.«

Sie legte ihre Hand auf seinen Unterarm, so wie es seine Mutter zu tun pflegte. »Das tut mir sehr leid.« Sie zog ihre Hand wieder zurück.

»Wie geht es jetzt weiter?«, fragte er.

Louise von Göchhausen schien zu überlegen. »Morgen gehe ich nochmals zu Hoffmann. Dann wissen wir endgültig Bescheid über die Pilze ...«

Wilhelm unterbrach sie mit einem schnellen Handzeichen. »Falls es die Pilze nicht waren, fragen Sie ihn doch bitte, welche Art von Vergiftungen am häufigsten auftreten, egal durch welche Ursache.«

Louise hob zustimmend die Hand. »Das mache ich. Können Sie sich um Spinola kümmern?«

»Ja, mein Freund meldet sich hoffentlich bald. Bis jetzt hat er nur das Gerücht gehört, dass der Conte angeblich keinen Wein mehr anbauen will. Oder nicht mehr kann. Ich habe ihn beauftragt, weitere Informationen zu sammeln. Ansonsten werde ich selbst nach Kleyn Kromstorff gehen, genug Zeit habe ich jetzt.«

»Was meinen Sie damit?«

»Frühauf hat mich gefeuert.«

»Gefeuert? Was bedeutet das?«

»Er hat mich entlassen. Rausgeworfen. Ich bin nicht länger sein Geselle und bekomme ab sofort keinen Lohn. Wir Handwerker sagen dazu ›gefeuert‹.«

»Oh. Das tut mir leid. Wie kam es dazu?«

»Lange Geschichte. Er hat wohl den Eindruck, ich sei unzuverlässig ... na ja, so ganz unschuldig bin ich nicht daran. Habe mich wohl zu viel mit der Mörderjagd beschäftigt. Mehr kann ich zu der Sache nicht sagen.«

Louise von Göchhausen zog einen Taler aus ihrem Pompadour und schob ihn, durch ihre Hand verdeckt, über den Tisch. »Bezahlen Sie bitte und behalten Sie den Rest, das sieht sonst seltsam aus.«

»Danke!« Er wusste, dass dies ein in höfliche Gepflogenheit verpacktes Almosen war. Zum Glück hatte sie nicht nachgehakt, was seinen Rauswurf aus der Tischlerei betraf.

»Gnädigste, ich habe noch ein persönliches Anliegen.«

»Annette?«

»Woher wissen Sie das?«, fragte er verblüfft.

»Ich erkenne es an der Art, wie Sie Annette ansehen, und überhaupt, man merkt, dass Sie verliebt sind.«

Er fühlte die Hitze in seinen Kopf steigen. War er so leicht durchschaubar?

»Keine Sorge«, sagte Louise. »Ich behalte es für mich. Wie ich schon zu Herrn Taupe sagte: Liebe ist etwas Wunderbares, dafür braucht sich niemand zu schämen.«

Wilhelm traute sich, Louise anzuschauen. Aus seiner Sicht glich das einem Eingeständnis. »Wo ist sie? Wie kann ich sie erreichen?«

»Wir werden in Kürze unseren Sommeraufenthalt in Tieffurth beenden«, sagte Louise. »Dann wird Annette bei ihrem Patenonkel wohnen, Ferdinand von Auerbach. Sein Haus befindet sich auf der Esplanade, direkt neben dem Bäcker.«

»Aha, und ihre Eltern?«

»Die sind tot. Ferdinand ist ihr Vormund, alles Weitere müssen Sie mit ihm besprechen.«

»Äh, also ... was meinen Sie?«

»Nun, falls Sie Annette heiraten wollen – das war mein Gedanke.« Sie lächelte, ohne das Gesagte ins Lächerliche zu ziehen.

»Ich? Heiraten? Eine Adlige? Ohne Anstellung?«

»Wenn man etwas wirklich will, sollte man sich mit aller

Kraft dafür einsetzen, auch wenn das Ziel noch so weit entfernt scheint. Mehr kann ich nicht für Sie tun.«

Er neigte den Kopf. »Vielen Dank, Gnädigste!«

Sie griff nach einer Taschenuhr, die sie an einem Kettchen um den Hals trug. Wilhelm hatte sie schon insgeheim bewundert: goldenes Ziffernblatt, reich verziertes Gehäuse mit türkisfarbenen Edelsteinen und Perlen besetzt, schätzungsweise 1 ½ Zoll im Durchmesser.

Sie folgte seinem Blick. »Ein Erbstück meiner Mutter. Die einzige Erinnerung, die ich an sie habe. Sie ist vor elf Jahren gestorben.«

»Ein sehr schönes Erinnerungsstück«, sagte Wilhelm.

»Ich muss gehen! Folgen Sie mir bitte zur Berline. Herrmann, mein Kutscher, hat etwas für Sie.«

Wilhelm fühlte sich überrumpelt. Der Kutscher hatte etwas für ihn? Was sollte das sein? Sein Gehirn arbeitete auf Hochtouren, brachte aber kein Ergebnis hervor.

An der Kutsche angekommen, hielt ihm Herrmann seinen alten speckigen Wintermantel entgegen.

»Den hat Ihre Mutter bei mir abgegeben«, sagte Louise.

Wilhelm hatte Mühe, seine Tränen zurückzuhalten.

13. Vom Umzug

Mittwoch, 10. Oktober 1804

Die Fürstin Anna Amalia hatte Louise aufgetragen, den Sommerbetrieb im Schloss Tieffurth noch vor dem Zwiebelmarkt zu beenden und nach Weimar ins Witthumspalais umzuziehen. Das betraf auch die Zofe Rosine Schandinger und Louises Nichte Annette von Auerbach. Letztere würde ins Haus ihres Onkels zurückkehren.

Da der Zwiebelmarkt wie jedes Jahr am zweiten Oktoberwochenende von Freitag bis Sonntag stattfand, war Mittwoch und Donnerstag die letzte Gelegenheit, den Umzug in Ruhe und vollständig durchzuführen. Natürlich hatte Rosine den Hauptteil der Arbeit zu tragen, und auch ein Diener aus dem Palais half. Herrmann musste viermal nach Tieffurth und schwer beladen wieder zurückfahren. Louise hatte zu entscheiden, welche Gegenstände in den Tieffurther Winterschlaf geschickt wurden, musste sich mit ihrer Herrin absprechen, Listen schreiben, Befehle erteilen und deren Ausführung überwachen. Am Abend dieses Tages war sie rechtschaffen müde, und als sie in ihrem Mansardenzimmer ins Bett fiel, zeigte die Standuhr halb elf.

14. Vom Aufbau

Donnerstag, 11. Oktober 1804

Eigentlich hätte Wilhelm gemeinsam mit Anton an diesem Donnerstag die Bänke, Tische und Stände für den Zwiebelmarkt aufbauen sollen. Dies war ein ehrenamtlicher Dienst, und Meister Frühauf hoffte, sich damit den Titel »Herzogliche Hoftischlerei« zu verdienen.

Nun war Wilhelm nicht mehr Teil dieser Aufbaugruppe, doch er konnte es sich nicht verkneifen, gegen Mittag nachzusehen, was am Markt vor sich ging. Zu seiner Überraschung sah er dort Theo beim Aufbau, unterstützt durch Anton. Nun gut, das konnte Wilhelm seinem Freund nicht übel nehmen, er musste jede Arbeit annehmen.

Er beobachtete die beiden eine Zeit lang aus sicherer Entfernung, es juckte ihn dabei in den Fingern, am liebsten hätte er mit angepackt. Doch die Gefahr war zu groß, dass Frühauf plötzlich erschien, und diesen Triumph wollte er dem Meister nicht gönnen.

Als Theo eine Pause einlegte und sich am Stand des Metzgers in die Schlange einreihte, um zwei Rostbratwürste zu holen, stellte sich Wilhelm hinter ihn.

»Dreh dich nicht um, Theo, ich bin's Wilhelm. Hast du was für mich?«

Theo hustete und gab dem Metzger seine Bestellung auf. »Nu, mei Gutsder, hast du mich erschreckt. Nee, heute muss ich hier Geld verdienen, morgen wenn'sch fertsch bin, besorg ich dir was und leg's dann ins Felleisen. Samstag kannst du's holen.« Sein Kopf zuckte immer wieder, es fiel ihm offensichtlich schwer, sich nicht umzudrehen.

Anton sah herüber, Wilhelm drehte sein Gesicht weg.

»Übermorgen erst? Kann ich da selbst etwas machen? Hab ja jetzt genug Zeit.«

»Nee, mei Gudster, das wird nüscht. Wo ich hingomme, da gannsde nich rein. Bleib ma schön ruhig!«

Theo ging zurück zu Anton. Wilhelm kaufte sich ebenfalls eine Rostbratwurst. Damit war sein Restgeld auf drei Groschen geschrumpft.

15. Von Festnahme, Flucht und Rettung

Freitag, 12. Oktober 1804

Der Zwiebelmarkt hatte seinen Ursprung im Jahr 1653 auf dem Frauenplan. Inzwischen, rund hundertfünfzig Jahre später, zogen sich die Marktstände und Buden hinab bis zum Markt und hinüber auf der Esplanade bis zum Komödienhaus. Die Absperrgitter zu beiden Enden der Esplanade wurden für die Dauer des Zwiebelmarkts offen gehalten. Außer den zahlreichen Obst- und Gemüseständen, die zum Einkauf des Wintervorrats dienten, hatte sich der Zwiebelmarkt seit einigen Jahren mit Naschwerk für die Kinder, Rostbratwurst und Bierausschank zu einem Volksfest entwickelt.

Das Wetter hatte sich geändert, die klare Herbstluft war einem feuchten, nebligen Klima gewichen. Nicht die beste Witterung für ein Straßenfest.

Louise wollte noch einmal mit dem Hofapotheker sprechen. Diesmal wählte sie den Weg über die Breite Gasse, um dem Menschentrubel auf der Esplanade zu entgehen. Somit erreichte sie die Apotheke über die Nordseite des Marktplatzes.

Als Hoffmann sie erblickte, kam er sofort erfreut auf sie zu. »Guten Morgen, gnädige Dame! Sie haben Neuigkeiten?«

Offensichtlich war auch er an der Lösung des Rätsels interessiert.

»Guten Morgen, Herr Professor! Darf ich Platz nehmen? Das Wetter ...«

»Oh, selbstverständlich!«

Er gab seiner Apothekengehilfin einen Wink, sie brachte einen Stuhl, Louise setzte sich und ließ einen tiefen Seufzer vernehmen.

»In der Tat«, meinte Hoffmann, »heute drückt uns der Himmel von oben hernieder.«

Louise nickte. Dann sagte sie: »Ich habe eine Pilzbeschreibung.«

»Aha, sehr gut.«

»Weißer Hut, gerader Stiel, dunkelbraune Lamellen.«

Hoffmann hob die Augenbrauen. »Also, wenn das alles stimmt ...«

»Ja, das stimmt – sicher!« Louise sah ihn gespannt an.

»Auch die dunkelbraunen Lamellen?«

»Ja, der ... also, in der Beschreibung hieß es ausdrücklich dunkelbraun – nicht braun. Was ist damit? Nun sagen Sie schon ...«

»Nichts«, sagte er lächelnd. »Das ist ein Wiesenchampignon. Nur zu verwechseln mit dem hellgrün gefärbten Knollenblätterpilz, aber der hat keinen geraden Stiel, sondern einen Knollenfuß, und außerdem helle Lamellen, leicht rötlich eventuell. Ganz sicher kann ich das natürlich nur beurteilen, wenn ich den Pilz in der Hand halte, allerdings, wie Sie das beschreiben, Gnädigste: ein Wiesenchampignon. Hervorragender Speisepilz.«

»Hm.«

»Verehrteste machen einen unglücklichen Eindruck.«

»In der Tat, ich suche schließlich einen ... Ich meine, ich suche etwas, das zu den beschriebenen Vergiftungserscheinungen passt.«

»Müssen die Symptome denn in jedem Falle von Pilzen herrühren?«

Louise dachte an Wilhelms Idee, auch andere Gifte in Betracht zu ziehen.

»Nein«, antwortete sie zögerlich. »Nicht unbedingt.«

»Dann, Gnädigste, schlage ich vor, an eine Pflanzenvergiftung zu denken. Wäre das möglich?«

»Dafür gibt es zwar keine Hinweise, dennoch müssen wir unseren Gedankenschirm wohl etwas weiter öffnen.«

Hoffmann strahlte sie an. »Wie schön Sie das gesagt haben, gnädiges ... äh, Allergnädigste, ich hörte bereits des Öfteren, dass Sie dichterisch veranlagt sind, ich bin begeistert!«

Louise lächelte. »Ich danke Ihnen. Welche Pflanze führt denn Ihrer Erfahrung nach im Herzogtum am häufigsten zu Vergiftungen?«

Der Professor schien verwundert über diese zweckdienliche Vorgehensweise.

»Haben Sie schon einmal von Goldregen gehört?«

»Gehört ja, bisher ist er allerdings ausgeblieben.«

Hoffmann lachte auf. »Sehr gut! Bei mir auch. Aber ich meine die Pflanze, Laburnum anagyroides. Sie hat diese hängenden gelben Blüten.«

»Die kenne ich. Ist sie giftig?«

»Nicht unbedingt. Wie erwähnt werden manche Gifte in geringer Dosis als Arzneimittel benutzt, so auch in diesem Fall. Wirklich gefährlich sind die Samen. Bei Kindern reichen drei bis vier Samenhülsen, um nahe an den Tod zu gelangen. Die allseits bekannten Vergiftungserscheinungen passen genau zu den gestern von Ihnen beschriebenen Symptomen.«

»Wie sehen diese Samen denn aus?«

»Die Hülsen sind grün bis braun«, antwortete der Apotheker. »Sie erinnern an Bohnen, deswegen wird der Goldregen auch oft Bohnenbaum genannt.«

Louise zuckte zusammen. »Bohneneintopf!«

Hoffmann erschrak und begriff sofort. »Sie meinen, jemand hat die Samen in einen Bohneneintopf ...?«

»Bitte, Herr Professor, behalten Sie das unbedingt für sich!«

In diesem Moment flog die Tür auf und zwei Ordonnanzhusaren stürmten herein. Ihre roten Dolmane mit dem Schnurbesatz auf der Brust, die glänzenden Säbel und die blank geputzten Stiefel verbreiteten eine respektheischende Atmosphäre. Hoffmann schien beeindruckt und trat einige Schritte zurück.

»Demoiselle von Göchhausen?«

Louise wandte sich den Husaren zu. Sie war äußerst verwirrt, was selten vorkam. »Sie wünschen?«

»Major Friedrich von Seebach, Befehlshaber der herzoglichen Ordonnanzhusaren.« Er verbeugte sich kurz und zackig. »Ich habe den Auftrag, Sie ins Rote Schloss zu begleiten. Herr Regierungsrath von Fritsch verlangt, Sie zu sprechen.«

»Wie bitte?« Louise konnte ihren Ärger kaum beherrschen. »Das ist unmöglich. Woher wissen Sie überhaupt, dass ich hier bin?«

»Ihre Zofe gab uns Auskunft. Nun, bitte folgen Sie mir!«

Rosine, dieses schreckliche Frauenzimmer.

»Nein«, rief Louise. »Ich komme nicht mit Ihnen, auf keinen Fall!«

Der Husarenoffizier bedachte sie mit einem Blick, der keinen Widerstand duldete. »Ich habe den Befehl, Sie ins Rote Schloss zu bringen, egal auf welche Weise, notfalls mit Gewalt. Es wäre mir aber recht, wenn Sie uns folgen würden, ohne Aufsehen zu erregen. Wir müssen den Marktplatz überqueren. Sie sehen ja, welche Menschenmenge sich dort aufhält.«

Louise atmete tief durch, nahm ihren Pompadour vom

Stuhl und folgte dem Major mit starrer Miene, aber erhobenen Hauptes hinaus auf den Marktplatz.

~~~

Regierungsrath Karl Wilhelm von Fritsch saß an einem riesigen Schreibtisch, der vollkommen leer war. Er war ein recht junger Mann, Louise schätzte ihn auf Mitte dreißig. Sie kannte seine Frau Henriette, die regelmäßig an Louises Freundschaftstagen teilgenommen hatte. Ihn hatte sie nur flüchtig kennengelernt. Major von Seebach stand neben ihm.

Der Regierungsrath zeigte auf einen Stuhl. »Gnädiges Fräulein, bitte nehmen sie Platz!«

Sie wollte gerade gegen das »Fräulein« protestieren, als er direkt fragte: »Großes L, kleines v, großes G – das sind doch Sie? Louise von Göchhausen, oder?«

Louise überlegte. Hier lief etwas schief. Und zwar ganz gehörig. »Ja«, sagte sie vorsichtig.

»Gut, dann muss ich Sie wegen einer unangenehmen Causa verhören. Oder besser befragen, das klingt angenehmer. Der Leiter der Generalpolizeydirektion ist erkrankt, ich bin sein Stellvertreter und designierter Nachfolger. Sie verstehen?«

»Herr von Fritsch …«

»Mir liegt ein Brief vor, der mit LvG unterzeichnet ist. Darf ich Ihnen dieses Schreiben in Erinnerung rufen?«

Louise hatte keine Ahnung, um welchen Brief es sich handelte.

»*Nun, Wilhelm*«, begann von Fritsch zu lesen, »*will ich Sie in meine neuesten Erkenntnisse einweihen und ersuche Sie, diesen Brief, nachdem Sie ihn gelesen haben, umgehend zu verbrennen. Noch ist unser Verdacht zu vage, dass wir eine weitere Person ins Vertrauen ziehen oder die Angelegenheit sogar auf die offene Bühne bringen können.*«

Louise sackte in sich zusammen. Nicht zu glauben! Sie hatte sich auf Wilhelm verlassen. Welch eine Enttäuschung! »Woher haben Sie diesen Brief?«, fragte sie.

»Einer der Husaren an der Kegelthorwache hat ihn gefunden, mitten auf der Kegelbrücke. Er hat ihn zu Major von Seebach gebracht, der wiederum zu mir. Sie, Demoiselle von Göchhausen, behaupten darin, dass Frau Meyerbeer und Frau von Bandewitz ermordet wurden. Das ist eine schwere Anschuldigung. Was haben Sie dazu zu sagen?«

Louise stöhnte auf. »Entschuldigen Sie, Herr von Fritsch, ich brauche etwas frische Luft ...«

»Soll ich Ihnen ein Glas Wasser bringen lassen?«, fragte der Major.

Sie nickte.

Von Seebach ging ins Nebenzimmer, orderte ein Glas Wasser und öffnete das Fenster. Nach einigen Minuten trommelte von Fritsch ungeduldig mit den Fingern auf seinen leeren Riesenschreibtisch. »Also, Verehrteste, ich bitte um eine Erklärung!«

Louise hatte sich inzwischen überlegt, dass Leugnen keinen Sinn hatte. Der Brief legte alles offen. »Der Verdacht stammt von Herrn Taupe aus Jena«, begann sie. »Das haben Sie ja gelesen. Eine Begründung konnte er bisher nicht nennen. Was Frau Meyerbeer betrifft, haben wir inzwischen klare Hinweise, dass sie tatsächlich ermordet wurde. Und zwar mit den Samen einer Pflanze, Laburnum oder auch Goldregen genannt.« Sie legte eine Pause ein, das musste von Fritsch erst einmal verdauen. Den lateinischen Namen des Goldregens hatte sie absichtlich eingestreut, um Eindruck zu schinden. »Der Mörder ist mit großer Wahrscheinlichkeit Frau Meyerbeers Ehemann, Graf Friedrich von Truss!«

»Wie bitte?«

»Ja, so ist es. Er hat ihr einige Tage vor ihrem Ableben

einen Eintopf aus Bohnen gekocht. Darin lassen sich leicht die Samen des Laburnum verstecken, die sind bohnenförmig.«

»Ein Graf kocht selbst? Sehr ungewöhnlich, finden Sie nicht?«

»Eben deswegen. Damit rechnet niemand. Aber Hedwig, die Lohnköchin von Frau Meyerbeer, hat es bestätigt. Ebenso ist bewiesen, dass Frau Meyerbeer nicht an den Pocken gestorben ist, wie behauptet wurde, denn sie hatte nur die harmlosen Kuhpocken.«

Von Fritsch dachte nach. Er schien zumindest in Erwägung zu ziehen, dass Louise recht haben könnte. »Und warum hätte er sie umbringen sollen?«

»Geld- oder Geltungssucht. Angeblich – so sagte er mir persönlich – unterhalte er ein Landgut in Kötschenroda. Doch dieser Ort existiert gar nicht.«

Von Fritsch nickte. »Und weiter, Frau von Bandewitz?«

»Diese Causa ist leider noch offen. Oberkonsistorialrat Günther weilte an ihrem Totenbett, er beschrieb ihre Krankheitserscheinungen als Bauchschmerzen, blaue Lippen, Lähmungen und Luftnot. Ihr Leichnam wies Zeichen von Verkrampfungen auf. Angeblich soll sie der Schlag getroffen haben. Das passt aber alles nicht zusammen.«

»Und das können Sie beurteilen? Sollten wir das nicht einem Medicus überlassen?«

»Immerhin hat Professor Hoffmann den Verdacht geäußert, dass es sich um eine Vergiftung handelt.«

»Hoffmann, der Hofapotheker?«

»Genau der. Ich war gerade mit ihm im Gespräch, als Ihre Husaren hereinstürmten.« Sie musste ehrlich bleiben, sonst würde ihr das später wieder auf die Füße fallen. »Allerdings hat Hoffmann den Leichnam bisher nicht untersuchen können. So weit sind wir noch nicht.«

»Aha, wir! Wer ist dieser Wilhelm?«

»Entschuldigen Sie, Herr Regierungsrath, er ist ein junger Mann, den ich zu schützen gedenke. Insofern bitte ich um Nachsicht, dass ich Ihnen seine Identität nicht offenlegen kann.« Louise merkte, dass von Fritsch sich nur schwer beherrschen konnte.

»Sie beide haben also – wie soll ich es nennen? – Nachforschungen angestellt. Das ist Aufgabe der Strafpolizey unter meinem Befehl, warum haben Sie mich nicht sofort in Kenntnis gesetzt?«

»Ich war mir nicht sicher und wollte Ihnen unnötige Arbeit ersparen.«

»Sie haben auf alles eine Antwort. Nur nicht auf meine Frage, wer dieser Wilhelm ist. Ich gebe Ihnen jetzt eine letzte Chance.«

»Es tut mir leid, diese Frage werde ich nicht beantworten.«

Der Regierungsrath sprang auf. »Unerhört! Wollen Sie, dass ich den Serenissimus informiere?«

»Ich bitte um Verzeihung, werter Herr von Fritsch, aber wir wissen beide, dass der Herzog mit solchen Kleinigkeiten nicht belästigt werden möchte. Ich schlage vor zu warten, bis die beiden Mörder gefasst sind, danach können wir ihn einschalten.«

»Verdammt, ja, verdammt!« Er setzte sich wieder und sah sie an, wurde ruhiger, sein Blick durchdringender. »Wie Sie meinen. Dann werde ich andere Seiten aufziehen. Meine Leute werden herausfinden, wer Wilhelm ist. So lange bleiben Sie hier!«

»Wie bitte? Sie wollen mich festhalten?«

»Richtig. Sie stehen unter Verdacht, entweder eine Straftat vorgetäuscht zu haben oder die Justiz an der Ausübung ihrer Aufgaben behindert zu haben.«

Louise begann zu zittern. »Sie werden doch nicht etwa … mich … ins Gefängnis sperren?«

»Noch nicht. Sie dürfen in diesem Gebäude in einem unserer Büros warten, der Major wird Sie begleiten.«

Von Fritsch wandte sich an den Major: »Die Dame wartet bei uns, bis wir diesen Wilhelm gefunden haben!« Er zeigte in Richtung des Nachbarraums. »Dort nebenan!«

Der Major antwortete nicht, nickte nur. Er wandte sich an Louise. »Darf ich bitten?«

Sie stand auf und ging zur Tür. Dabei versuchte sie, ihren Körper ruhig zu halten, was ihr nicht gelang. Sie schwankte leicht, blieb stehen, hielt sich am Türrahmen fest, drehte sich noch einmal um und sagte: »Auf Wiedersehen, Herr designierter Generalpolizeydirektor. Meine Empfehlung an Ihre Gattin!«

Fritsch riss die Augen auf.

Louise lächelte. »Jette wird sich freuen, wenn sie hört, dass Sie eine ihrer Freundinnen arretiert haben.«

»Hinaus mit Ihnen!«, schnaubte von Fritsch.

»Vielleicht wird sie es auch der Serenissima berichten«, rief Louise aus dem Flur.

»Tür zu!«

~·~

Louise wurde in einen kleinen Raum geführt, der offensichtlich als Aktenarchiv diente. Der Major ließ ihr einen Stuhl hineinstellen und ein weiteres Glas Wasser bringen. Währenddessen fragte sie ihn, warum ein Offizier der militärisch organisierten Husaren einem zivilen Beamten unterstellt worden war. Mit einer unüberhörbaren Zerknirschung berichtete er, dass der Herzog, mit dem er ein gutes, fast freundschaftliches Verhältnis pflege, ihn 1802, nach dem zweiten Koalitionskrieg gegen Frankreich, als keine militärischen Auseinandersetzungen mehr zu erwarten waren, gebeten hatte, sich vermehrt der Aufrechterhaltung der öffentlichen Ordnung im Herzogtum zu widmen. Dazu gehörten die Patrouillen in der Regierungsstadt und gegebenenfalls die Verfolgung von kriminellen Subjekten. In letzterem Fall war die Zuordnung zur Generalpolizeydirektion vorgesehen, und diese war nun vom Regierungsrath zum ersten Mal in aller Konsequenz in Anspruch genommen worden.

Der Major befahl, die Tür des Archivraums abzuschließen. Louise protestierte und erinnerte daran, dass der Regierungsrath sie nicht ins Gefängnis, sondern nur in einen Warteraum verbannt hatte. Major von Seebach stimmte zu und postierte zwei Husarengefreite auf dem Flur vor dem Archiv.

Nach einer halben Stunde wurde Louise nervös. Sie horchte an der Tür. Die Wachposten unterhielten sich über Bier und stießen mit Krügen an. Nach einer weiteren Viertelstunde hörte sie eine Befehlsstimme, es konnte der Major sein, der einen der beiden zu sich rief. Sie lugte durch das Schlüsselloch: Der andere Gefreite trat von einem Bein auf das andere, wahrscheinlich drückte ihn das Bier. Es vergingen keine fünf Minuten, bis der zweite Husar verschwand, wohl um den Abtritt aufzusuchen. Louise zögerte einen Moment, drückte die Klinke hinunter, schlüpfte aus dem Archiv und schloss die Tür hinter sich. Sie befand sich in einem langen Gang, der sich nach links und rechts erstreckte. Auf der Treppe erklangen Husarenstiefel. Schnell öffnete sie den gegenüberliegenden Raum, glitt hinein und zog leise die Tür zu. Durch das Schlüsselloch konnte sie erkennen, dass der Gefreite sich entspannt an die Wand lehnte, da er sie offensichtlich immer noch im Aktenraum wähnte.

Louise sah sich um und erschrak. Sie war in der Kleiderkammer der Husaren gelandet. Überall hingen rote Dolmane und weiße Reithosen an Wandhaken. Schwarze Stiefel standen in Reih und Glied, Pelzmützen waren aufeinandergestapelt. Was sollte sie tun?

～⊛～

Major Friedrich von Seebach klopfte in Begleitung des zweiten Husarengefreiten an die Pforte des Witthumspalais. Eine junge blonde Zofe öffnete und glotzte ihn bewundernd an. Als der Major nach der Demoiselle von Göchhausen fragte, erklärte sie, ihre Herrin sei auf dem Zwiebelmarkt unterwegs, mehr wisse sie nicht. Aber die Herren könnten gerne auf eine Tasse Tee hereinkommen, solch stattlichen Männer kämen hier selten vorbei. Der Major lehnte das Angebot ab und fragte, ob sie einen Wilhelm kenne. Ja, sie kenne nur einen, den Wilhelm Gansser, und der arbeite als Geselle in der Tischlerei Frühauf in der Rittergasse. Von Seebach nickte zufrieden und wollte wissen, wie dieser Gansser aussähe. Groß, breitschultrig, dunkelbraune Locken, schwarze Handwerkerkluft, den Kopf möglicherweise mit einem braunen Filzhut bedeckt, so Rosines Beschreibung. Nach einem kurzen Gruß verließen die beiden Husaren das Gelände des Palais und begaben sich in die Rittergasse.

Auch hier kamen sie nicht wirklich weiter, denn Meister Frühauf hatte den Gesellen am Montag entlassen. Ob er wisse, wo man den Wilhelm Gansser finden könne, fragte der Major. Der Meister gab zur Auskunft, der Wilhelm sei bestimmt auf dem Zwiebelmarkt unterwegs, ansonsten wohne er bei seinen Eltern in der Winkelgasse. – Ach nein, korrigierte Frühauf sich selbst, der Wilhelm Gansser sei dort nicht mehr zu Hause. Wo er inzwischen wohne, das wisse er nicht. Der Major bedankte sich und schickte den Gefreiten über den Zwiebelmarkt, um nach der beschriebenen Person Ausschau zu halten.

Von Seebach selbst marschierte in die Winkelgasse. Vor den Häusern spielten Kinder, als sie ihn bemerkten, sprangen sie respektvoll zur Seite und stellten sich abwartend an die Hauswände. Als der Major nach der Familie Gansser fragte, zeigte einer der Jungen sofort auf ein Haus, das mit Regenrinnen aus Zinkblech ausgestattet war. Major von Seebach trat ein. Die Mutter fing bei der Frage nach Wilhelm sofort an zu weinen, der Vater schimpfte unflätig herum und meinte, er habe es ja immer schon gewusst, dass dieser Junge nichts tauge, jetzt auch noch das: von den herzoglichen Häschern gesucht!

Der Major verzichtete darauf, sich über das Wort »Häscher« aufzuregen, er hatte Wichtigeres zu tun. Er verließ das Haus der Ganssers und schritt eilig zurück ins Rote Schloss. Während er die Treppe erklomm, begegnete ihm ein Husar, der in schlampiger Haltung an ihm vorbei nach unten lief.

»Husar, halt Er sich gerade!«

»Zu Befehl!«, antwortete der Angesprochene und hüstelte. Dann schritt er gestreckt und würdevoll weiter.

»Na also, geht doch!« Noch in Gedanken bei Wilhelm Gansser registrierte von Seebach unterbewusst, dass der angesprochene Husar ungewöhnlich klein war, was ihm zunächst durch die hohe Pelzmütze mit dem Reiherbusch nicht aufgefallen war. Nun ja, dachte er, wir sind ja hier nicht beim altpreußischen Infanterieregiment No. 6.

Sogleich berichtete er dem Regierungsrath von Fritsch, dass er nun wisse, wer dieser Wilhelm sei, dass man seiner derzeit aber nicht habhaft werden könne.

»Sehr gut, Major«, sagte von Fritsch. »Unter dieser Voraussetzung können Sie die Demoiselle von Göchhausen entlassen. Ich habe keine Lust, Ärger mit der Fürstin Anna Amalia zu bekommen. Wir können sie ja jederzeit wieder einvernehmen.«

Major von Seebach war froh über diese Entscheidung, denn er konnte sich nicht vorstellen, eine Frau zu arretieren. Erst recht nicht eine von der Natur körperlich benachteiligte Frau. Er verließ den Regierungsrath mit kurzem Gruß und begab sich direkt zu dem Wachposten vor dem Aktenarchiv.

»Öffnen!«, befahl der Major.

Der Gefreite tat, wie ihm befohlen.

Für einen Moment verschlug es beiden die Sprache. »Verdammt, die Göchhausen ist verschwunden!« Das Gesicht des Majors lief grellrot an. Er stellte sich dicht vor den Gefreiten. »Wie heißt Er?«

»Ich weiß nicht, wie das ...«

»Weiß Er nicht mehr, wie Er heißt?«, donnerte von Seebach.

»Äh, ja, doch, Hans Koch, Gefreiter!«

»Gefreiter Koch, wir sehen uns vor dem Militärgericht!«

Auf dem Weg zurück zu Herrn von Fritsch tauchte ein Bild vor seinem geistigen Auge auf, eine Erinnerung. Ein kleiner Husar mit schiefer Körperhaltung, der an ihm vorbei die Treppe hinablief. Louise von Göchhausen. Dieses Biest! Ein wenig lächeln musste er dennoch.

Der Gefreite Koch kam hinter ihm her. »Entschuldigung, Herr Major, ich musste mal dringend brunzen, da ist sie wohl entwischt, ich kann nichts dazu, ich kann ja nicht ...«

Von Seebach drehte sich um und sagte in mildem Ton: »Schon gut, Gefreiter Koch. Vergessen Sie das mit dem Militärgericht.«

~∞~

Wilhelm hatte beschlossen, trotz aller Unbilden des Lebens den Tag auf dem Zwiebelmarkt zu verbringen. Und er wollte ihn genießen. Er kaufte sich beim Schloss-Bäcker zwei Pfennigsemmeln und schlenderte damit kauend über den Markt.

Neben dem Rathaus erklang Musik, ähnlich den Klängen, die er am Tieffurther Schloss von Annette gehört hatte. Zwei Männer, vermutlich Vater und Sohn, spielten auf Saiteninstrumenten. Wilhelm blieb stehen und hörte andächtig zu. Als sie geendet hatten, sprach er den Vater an: »Verzeihung, der Herr, darf ich fragen, um welches Instrument es sich hier handelt?«

»Sehr erfreut, werter Herr«, antwortete der Mann. »Mein Name ist Jacob August Otto, herzoglicher Instrumentenmacher aus Jena. Das ist mein Sohn.«

Der junge Mann, höchstens fünfzehn oder sechzehn Jahre alt, nickte Wilhelm freundlich zu.

»Dies ist eine neuartige Guitarre. So wie ich sie auch kürzlich an Ihre Durchlaucht Fürstin Anna Amalia liefern durfte.«

Offensichtlich hatte Annette auf ebendieser Guitarre gespielt.

»Ich bin Möbeltischler«, sagte Wilhelm. »Welche Art Holz benutzt Ihr für solch ein Instrument?«

»Für die Zargen meistens Bergahorn, für das Griffbrett vorwiegend Ebenholz, das muss besonders hart sein. Als Klangholz für die Decke verwenden wir Fichte. Am besten klingt die amerikanische Thuja plicata.«

»Oha, bestimmt recht teuer?«

»So ist es. Wenn man ehrlich sein möchte: Das kann sich nur eine fürstliche Kasse leisten.«

Wilhelm lächelte. »Ich mag diese Art von Ehrlichkeit.«

Otto schien diese Antwort zu gefallen. »Mit welchem Holz arbeiten Sie denn, mein Herr?«

»Derzeit planen wir einen Eichenschrank. Die Rahmentafeln sollen mit Ahornintarsien versehen werden.« Wilhelm sprach mit einem beruflichen Enthusiasmus, der ihn völlig vergessen ließ, dass es für ihn kein »wir« im Zusammenhang mit der Tischlerei Frühauf mehr gab.

Jacob August Otto hob erstaunt, zugleich lobend die Augenbrauen. »Interessant!«

Wilhelm bemerkte, dass noch andere Menschen mit Otto reden wollten. »Ich darf mich verabschieden. Vielleicht sehen wir uns einmal wieder?«

»Oh, das glaube ich leider nicht«, sagte der Instrumentenbauer. »Ich bin ein unruhiger Mensch, es zieht mich nach Halle.«

Wilhelm verbeugte sich höflich, hob kurz seinen Filzhut und tauchte in der Menschenmenge des Zwiebelmarkts unter. Es wimmelte nur so von Gemüsebauern, Zwiebelzopfbinderinnen, Imkern und Korbflechterinnen. Es roch nach Harz, Heu, Honig und Humus, nach Rauch, Seife, Weihrauch und Zimt. Wilhelm ließ sich treiben. Am Beginn der Esplanade blieb er stehen und kaufte einen der traditionellen Zwiebelzöpfe, geschmückt mit roten und weißen Blüten. Sein Restgeld schrumpfte auf ein paar Pfennige. Kurze Zeit später stand er mit dem bunten Zopf stolz vor dem Haus neben dem Esplanade-Bäcker. Es war groß, dreistöckig und imposant. Eine breite Treppe führte hinauf zum Portal. Sofort fiel ihm der in der Sonne glänzende Faunskopf auf, der einen dicken, als Türklopfer dienenden Ring im Maul trug. Über dem Schreckgesicht prangte ein Metallschild: »Ferdinand von Auerbach«. Wilhelm klopfte.

Eine Bedienstete in weißer Schürze öffnete. »Was kann ich für den Herrn tun?«

»Guten Tag, ich möchte gern diesen Zwiebelzopf für Annette abgeben.«

»Äh, ja, ich weiß nicht ... Das gnädige Fräulein ist gerade indisponiert.«

»Entschuldigung, was meinen Sie damit?«

In diesem Moment erschien ein älterer Herr an der Tür, weiße Perücke mit Zopf, geschwungener Schnurrbart, dunkler Frack, Weste mit hervorlugendem Jabot, unter dem Knie geschnürte Hosen – ein Mann aus dem vorigen Jahrhundert. Wilhelm kannte ihn aus dem Park am Stern.

»Was begehrt Er?«

»Guten Tag, gnädiger Herr, ich möchte diesen Zwiebelzopf als kleine Aufmerksamkeit für Fräulein Annette abgeben.«

»Kennt Er meine Nichte?«

»Ja, wir haben uns kurz kennengelernt im Park von Schloss Tieffurth bei der Demoiselle von Göchhausen.«

Ferdinand von Auerbach musterte ihn von oben bis unten.

»Wie heißt Er und welchen Standes ist Er?«

Wilhelm verbeugte sich leicht. »Wilhelm Gansser, Tischlergeselle.«

»Wie bitte? Ein Tischlergeselle wagt es, meiner Nichte den Hof zu machen? Niemals! Und dann auch noch solch ein Zwiebelding ...« Er nahm Wilhelm den Zopf aus der Hand und schleuderte ihn mit einer wütenden Bewegung auf die Straße. »Dieses stinkende Gemüse kommt nicht in mein Haus. Und Er sowieso nicht.« Mit diesen Worten schlug er Wilhelm die Tür vor der Nase zu.

Wilhelm wankte auf die Straße zurück, hob den lädierten Zwiebelzopf auf und schenkte ihn einem kleinen Mädchen. Wie in Trance stolperte er durch die Menschenmenge, wusste nicht, was er denken und fühlen sollte. Fast trieb es ihm die Tränen in die Augen, gerade soeben konnte er das Wasser beruhigen, dieses Schauspiel wollte er der Öffentlichkeit nicht bieten. Fast eine Stunde lang saß er abseits auf einem Stein und blickte hinüber zum Auerbach'schen Haus in der Hoffnung, Annette an einem der Fenster zu sehen. Doch das blieb ihm verwehrt. Sein Herz quoll über, nicht vor Wut auf Ferdinand von Auerbach, nein, vor Sehnsucht nach ihr – nach Annette.

Langsam ging er weiter, seelisch verwundet von dem Erlebten. Kurz vor dem Komödienhaus verharrte er an einem

Marktstand, an dem frische Pilze angeboten wurden. Eine Frau in ihren Fünfzigern stand hinter den auf einem Holzbrett aufgereihten Pilzkörben. Sie sah schrecklich aus: wilde Haare, zerlumpte Kleidung, ein fast irre zu nennendes Mienenspiel. Und er hatte das Gefühl, diese Frau zu kennen. Ihre Blicke kreuzten sich.

»Darf ich nach Ihrem Namen fragen?«

Die Angesprochene antwortete keck, fast schon frech. »Wer will das wissen?«

»Wilhelm Gansser«, sagte er und deutete eine Verbeugung an. Zum zweiten Mal an diesem Tag.

»Soso, der Wilhelm Gansser!«, kreischte die Frau in einer unerhörten Lautstärke, sodass Wilhelm ein paar Schritte zurückwich.

»Du brauchst keine Angst vor mir zu haben!«, schrie sie. Einige Leute blieben stehen und beobachteten die Geschehnisse. »So ein schöner junger Mann hat sicher keine Angst!«

Jetzt wusste Wilhelm, wer die Frau war. Margarete Schandinger, die Pilzfrau. Rosines Mutter. »Ich höre Sie gut, Frau Schandinger, Sie brauchen nicht zu schreien …

»Hexen schreien immer so!«, rief sie und stach dabei mit ihrem langen Zeigefinger in Richtung der Umstehenden. Zwei Kinder flüchteten. Wilhelm fiel ein, dass Margarete Schandinger in ihrem Heimatdorf als Hexe gebrandmarkt war. Man hatte sie angeblich bei schwarzen Messen beobachtet. Für ihn waren das uralte, heidnische Bräuche, die er nicht ernst nahm. Sie befanden sich immerhin im Zeitalter der Aufklärung – behauptete jedenfalls das Weimarische Wochenblatt.

»Ich möchte gern Pilze kaufen«, sagte Wilhelm. »Pilze mit weißem Hut, geradem Stiel und dunkelbraunen Lamellen.«

»Die sind giftig!«, kreischte die Schandinger. »Passt auf, lasst euch nicht verführen! Solcherlei Pilze sind sehr, sehr giftig. Esst nur davon, jaja, esst nur davon!«

Die Mimik der Zwiebelmarktbesucher wandelte sich von Interesse zu Abscheu.

»Ihr werdet alle sterben!« Die Pilzfrau steigerte sich in einen schrill geifernden Vortrag. »Alle, alle, werdet ihr sterben, auch du ... und du ... und du!«

Dann sah sie Wilhelm an. »Und dich wird es ganz besonders schlimm treffen, Wilhelm Gansser, dich erwartet ein grausamer Tod. Du hast meine Tochter geschwängert, du hast ihr Gewalt angetan, Wilhelm, der Stupratore!«

In Wilhelm schoss eine Fontäne der Wut hoch, genährt durch das unverschämte Verhalten zweier Mitmenschen. Er holte aus und gab der Schandinger eine schallende Ohrfeige. Im selben Moment bereute er es, denn damit bestätigte er das in Umlauf gebrachte Gerücht, er sei gewalttätig. Die Menschen wichen entsetzt zurück.

»Jaja, ihr seht es alle«, kreischte die Schandinger. »Er hat mir Gewalt angetan! Und er hat die Katze getötet, Caro, Caro mio!«

Zu seinem Entsetzen erkannte Wilhelm zwei Husaren, die aus Richtung Frauenplan auf ihn zukamen. Womöglich würden sie ihn des Aufruhrs bezichtigen. Er zog seinen braunen Filzhut tiefer ins Gesicht. Unerwartet spürte er eine Hand in der seinen, er blickte neben sich, ein Kind, eine Halbwüchsige, eine blaue Pelisse übergeworfen, die viel zu lang war und auf dem Boden schleifte. Das Mädchen zog ihn davon, weg von der Menge, weg von den Husaren. Wilhelm folgte ihm, wusste nicht, was er sonst hätte tun sollen. Es zog ihn durch ein Gartentor, und ehe er sich versah, knieten sie hinter einer dichten Hecke.

»Pst!«, sagte das Mädchen und schaute ihn an. Louise von Göchhausen.

Wilhelm war verwirrt. »Was machen Sie denn hier?«

»Ich versuche, Sie zu retten, obwohl Sie es eigentlich nicht verdient haben, Sie Dummkopf! Ich tue das nur zu meinem eigenen Schutz.«

»Was? Warum?« Wilhelm konnte nicht mehr klar denken. Waren denn heute alle gegen ihn? Er hatte den Tag einfach nur genießen wollen, über den Zwiebelmarkt schlendern und an Annette denken – mehr nicht. »Warum reden Sie so mit mir?«

»Das erkläre ich Ihnen später. Wir müssen weg, die Husaren suchen uns.«

»Uns? Mich auch?«

»Ja, meine Güte, nun glauben Sie mir doch! Wir sind im Garten der Fürstin Anna Amalia, wir müssen uns verstecken. Ins Witthumspalais können wir nicht, da finden sie uns.«

Wilhelm begann die Situation halbwegs zu begreifen. »In meine Hirtenkammer?«, fragte er.

»Ja, ja, sehr gut!«

»Folgen Sie mir!«

Sie durchquerten den Garten der Fürstin und standen auf der Neuen Straße, gegenüber dem Neubau neben der Löwenapotheke. Man sprach davon, dass dort ein Gasthof entstehen sollte.

»Geben Sie mir Ihre Hand«, sagte Wilhelm. »Und ziehen Sie die Kapuze nach vorn!« Er wunderte sich über seinen eigenen Mut.

Louise tat, wie ihr geheißen, und senkte den Kopf. Wilhelm nahm ihre Hand und zog sie in Richtung der Magazinscheunen. Davor stand ein Wachposten. Jetzt half nur noch die Flucht nach vorn.

Wilhelm ging auf den Posten zu. »Wir sind auf dem Weg zum Siechhaus und nehmen den Weg durch das Schwanseegatter statt durchs Erfurther Tor, um niemanden anzustecken.«

Der Husar sah ihn fragend an.

»Meine Kleine hat einen furchtbaren Ausschlag, wenn Sie sich das anschauen wollen?«

Der Husar winkte ab und ließ sie passieren. Sie kamen an den Resten alter Gebäude vorbei und erreichten das Schwanseegatter. Wenige Minuten später standen sie vor der Hirtenkammer. Wilhelm schloss auf.

»Treten Sie ein«, sagte er und machte eine schwungvolle Bewegung mit seinem Filzhut.

Louise schritt langsam durch die Tür, fast hatte er den Eindruck, sie fürchtete sich vor seiner Welt.

»Bitte sehr, setzen Sie sich«, sagte Wilhelm. »Ich habe leider nur einen Stuhl.«

Sie nahm Platz, er hockte sich aufs Bett. Wendela, die weiße Katze, hatte sich hereingeschlichen, sie strich um Louises Beine.

»Eigentlich müsste ich Sie jetzt abstrafen«, sagte Louise von Göchhausen gespielt streng. »Ich habe ausdrücklich geschrieben, Sie sollen meinen Brief verbrennen!«

Wilhelm griff instinktiv in seine Westentasche. Leer. Ihm wurde übel. »Ich weiß nicht …«

»Aber ich. Sie haben ihn auf der Kegelbrücke verloren.«

Sofort stieg ein Bild in ihm auf. Dunkelheit auf der Brücke, Niesreiz, Schnupftuch. »Aber wie …?«

»Die Husaren haben ihn gefunden, jetzt liegt er bei Herrn von Fritsch.«

»Oh Gott! Und dieser Fritsch ist … wer?«

»Er ist Mitglied der Generalpolizeydirektion und wird nächstes Jahr wohl ihr Direktor. Jedenfalls benimmt er sich bereits so. Er wird dann die gesamte Verwaltung des Herzogtums befehligen, sowohl die Wohlfahrtspolizey als auch die Ordnungspolizey. Zur Ersteren gehören die Spitäler, das Armenhaus, das Siechhaus und so weiter. Die Ordnungspolizey ist, wie der Name schon sagt, für die öffentliche Ordnung zuständig und verfolgt alle Missachtungen der herzoglichen Anordnungen. Dabei werden die Verwaltungsbeamten durch die Ordonnanzhusaren unterstützt – wenn es notwendig scheint.«

»Und die sind für Morddelikte zuständig?«

»Ja, sie unterstützen die Kriminalgerichte und suchen Missetäter. Aber ihre Befugnisse und ihre Mannstärke sind von minderer Wirksamkeit. Nicht zu vergleichen mit der Truppe von Fouché.«

»Wer ist das?«

»*Mon dieu*, Sie kennen Fouché nicht?«

»Nein.«

»Seit Juli dieses Jahres ist er Polizeiminister in Frankreich und Leiter der Strafpolizey unter Napoleon. Die Geheimpolizey gehört ebenfalls dazu. Ein äußerst effektiver und gnadenloser Mensch. Seine Effektivität könnten wir hier gebrauchen, seine Gnadenlosigkeit allerdings nicht.«

»Und ich nehme an, dieser Fritsch ...«

»Von Fritsch!«

»Meinetwegen, also der fühlt sich beleidigt, weil *er* die Nachforschungen führen will, nicht wir?«

Louise sah ihn erstaunt an. »Genau so ist es!«

»Es tut mir leid wegen des Briefs.«

»Schon gut. Ehrlich gesagt war ich zunächst äußerst verärgert und hätte Sie am liebsten in der Ilm ertränkt ...«

»Wäre Ihnen das nicht etwas schwergefallen?« Wilhelm grinste.

»Keine Sorge, ich hatte da bereits eine Idee!«

»Oh nein!«

Sie lachte. »Jedenfalls habe ich dann erkannt, dass dieses Vorkommnis die Sache erheblich beschleunigt hat und noch beschleunigen wird. Von Fritsch wird es sich nicht nehmen lassen, selbst zu ermitteln – eine Frage der Ehre. Das kann die Suche nach den Mördern voranbringen, und nur das zählt. Außerdem hat es Spaß gemacht, den Husaren zu entkommen.«

Sie zog die Pelisse zur Seite, darunter kam eine Husarenuniform samt zusammengelegter Pelzmütze zum Vorschein.

»Oh Gott, wo haben Sie die denn her?«

»Aus deren Kleiderkammer. Längere Geschichte.« Sie kicherte und legte die Pelzmütze auf die Truhe, neben Wilhelms braunen Filzhut.

»Und die blaue Pelisse?«, fragte er.

»Nun ja …«, stotterte sie. »Die habe ich mir ausgeliehen.«

»Von wem?«

»Keine Ahnung, wie die Frau heißt«, sagte Louise mit einem Gesichtsausdruck, der an Engelsunschuld und kindliches Gemüt erinnerte. »Bekommt sie jedenfalls zurück, ganz sicher, ich verspreche es!«

»Nicht zu fassen!« Das musste er erst einmal verdauen. Dann fragte er: »Und dieser Regierungsmensch, dieser Fritsch, wird er persönlich eingreifen?«

»Nein, er hat es delegiert. Wenn es auf die Stadt Weimar beschränkt wäre, hätte er es an Bürgermeister Adolph Schultze weitergegeben und der wiederum an seine Viertelmeister, Wachtmeister, Büttel und Boten. Mit denen hätten wir keine Probleme, die sind in solchen Dingen unerfahren. Da sich das Tatgeschehen aber ins halbe Herzogtum ausdehnt, hat der Regierungsrath es an Major von Seebach, den Befehlshaber der Husaren delegiert. Er scheint mir in der Lage, diese Aufgabe zu bewältigen. Eigentlich ist er ein recht vernünftiger Mensch. Wenn nur der Regierungsrath nicht sein vorübergehender Vorgesetzter wäre …«

»Und die suchen uns jetzt?«, fragte Wilhelm.

»So ist es. Jedenfalls mich. Sie wissen noch nicht, wer der Wilhelm in meinem Brief ist, ich habe es nicht verraten, aber das werden sie herausfinden. Wir müssen uns also vorläufig verstecken.«

»Sie haben tatsächlich nicht meinen Namen genannt?«

»Nein, habe ich nicht. Ehrensache!«

Wilhelm musste tief durchatmen. Mit so viel Loyalität und Rücksichtnahme hatte er nicht gerechnet. »Ich danke Ihnen!« Er beeilte sich weiterzureden, um die Situation, die er als peinlich empfand, schnell hinter sich zu lassen. »Wenn ich das richtig sehe, wird unsere Situation besser, je mehr wir über die Mörder wissen, oder?«

»So ist es«, antwortete Louise. »Und tatsächlich weiß ich inzwischen mehr: Hoffmann meint, es könne eine Vergiftung mit Laburnum gewesen sein. Goldregen, dieser Busch mit den schweren gelben Dolden. Die Samen haben eine bohnenartige Form.«

»Der Bohneneintopf! Deswegen hat der Graf selbst gekocht?«

»Das ist anzunehmen. Wir brauchen aber noch den Beweggrund des Grafen. Warum hat er seine Frau ermordet?«

»Geld, Macht oder Liebe«, sagte Wilhelm überzeugt.

»Sie meinen, eins davon muss es sein?«

»Ich denke, mehr Gründe gibt es nicht. Wobei zu Geld auch Besitz gehören kann, zu Macht auch Gewalt und zu Liebe auch Hass.«

»Wie alt sind Sie, Wilhelm Gansser?«

»Sechsundzwanzig. Bald siebenundzwanzig, nächstes Jahr am 2. April.«

Louise nickte anerkennend. »Genau halb so alt wie ich. Dafür haben Sie ein fast schon erfahren zu nennendes Weltbild.«

Wilhelm überlegte einen Moment, ob sie das ironisch gemeint haben könnte, kam dann aber zu der Einschätzung, dass es ihr ernst war.

»Dieser 2. April liegt noch über fünf Monate entfernt«, sagte Louise. »Das kann man nicht wirklich als ›bald‹ bezeichnen. Ist mit diesem Tag noch etwas anderes für Sie verbunden, etwas Wichtiges?«

»Ihnen kann man nichts verheimlichen. Ja, das stimmt. Mein Vater wünscht, dass ich bis dahin einen eigenen Hausstand gegründet habe.«

Sie zögerte einen Moment. »Der Herrgott wacht über Sie, Wilhelm Gansser, er schützt sie, er wird es richten.«

Einige Minuten herrschte Stille in der Hirtenkammer. Wilhelm kannte den Psalm: »Der Herr wacht über dich. Der Herr ist dein Schutz.« Er fragte sich, ob man Bibelzitate wörtlich nehmen konnte.

»Zurück zu den beiden Witwen«, beendete Louise das Schweigen. »Wir müssen mehr über Graf von Truss herausbekommen.«

»Gut Kötschau?«, fragte Wilhelm sofort.

»Richtig.«

»Sonntagvormittag? Alle sind in der Kirche, nur wir sind in Kötschau – Gott wird es uns verzeihen.«

»Gute Idee. Aber was, wenn er dort ist? Der Graf ...«

»Wohl kaum, er ist hier auf dem Zwiebelmarkt oder in Apolda im Meyerbeer'schen Haus. Und wenn schon ...«

Sie hob den Kopf. »So mutig?«

»Ja!«, sagte Wilhelm und lachte. Doch dieses Lachen klang, als würde er selbst über seine eigene Kühnheit staunen.

»Frau Meyerbeer ist längst begraben«, sagte Louise. »Wenn wir in ihrem Magen Goldregensamen fänden ...«

»Wie sollte das möglich sein?«

»Die Medici an der Universität Jena sezieren die Körper von verstorbenen Menschen, denen kein ehrenvolles Begräbnis zusteht. Das Ganze dient der Ausbildung zukünftiger Ärzte.«

Wendela sprang auf Wilhelms Schoß, er kraulte sie.

Louise schoss hoch. »Was hat die Schandinger gerufen, nachdem Sie sie geohrfeigt haben? ›Er hat die Katze getötet, Caro mio‹, stimmt's?«

»Richtig. Was hat das zu bedeuten?«

»Caro ist die Katze, die tote Katze!«

»Sie meinen, die in der Küche der Meyerbeers?«

»So muss es sein. Im Tagebuch stand: *Caro geht es auch nicht gut* – oder so etwas in der Art. Vielleicht hat die Schandinger doch etwas mit Frau Meyerbeers Tod zu tun.«

Jetzt kam Wilhelm ein Gedanke. »Mein Gott, die Katze in der Meyerbeer'schen Küche, also …«, sein Inneres begann zu brodeln, »… die lag ähnlich verkrampft auf dem Boden wie Frau von Bandewitz im Sarg!«

»Tatsächlich?«

»Ja, ja, absolut, genau so hat es Te…, also mein Freund, beschrieben. Die Katze könnte ja von den Bohnen gegessen haben.«

»Kann sein«, sagte Louise.

Wilhelm schoss hoch. »Das ist sogar wahrscheinlich! Hedwig hat auf die Meyerbeer geschimpft, sie würde ihre Katze besser behandeln als die Strumpfwirkerinnen, das Tier bekäme sogar vom Tisch zu fressen!«

»Sehr gut, das ist wichtig. Das hieße allerdings, dass die Fälle doch zusammenhingen. Und dass beide Frauen vergiftet wurden, ebenso die Katze. Das wäre der Beweis. Wir könnten Caro exhumieren lassen … also ausgraben und in Jena untersuchen lassen!«

»Aber wie?«

»Weiß ich noch nicht, erst einmal Kötschau abwarten. Herrmann, der Kutscher, der fährt uns, dem können wir vertrauen. Sonntag Schlag zehn am Kegelthor. Dort kennen mich die Wachen.«

»Gut. Ich hab Hunger …«

»Wir sollten im Versteck bleiben, bis es dunkel wird. Am besten bis neun oder zehn. Dann kann ich mich in Jette von Egloffsteins Wohnung schleichen, das ist eine Freundin, die seit Kurzem verheiratet ist und jetzt bei ihrem Ehemann Carl wohnt. In ihrer eigenen Wohnung leben weiterhin ihre drei Töchter, die kennen mich, und ich kann mich in Jettes Zimmer verbergen. Ich kann dort auch essen und veranlassen, dass Ihnen morgen etwas gebracht wird.«

»Ich danke Ihnen. Wer weiß eigentlich, dass ich hier in der Hirtenkammer bin?«

»Nur die Serenissima, auf die können wir uns verlassen.«

»Sehr gut. Einen Moment ...« Wilhelm trat vor die Tür. »Die Dämmerung hat eingesetzt. Ich gehe hinaus und pflücke ein paar Äpfel für uns.«

»Soll ich mitkommen?«, fragte Louise.

»Nicht nötig. Ich denke, ich kann mehr Äpfel am Baum erreichen als Sie.«

Louise lachte. »Ich bewundere Ihren Scharfsinn!«

⁂

Draußen war es dunkel geworden an diesem Freitagabend. Der Mond schien durch das Fenster der Hirtenkammer. Wilhelm und Louise erfreuten sich an den wohlschmeckenden Äpfeln. Wendela saß behaglich schnurrend in einer Ecke.

»Warum liegt Ihnen eigentlich so viel daran, die Mörder zu finden?«, fragte Louise.

Wilhelm sah sie verwundert an. Die einzige Person, von der er diese Frage erwartet hatte, war seine Mutter. »Ich weiß nicht. Muss es denn für alles einen Grund geben?«

»Oh ja«, antwortete Louise. »Es gibt für alles einen Grund. Für die Mörder und auch für Sie.«

»Vergleichen Sie mich mit diesen Halunken?«

»Sicher nicht. Aber es existiert eine Begründung für jede Entscheidung und für jede Tat eines Menschen. Manchmal werden einem die Gründe erst nachträglich klar. Warum zum Beispiel sind Sie Tischler geworden?«

»Ganz einfach, ich hatte die Volksschule abgeschlossen und wollte aufs Gymnasium Wilhelminum-Ernestinum, Sie wissen ja, zu Professor Voß. Ich musste eine Aufnahmeprüfung ablegen. Die hatte ich bereits bestanden, da verlangte mein Vater, dass ich Geld verdienen müsse, einen Handwerksberuf erlernen. Dachdecker war nichts für mich, mein Körper ist zu schwer und zu unbeweglich. Bäcker wäre eine Möglichkeit gewesen, doch damals wurde in keiner der dreißig Weimarer Backstuben ein Lehrling gesucht. Meister Frühauf hingegen brauchte einen, und ich mochte schon immer die Arbeit mit Holz – so kam ich zu ihm.«

»Hätten Sie das geistige Rüstzeug für ein Studium gehabt?«

»Ich weiß nicht.« Wilhelm zögerte. »Ja, wahrscheinlich.«

»Es waren also nicht Ihre eigenen Beweggründe, sondern die Ihres Vaters?«

»Kann man so sagen.«

»Darf ich ehrlich zu Ihnen sprechen?«, fragte Louise.

Wilhelm sah sie erstaunt an. Nie hätte er sich träumen lassen, solch einer Frau – von Adel, gelehrt, in gesetztem Alter – einmal so nah zu kommen. »Ja, bitte!«

»Ich denke, Sie sind auf der Suche nach etwas.«

»Was meinen Sie? Auf der Suche nach einer Ehefrau?«

»Das auch, aber das ist ein normaler Daseinsvorgang in Ihrem Alter. Nein, nein, ich meine etwas anderes. Ich weiß nicht, was es ist, aber inzwischen denke ich, es hat mit Ihrem Vater zu tun.«

Wilhelm erhob sich und lief unruhig in der Hirtenkammer hin und her. »Sind Sie müde? Wollen Sie sich eine Weile hinlegen?«

»Ja, gerne«, antwortete Louise. Sie ließ sich in der Husarenuniform auf Wilhelms Strohmatte nieder und deckte sich mit der Pelisse zu. »Mein Gott, ist das hart, Ihr Bett. Können Sie darauf wirklich schlafen?«

Wilhelm lachte. »Natürlich. Ich kenne es nicht anders.«

Louise erhob sich wieder. »So kann ich nicht ruhen.«

Wilhelm lächelte im Dunkeln vor sich hin. »Nun, Sie haben durch Ihre ... Schulter natürlich einen Nachteil.«

»Danke«, sagte Louise.

»Warum hinkt Annette eigentlich?«, fragte er.

»Sie hat einen angeborenen Klumpfuß. So wie meine verkrüppelte Schulter und mein schiefer Rücken angeboren sind.«

»Hm«, machte Wilhelm. »Ich weiß nicht, soll ich sie darauf ansprechen oder es lieber ignorieren und als gegeben hinnehmen, was meinen Sie? Sie haben ja Erfahrung, und Sie kennen Annette besser als ich.«

»Gut, dass Sie mich fragen. Helfen Sie ihr, wenn sie Hilfe benötigt, seien Sie zuvorkommend und liebenswürdig. Ansonsten können Sie ihren Fuß als normal betrachten und Annette ebenso normal behandeln.«

»Danke. Falls ich überhaupt jemals wieder mit ihr sprechen kann.«

»Wie meinen Sie das?«

»Ihr Onkel hat mich des Hauses verwiesen, ein Tischlergeselle sei nichts für seine Nichte, sagt er.«

»Ferdinand ist ein entfernter Vetter von mir, er ist sehr konservativ und denkt in schmalen Bahnen. Nachdem Annettes Eltern vor einem Jahr verstorben sind, hat er sie aus Gotha zu sich geholt, er ist ihr Patenonkel. Nun meint er, sie standesgemäß verheiraten zu müssen. Grundsätzlich ein gutes Ansinnen, aber er verkennt dabei ihren Charakter. Sie ist frei denkend, eigenständig und hat mehr Selbstachtung als die meisten der Hofdamen hier in Weimar. Das wird schwierig für Sie, Wilhelm. Aber bitte geben Sie die Suche nach der Liebe nicht auf, lassen Sie sich nicht davon abbringen. Von niemandem!«

Wilhelm hatte genau diese Worte schon einmal gehört. »Mit meinem Vater haben Sie übrigens recht. Wir haben uns noch nie gut verstanden.« Dann erzählte er ihr von dem Zusammenstoß mit seinem Vater vor und in der Jacobskirche.

Louise schien geschockt. »Ihre Mutter liebt Sie sehr.«

Wilhelm hatte den Eindruck, als wollte Louise weitersprechen, aber sie blieb stumm. »Darf ich Sie etwas Persönliches fragen?«

Es dauerte eine Weile, bis Louise antwortete. »Ja, fragen Sie. Falls es zu persönlich wird, kann ich die Antwort immer noch verweigern.«

»Hatten Sie als Kind Probleme mit Ihrer ... Gestalt?«

Sie nickte heftig. »Oh ja, ich hatte Probleme. Kinder sind nicht zaghaft, wenn es um Spitznamen geht. Meistens hieß ich Höckerliese, manchmal Gnom. Später habe ich gelernt, diese Namen als Spaß anzusehen, und habe mich selbst Gnomide genannt. Schließlich bin ich kein Zwerg, sondern eine Zwergin.« Sie lachte laut auf, was mehr nach Schmerz als nach Scherz klang. »In Extremfällen wurde ich sogar als Missgeburt bezeichnet.«

Wilhelm erschrak. »Oh nein!«

»Doch. Das waren allerdings Erwachsene. Während Kinder so etwas sagen, ohne die Folgen zu kennen, verwenden Erwachsene solche Ausdrücke, weil sie die Folgen kennen.«

»Konnten Sie sich nicht wehren?«

»Doch. Mit meiner spitzen Zunge!«

»Oh ja, das ...«

»Bitte?« Ihr Tonfall ließ ein Lächeln vermuten, das er im Dunkeln nicht sehen konnte.

»Das kann ich mir vorstellen!«, antwortete Wilhelm. »Ich habe übrigens den Eindruck, dass Sie manchmal Schwierigkeiten beim Gehen haben.«

»Das stimmt. Wenn ich langsam gehe, kann ich meinen Körper gut beherrschen. Beim schnellen Laufen fange ich an zu schwanken. Schon als Kind habe ich mir angewöhnt, weniger zu gehen, erst recht nicht zu rennen, sondern mehr zu schreiten.«

»Wie eine Prinzessin?«

Sie musste tief Luft holen. »Ja. Genau. Sie sind ... ein ganz besonderer Mensch, Wilhelm. Höchst erstaunlich!«

»Und warum suchen Sie die Mörder?«, fragte Wilhelm.

»Abenteuer«, sagte Louise. »Ich mag das Abenteuer in meinem sonst so langweiligen Leben.«

»Sie? Sie haben ein langweiliges Leben?«

»Das klingt wohl seltsam. Grundsätzlich geht es mir gut, natürlich, ich habe genug zu essen, schöne Kleider und eine feine Wohnstatt. Doch jeder Tag besteht aus den gleichen Pflichten, immer und immer wieder. Ich muss die Serenissima und ihre Gäste unterhalten, ihnen vorlesen, Spiele machen, mit ihnen parlieren ...«

»Was bitte?«

»Mit ihnen reden. Das französische Wort *parler* bedeutet so viel wie reden, sprechen und so weiter.«

»Französische Wörter haben einen schönen Klang, ich würde das auch gern lernen.«

»Französisch?«

»Ja.«

»Bis vor vier Jahren hatte ich einen eigenen Freundeskreis«, fuhr Louise fort. »Dort haben wir auch Französisch gesprochen. Geistreiche Leute trafen sich bei mir in der Mansarde des Palais zum Gedankenaustausch. Anna Amalia hat mir das ermöglicht, zur Abwechslung, dafür bin ich ihr sehr dankbar.

Meine Freundschaftstage, so habe ich diese Treffen genannt. Goethe war dabei, Wieland, manchmal auch Schiller, Jette von Egloffstein, Charlotte von Stein und Henriette von Fritsch, die Frau des Herrn Regierungsraths.«

»Beeindruckend.«

»Es war schön, sehr anregend. Und ich war mit der Serenissima in Italien, das war mein Lebenshöhepunkt.«

»Aber, Louise, das ist mehr, als ich in meinem Leben je erreichen werde. Sind Sie nicht glücklich darüber?« Ihm wurde im Moment bewusst, dass er sie zum ersten Mal mit dem Vornamen angesprochen hatte.

»Ja, Wilhelm, aus Ihrer Sicht ist das verständlich. Aber das Hofleben kann starr sein. Es läuft nach strengen Ritualen ab. Und es gibt dort zahlreiche Bedienstete, die alltägliche Dinge erledigen, die ich teilweise gern selbst erledigen möchte. Stellen Sie sich vor, im Umfeld der Herzoginmutter gibt es außer dem Oberhofmeister, Herrn von Einsiedel, und den beiden Hofdamen – das sind Henriette von Fritsch und ich selbst – noch einen Bibliothecarius, drei Kammerfrauen, einen Friseur, ein Garderoben- und ein Laufmädchen, zwei weitere Kammerfrauen für Henriette und mich, einen Koch, einen Küchenburschen und einen Konditor, einen Hofgärtner, sieben Hausknechte und Lakaien, zwei Haus- und Küchenmägde und«, sie holte tief Luft, »eine Silberscheuerin.«

Wilhelm blieb der Mund offen stehen. Er hatte den Eindruck, dass Louise noch etwas ergänzen wollte, aber nicht durfte.

Nach einer langen Pause fuhr sie fort: »Außerdem fehlt mir etwas, lebenslang. Sie haben es sich soeben erträumt und werden es bald haben: eine Familie.«

»Und die Liebe?«, fragte Wilhelm spontan, ohne zu überlegen, ob ihr das vielleicht wehtat. Schon wollte er sich entschuldigen, als sie antwortete.

»Nein, das nicht, auf diesem Parkett ist es mir nicht vergönnt zu tanzen.«

»Hm.« Wilhelm überlegte. Es war schwierig eine sinnhafte Erwiderung zu finden. »Darf ich Ihnen etwas anbieten?«

»Was meinen Sie?«

»Falls ich Kinder bekommen sollte – bestimmt bekomme ich Kinder –, dann möchte ich Ihnen anbieten, eine Patenschaft zu übernehmen.«

Louise schluckte so laut, dass Wilhelm es hörte. »Oh Gott, ich danke Ihnen!«

»Gern, Tante Louise.«

Da mussten beide laut lachen. Zum Glück hörte sie niemand, hier draußen in der Hirtenkammer.

»Als Dank dafür könnte ich Sie Französisch lehren, was meinen Sie?«

Wilhelm strahlte. »Wunderbar!« Die kleine Hirtenkammer fühlte sich an wie eine Lebensstation, an der er ankommen musste und soeben angekommen war.

⁓☙⁓

Louise verabschiedete sich, als es vom Rathausturm 9 Uhr schlug. Die Husarenuniform behielt sie unter der Pelisse, die Pelzmütze ließ sie bei Wilhelm. Den Samstag würde sie bei Jettes Töchtern verbringen, um möglichst wenig aufzufallen. Wilhelm wollte sich aus demselben Grunde in der Hirtenkammer verstecken. Louise versprach, Caroline, die älteste der Egloffstein'schen Töchter, gegen Mittag mit Essen vorbeizuschicken. Am Sonntag früh um 10 Uhr würden sie sich am östlichen Stadtrand vor dem Kegelthor wiedersehen.

16. Von Langeweile und wohin sie führen kann

Samstag, 13. Oktober 1804

Major Friedrich von Seebach hatte sich entschlossen, die Flucht der Demoiselle von Göchhausen als Naturerscheinung hinzunehmen. Regierungsrath von Fritsch hatte sie sowieso gehen lassen wollen, und sollte er sie erneut befragen müssen – das könnte frühestens am Montag geschehen –, wäre immer noch Zeit genug, ihren Aufenthaltsort zu ermitteln.

Als militärisch geschulter Mann hatte Friedrich von Seebach eine grundsätzliche Aversion gegenüber Verwaltungsbeamten, insbesondere, wenn diese, so wie von Fritsch, ein Studium der Jurisprudenz absolviert hatten. Für ihn waren das Theoretiker und Sesselwärmer, die sich um klare Entscheidungen drückten. Entweder hatte die Göchhausen etwas Ungesetzliches getan, dann gehörte sie ins Gefängnis – zumindest vorläufig. Oder sie war frei von Schuld, dann bestand keinerlei Grund, sie festzuhalten. Ihre Nähe zur Fürstin Anna Amalia durfte bei der Entscheidungsfindung auf keinen Fall eine Rolle spielen. Leider war der Regierungsrath ihm gegenüber weisungsbefugt, vorläufig zwar, aber ohne zeitliche Begrenzung, wahrscheinlich bis zum nächsten militärischen Konflikt, der, soweit der Major die politische Lage im von Napoleon dominierten Europa einschätzte, nicht weit entfernt war.

Abgesehen davon musste von Seebach sich eingestehen, dass er eine gewisse Sympathie für die klein gewachsene Frau hegte. Sie hatte klare Argumente für einen Mord an Frau Meyerbeer vorgetragen. Die Aussagen der Zeugen mussten natürlich noch in einem amtlichen Protokoll festgehalten werden, aber die Göchhausen war klug und erfahren, und er traute ihr zu, die Fakten klar zu ordnen. Ob Graf von Truss tatsächlich der Mörder war, blieb offen. Die Umstände sprachen dafür, jedoch es fehlte ein Geständnis.

Bei Frau von Bandewitz sah es anders aus, hier war die Beweislage aus seiner Sicht äußerst dünn, und es war unklar, ob sie überhaupt ermordet worden war.

Der Major überlegte. Er ermahnte sich selbst, die Konstellation, ähnlich einer militärischen Lage, sachlich zu betrachten, unabhängig von Sympathien, Beziehungen und Standesgepflogenheiten. Er brauchte Informationen zum Goldregen und zu den Symptomen der Frau von Bandewitz. Der Hofapotheker, der Oberkonsistorialrat und der herzogliche Physikus: Mit ihnen musste er sprechen. Danach würde er Graf von Truss und den Conte di Spinola aufsuchen. Einen nach dem anderen.

Als Erstes rief er seinen Leutnant zu sich und befahl ihm, in drei Trupps zu je zwei Mann die Stadt nach Wilhelm Gansser zu durchkämmen. Im Grunde hatte er keine Hoffnung, dass dies Erfolg bringen würde, aber er musste Herrn von Fritsch gegenüber Aktivität zeigen.

Anschließend startete er seine persönlichen Nachforschungen. Zunächst verlief alles rasch und mühelos. Karl August Hoffmann, der Apotheker, erklärte ihm, dass es bei seinem Gespräch mit der Demoiselle von Göchhausen tatsächlich um Goldregen gegangen sei und im Fall des Bohneneintopfs möglicherweise eine Vergiftung mit den bohnenförmigen Samen vorläge. Und man müsse aufpassen, nicht nur der Samen, auch sämtliche anderen Bestandteile des Goldregens seien giftig, sogar für Tiere, insbesondere für Pferde. Der Major bedankte sich.

Von Hofprediger Günther ließ er sich noch einmal die Symptome der Frau von Bandewitz in ihren letzten Lebenstagen aufzählen: Übelkeit, Bauchschmerzen, Krämpfe, Atemnot bis zum Tod. Sie habe jedoch noch am Tag vor ihrem Tode klar und deutlich, sogar mit einer gewissen Vehemenz, nach einem Blatt Papier verlangt und etwas aufgeschrieben. Ihr Gatte habe das Papier gebracht. Um was es dabei ging, wisse er nicht.

Mit dieser Aussage begab er sich zum herzoglichen Physikus. Sie besprachen die erwähnten Symptome. Bei einem Schlaganfall gäbe es Lähmungen, so der Arzt, das sei typisch. Fast immer treten bei diesen Patienten zudem Sprach- und Sehstörungen auf. Etwas klar zu artikulieren und aufzuschreiben, das sei im Endstadium unwahrscheinlich. Außerdem leiden Schlagpatienten an starken Kopfschmerzen, davon sei nicht die Rede gewesen. Insgesamt ein diffuses Bild, das zumindest Zweifel an der Diagnose Schlaganfall hinterließ.

Es war bereits Mittag, als der Major den Physikus verließ. Der Nebel hatte sich gehoben, das sonnige Herbstwetter war zurückgekehrt. Halb Weimar befand sich auf dem Zwiebelmarkt, seine Husaren ebenfalls, sie würden, falls notwendig, für Ordnung sorgen, denn bei solch großen Volksfesten kam es regelmäßig zu Raufereien und Diebstählen.

Gegen 12 Uhr gönnte sich der Major ein Mittagessen im Gasthof Erbprinz am Markt. Von dort begab er sich auf den kurzen Weg zum herzoglichen Marstall und ließ sich von den Reitknechten seinen Fuchshengst satteln. Währenddessen parlierte er mit dem Rossarzt über den gegenwärtigen Stand der Pferdegesundheit. Minuten später hatte er das Kegelthor passiert und ritt in Richtung Tiefurth. Er gab dem Hengst die Sporen und freute sich, endlich wieder einmal im gestreckten Galopp übers Land jagen zu können, so wie es eines Husaren würdig war. Kurz vor Tieffurth zügelte er sein Pferd. Im leichten Trab nahm er eine Anhöhe und sah Kleyn Kromstorff vor sich liegen.

Zuerst wollte er den Conte di Spinola aufsuchen. Er vermutete, dass er als Italiener weniger Interesse am Zwiebelmarkt habe. Seine Chancen, den Conte an diesem Samstagnachmittag anzutreffen, standen also nicht schlecht. Absichtlich hatte er darauf verzichtet, einen Boten zur Ankündigung vorauszuschicken. Er liebte die Überraschung. Und für Spinola hatte er sich eine besondere Finte ausgedacht.

Das Herrenhaus des Bandewitz'schen Anwesens lag in einem kleinen Wäldchen, eine Birkenallee führte dorthin. Der Major übergab sein Pferd dem Stallknecht und klopfte am Portal. Ein Diener in schwarzer Livree öffnete. Mit einem Gesicht, das unbewegt und starr war wie ein Gipsabdruck desselbigen, fragte er den Major nach seinem Begehr. Auf dessen Wunsch hin, den Conte zu sprechen, bat er ihn, im Foyer zu warten. Dann schritt er mit starrem Rücken einen langen Gang entlang. Der Major gab ihm etwas Vorsprung, ehe er mit schnellen Schritten an ihm vorbeilief und durch die Tür sprang, die der Diener gerade geöffnet hatte.

Der Conte schoss von seinem Stuhl hoch. »Was erlaubt Er sich?«

Der Diener hob entschuldigend die Schultern.

»Verzeihen Sie, Conte, aber ›Er‹ ist Major Friedrich von Seebach, Befehlshaber der herzoglichen Ordonnanzhusaren. Ich habe eine dringliche Angelegenheit mit Ihnen zu besprechen!«

»Und dazu müssen Sie hier einfallen wie zu einer Kriegserklärung?« Der Conte di Spinola sprach ein gut verständliches Deutsch mit südländischem Akzent. Er trug eine weiße Perücke mit einem in den Nacken reichenden Zopf.

»Die teutsche Sprache scheint Ihnen vertraut, Conte«, versuchte der Major abzulenken, während er sich umsah. Auf dem Schreibtisch und rundherum auf dem Boden verstreut lagen zahlreiche Papiere.

»Mein Vater war aus Teutschland stämmig, meine Mutter – *la mia madre* – war Italienerin aus dem Trentino.«

»Seit wann befinden Sie sich im Herzogtum?«

»Seit dem letzten Jahr. Unsere Provinz wurde Tirol zugeschlagen, auch das Weingut unserer Familie, wir sind aber Italiener, keine Habsburger. Zum Glück habe ich Lore kennengelernt.«

»Wen bitte?«

»Lore. Eleonore von Bandewitz.«

»Verstehe. Ich darf Ihnen mein Beileid aussprechen.«

»Danke. Was führt Sie zu mir?«

»Nun, das ist eine unangenehme Causa. Wir haben einen Mann arrestiert, der möglicherweise Ihre Ehefrau ermordet hat.«

Major von Seebach beobachtete den Conte di Spinola genau, um dessen Reaktion auf seine Finte zu studieren. Der Conte war ein großer, kräftiger Mann mit sonnengebräuntem Gesicht. Jetzt blieb ihm der Mund offen stehen, einen kurzen Moment schien seine Mimik wie eingefroren, sodann ließ er sich auf den Stuhl vor seinem Schreibtisch fallen.

»Lore? *No, no, no*, wie können Sie das denken? Lore hat der Schlag getroffen, das sagte auch der Medicus, der bei ihr war. Wer ist dieser Mann, den Sie arretiert haben?«

»Das darf ich Ihnen nicht sagen. Wie heißt der Medicus? Ich muss ihn sprechen.«

Der Conte zögerte einen Moment, und der Major hatte den Eindruck, als überlege er, ob er den Namen preisgeben sollte. Schließlich sagte er: »Der Mann heißt Emil Schandinger und wohnt in Denstedt, da drüben, im nächsten Dorf.« Er zeigte nach Osten.

»Gut, danke. Was suchen Sie denn?«, fragte der Major und deutete auf die herumliegenden Papiere.

»Nichts, ich räume nur auf.«

»Schönes Anwesen!«, sagte von Seebach und schritt demonstrativ zum Fenster, um den Park zu betrachten. Dabei ließ er seinen Blick über die Papiere gleiten, die auf dem Schreibtisch ausgebreitet waren. Eine Liste, neben der noch die Schreibfeder lag, zeigte in letzter Position »Testament«, mit einem Fragezeichen versehen.

Der Conte hatte seinen Blick wohl bemerkt. »Das Gut ist jetzt mein Besitz. Lore hat mich als alleinigen Erben eingesetzt. Auch wenn meine Schwiegermutter etwas anderes behauptet.«

»Oh, Ihre Schwiegermutter?«

»Lores erster Gatte ist bei einem Reitunfall ums Leben gekommen. Bernward von Bandewitz, preußischer Landadel mit großen Besitztümern bei Treuenbrietzen. Seine Mutter lebt noch dort, sie schrieb mir einen Brief.«

Der Major hatte das Gefühl, Spinola wollte ihm mehr als bereitwillig eine Verdächtige präsentieren. Anderseits: Die Schwiegermutter weilte in Treuenbrietzen, weit weg von Weimar. Sie kam für die Morde nicht als Täterin infrage.

»Und wie kommt Ihre Schwiegermutter darauf, sie würde etwas erben?«

»Sie sagt, es gäbe ein altes Testament ... *Scusi!* ... Das klingt nicht gut. Ich meine ein älteres Testament, das noch gilt, sie habe es bei sich. Das soll von Bernward stammen. Er verfügte, dass im Fall des Todes von Lore, ich meine Eleonore, das Erbe an ihre Kinder gehen solle. Falls keine Kinder da sein sollten, geht es zurück an Bernwards Familie. Was das genau bedeutet, weiß ich nicht. Ich habe dieses Testament nie gesehen. Lore sagte mir, ich erbe alles, und sie hätte ein neueres Testament verfasst, nur ... ich finde es nicht. Hier! Sehen

Sie, Major, ich suche überall, im ganzen Haus, ich suche, ich suche, aber ich finde es nicht!« Der Conte klang verzweifelt.

Friedrich von Seebach überlegte. Entweder dieser Spinola war ein eiskalter Lügner oder er war tatsächlich der rechtmäßige Erbe. Das galt es nun herauszufinden.

»Nehmen wir mal an«, sagte von Seebach langsam und betont, »Sie wären der neue Besitzer dieses Landguts, was würden Sie damit tun?«

»Verkaufen und zurückgehen nach Italien, *subito!*«, kam es ohne Umschweife zurück.

»Ins habsburgische Trentino?«

»Nein, zu meiner Schwester in die Toskana.«

»Ich dachte, Sie wollten Wein anbauen, drüben auf dem Bärenhügel?«

»Ja, wollte ich, aber die dafür notwendigen Grundstücke gehören mir nicht, ich müsste sie kaufen, und die Bauern in Kromstorff Major wollen nicht verkaufen, die hassen mich!«

»Die hassen Sie? Starkes Wort …«

»Es sind kleine Bauern, die mögen keine Großgrundbesitzer.«

»Neid?«

Der Conte nickte. »Sie haben mir sogar einen Zaun zerstört, diese *banditi*! Die beiden Zuchtbullen sind ausgebrochen, verschwunden, auf Nimmerwiedersehen! Wahrscheinlich haben die ein Festessen aus ihnen gemacht, und ich weiß nicht, wie ich meine Kühe bespringen lassen soll.«

~~~

Eine halbe Stunde später traf der Major in Denstedt ein. Nahe des Ortseingangs am Ilmufer lag die Denstedter Mühle. Dort begegnete er Carl Albert von Linker, dem Mühlenbesitzer. Der wusste sofort, wer Schandinger war, und erklärte ihm in klaren, gut differenzierten Worten, dass dieser ein Quacksalber sei, ein Scharlatan, der mit zweifelhaften Kräutermischungen und Essenzen handele. Früher habe hier noch seine Frau Margarete gewohnt, die habe sich gut mit Pilzen ausgekannt und jeder habe sich bei ihr Rat geholt. Vor etwa zehn Jahren habe sie ihn verlassen und sei mit der gemeinsamen Tochter nach Kapellendorf gegangen. Gerüchte besagen, der Emil Schandinger habe der Margarete als junger Frau Gewalt angetan ... Sie wissen schon, was ich meine. Sie selbst habe angeblich beim Geheimen Conseil das Gesuch eingereicht, ihren Vergewaltiger heiraten zu dürfen, oder wie die Gerichte sagen: ihren *Stupratore*. Damit wollte sie dem Kind eine geordnete Zukunft bieten.

Dem Major zog es die Augenbrauen fast bis zum Haaransatz hinauf.

Diesem Begehren sei stattgegeben worden, so der Müller, dem Antrag auf Scheidung von derselben Frau, zehn Jahre später, allerdings nicht. Auch hatte der Herzog die ablehnende Entscheidung des Geheimen Conseils nicht überstimmt, denn, wie man wisse, sei das Conseil eine Art Gutachtergremium, nach dem der Herzog sich in den meisten Fällen richte. Inzwischen wohne Margarete Schandinger in dem Weiler direkt hinter Kapellendorf, in Großromstedt.

Obwohl Schandinger ein Betrüger und Vergewaltiger sei, so fuhr Carl Albert von Linker fort, habe der Dorfrat ihm eine kleine, ärmliche Hütte hinter der Dorfkirche überlassen.

Major von Seebach bedankte sich für die Auskünfte und ritt zur Dorfkirche. Die schäbige Hütte war leicht zu finden, Schandinger war allerdings nicht zu Hause. Soweit man diese Bleibe überhaupt ein »Zuhause« nennen konnte. Vor der Hütte glomm der Rest eines Feuers, von innen zog ein Gestank heraus, der wohl allein dafür sorgen konnte, dass sich Ratten und Mäuse fernhielten. Der Major wollte sich gerade umdrehen und zurückreiten, als er hinter der Hütte einen großen Strauch entdeckte, der bohnenähnliche Samen trug. Die Reste einiger Blüten mit großen Dolden waren zu erkennen. Er stieg ab, näherte sich dem Busch und betrachtete die Samenhülsen. Eine davon löste er vom Strauch und steckte sie in die Tasche seines Dolmans. Der Fuchshengst begann, es ihm nachzutun, und zupfte ebenfalls an den Samenhülsen. Der Major zog ihn zurück, eingedenk der Tatsache, dass Goldregen – falls dies ein solcher sein sollte – für Pferde gefährlich sein konnte.

Den Hengst an der Hand führend, ging er zurück auf die Straße. Dort begegnete er einer alten Bäuerin, die mit krummem Rücken eine Kiepe Brennholz trug. Er fragte sie, wo er Herrn Schandinger finden könne. Sie wisse es nicht, lautete die Antwort, und er solle froh sein, wenn er diesen Menschen nicht zu Gesicht bekäme, so dreckig und zerlumpt, wie der aussehe. Von Seebach wollte wissen, ob man den Mann als Medicus bezeichnen könne, worauf die Alte in ein kreischendes Gelächter ausbrach. Der sei so weit von einem Medicus entfernt wie sie selbst von einem Burgfräulein. Der Major zog die Samenhülse aus der Tasche und fragte, welch Gewächs dies wohl sein könne. Die Antwort kam ohne Zögern: Goldregen. Der wachse hier überall und sei giftig. Er steckte die Hülse wieder ein. Sie könnte ein Beweisstück sein. Friedrich von Seebach bedankte sich bei der Alten, stieg auf sein Pferd und ritt in leichtem Trab zurück nach Weimar.

Die Sonne neigte sich dem Horizont entgegen, die Luft wurde kühler, und die Gedanken des Majors eilten ihm voraus, nach Weimar, zu seinen Husaren und zu Regierungsrath von Fritsch. Eigentlich hatte er nur den Ruf des Schandinger als Medicus überprüfen wollen, nun gingen seine Überlegungen viel weiter. War dieser Mann ein Mörder? Hatte er sich wirklich am Totenbett der Eleonore von Bandewitz aufgehalten? Wenn ja, was hatte er dort gewollt und getan? Wo versteckte er sich jetzt? Der Major nahm sich vor, am Montag in der Frühe sogleich mit Regierungsrath von Fritsch zu sprechen, um dann Emil Schandinger zu suchen und gefangen zu setzen. Und morgen, am Sonntag, gleich wenn er aus der Kirche kam, würde er nach Apolda oder zum Gut Kötschau reiten, um diesen Grafen von Truss zu befragen.

⁓☙⁓

Der Samstagvormittag war für Wilhelm eine Tortur. Er durfte die Hirtenkammer eigentlich nicht verlassen. Trotzdem zog er ab und zu seinen alten, speckigen Wintermantel über, schlug den Kragen hoch, um nicht sofort erkannt zu werden, und ging vor die Tür, um sich die Beine zu vertreten. Stunde für Stunde wurde er immer unruhiger. Die Weimarer amüsierten sich auf dem Zwiebelmarkt, nur er musste hier untätig herumsitzen und warten. Außerdem plagten ihn Hunger und Durst und die Sehnsucht nach Annette. Fast gewann er den Eindruck, kein Talent zum Glücklichsein zu haben.

Endlich, gegen Mittag, hörte er eine Kutsche sich nähern. Er beobachtete sie durch die Apfelbäume. Als er sah, dass eine junge Frau auf dem Kutschbock der einspännigen Kalesche saß, ging er ihr entgegen. Die Frau war ein Mädchen, höchstens fünfzehn oder sechzehn Jahre alt. Sie brachte das Pferd zum Stehen, stieg zu Wilhelm herab und stellte sich als Caroline von Egloffstein vor. Damit überreichte sie ihm einen großen Korb, abgedeckt mit einem rot-weiß karierten Tuch.

»Sie sind sehr mutig, gnädiges Fräulein!«

»Nennen Sie mich bitte Caro.«

»Sehr gern, Caro. Vielen Dank für das Essen.«

»Sie sind auch sehr mutig ... wie ich hörte, von Tantchen.«

Da war es wieder, das Tantchen.

Wilhelm lächelte. »Was hat sie denn gesagt?«

»Ach, nichts, sie hat ein großes Geheimnis daraus gemacht. Ich weiß nur, dass Sie mutig sind und dass ich den Mund halten und nicht so lang mit Ihnen reden soll.«

»Oh ja, das ist besser. Bitte fahren Sie zurück in die Stadt, sonst sieht uns noch jemand.«

»Schade«, sagte Caroline, und Wilhelm fiel auf, dass ihre Wangen vor Verehrung glühten. Wahrscheinlich hatte Louise eine Heldengeschichte aufgebaut, um Caroline hierherzulocken.

»Ich danke Ihnen sehr, Caro. Vielleicht sehen wir uns bald einmal wieder.«

»Gerne«, erwiderte das Mädchen und kletterte langsam, Wilhelm immer wieder Blicke zuwerfend, auf den Kutschbock. Sie hob die Peitsche.

»Einen Moment!« Wilhelm rannte zu der Kutsche und sah unter das Klappverdeck. »Verzeihung, aber könnten Sie mir diese Decke leihen?«

Caroline wirkte überrascht. »Ich denke schon. Im Winter fahren wir die Kalesche selten.«

Wilhelm griff nach der Decke. Sie hatte einen dunkelblauen Grundton mit schottischem Karomuster. »Es tut mir leid, Caro, aber ich benötige auch Ihren Schal, wenn ich bitten dürfte.«

Sie griff sich instinktiv an den Hals. Der Wollschal war einfarbig rot. Sie zögerte.

»Sie bekommen ihn wieder, ganz sicher.« Wilhelm setzte sein charmantestes Lächeln auf. »Ein Grund, uns wiederzusehen.«

Sie nickte und reichte ihm den Schal herab. Dann ließ sie die Peitsche knallen, ehe er noch mehr verlangen konnte, wendete die Kutsche und fuhr unter mehrmaligem Winken zurück in Richtung Stadtmitte.

Wilhelm dachte über Caroline nach und befand, sie passe gut zu Anton. Aber da war wieder diese alte Beschwernis: Adel und Handwerk. Musste das wirklich ein Problem sein? Der Herrgott wird's wissen, so ging es ihm durch den Kopf.

Wilhelm brachte den Korb in seine Kammer und zog das Tuch herunter. Welch eine Überraschung: ein *croissant de la lune*, Brot, Butter, einige Scheiben Braten, Käse, ein Krug Wasser und eine Flasche Wein. Und da – kaum zu glauben – Schreibpapier, eine Feder, ein Tintenfass. Schlagartig wurde ihm klar, dass er mit Louise eine Vertraute gefunden hatte. Eine Freundin im besten kameradschaftlichen Sinn.

Er verzehrte die Hälfte seines Proviants, trank nur vom Wasser, nicht vom Wein, denn er musste voll bei Sinnen bleiben, verstaute den Rest in der Truhe und verschloss diese mit demselben Schlüssel, der auch für das Türschloss diente. Anschließend schrieb er einen kurzen Brief an Theo. Sogleich entledigte er sich der Handwerkerweste, warf die Decke mit dem Schottenmuster über, legte sich den roten Schal um und setzte die Husaren-Pelzmütze auf, von der er die Abzeichen und den Reiherbusch entfernt hatte. Ein wenig kam er sich vor wie beim Karneval, aber er hatte nichts anderes und fühlte sich so verkleidet sicherer als in seiner Arbeitskluft. Er verschloss die Hirtenkammer und lief in Richtung Stadtmitte.

Schon von Weitem hörte er die Menschenmenge auf dem Zwiebelmarkt. Sogleich begann er zu humpeln, so wie er es bei Annette gesehen hatte, ein zusätzliches Mittel, um sich unkenntlich zu machen und Mitleid zu erzeugen.

Vorsichtig bewegte er sich durch die Menge, immer darauf bedacht, keinem Husaren zu begegnen. Die Liebe zeitigt seltsames Verhalten. Hatte er tatsächlich gedacht, hier inmitten von Hunderten von Menschen auf Annette zu treffen? Welch eine absurde Idee! Niedergeschlagen erreichte er den

Marktplatz, sah sich kurz um und lief dann am Rathaus entlang bis zur Stadtkirche und von dort zum Jacobskirchhof.

Viele Menschen waren während des Volksfestes nicht auf dem Friedhof, dennoch musste er sich in Acht nehmen, das Steinerne Felleisen nicht zu verraten. Diesmal lag ein Stapel zusammengefalteter Papiere hinter dem Stein. Er steckte sie schnell ein, legte seinen Brief für Theo in das Versteck und verschloss es sogleich wieder. Wilhelm sah sich um. Niemand hatte ihn bemerkt.

Diesmal mied er die Jacobskirche und hinkte zurück zum Markt. In einer Ecke neben dem Rathaus blieb er stehen, die Neugier war zu stark. Er zog die Papiere heraus. Es waren vier Blätter. Überschrift: *Testament*. Weiter: *Ich, Eleonore von Bandewitz, verfüge angesichts meines nahen Endes ...* Eine Gruppe junger Männer kam ihm entgegen, sie sangen und johlten, einer stieß ihn an. Schnell steckte er das Schriftstück wieder ein. Theo, dieser Verrückte, er hatte das Testament der Frau von Bandewitz gestohlen – unglaublich! *Angesichts meines nahen Endes* – war das ihr letztes, gültiges Testament? Er nahm das Dokument erneut zur Hand und sah auf das letzte Blatt: *Kleyn Kromstorff, Dienstag, den 25. September 1804* – dann folgte die Unterschrift. Tatsächlich, es war ihr letztes Testament, unterschrieben am Tag vor ihrem Tode. Jetzt musste er nur noch die Stelle finden, an der der Erbe ihrer Besitztümer vermerkt war. Seine Augen flogen über die Blätter.

»Wilhelm?«

Er fuhr zusammen. Jemand stand neben ihm. Schnell ließ er das Testament verschwinden.

»Äh, Annette, wie hast du mich erkannt?«

»So, wie du humpelst, bewegt sich kein Mensch mit einem verkrüppelten Fuß. Niemals! Welch ein Hohn! Genauso wie deine Verkleidung. Eine Pferdedecke, ein roter Frauenschal und eine Husarenmütze. Nicht zu fassen ...« Ihr schien fast die Luft wegzubleiben.

»Annette, bitte versteh doch, ich muss mich verstecken, das ist eine schwierige Geschichte.«

»Deine Geschichte interessiert mich nicht. Ich will nur wissen, ob du Rosine geküsst hast.«

Er überlegte. Jetzt half nur noch die Wahrheit. »Ja, aber es war ein Kuss unter Zwang.«

»Natürlich, eine Frau zwingt einen Burschen wie dich, sie zu küssen. Lächerlich! So etwas gibt es nur im Theater bei Kotzebue. Halte dich in Zukunft fern von mir und hör auf, mich mit dieser ... stümperhaften Hinkerei zu beleidigen!«

»Annette!«, rief er entsetzt, doch da hatte sie sich schon umgedreht und lief, humpelnd und schwankend, in Richtung Frauenplan davon.

17. Von Bohnen- und Erbseneintopf

Sonntag, 14. Oktober 1804

Herrmann ließ die Pferde im flotten Trab laufen und rief: »Heja, heja, heja ho!« Die Kutsche schwankte von links nach rechts, hüpfte bei jedem Schlagloch und sorgte dafür, dass die eineinhalb Stunden dauernde Fahrt nach Kötschau alles andere als bequem war. Louise wollte das so. Wilhelm nicht, er hatte am Vorabend die komplette Weinflasche geleert und sich damit einen recht instabilen Magen zugelegt. Er war solch eine Menge Wein nicht gewöhnt. Auf Louises Frage, was denn mit ihm passiert sei, antwortete er mit Kopfschütteln und dem mühsam herausgepressten Satz: »Auf der Rückfahrt, bitte!«

Endlich erreichten sie die Poststation Kötschau, meistens »Umspanne« genannt, direkt an der Straße nach Jena gelegen. Als Wilhelm aus der Kutsche stieg, rebellierte sein Magen endgültig, er rannte zum gegenüberliegenden Straßengraben und erleichterte sich. Danach ging es ihm besser. Louise enthielt sich diplomatischerweise jeglicher Bemerkung.

Während Herrmann die Pferde tränkte, begaben sich Wilhelm und Louise über einen schmalen Wiesenweg zum Landgut. Heute trug sie ausnahmsweise keine rote, sondern schwarze Kleidung, was Wilhelm in Anbetracht ihrer gemeinsamen Mission durchaus als sinnvoll betrachtete. Der Weg war uneben, teils zugewachsen, sodass Louise nur sehr langsam vorankam. Wilhelm war das recht, seine Kräfte waren noch lange nicht auf Normalmaß. Unterdessen berichtete Louise, dass sie während Wilhelms Kampf im Straßengraben mit dem Wirt des Posthofs gesprochen hatte. Er wusste nichts von einem Grafen von Truss, er kannte nur den Bert, eigentlich Graf Wilbert von Brun, aber alle nannten ihn einfach Bert, und er, der Wirt, sei sich nicht sicher, ob Bert überhaupt ein Graf sei. Jedenfalls benehme er sich nicht so. Wilhelm nickte, hatte aber nicht wirklich zugehört, er war viel zu sehr mit dem unwegsamen Gelände beschäftigt.

Das Gut mit seinem Herrenhaus lag in einer parkähnlichen Landschaft mit kleinen Baumgruppen. Das Erste, das sie erblickten, war ein Wassergraben, etwa so schmutzig wie die Weimarer Rathsteiche. Das Zweite war ein Gebäude, wohl die Rückseite des Herrenhauses. Ein verlottertes Gemäuer mit herausgebrochenen Steinen, eingewachsenem Unkraut und einer zerfetzten Flagge auf dem Dach.

Sie sahen sich an. Staunend. War dies das Landgut des hochgelobten Grafen von Truss?

Wilhelm war schockiert.

»Wir sollten hineingehen, bevor wir uns ein finales Urteil erlauben«, sagte Louise.

Wilhelm machte eine zustimmende Handbewegung.

Sie überschritten den Wassergraben auf einer Holzbrücke. Der schmale Platz zwischen Mauer und Graben war von fünf Grabsteinen belegt. Wilhelm drückte den windschiefen Torflügel zur Seite. Sie betraten den Gutshof.

Eine bedrückende Stille herrschte im Inneren. Keine menschliche Regung. Absoluter Stillstand. Noch nicht einmal Hühnergegacker oder Hundegebell. Lediglich eine Krähe saß auf dem Dach. Aber auch sie gab keinen Laut von sich.

»Hallo«, rief Wilhelm. »Ist da jemand?«

Keine Antwort. Es roch säuerlich, modrig.

»Hier sind Louise von Göchhausen und Wilhelm Gansser. Wir suchen den Grafen von Truss!«

Keine Reaktion.

Sie standen mitten in dem vierseitigen Hof. Rechts von ihnen erhob sich das steinerne Hauptgebäude mit drei Stockwerken. Einige Fenster waren zersplittert. Eine breite Treppe führte hinauf zum Portal, die unterste Stufe war zur Hälfte weggebrochen. Geradeaus erhob sich eine riesige Scheune, die linke Flanke wurde von niedrigen Holzbauten begrenzt, offensichtlich Pferdeställe mit den typischen Zwei-Flügel-Türen.

»Bei meinem Gespräch mit dem Grafen von Truss erwähnte er, in seinem Landgut habe es gebrannt«, sagte Louise. »Sieht nicht danach aus, oder?«

»Nein.«

»Verzeihung!«, rief jetzt Louise. »Könnte uns jemand empfangen?«

Ohne ein Geräusch hervorgerufen zu haben, tauchte plötzlich ein alter Mann in einer der Pferdestalltüren auf. Ein Mensch von auffallender Hässlichkeit. Er war so dünn und unscheinbar mit einer spitzen Nase und einer einzelnen Haarsträhne auf der Stirn, dass er einem alten, unterernährten Klepper glich. Als Wilhelm ihn wahrnahm, war Louise bereits bei dem Mann. In zwei Meter Entfernung blieb sie vor ihm stehen. Wilhelm staunte über seine mutige Mitstreiterin. Trotz ihres körperlichen Nachteils ließ sie sich von niemandem einschüchtern.

»Wo ist Graf von Truss?«

Der Klepper sprach langsam. »In diesen Gemäuern wohnt Graf Wilbert von Brun. Sonst niemand.«

Wilhelm stieg die demolierte Treppe zum Haupthaus empor. Auch dort bot die Tür keinerlei Hindernis für Neugierige. Wilhelm trat ein. Er stand in einem großen Foyer, von dem seitwärts zwei elegant geschwungene Treppen nach oben führten. Entlang des Aufgangs hingen große Porträtgemälde, wahrscheinlich eine Art Ahnengalerie. Wilhelm konnte sich vorstellen, dass dies einmal ein beeindruckendes Herrenhaus gewesen war. Doch jetzt war es schmutzig und verwahrlost. Was war geschehen? Wohnte überhaupt noch ein Mensch in diesen Gemäuern?

Wilhelm horchte. Kein Lebenszeichen. Er schritt langsam auf die linke der beiden Treppen zu. Vorsichtig stieg er hinauf. Die Stufen knarrten und ächzten, als hätten sie unter dem seltenen Besuch zu leiden. Vor einem Hochzeitsbild blieb er stehen. Die Braut, lächelnd, fast glücklich erscheinend, im weißen Spitzenkleid mit hochgeschlagenem Schleier. Der Bräutigam ernst, in edlem Gewand mit einer Franzosenmütze, den Maler ansehend. Wilhelm konnte sich diesem Blick nicht entziehen, so als fixiere der Mann ihn, den Betrachter, aus dem Bild heraus. Endlich löste er sich und betrachtete das Messingschild unter dem Bild: »*Graf Friedrich von Brun und Gräfin Elisabeth von Brun, Hochzeit 1773.*« Die Namen sagten ihm nichts. Wilhelm nahm die letzten Stufen und befand sich nun auf der Galerie. Staub lag auf dem Geländer. Ein langer Gang öffnete sich nach rechts, mehrere Türen, alle geschlossen. Er folgte dem Gang, aufmerksam um sich blickend, ein blauschwarz gemusterter Teppich dämpfte die Geräusche seiner Stiefel. Spinnweben an den Türrahmen, verrostete Schlösser, muffiger Geruch. Wilhelm war sich bewusst, dass er hier eindrang, dass er in diesem Haus eigentlich nichts zu suchen hatte. Und dass er nicht bewaffnet war. Dennoch lenkte er seine Schritte weiter, so als zöge ihn eine unsichtbare Kraft an, so als habe er eine Aufgabe zu erfüllen. Mutig öffnete er die erste Tür. Das Zimmer war leer. Die nächste Tür: erneut ein unmöblierter Raum. Noch ein Gemach: brachliegend, kein Möbelstück, kein Zeichen irgendeines Bewohners, Schmutz auf dem Boden. Das vierte Zimmer endlich schien bewohnt. Wenige Möbelstücke: ein Bett, ein Kleiderschrank, ein Tisch, zwei Stühle, dazu ein Kachelofen und ein Ofenschirm. An der Wand hing ein Degen. Er trat ein, wenige Schritte nur. Seine Gedanken überschlugen sich. Wer lebte in diesem Raum? So spartanisch, so unpersönlich, so unnahbar. Ein Mann? Eine Frau? Der Graf? Oder der Mörder? Als er ein Geräusch hinter sich bemerkte, kaum wahrnehmbar, ein leichtes Kratzen nur, da war es zu spät. Schon wurde ein Pistolenlauf in seinen Rücken gepresst.

»Was will Er in diesem Haus?« Eine Männerstimme.
Wilhelm wollte sich reflexartig umdrehen.
»Nicht bewegen, nach vorn schauen!«
»Ich ... also ...«, stotterte er.
»Nun, kann Er nicht vernünftig sprechen?«
Wilhelm zögerte.
»Ich suche Graf Friedrich von Truss!«
»Soso. Und was will Er von ihm?«
»Ich möchte ihn fragen, ob er Frau Meyerbeer getötet hat.«
Für einen kurzen Moment löste sich der Pistolenlauf von seinem Rücken, dann traf ihn ein Schlag auf den Kopf, er sackte zu Boden und verlor das Bewusstsein.

Louise versuchte, aus dem Klepper noch etwas herauszubekommen, stellte ihm Fragen, ermunterte ihn, ihr zu helfen, aber nichts geschah. Mit starrem Gesicht ließ er ihren Wortschwall über sich ergehen, dreht sich dann um und verschwand. Louise traute sich nicht, in die Ställe einzudringen, das schien ihr doch zu gefährlich. Als sie sich umsah, war Wilhelm verschwunden. Warum hatte er ihr nicht gesagt, wo er hinging? Gut, in der Wortfülle ihrer Fragen hatte sie es vielleicht überhört. Sie stieg die Treppe zum Haupthaus hinauf. Die Stufen waren ungewöhnlich hoch, sodass es ihr schwerfiel, sich dabei aufrecht zu halten. Schnell durchquerte sie das Foyer und erklomm den rechten der beiden geschwungenen Treppenaufgänge. Auf halber Höhe blieb sie stehen. Zwei Porträts zogen ihre Aufmerksamkeit auf sich. Ein Junge und ein Mädchen. Wilbert von Brun, so las sie auf dem Messingschild unter dem Gemälde, und Wilma von Brun, er etwa zwölf Jahre alt, sie vielleicht sieben oder acht. Das musste dieser Bert sein, von dem der Wirt gesprochen hatte, und vermutlich seine Schwester. Wie alt mochten die beiden heute sein? Auf eine gewisse Weise kamen ihr die Gesichter bekannt vor, sie konnte diese Ahnung aber keiner Person und keinem Ereignis zuordnen.

Ein dumpfes Geräusch ertönte von oben, so als sei etwas auf einen Teppich gefallen. Sie lief weiter, ihr Herz klopfte wild, doch sie zögerte nicht. Am Ende des Ganges lag ein Mensch, sie stolperte, hielt sich gerade noch auf den Beinen. »Wilhelm!«

―⊚―

Als Wilhelm Gansser erwachte, lag er auf dem blau-schwarzen Teppich. Er hatte höllische Kopfschmerzen. Neben ihm hockte Louise. »Mein Gott, was ist mit Ihnen, Wilhelm?«

Er griff sich an den Kopf. »Jemand hat mich niedergeschlagen.«

»Schauen Sie mich an, können Sie mich sehen?«

Sie schien sich wirklich Sorgen zu machen.

Er versuchte, ein wenig zu lächeln. »Ja, ich sehe Sie. Aber diese Kopfschmerzen …«

»Vom Schlag oder vom Abend zuvor?«

»Von beidem!«, antwortete er.

Sie lachte kurz auf, dann wurde sie wieder ernst. »Kommen Sie, wir müssen hier verschwinden, auf dem Rückweg erzählen Sie mir genau, was passiert ist!«

Er stellte sich mühsam auf die Füße. Dann wankte er mit Louises Hilfe zur Galerie, klammerte sich ans Geländer und hangelte sich hinunter ins Foyer. Draußen im Hof war niemand zu sehen oder zu hören, auch nicht der Klepper.

Auf dem Rückweg durch die Wiesen erzählte Wilhelm genau, was im ersten Stock des Herrenhauses passiert war. Immer wieder schaute er sich um, weil er befürchtete, verfolgt zu werden. Aber nein, das Landgut, die Parkanlage und die Baumgruppen lagen da, als sei nichts geschehen.

»Sie haben ihn allen Ernstes gefragt, ob er Frau Meyerbeer umgebracht hat?«

»Natürlich, darum geht es doch, oder nicht?«

»Sicher, aber Sie werden wohl nicht wirklich eine ehrliche Antwort darauf erwartet haben? Außerdem, falls er der Mörder sein sollte, dann ist er jetzt gewarnt.«

»Hm, ja, das stimmt.«

»Wenn dieser Kerl gesagt hat: ›Was will Er von ihm?‹, dann können wir davon ausgehen, dass er den Grafen von Truss kennt oder dass er es sogar selbst ist.«

Wilhelm nickte. Louises Verstand arbeitete heute deutlich schneller als der seinige.

»Und weiter: Wenn er Sie niederschlägt, hat er etwas zu verbergen. Etwas Wichtiges!«

Wilhelm nickte erneut.

»Können Sie ihn beschreiben?«

»Nein, er stand ja hinter mir und ich durfte mich nicht umdrehen.«

»Da!«, schrie Louise plötzlich.

»Au, nicht so laut!« Wilhelm hielt sich den Kopf.
»Da!«, rief sie etwas leiser. »Diese Bohnen! Ladurnum!«
»Sicher?«
»Nein.«
»Moment, ich hole sie.«

Mühsam stapfte Wilhelm durch die moorige Wiese bis zu dem Busch, auf den Louise gezeigt hatte. Braune bohnenförmige Samenhülsen. Sollte das Goldregen sein? Keine gelben Blüten – nun ja, es war Herbst, fast schon Winter. Er sah sich um. Große Mengen ähnlicher Büsche bildeten eine Art Strauchwald, immerhin drei bis vier Meter hoch. Er zog zwei Hülsen vom Strauch und steckte sie ein. Dann watete er zurück. Seine Schuhe waren inzwischen vollkommen durchnässt.

Endlich erreichten sie die Umspanne.

»Ich denke, wir ruhen uns erst einmal aus«, sagte Louise. »Ich bestelle Kaffee und Tee.«

Wilhelm hob zustimmend die Hand. Er wollte nur noch eins: sitzen. Als er die Tür öffnete, stand vor ihm ein Husarenoffizier in vollem Ornat.

»Guten Tag, ich bin Major Friedrich von Seebach. Ich nehme an, Sie sind Wilhelm Gansser?«

⁓⊛⌁

Major von Seebach hatte am frühen Sonntag einen Boten nach Apolda geschickt, der nachsehen sollte, ob Graf von Truss sich im dortigen Meyerbeer'schen Haus aufhielt. Einem Führungsgedanken zufolge, der fern von reiner Befehlsgewalt lag, hatte er den Gefreiten Hans Koch damit beauftragt.

Als Seebach um Viertel nach elf aus der Kirche kam, stand der Gefreite bereits am Dietrichbrunnen vor dem Gymnasium und wartete. Sowohl er selbst als auch sein Pferd waren verschwitzt von dem doppelten Ritt über zwei Landmeilen.

»Herr Major, melde gehorsamst, den Grafen von Truss nicht im Meyerbeer'schen Anwesen in Apolda angetroffen zu haben. Nach Auskunft der dortigen Dienerschaft ist er seit mehreren Tagen nicht mehr gesehen worden.«

Dem Major huschte ein leichtes Lächeln übers Gesicht. Er hatte den Soldaten richtig eingeschätzt. »Gut gemacht, Gefreiter Koch! Er versorge sein Pferd und nehme in der Marstallküche ein Frühstück ein.«

Koch grinste. »Danke, Herr Major. Melde mich ab!«

Als der Major in Kötschau ankam, stand die Sonne hoch am Himmel. Zunächst sah alles unverdächtig aus. Doch als er seinen Fuchshengst dem Stallknecht übergab, erkannte er in der Remise eine herzogliche Berline. Auf dem Sitz schlief ein Mann.

»Herrmann!« Die befehlsgewohnte Stimme des Offiziers schallte durch die Remise.

Der Kutscher schreckte hoch. »Herr Major, was machen …? Ich meine, sind Sie auf dem Weg nach Jena?«

»Nein, ich bin auf dem Weg zum Gutshof Kötschau.«

»Oh …« Herrmann sah ihn entgeistert an.

»Wen fahren Sie?«, fragte von Seebach.

Der Kutscher verzog sein Gesicht. »Es tut mir leid, Herr Major, aber das kann ich Ihnen nicht sagen.«

»Aha, und wenn ich es sowieso weiß?«

»Dann habe ich zumindest meine Pflicht getan.«

Der Major war mit der Antwort zufrieden. Er ging um das Gasthaus herum. In Richtung Norden erstreckte sich eine weitläufige Wiese. Mitten auf diesem Gelände entdeckte er zwei Menschen. Einer war nicht größer als ein Kind, der andere hatte einen breiten Rücken und stand ein Stück abseits an einem Buschwerk. Er betrat den Gasthof, setzte sich in aller Ruhe an einen Tisch in der Nähe der Tür und bestellte einen Krug Bier.

Wenige Minuten später wurde die Tür aufgestoßen. Er schoss hoch. Ein Mann trat ein, breitschultrig, einen halben Kopf größer als er selbst, dahinter das Fräulein von Göchhausen.

»Guten Tag, ich bin Major Friedrich von Seebach. Ich nehme an, Sie sind Wilhelm Gansser?«

Der Mann starrte ihn mit geweiteten Augen an, nickte, versuchte, etwas zu sagen, begann dann aber zu schwanken, offensichtlich ging es ihm nicht gut. Der Major half ihm auf einen Stuhl an seinem Tisch, setzte sich selbst und bedeutete Louise von Göchhausen durch einen Wink, den dritten Stuhl einzunehmen. In aller Ruhe trank er von seinem Bier, stellte den Krug wieder auf den Tisch und sagte: »Gnädigste, falls ich demnächst einmal einen Husaren zur Ausbildungskompanie schicken sollte, dann frage ich bei Ihnen an.«

Zum ersten Mal erlebte er die Dame sprachlos. Sie versuchte zu lächeln, was ihr gehörig misslang. Schließlich sagte sie: »Was gedenken Sie jetzt zu tun, Herr Major?«

᠅

Louise wartete, sie wollte Major von Seebach genügend Zeit geben nachzudenken. Wilhelm saß neben ihr, seine Augen fielen fast zu, von ihm war keine Äußerung zu erwarten. Momentan war Louise froh darüber, denn sie musste versuchen, das Gespräch zu lenken.

»Ich gedenke, Sie beide nach Weimar zu bringen und dort zu arretieren«, antwortete der Major.

Vor zwei Minuten hatte Louise noch Hunger gehabt, dieses Bedürfnis war schlagartig verflogen.

»Hm«, sagte sie. »Ich verstehe. Das wäre ja auch Ihre Pflicht.« Sie wollte ihm damit zeigen, dass sie sein Dilemma erkannt hatte. »Die Frage ist nur, ob es eine andere Möglichkeit gibt, Ihrer Pflicht nachzukommen. Ich meine, ohne uns zu arretieren. Denn damit verlieren Sie zwei wertvolle Helfer bei der Mördersuche.«

»Solch eine Argumentation habe ich von Ihnen erwartet, Gnädigste. Und ja, genau das ist die Frage, die mir im Kopfe umhergeht.«

»Ihr Kopf ist der eines Stabsoffiziers, das bürgt für eine kluge Antwort.«

Der Major lächelte. »Sie sind es gewohnt, intelligente Komplimente zu machen.«

Louise von Göchhausen bedankte sich mit einer leichten Kopfbewegung.

Ihr Gegenüber beugte sich über den Tisch. »Und ich bin es gewohnt, solchen Komplimenten nicht allzu viel Bedeutung beizumessen.«

Der Mann war eine harte Nuss. Neuer Ansatz: Ein Soldat dachte meistens praktisch. »Es weiß niemand, dass wir uns hier getroffen haben. Außer Herrmann, der schweigt stille.«

Sie merkte, wie es hinter des Majors Stirn zu rotieren begann.

»Im Übrigen«, fuhr Louise fort. »Ich habe genügend Zeit, weiter nach den Mördern zu suchen, Wilhelm Gansser auch, er wurde vom Meister Frühauf entlassen.« Es war der richtige Moment, ein wenig Mitleid zu erregen.

»Das habe ich schon gehört«, antwortete der Major. »Warum eigentlich?«

Wilhelm wollte etwas sagen, doch Louise kam ihm zuvor: »Weil er zu viel Zeit mit der Mördersuche verbracht hat.«

Das schien den Major zu beeindrucken.

Louise versuchte, eine freundliche Miene aufzusetzen,

ohne ins Scherzhafte abzugleiten. »Wenn wir die Mörder gefunden haben, wird das Ihrer Beförderung sicher nützen. Klingt doch gut: Oberstleutnant von Seebach!«

»*Falls* wir sie finden!«

Jetzt fehlte nur noch ein kleiner Anstoß.

»Nun ja, Sie sind ja keiner dieser Aktenhengste, die nur auf Sicherheit gehen, so wie der Regierungsrath von Fritsch. Ein wenig Risiko belebt den Tag, nicht wahr?«

Der Major schüttelte den Kopf, zugleich meinte Louise ein Lächeln aufblitzen gesehen zu haben.

»Sie erinnern mich an meinen letzten Ritt durchs Webicht«, sagte er. »Mein Fuchshengst scheute, weil er am Wegesrand eine Schlange sah. Ich wusste nicht, ob sie Giftzähne hatte.«

»Und, was geschah?«

»Ich stieg ab und zog meinen Degen. Doch ich musste nicht mehr eingreifen, sie zog sich zurück ins Gehölz, und mein Pferd beruhigte sich wieder.«

»War sie denn giftig?«

»Das weiß ich bis heute nicht.«

»Nun, das eine oder andere Rätsel kann das Leben bereichern. Aber nicht das Rätsel um den Tod der beiden Frauen. Dieses, so denke ich, muss aufgeklärt werden. Und zwar rechtzeitig, bevor die Mörder aus dem Herzogtum fliehen.«

◈

Friedrich von Seebach wusste, dass sein Verhalten gegenüber der Demoiselle von Göchhausen und seine gesamte Einstellung gegenüber zivilen Personen an einem Wendepunkt angelangt waren. Und nicht nur das, auch seine Karriere konnte betroffen sein – konnte hier sogar beendet sein. War es das wert? Er nahm einen weiteren Schluck Bier, um Zeit zu gewinnen. Dann sagte er: »Ich bin ein Soldat. Und ein Mensch. Beides – Soldat und Mensch – darf und möchte ich sein. Und beide sehen die höchste Notwendigkeit in der Mördersuche.« Er legte eine kurze Sprechpause ein, wohl, um das Gesagte wirken zu lassen. »So, und nun wäre es wohl der Situation angemessen, dass Sie, Gnädigste, uns beide hier zu Essen und Trinken einladen. Ansonsten sehe ich Ihren Begleiter nicht in der Lage, einen klaren Gedanken zu fassen.«

Louise von Göchhausen lächelte. Und jetzt war das Lächeln ein ehrliches, freudiges, erleichtertes.

»Sehr gerne, Herr Major!«

Der Wirt bot ihnen Erbseneintopf mit Knackwurst oder Bohneneintopf mit Hammelfleisch an. Alle drei wählten die Erbsen. Das Essen kam schnell, dazu ein Krug Wasser.

Sie aßen wortlos. Der Major spülte mit dem Rest seines Biers nach, dann sagte er: »So, Gansser, nun ist es wohl Zeit für die Wahrheit, und zwar für die gesamte Wahrheit, sonst überlege ich es mir womöglich noch einmal anders!«

⁂

Wilhelm hatte sich erholt, der warme Eintopf hatte ihm gutgetan. Heimlich hatte er unter dem Tisch seine Schuhe ausgezogen, um seine Strümpfe trocknen zu lassen. Die Ausdünstungen wurden von dem ohnehin strengen Geruch in der Gaststube und dem Duft der Erbsensuppe überdeckt. Man gewöhnte sich an alles. Im Mittelalter soll es in Bezug auf Gerüche noch viel schlimmer zugegangen sein, so hatte Wilhelm gehört.

Er atmete tief durch. Dann begann er seinen Bericht mit dem Brief des Herrn Taupe, den der Major kannte, über Taupes Aussage, dass er am Ergreifen der Mörder interessiert war, weil er beide Frauen aus seiner Jugend kannte, ohne zu offenbaren, woher sein Verdacht der gewaltsamen Tötung kam. Weiter spann er den Bogen über seine Erkenntnisse vor der Beerdigung von Frau von Bandewitz, Louises Gespräch mit Graf von Truss im Schloss, dessen Versprecher in Hinblick auf Gut Kötschau bis zum Verdacht der Pilzvergiftung von Frau Meyerbeer, den der Hofapotheker widerlegt hatte, Stichwort Wiesenchampignon, womit die Schandinger von der Liste der Verdächtigen gestrichen werden konnte. Sein Report führte weiter zur Bestätigung der Kuhpocken bei Frau Meyerbeer nach Übertragung auf dem Hof ihres Bruders und der begründeten Mutmaßung, sie sei mittels Goldregensamen im Bohneneintopf zu Tode gekommen.

Dann kam er zu den Ereignissen des Tages, berichtete von dem verwahrlosten Gutshof, dem Klepper, dem Hochzeitsbild von 1773 und dem Angriff auf ihn selbst.

Ob er denn den Mann überhaupt nicht gesehen habe, hakte der Major nach. Als Wilhelm erneut darüber nachdachte, kam ihm ein Bild in den Sinn: Er war gefallen und hatte sich um die eigene Achse gedreht. Dabei hatte er einen kurzen Blick auf seinen Widersacher erhascht, bevor er das Bewusstsein verloren hatte.

»Ungefähr so groß wie ich, breite Schultern, lange Haare, mehr kann ich nicht sagen.«

»Passt so weit auf Graf von Truss«, sagte Louise.

»Eventuell auch auf den Conte di Spinola«, fügte der Major an. »Ich war gestern bei ihm. Ist aber als Personenbeschreibung zu wenig.«

Nun berichtete der Offizier von seinen Erlebnissen in Kleyn Kromstorff. Von dem verschwundenen Testament der Eleonore von Bandewitz und der Wut der Kleinbauern auf den Conte, die sich in einem zerstörten Zaun entladen hatte. Möglicherweise sogar im Viehdiebstahl. Wilhelm wusste natürlich, wo sich das Testament befand: in seiner Truhe in der Hirtenkammer. Doch das konnte er nicht offenbaren, das würde der Major bei allem Wohlwollen nicht tolerieren. Dabei wurde ihm klar, dass der Liebeskummer sein Innenleben so aufgewühlt hatte, dass er noch nicht einmal nachgesehen hatte, wem Frau von Bandewitz ihren Besitz vererbt hatte. Er hatte das Testament einfach in die Truhe in der Hirtenkammer geworfen. Wie töricht!

Dann führte von Seebachs Bericht nach Denstedt, zu dem selbsternannten Medicus Emil Schandinger, zum Goldregen hinter dessen Hütte und dem Gerücht, dass Rosine durch eine Vergewaltigung gezeugt worden war.

Wilhelm war fassungslos. Wie konnte eine Frau nur ihren Vergewaltiger heiraten? Louise versicherte ihm, dass dies kein Normal-, aber auch kein Einzelfall sei. Sie fügte noch das Faktum der toten Katze von Apolda bei, die man zum Beweis exhumieren könne, und erzählte vom Goldregen auf dem Kötschauer Wiesenweg.

Wilhelm zog eine der Samenhülsen aus der Tasche und ließ sie auf den Tisch fallen. Der Major legte die Hülsen aus Denstedt daneben. Sie hatten die gleiche Farbe und Form: Goldregen.

Damit blieben als Verdächtige: Emil Schandinger, Konrad Jansen, Graf Truss und der Conte di Spinola.

»So«, sagte der Major. »Wir drei bündeln ab sofort unsere Kräfte, um die Mörder zu finden. Wir bilden sozusagen das Weimarer Dreieck.«

Wilhelm war begeistert. Er sah Louise an, sie strahlte.

»Aber eins sollte klar sein: Ich riskiere eine Menge. Wenn der Regierungsrath erfährt, dass ich mich mit Ihnen solidarisiere, stehe ich vor einer unehrenhaften Entlassung.«

Wilhelm nickte. »Und ich würde niemals wieder eine Anstellung bekommen, bei keinem Tischlermeister der Weimarer Zunft. Alle würden denken, dass ich meine Nase in Dinge stecke, die mich nichts angehen.«

»Und ich riskiere meine Stellung als erste Hofdame bei der Fürstin Anna Amalia«, fügte Louise an. »Wir sitzen also alle im gleichen Boot. Besser gesagt in drei einzelnen Booten, die den gleichen Fluss hinabschwimmen und die gleichen Stromschnellen passieren müssen.«

Ein Schauer lief Wilhelm über den Rücken. Noch nie war er Mitglied solch einer bedeutsamen Gruppe mit einer so wichtigen Aufgabe gewesen. Dazu mit diesem hohen Risiko für alle Beteiligten.

»Das haben Sie gut gesagt, Gnädigste. Nun denn, Sie beide müssen ab sofort verdeckt ermitteln. Dazu müssen Sie sich tarnen, damit Sie keiner meiner Husaren erkennt. Wenn die Sie erwischen, kann ich kaum etwas für Sie tun. Vorschläge?«

Wilhelm war beeindruckt von der direkten, militärisch geprägten Vorgehensweise des Majors. »Alle kennen mich nur in der Handwerkerkluft«, sagte er. »Trotzdem war meine letzte Verkleidung so schlecht, dass Annette mich sofort erkannt hat.«

»Was war mit Annette?«, hakte Louise nach.

»Das ist ... persönlich. Ich möchte Ihnen das lieber auf dem Rückweg erzählen. Jedenfalls brauche ich eine professionelle Verkleidung.«

»Einverstanden«, sagte Louise. »Sie gehen zu meinem Schneider in der Wagnergasse. Ich gebe Ihnen ein Schreiben mit.«

»Gut. Und wie soll er mich ...?«

»Keine Sorge, ich kläre das mit ihm.«

Wilhelm lächelte. »Ich bin gespannt.«

»Und Sie?«, fragte der Major in Louises Richtung.

»Ich muss das umgekehrte Experiment wagen und mich als gemeine Waschfrau verkleiden.«

»Als Waschfrau? Das ist unmöglich!«, erwiderte Wilhelm.

»Warum?«

»Man erkennt sofort an Ihren Händen, dass Sie keine schwere Arbeit verrichten. Und erst recht haben Sie keine Wäscherinnen-Hände.«

Louise sah ihn an, verblüfft, ein wenig verärgert sogar, blickte dann auf ihre Hände und erkannte, dass er die Wahrheit sagte.

»Was sonst?«, fragte sie.

»Vielleicht eine Kinderfrau«, meinte Wilhelm. »Mit weißer Schürze und Häubchen. Sie lieben doch Kinder, oder?«

Louise schien überrascht, so als wollte sie fragen, woher er das wisse. Aber sie sagte nichts.

Am Nebentisch wurden Pfeifen angezündet, Tabakrauch wehte herüber.

»Ich hasse diesen Qualm«, sagte Major von Seebach. »Meinen Husaren habe ich den Tabakgenuss verboten. Lassen Sie uns ins Freie gehen.«

»Ja«, stimmte Wilhelm zu. »Ich mag das auch nicht. Eigentlich müsste man das Rauchen in Gasthäusern vollkommen verbieten.«

»Darauf können Sie lange warten«, meinte Louise. »Mindestens zweihundert Jahre.«

Alle drei lachten, Louise von Göchhausen bezahlte, sie gingen nach draußen. Die Sonne stand hoch, es war angenehm mild.

»Wir brauchen einen Schlachtplan«, sagte der Major. »Erstens müssen wir klären, was Graf von Truss mit dem Gut Kötschau und der Familie von Brun zu tun hat. Darf er hier wohnen? Sind die verwandt? Oder ist das Ganze bloß eine Finte?«

Louise reagierte sofort. »Ich werde mit dem Hofprediger Günther sprechen und versuchen, die Kirchenbücher einzusehen. Besonders das Jahr 1773, als die Hochzeit der von Bruns stattfand. Außerdem interessieren mich die Einträge über die Familie Schandinger.«

»Gut so. Weiterhin müssen wir klären, was es mit dem Testament der Eleonore von Bandewitz auf sich hat, wer der oder die Begünstigte ist und dadurch einen Grund hatte, sie umzubringen.«

»Das kann ich übernehmen«, sagte Wilhelm. Natürlich konnte er das, sogar ohne großen Aufwand, er musste nur seine Truhe öffnen.

»Hervorragend!« Der Major schien zufrieden. »Und ich begebe mich auf die Suche nach Emil Schandinger zwecks Verhör. Zugleich lasse ich Graf von Truss suchen. Wir brauchen ein Geständnis. Und ich behalte den Conte di Spinola im Auge. Beide Grafen dürfen das Herzogtum vorläufig nicht verlassen. Die Grenzposten bekommen Bescheid. Schandinger entkommt uns sowieso nicht. Sonst noch etwas?«

Wilhelm und Louise schüttelten die Köpfe.

»Dann an die Arbeit!«

Ohne ein weiteres Wort machte er kehrt, marschierte in die Remise, schwang sich auf seinen Fuchshengst und galoppierte gen Weimar.

⁓⊙⁓

Wilhelm ging es besser. Er hatte in seinen Lebensstrom zurückgefunden. Herrmann trieb die Kutsche Richtung Westen, Louise saß ihm gegenüber.

»Ich muss zu Jansen, wie weit ist das?«, fragte er.

»Großromstedt über Kleyn Kromstorff und Kapellendorf, etwa zwei Meilen. Hier, eine dreifache Anweisung.«

Louise drückte ihm einen Brief in die Hand, er wusste nicht, wann und wie sie den geschrieben hatte.

»Die erste Anweisung zeigen Sie dem Stallmeister, er soll Ihnen ein Pferd bereitstellen lassen. Die zweite ist für den Schneider, die dritte für die Landschaftskasse. Wenn es

Schwierigkeiten mit der Auszahlung geben sollte, wenden Sie sich an den Kassendirektor, Herrn von Schardt.«

Wilhelm wusste nicht so recht, welche Reaktion sich in einem solchen Augenblick geziemte. Er entschied sich für ein schlichtes: »Danke!«

»Herrmann setzt Sie direkt beim Schneider ab«, sagte sie.

»Heute? Am Sonntag?«

»Er ist einer der Hofschneider, er muss jederzeit bereitstehen.«

Wilhelm ahnte, dass auch dies zu dem fordernden Hofleben gehörte. »Und was gedenken Sie zu tun?«, fragte er.

»Ich hoffe, ich halte das alles durch. schließlich bin ich nicht mehr die Jüngste. Die Verkleidung als solche sollte kein Problem darstellen, ich habe oft im Hoftheater mitgespielt und kenne die Gewandmeisterin.«

»Wenn ich fragen darf: Ist sie loyal und verschwiegen?«

»Hm, da bin ich nicht sicher. Doch falls sie mich verrät, landet dieses Wissen lediglich beim Intendanten, und der ist mein Freund.«

»Wer ist das?«

»Der Geheimrath von Goethe.«

»Aha, der hat wohl überall seine Finger im Spiel …«

Louise lachte. »Ja, er ist ein *Protégé* des Herzogs.«

»Ein was bitte?«

»Ein Schützling.«

»*Protégé*!« Wilhelm sprach das Wort mehrmals laut aus. »*Protégé*, *Protégé*, klingt nicht so schön wie die anderen französischen Wörter.«

»Kann sein, hört sich aber immer noch besser an als Schützling.«

»Hm. Dürfen Sie denn die Kirchenbücher einsehen? Vielleicht hat das Konsistorium etwas dagegen?«

»Das kann sein, aber Wilhelm Christoph Günther ist ein

mitteilungsfreudiger Mann, man muss ihn nur auf eine ihm angenehme Thematik lenken und Geduld entwickeln beim Zuhören.«

»Gut zuhören können Sie ja.«

Sie passierten das Dorf Umpferstedt. Louise rief Herrmann zu, er solle langsamer fahren, sie hätten es nicht mehr eilig.

»Apropos zuhören«, sagte Louise. »Sie wollten mir von Annette erzählen.«

»Ja«, sagte Wilhelm. Es fiel ihm schwer, so schnell von einem spannenden auf ein persönliches, zugleich bedrückendes Gesprächsthema zu wechseln. Langsam und stockend erzählte er von seiner Begegnung mit Annette auf dem Marktplatz. Er war dabei ehrlich. Offen. Und reuevoll. Es ärgerte ihn sehr, dass er Annette mit seinem gespielten Humpeln an ihrem empfindlichsten Punkt getroffen hatte: ihrer Gehbehinderung. Genau das hatte er nach dem Gespräch mit Louise in der Hirtenkammer vermeiden wollen.

Louise sagte zunächst nichts, sah nur aus dem Fenster. Die Landschaft bei Süßenborn zog vorbei.

»Ich denke, wenn unsere Mission erfolgreich beendet ist, wird sie verstehen, warum Sie sich so …«

»… idiotisch?«

Sie hob die Hände. »… verhalten haben. Falls Sie mich dann brauchen, kommen Sie zu mir, ich kann Ihnen helfen. Zum Beispiel, indem ich ihr sage, dass ich Sie zu dieser seltsamen Verkleidung animiert oder sogar gezwungen habe.«

»Nein, nein …«

»Was ist Ihnen wichtiger, ein ehrenvolles Verhalten mir gegenüber oder gegenüber Ihrer zukünftigen Ehefrau?«

Wilhelm blies einen Luftschwall aus. »So denken Sie darüber?«

»Ja.«

»Danke!«

Sie schwiegen. Eine halbe Stunde später hielt Herrmann vor einem Haus in der Weimarer Wagnergasse.

»Wann sehen wir uns wieder?«, fragte Wilhelm.

»Morgen Abend muss ich zur Teegesellschaft der Serenissima. Am Dienstagmittag bei Ihnen in der Hirtenkammer? Ich bringe Essen mit.«

Wilhelm nickte. »Sehr gerne. Wer wohnt denn dieser Teegesellschaft bei? Findet sich da jemand, der eine tote Katze untersuchen kann?«

Louise überlegte. »Hm. Goethe ist sicher dabei, Schiller eventuell. Der Einsiedel, die von Stein mit ihrer seltsamen Cousine, dieser Frau von Zeiselburg, und Henriette von Fritsch. Wir sind befreundet. Wieland ist kränklich, er wird nicht teilnehmen.«

»Kommt Goethe infrage, der Alleskönner?«

»Kann sein, aber ich denke eher an Friedrich von Schiller. Er ist studierter Medicus und hat gute Verbindungen nach Jena. Ich werde ihn fragen.«

»Dürfen die das? Ich meine, da drüben in Jena?«

»Ich denke, das Dürfen ist nicht das Problem, eher das Wollen. Die Universität Jena ist den vier sächsischen Herzogtümern unterstellt, und keines hat die wirkliche Oberhand. Unser Serenissimus hat etwas mehr Zugriff, weil Jena auf seinem Landgebiet liegt und er den größten Anteil an den Erhaltgeldern beiträgt, aber vollkommen entscheidungsfrei ist er nicht. Auf diese Weise hat sich die Universität Jena zu einer Art geistigem Freihafen entwickelt. Schiller wird das wohl schaffen.«

Wilhelm verabschiedete sich. Er stieg aus der Kutsche, Herrmann winkte ihm zu.

Wilhelm sprach ihn an. »Herrmann, eine Frage: Fahren Sie manchmal des Nachts durch die innere Stadt von Weimar?«

»Mag schon sein«, antwortete der Kutscher, schwang die Peitsche und rief: »Heja, heja, heja ho!« Die Rosse schnaubten, die Hufe schlugen, schon war die Berline verschwunden.

Wilhelm stand vor der Tür des Schneiders, hielt den Brief von Louise in der Hand und sah an seinen Kleidern herunter. Seine geliebte schwarze Handwerkerkluft musste er nun ablegen. Unvermittelt wurde ihm bewusst, dass für ihn ein neuer Lebensabschnitt begann.

18. Von einem Eklat in der Teestube

Montag, 15. Oktober 1804

Nach dem Frühstück durchschritt Wilhelm die Weimarer Innenstadt in Richtung des herzoglichen Marstalls. Unterwegs grüßten ihn die Bürger, Männer hoben den Hut, Frauen verbeugten sich. Es dauerte eine Weile, bis er begriff, dass die ungewohnte Aufmerksamkeit an seinen neuen Kleidern lag. Der Schneider hatte ihn mit langen, hellbraunen Hosen ausgestattet, die auch die Waden bedeckten, was der aktuellen Mode entsprach. Im Jahrhundert zuvor hatte man in teutschen Landen vorwiegend unter dem Knie gebundene Hosen getragen. Die knöchellangen Hosenbeine waren ein Attribut der den Jakobinern nahestehenden *Sansculottes* gewesen, ein Zeichen für die französische Bürgermacht. So änderten sich die Zeiten. Statt seiner Handwerkerweste trug er nun ein Samtwams, darunter ein weißes Hemd, dazu einen zweireihigen dunkelblauen Gehrock aus feinster, dicht gewebter Baumwolle mit Messingknöpfen, modisch und wärmend zugleich. Eine Franzosenmütze komplettierte das Ganze, ähnlich derjenigen, die er auf dem Hochzeitsbild in Kötschau gesehen hatte. Das einzige Kleidungsstück, das er abgelehnt hatte, war ein Zylinder.

War es so einfach, ein respektierter Adelsmann zu sein? Nur die richtigen Kleider? Oder gehörte auch eine innere Einstellung dazu? Eine Erziehung, die auf der Gewissheit beruhte, etwas Besonderes zu sein?

Der Brief von Louise enthielt nicht nur eine Freigabe der Mittel für den Schneider, sondern auch ein zweiwöchiges Mandat zur Nutzung eines Pferds aus dem herzoglichen Marstall und eine Kassenanweisung über zehn Taler, einzulösen bei der herzoglichen Landschaftskasse. Mit diesem einen Schriftstück hatten sich seine Sorgen um Kleidung, Transportmittel und ausreichend Nahrung in Luft aufgelöst.

Im Marstall betrachtete Wilhelm mit Ehrfurcht die schier endlos erscheinende Reihe von Pferden. Dazu die vielen Hengst- und Stutenknechte, deren Verdienst vom Wohlergehen der Tiere abhängig war. Strenger Pferdegeruch schlug ihm entgegen. Wilhelm mochte dieses Stallaroma, es gehörte zum Leben im Herzogtum. Pferde bestimmen den Alltag: vor der Kutsche, vor dem Pflug, im Stall und unter dem Sattel. Pferde bestimmten die Kraft und die Geschwindigkeit des Lebens. Und wer sich kein Pferd leisten konnte, ersetzte es durch Ochsen, Esel oder Maultiere.

Wilhelm hatte nicht viel Erfahrung mit Reitpferden. Doch als er den Rücken des Hengsts unter sich spürte, wuchs sein Selbstvertrauen. Er warf sich ein Cape über, verließ den Marstall und ritt durch das Kegelthor in Richtung Osten. Er wusste nicht, was ihn davontrug, aber er war eins mit dem Tier, mit seiner Aufgabe und mit der ganzen Welt.

※

Für Major Friedrich von Seebach war es an diesem Montagmorgen Zeit, eine Wochenstrategie zu erstellen und dementsprechend Befehle zu erteilen. Er schickte eine Husaren-Abordnung nach Denstedt, um Emil Schandinger herbeizubringen. Zwei weitere Husaren sandte er nach Kötschau. Sie sollten Graf von Truss aufgreifen.

Dann schrieb er einen Befehl, in dem er verfügte, dass

weder Graf von Truss noch Conte di Spinola das Herzogtum verlassen durften. Diese Anweisung brachte er in die Canzley des Geheimen Conseils. Dort wurde sie mehrfach abgeschrieben, um sie an alle wichtigen Amtsstuben auszugegeben und an die Wachposten zu verteilen. Mit Erstaunen – und zugegeben mit einem gewissen Neid – sah er, dass in der Schreibstube schon wieder ein nagelneuer, fein ausgearbeiteter Schreibtisch stand, ein *Bureau Plat*.

Alsdann ging er hinüber in den Marstall und nahm in der dortigen Küche ein kräftiges Frühstück ein.

Louise von Göchhausen erklomm die Treppe zum Portal der Stadtkirche St. Peter und Paul. Als sie die oberste Stufe erreicht hatte und gerade die Tür öffnen wollte, stürmte ein älterer, gut gekleideter Herr heraus und stieß mit ihr zusammen. Louise wäre fast gestürzt, im letzten Moment gelang es ihr noch, sich festzuhalten.

»Nun pass doch auf, Weib!«, rief der Mann und eilte, ohne sich umzusehen, die Treppe hinab.

Louise konnte sich nicht erinnern, schon einmal auf diese grobe Art und Weise angesprochen worden zu sein. Sie trat ein, setzte sich auf die hinterste Bank und tat so, als betete sie. Vielleicht betete sie zeitweise auch wirklich. Es dauerte fast eine halbe Stunde, bis Hofprediger Wilhelm Christoph Günther endlich aus der Sakristei kam. Sie stand auf und ging auf ihn zu.

»Herr Pfarrer, haben Sie einen Moment Zeit für mich?«
»Natürlich, mein Kind!«, antwortete er.
»Ich bin's, Herr Oberkonsistorialrat!«
Er sah sie erstaunt an. »Ich kenne dich ... äh ... Sie, wer ...?«
»Louise von Göchhausen.«

»Mein Gott, tatsächlich, Sie sind es, Demoiselle. Diese Verkleidung, weiße Schürze, Häubchen – ich habe Sie nicht erkannt. Und außerdem ...« Er musterte sie von oben bis unten.

Sie streckte einen Fuß nach vorn. »Die neueste Mode aus Paris: Plateauschuhe. So neu, dass sie nicht einmal in Bertuchs ›Journal des Luxus und der Moden‹ erwähnt werden. Machen mich acht Zentimeter größer.«

Günther lächelte. »Sie werden gesucht.«

»Ich weiß, das ist ein Missverständnis. Ich denke, ich stehe hier unter dem Schutz des Herrn.«

»Natürlich. Aber wie Ihnen bekannt ist, habe ich auch einen weltlichen Herrn.«

»Der Herzog wurde bisher nicht in Kenntnis gesetzt.«

»Also gut, was wünschen Sie?«

»Die Umstände des Todes von Frau von Bandewitz sind immer noch nicht geklärt.«

»Was meinen Sie mit ›Umstände‹?«

»Nun, zunächst ging es nur um die Todesursache, inzwischen steht die Frage im Raum, ob sie ermordet wurde.«

»Oh!«, rief er laut. »Unser Herrgott sei ihr und ihrem Mörder gnädig.«

»Bevor der sich vor dem höchsten Gericht verantworten muss, sollten wir ihn vor ein weltliches Gericht stellen, und dafür werde ich sorgen!«

»Sie?« Er starrte sie verwundert an.

»Ja, ich. Und Ihnen ist sicher bekannt, dass ich willens und in der Lage bin, meine Pläne zu verwirklichen.«

»Nun denn, was wünschen Sie?«

»Wir haben zwei Verdächtige, ich brauche einen Einblick in die Kirchenbücher.«

»Das geht nicht.«

»Warum?«

»Die sind per Definition nur für den intrakonsistorialen Gebrauch vorgesehen.«

»Ich verstehe. Aber Sie sind der Leiter des Konsistoriums, Sie dürfen Einträge in die Bücher vornehmen. Angenommen, währenddessen bestände dringender Bedarf für eine seelsorgerische Maßnahme, dann blieben die Kirchenbücher ›aus Versehen‹ geöffnet. Eine halbe Stunde würde mir reichen.«

»Sind Sie des Wahnsinns?«

»Oh nein, ich bin mitfühlend, fürsorglich und wohlfahrtsbezogen. Ich versuche, die Menschen im Herzogtum vor den beiden Mördern zu schützen.«

Der Prediger faltete die Hände und sah gen Himmel. »Herr, bitte verzeih mir!« Dann deutete er mit dem Kinn in Richtung Sakristei und ging voraus, Louise folgte ihm.

Das große Buch lag offen – mit dem letzten Eintrag vom Vortag – auf einem steinernen Tisch. Daneben standen ein Tintenfass und ein kleiner Krug mit den Federn des Kirchenschreibers. Allesamt Stahlfedern mit einem Federhalter. Sehr modern. Und sehr teuer. Die Kirche konnte sich das offensichtlich leisten.

Günther zeigte auf das Geschriebene. »Sie suchen und ich bleibe hier, um sicherzugehen, dass Sie keine Dummheiten anstellen. Außerdem, falls jemand hereinkommt, bin ich immerhin noch derjenige, der die Aufsicht hat.«

»Gut. Nur welche Dummheiten sollte ich wohl anstellen?«

»Zum Beispiel Blätter herausreißen.«

»Na, ich bitte Sie!«

»Alles schon passiert. Welches Jahr?«

»1784.« Sie wusste, dass dies Rosines Geburtsjahr war.

Er blätterte zurück bis zum Beginn des Jahres 1784. »Hier, bitte!«

Louise ging mit dem Finger chronologisch durch die Hochzeitsspalte. Hier: »*Margarete und Emil Schandinger, vermählt am 6. Juni 1784.*« Sie nahm eine der Stahlfedern des Kirchenschreibers, tunkte sie ins Tintenfass, zog ein Blatt aus ihrer Schürzentasche und schrieb das Datum auf.

Der Hofprediger beobachtete ihr Tun mit unverhohlenem Missmut.

Dann verfolgte sie die Spalte der Geburten im selben Jahr. Im Dezember wurde sie endlich fündig: »Rosine Margarete Virginia Schandinger, geboren am 12. Dezember 1784.« Gezeugt also wahrscheinlich im März, die Heirat deutlich später, genug Zeit für einen Heiratsantrag beim Geheimen Conseil. Die finale Bestätigung konnte jedoch nur von einem der Geheimräthe kommen, die den Beschluss mit verantwortet hatten.

»Jetzt 1773!«, sagte sie.

»Beeilen Sie sich bitte, Demoiselle!«

Sie ließ sich nicht beirren. Wieder begann sie im Januar, diesmal wurde sie im August fündig. »*Friedrich Graf von Brun und Elisabeth Gräfin von Brun, Kötschau, vermählt am 15. August 1773.*« Sie rechnete von dort an neun Monate weiter und fand Wilbert von Brun recht schnell, »*... geboren am 19. Mai 1774 in Kötschau.*« Bisher nichts Verdächtiges. Nun fehlte nur noch die Schwester. Sie blätterte langsam weiter, die Geburtenspalte im Blick behaltend. Da: »*Willebrord von Brun, geboren und gestorben am 3. Juli 1776 in Kötschau.*« Eine Totgeburt. Bedauerlich, aber nicht ungewöhnlich. Sie fuhr mit dem Finger weiter aufmerksam durch die Spalten, blätterte Seiten um Seite vorwärts. Dann entdeckte sie etwas, das ihr fast den Boden unter den Füßen weggezogen hätte. »*Wilhelm Bruno Lorenz, geboren am 2. April 1778 in Kötschau.*« Das war Wilhelm Ganssers Geburtsdatum. Sie las weiter. »*Vater: unbekannt. Mutter: Olivia Lorenz. Freigegeben zur Annahme an Kindes statt von KonsW und GenPolDir, bestätigt durch Beschluss des GehCon vom 6. April*

1778. Übernommen von Heinrich und Agnes Gansser, Weimar, Winkelgasse.«

Die Wörter sprangen Louise entgegen, sie schienen sie zu attackieren, sie wollte sich wehren, wusste aber nicht wie. Ihr wurde schwindlig. Der Hofprediger hielt sie fest und führte sie zu einem Stuhl. Nach einem Schluck Messwein ging es ihr besser.

»Was bedeuten die Abkürzungen?«, fragte sie mit schwacher Stimme.

Günther sah ins Kirchenbuch. »›KonsW‹ heißt Oberkonsistorium Weimar. ›GenPolDir‹ ist die Generalpolizeydirektion, und ›GehCon‹ ist die Abkürzung für das Geheime Conseil.« Er schien Wilhelms Geburtseintrag zu studieren. »Über die Umstände dieser Kindsübertragung kann ich nichts sagen, der Eintrag stammt von meinem Vorgänger Johann Gottfried Herder.«

Louise nickte stumm.

»Gab es da nicht noch eine Schwester?«, fragte Günther.

Louise dachte an die beiden Kinderporträts in Kötschau. »Ja, eine jüngere Schwester«, presste sie mühsam hervor.

Der Pfarrer blätterte weiter. »Hier«, rief er. »Wilma Maria von Brun, geboren am 7. November 1779.«

Die Kirchturmuhr in Kleyn Kromstorff schlug zwölfmal. Wilhelm hielt sein Pferd am Zügel und ging zur Rückseite der Kirche, wo sich auch der kleine Friedhof befand. Theo stand an der Friedhofsmauer und hatte sein Gesicht von ihm abgewendet, so als wollte er von dem Reitersmann nicht erkannt werden.

»Was steht Er so herum, hat Er nichts zu arbeiten?«, rief Wilhelm in gespielt strengem Ton.

»Ich bitte um Verzeihung«, murmelte Theo und blickte dabei auf den Boden.

»Er schaue mich gefälligst an, wenn ich mit ihm rede!« Theo hob den Kopf. »Ich hab ... äh, Wilhelm?«

»Natürlich, Mann, erkennst du mich nicht?«

»Nee, also, ja, wie siehst 'n du aus? Was is 'n los?«

»Ich muss mich verstecken, die Husaren suchen mich.«

»Nu, mein Gott, was hast 'n angestellt?«

»Gar nichts, ich versuche lediglich, die Mörder von Frau Meyerbeer und Frau von Bandewitz zu finden. Doch dem Herrn von Fritsch passt das nicht.«

»Den kenn' ich nich'. Deine Vergleidung is' übrigens gut, passt zu dir. Unn wie du mich angesprochen hast, als wär' der Ton dir angeborn!« Theo brach in schallendes Gelächter aus.

»Leise, Theo, wir dürfen nicht auffallen. Hast du etwas Neues?«

»Nich' so viel. Die Bauern im großen Gromstorff behaupten, sie woll'n ihre Ländereien am Bärenhügel gern vergaufen. Und dem Schultheißen gefiele das sowieso, er rechnet mit 'nem Aufschwung fürs Dorf, 'nem Gewinn an Ansehen und an Talern. Aber nu will der Conte wohl nich' mehr. Es gehen Gerüchte um, er habe gar nich' so 'n Vermögen in Italien, von wegen Weingut und so, der muss wohl zuerst erben, bevor er gaufen gann, was natürlich ohne das ...«, er grinste, »verschwund'ne Testament nich' geht.«

»Gut, Theo, das passt zu unserem Wissensstand. Angeblich will der Conte das gesamte Landgut verkaufen und wieder zurück nach Italien.«

»Oder iss er schon dort? Er wurde seit Tagen nicht mehr gesichtet.«

»Ich denke, er hat sich irgendwo verkrochen, er will ja noch erben. Außerdem darf er das Herzogtum nicht verlassen. Du bist sehr mutig, Theo, auch wenn ich deine Vorgehensweise aus rein moralischer Sicht nicht billigen kann. Ich habe das Testament in meiner Kammer versteckt.«

»Wo 'nen? In welcher Gammer?«

»Besser, du weißt das nicht, niemand ahnt, dass es sich bei mir befindet. Ich bin noch unschlüssig, was ich damit tun soll. Halte deinen Mund geschlossen, was dies betrifft. Hast du dabei einen Zaun auf dem Bandewitz'schen Gutsgelände zerstört?«

Theo hob die Augenbrauen. »Einen Zaun? Nu hör ma, das is nun wirklich nich' mein Stil. Bin ooch nich' eingebrochen, diesmal ging's eleganter.«

»Wie? Erzähl …«

»Weißt du noch, dass Meister Frühauf 'nen Auftrag in Kleyn Gromstorff hatte, so was Schnelles, 'ne Schranktür richten.«

»Mensch, Theo, ich hab gar nicht mehr daran gedacht, dass du inzwischen der Geselle bei Frühauf bist. Und ja, ich erinnere mich. Dieser Auftrag, den hatte ich vergessen zu erledigen. Der kam also von Frau von Bandewitz?«

»So isses. Jetzt, wo die Gude nich mehr da is, musst ich zum Conte. Zufällig fand ich dabei das Testament.«

»Zufällig?«

»Tatsächlich. Es klebte unter dem Schrankboden, mir war was druntergerollt, 'n Holzdübel.« Theo hob die Schultern und Wilhelm glaubte ihm.

»Ich hab's nich' gelesen, der Conte kam wieder zur Tür rein, hab's fix eingesteckt. Interessiert mich ooch nich, was drin steht.«

»Gut gemacht!«, sagte Wilhelm und erkannte im selben Moment, dass er Theo für einen Diebstahl gelobt hatte. Erst eine Notlüge, dann immer mehr Notlügen und nun das Gutheißen einer Straftat. Ein Gedanke lenkte ihn von seinem schlechten Gewissen ab. Eine Frage: Warum versteckte Eleonore von Bandewitz ihr Testament vor ihrem Mann? Das galt es zu klären. »Gibt es Neues von Konrad Jansen?«, fragte Wilhelm.

»Er musste 'ne Guh vergaufen, jetzt hat er nur noch zwee, und die eene kann er nich' melken.«

»Kuhpocken?«

Theo nickte. »Nu ja. Seine Ginder sind Hungerleider, ich habe ihnen 'ne Gnackwurst geschengt. Eene aus meinem Besuch bei Denise in Abolle.«

»Bist du zum Robin Hood der Knackwürste geworden?«

»Robin Hud ... Wer is 'n das?«

»Egal, ist sowieso nur eine Legende. Ich will zu Jansen reiten. Wie komme ich dorthin?«

Theo erklärte ihm den Weg, Wilhelm drückte ihm einen Groschen in die Hand, was bei seinem Freund für maßloses Erstaunen sorgte, dann stieg er in den Sattel und ritt los in Richtung Süßenborn.

∽☙∾

Wilhelm Gansser ahnte, wer für die Morde verantwortlich war: Graf von Truss und Conte di Spinola. Beide gehörten zum verarmten Landadel und benötigten neues Vermögen, um wieder in der Gesellschaft anerkannt zu werden, der eine in teutschen Landen, der andere in Welschtirol. Beide hatten sich eine reiche, ältere Frau gesucht, sie geheiratet und dann radikal beerbt. Kannten sich die zwei Verdächtigen? Hatten sie vielleicht sogar zusammen gemordet? Wilhelm war zutiefst davon überzeugt, dass Konrad Jansen nichts mit dem Tod seiner Schwester Franziska Meyerbeer zu tun hatte. Und er wollte das beweisen.

Zunächst ritt er im gestreckten Galopp bis nach Süßenborn. Da ihm inzwischen das Hinterteil schmerzte, fiel er kurz vor Umpferstedt in einen leichten Trab zurück. Als er im Schritt durch das Dorf ritt, kam ohne jegliche Vorwarnung eine Gruppe von Männern auf ihn zu.

»Da ist ja der Conte! Seht her, der Conte! Er will das Landgut verkaufen, dann braucht er sicher keine Arbeiter mehr, und wir müssen verhungern! Oder er kauft diese modernen Dampfmaschinen, die machen dann die Feldarbeit allein, ohne uns!«

»Ihr täuscht euch, Leute, ich bin Wilhelm Gansser, ich bin ein Tischlergeselle aus Weimar!«

»Ha, ha, ein Tischlergeselle, schaut ihn euch an, das feine Gewand und hoch zu Pferde. Er verleugnet sich selbst!«

Wilhelm war schockiert. Immer mehr Männer und Frauen versammelten sich um ihn, und er konnte reden, soviel er wollte, sie glaubten ihm nicht. Schon begannen sie, an seinem Gehrock zu reißen, und zogen ihn vom Pferd herunter. Ehe er fliehen konnte, schlugen sie auf ihn ein.

Plötzlich rief eine Frau: »Halt! Ich kenne den Mann. Das ist nicht der Conte, das ist Wilhelm Gansser aus Weimar.«

Die Umstehenden überlegten, ob sie ihr glauben sollten.

Wilhelm richtete sich auf. »Ich bin wirklich Wilhelm, ich habe mich nur verkleidet.«

»Aber warum?«, kam es von allen Seiten.

»Er wird von den herzoglichen Husaren gesucht«, sagte die Frau.

Als sei dies ein Adelsprädikat, ließen ihn die Angreifer los und begafften ihn mit einer Mischung aus Neugier und Respekt.

Wilhelm ordnete seine Kleider, stieg wieder aufs Pferd und wandte sich der Frau zu, die ihn gerettet hatte: »Danke, Hedwig!«

Wilhelm war zunächst querfeldein geritten, hatte sich von Bauern auf dem Feld den Weg weisen lassen und konnte dann den Turm der Wasserburg zu Kapellendorf erkennen. Nun ritt er eine Anhöhe hinauf in Richtung Großromstedt. Auf der Höhe hielt er inne, stieg ab und ließ sein Pferd am Wegesrand grasen. Gen Norden erstreckte sich eine ansehnliche Ackerfläche, leicht hügelig, nach Westen erkannte er die Stadt Weimar, dahinter eine bewaldete Anhöhe, den Ettersberg. Er war noch nie hier gewesen und genoss den Blick in die Ferne. Zum ersten Mal konnte er sich vorstellen, außerhalb von Weimar zu leben, einen neuen Lebensraum, ja sogar eine neue Welt zu erobern.

Langsam ritt er nach »Großromscht«, wie die Bauern alle zu Großromstedt sagten. Das Haus mit dem grünen Tor am Ende der Hauptstraße, das sei der Hof von Konrad Jansen, so verriet ihm ein Junge, dem er einen Pfennig zuwarf. An das Nachbarhaus, direkt neben dem grünen Tor, hatte jemand ein rotes Pentagramm gemalt, das bei vielen Menschen als Bannzeichen gegen das Böse galt. Hier musste Margarete Schandinger wohnen. Seine Gefühlswelt schwankte zwischen Abscheu und Mitleid.

Das Tor war halbseitig geöffnet, er ritt hindurch und stieg ab. Ein schwarzer Hund bellte wie besessen, zum Glück lag er an der Kette. Sofort lief ein Stallknecht herbei, der sein Pferd übernahm. Wilhelm war überrascht, so viel Dienstbarkeit war er nicht gewohnt. Schon kam ein Mann auf ihn zu, er steckte in einfachen, aber reinlichen Kleidern, sein Gesicht war gerötet.

»Guten Tag, werter Herr, Sie wünschen?«

»Sind Sie Konrad Jansen?«

»Jawohl, der Herr, das bin ich.«

»Ich untersuche den Tod Ihrer Schwester«, sagte Wilhelm, ohne sich vorzustellen.

»Sind Sie ein herzoglicher Inspektor?«
»So etwas Ähnliches.«
»Gibt es ... Neuigkeiten?«
»Wir vermuten, dass Ihre Schwester ermordet wurde.«
»Was? Ermordet?« Jansen ließ sich auf eine Bank fallen. Er schien fassungslos. »Ich dachte, sie habe der Schlag getroffen.«
»Das dachten wir bisher auch.« Wilhelm benutzte absichtlich die nach Gemeinsamkeit klingende Wir-Form, um keine Fragen nach seiner persönlichen Legitimation aufkommen zu lassen. »Aber nun sind Fakten zutage getreten, die uns daran zweifeln lassen.«

»Darf ich fragen, welcher Art diese Fakten sind?«
»Die Beschwerden Ihrer Schwester in ihren letzten Lebenstagen passen nicht zu den üblichen Krankheitssymptomen beim Schlagfluss, das hat der Hofapotheker festgestellt.« Wilhelm war selbst erstaunt, wie schnell er sich in die Rolle des angeblichen herzoglichen Inspizienten eingefunden hatte. Das Wort »unser« ging ihm locker über die Lippen.

»Aber wer sollte Sie denn ...?«
»Das wissen wir noch nicht. Hatten Sie einen guten Kontakt zu Ihrer Schwester?«
»Die Kinder liebten sie. Für mich war sie ein großer Halt, der Rest unserer Familie lebt in den Niederlanden, nur wir beiden sind hier ... oder waren hier.« Er rieb sich die Augen. »Sie hat mir immer wieder geholfen, wenn es mit dem Hof nicht so gut lief, aber ich wollte gern allein durchkommen.«

»Ich hörte, Sie haben nur noch eine Kuh, die gemolken werden kann, ist das wahr?«

Jansen blickte zu Boden. Offensichtlich schämte er sich. »Das ist die Wahrheit. Leider.«

»Gibt es bei Ihnen Büsche mit großen, gelben Blüten, die nach unten hängen wie Trauben?«

»Meinen Sie Goldregen?«

»Genau den meine ich.«

»Goldregen ist giftig, ich habe alle Büsche entfernt – wegen der Kinder.«

»Wo sind eigentlich Ihre Kinder?«

»Wenn der Herr mir folgen wollen ...«

Jansen führte Wilhelm ins Haus. Sie gingen durch einen dunklen Flur in eine kleine Wohnstube. Auf einer Holztruhe stand ein Marienbildnis, daneben zwei Kerzen. Eines der Kinder kniete davor, ein anderes saß weinend in der Ecke, ein drittes, höchstens ein Jahr alt, spielte auf dem Boden. Wilhelm war berührt von dieser Szene.

»Sie trauern um ihre Tante«, sagte Konrad Jansen. »Sie war so etwas wie ihre Ersatzmutter.«

»Ihre Frau?«

»Im Kindbett gestorben, unsere Tochter konnten wir retten.« Er zeigte auf das spielende Kind.

Wilhelm schnürte es die Kehle zu. Er musste das Thema wechseln. »Sagen Sie, Jansen, hat Ihre Schwester eigentlich ein Testament hinterlassen?«

Jansen sah ihn verblüfft an. »Das hat dieser Graf von Truss auch gefragt.«

»Der Graf war hier?«

»Ja, ganz allein, ohne Begleitung und ...« Er zögerte.

»Sprechen Sie ruhig weiter.«

»Ich kannte ihn ja nur von Franziskas Hochzeit, da sah er aus wie ein echter Graf. Diesmal machte er den Eindruck eines Trinkbruders.«

Er zögerte, Wilhelm wartete geduldig.

»Ja, ich habe ein Testament von Franziska, sie hat es mir zur Aufbewahrung gegeben, alle unsere sonstigen Verwandten leben ja im Niederländischen.«

»Und, haben Sie es dem Grafen gezeigt?«

»Ja, warum nicht?« Jansen zog eine Schublade auf und holte drei Blätter heraus. »Können Sie lesen?«, fragte er.

»Ja.«

»Schauen Sie es sich an, und bitte sagen Sie mir, dass ich als Alleinerbe eingetragen bin. Ich muss das wissen ...«

Wilhelm überflog die ersten und die letzten Zeilen, dann wusste er Bescheid. »Ich habe keine Zeit, alles zu lesen, Sie sind jedenfalls als Alleinerbe benannt. Unterschrieben von Franziska Meyerbeer im August 1803.«

»Vor einem Jahr ungefähr. Gut, ich danke Ihnen! Das Problem ist nur ... der Graf von Truss hat behauptet, er sei der Alleinerbe, denn Franziska habe ein geändertes Testament hinterlassen. Er hatte es bei sich.«

»Hat er es Ihnen gezeigt?«, fragte Wilhelm.

»Ja, es trug Franziskas Unterschrift.«

»Hat der Graf Sie in irgendeiner Weise bedroht?«

»Bedroht wäre zu viel gesagt, aber er hat sich fürchterlich aufgeregt und im Hof herumgebrüllt. Ich habe sogar überlegt, den Hund von der Kette zu lassen.«

»In Ordnung«, sagte Wilhelm. »Wer kümmert sich eigentlich um Ihre Kinder, wenn Sie auf dem Feld arbeiten?«

Jansen sah ihn erstaunt an. »Warum fragen Sie das, mein Herr?«

»Diese Frage stellt sich doch notwendigerweise.«

»Jaja, ich hätte nur nicht vermutet, dass Sie das kümmert. Meine Nachbarin hilft mir jeden Tag.«

»Frau Schandinger?«

»Ja«, sagte Konrad Jansen langsam und akzentuiert. »Margarete geht sehr fürsorglich mit meinen Kindern um, fast liebevoller als mit ihrer eigenen Tochter.«

Wilhelm wagte nicht, zu fragen, was das genau bedeutete. Er wandte sich zum Gehen.

Kaum war er in den Hof zurückgekehrt, brachte der Stallknecht Wilhelms Hengst und versicherte ihm, dass er ihn ausreichend getränkt hatte. Dabei hielt er die hohle Hand auf und lächelte Wilhelm Gansser freundlich an. Es dauerte einen Moment, bis Wilhelm begriff, dass der Stallbursche ein Trinkgeld erwartete. Er drückte ihm zehn Pfennige in die Hand, spürte dabei aber ein Unbehagen, weil er natürlich keinen Maßstab dessen hatte, was üblich war. Da ein Strahlen über das Gesicht des Mannes ging, schien er zumindest nicht zu wenig gegeben zu haben. Der Hund lag ruhig vor seinem Zwinger.

Mit dem Gefühl, über einiges nachdenken zu müssen, stieg Wilhelm aufs Pferd und ritt in Richtung Weimar davon.

∽⊚⌒

Isabella von Zeiselburg hatte beschlossen, bei ihrer Cousine Charlotte in der Ackerwand wohnen zu bleiben. Das Haus derer von Stein war groß genug, und sie konnte die Räume von Charlottes verstorbenem Mann Josias nutzen. In Kürze würde sie Miteigentümerin eines Gutshofs mit üppigen Ländereien zwischen Weimar und Jena sein. Wozu also nach Eisenach zurückkehren? Um das dortige verstaubte Elternhaus zu hüten? Nein, das wollte sie nicht, und es war nicht notwendig, denn das würden ihre Schwester und deren erdenschwerer Ehemann allein schaffen. Isabellas Kinder brauchten ihre Mutter nicht mehr. Die beiden Töchter waren gut verheiratet, der ältere Sohn machte Karriere in der preußischen Kavallerie, der jüngere war bei einem Duell erschossen worden, nachdem er der Frau seines Gegners nachgestiegen war. Schade um ihn, ein kluger Jüngling, aber zu hitzig.

Jetzt endlich, mit dreiundvierzig Jahren, wollte Isabella leben. Und zwar so, wie sie es sich als junges Mädchen oft erträumt hatte. Mit einem wunderschönen Schloss – na gut, ein Herrenhaus reichte –, genügend Pferden und Kutschen und natürlich mit Bediensteten. Dabei war es ihr gleichgültig, dass sie ihren Bräutigam erst seit vier Wochen kannte. Immer dieses Überlegen, Zaudern, Nachfragen, Zweifeln – nein, jetzt wollte sie wagen, vertrauen, lieben und beseelt in die Zukunft schauen.

Zudem hoffte sie, endlich diesen schrecklichen Spitznamen aus ihrer Jugend loszuwerden. *La fleurette*, das Blümchen. Nur weil sie als kleines Mädchen so gern Blumen auf der Wiese gepflückt hatte. Ihr Vater und ihre Schwester nannten sie heute noch so. Vielleicht konnte sie dieses neue Leben zehn oder zwölf Jahre auskosten, dann hätte sie das durchschnittliche Lebensalter einer Frau zu Beginn des 19. Jahrhunderts erreicht. Behauptete jedenfalls der Oberkonsistorialrat Günther mit dem Kirchenbuch als Beleg.

Den Schneider in der Wagnergasse hatte ihr Louise von Göchhausen empfohlen. Er brachte es immer wieder fertig, die krumm gewachsene Schulter der Göchhausen elegant unter der Kleidung zu verbergen. Bei Isabella ging es jedoch nicht darum, ein Körpermerkmal zu kaschieren, sondern ihre Silhouette zu betonen, die sich auch nach vier Geburten immer noch sehen lassen konnte.

Als sie die Schneiderwerkstatt betrat, unterbrachen Gesellen und Lehrlinge ihre Nadelarbeit und erhoben sich. Der Schneidermeister verbeugte sich so oft und so devot, dass seine Perücke fast zu Boden gefallen wäre. Er wusste von ihren Verbindungen zu Charlotte von Stein und Louise von Göchhausen. Der Meister war klein und dünn, roch nach Knoblauch und trug erbärmlich witzige Schuhe, die an der Spitze hochgezogen waren wie der Bug einer Gondel. Er hatte einige edle Stoffe ausgerollt, alle in Weiß.

»Nein!«, sagte Isabella. Sie sprach bestimmt, dennoch freundlich. »Kein Weiß. Ich bin ja kein junges Mädchen mehr.«

Das Gesicht des Meisters nahm einen Ausdruck an, der dem eines Pudels ähnelte. »Gnädige Frau ...«

»Nichts gnädige Frau. *Bleu* oder *rosé*.«

Endlich schien er begriffen zu haben. Es dauerte eine Stunde, bis die Stoffe ausgesucht waren. Mit dem zarten Blau würde sie jede Frau überstrahlen. Wenigstens zu einem spitzenbesetzten weißen *Fichu* ließ sie sich überreden. Dann folgte das Ausmessen. Frederic würde staunen.

Aber nun musste sie sich auf die Teegesellschaft im Witthumspalais vorbereiten.

⁓☙⁓

Louise von Göchhausen wusste von ihrem Kutscher, wer bei der Teegesellschaft an diesem Tag anwesend sein würde. Herrmann sollte den Geheimrath – »das Geheimräthchen« – am Frauenplan abholen, dann Charlotte von Stein und ihre Cousine Isabella von Zeiselburg in der Ackerwand. Mit einer zweiten Fahrt würde er Henriette von Fritsch und den Geheimrath von Einsiedel-Scharfenstein chauffieren, allesamt Geistesmenschen aus Anna Amalias musischem Freundeskreis. Friedrich von Schiller war immer ein unsicherer Kandidat, je nachdem, ob er sich gesund fühlte – was in diesem Jahr selten vorgekommen war – und nicht dringend eines seiner Bühnenstücke bearbeiten musste. Zudem war er nicht der Mensch, der den Aufenthalt im Freien liebte, auch wenn er nur ein paar Schritte über die Esplanade zu gehen hatte. Mit der Demoiselle von Göchhausen würde wohl niemand rechnen, da allgemein bekannt war, dass sie von den Husaren gesucht wurde. Jette von Egloffstein hatte ihr übermittelt, dass Fürstin Anna Amalia höchst irritiert sei und jegliches Gespräch zum Verhalten ihrer ersten Hofdame ablehnte.

Louise wartete, bis Rosine, wie immer gegen sieben am Abend, ihren Abendspaziergang unternahm, der weniger aus einem Gang, sondern mehr aus einem Herumlungern auf dem Theaterplatz bestand. Ihr wollte sie auf keinen Fall begegnen. Mithilfe von Herrmann gelang es ihr, sich in die Mansarde zu schleichen, ohne dass andere Bedienstete sie sahen. Dort kleidete sie sich an, so wie es für eine Festivität angemessen war. Diesmal wählte sie nicht das scharlachrote Kleid vom Sonntag, sondern eines in zartem Rosé. Es war ein dünnes Musselin-Kleid, was sie aber nicht störte, denn sie musste das Palais nicht verlassen. So brauchte sie sich nicht zu sorgen, von der allseits bekannten Musselin-Krankheit erfasst zu werden, die mit Schnupfen und Husten, teils mit rasselnden Atemgeräuschen einherging. Um einen perfekten Auftritt zu haben, bedeckte sie ihre Gesichtsfalten mit einer Lotion aus Rosenwasser und Eigelb, einem Geheimrezept ihrer Mutter. Von der Empfehlung ihrer Großmutter, den Saft der Tollkirsche in die Augen zu träufeln, um mit großen Rehaugen Eindruck auf die Männer zu machen, nahm sie Abstand. Sie hatte gehört, dass diese Tropfen Vergiftungserscheinungen hervorrufen konnten.

Mit dem unbändigen Willen ausgestattet, sich nicht in eine devote Position drängen zu lassen, verließ sie ihre Gemächer in der ersten Etage des Palais und ging hinüber ins Tafelrundenzimmer.

Die Herzoginmutter war modern eingerichtet, sie besaß mehrere Argand'sche Luftstromlampen, die den Raum hell erleuchteten. Deren Abglanz fiel auf die großen, goldgerahmten Porträts, die an den dunkelgrün getünchten Wänden hingen.

Die Gäste saßen an einem runden Tisch und unterhielten sich. Die Mode der Teegesellschaft stammte ursprünglich aus England und wurde seit einigen Jahren in Deutschland immer beliebter. Sie hatte den Vorteil, dass mit der für jeden leicht erreichbaren Teekanne mitten auf dem Tisch keine Bediensteten notwendig waren, um die Gäste zu versorgen. Man war ungestört, man diskutierte, auch heikle Themen – man war unter sich.

Louise stand auf der Schwelle, hielt den Türgriff noch in der Hand und blickte selbstbewusst in die Runde. Es dauerte einen Moment, bis die eifrigen Diskutanten sie bemerkten. Die Gespräche verstummten. Alle sahen Anna Amalia an. Sie erhob sich und ging auf Louise zu. Diese vollführte einen formvollendeten Hofknicks und sagte: »Hoheit, ich bitte, meine Verspätung zu entschuldigen. Ungewöhnliche Umstände haben mich aufgehalten. Jedoch wollte ich auf keinen Fall Ihren geistig so nährenden Abend verpassen.«

Niemand sagte etwas. Nicht einmal der sonst so sprachgewaltige Geheimrath von Goethe. Man wartete mit Spannung auf Anna Amalias Reaktion.

»*Ma chère*, ich kenne nicht den Grund, warum Herr von Fritsch Sie suchen lässt, und ich bin nicht mehr in der Lage, ihm Rechenschaft abzuverlangen. Hier sind Sie jedenfalls sicher – sozusagen im Palais-Asyl. Was vor meinen Türen geschieht, haben Sie allerdings selbst zu verantworten.«

Die Gäste erhoben sich und applaudierten, allen voran die Geheimräthe Goethe und Einsiedel, aber auch Charlotte von Stein und ihre Cousine Isabella sowie Schiller, der sitzen geblieben war, er wirkte gesundheitlich angeschlagen. Nach einigem Zögern fiel auch Henriette von Fritsch in den Applaus ein, so vorsichtig und leise jedoch, als hätte sie Angst, ihr Gatte könne es hören.

Louise fühlte sich schwebend, lächelte, bedankte sich nickend und nahm Platz. Immer noch herrschte eine abwartende Stimmung. Der Erste, der das Schweigen brach, war Friedrich von Schiller: »Durch diese hohle Gasse musste sie kommen, es führt kein andrer Weg zur Gerechtigkeit. Und diese ist Voraussetzung für die Freiheit!«

Erneuter Applaus. Die Erstaufführung seines »Wilhelm Tell« im Weimarer Hoftheater im März schien den Anwesenden in guter Erinnerung geblieben zu sein. Auch ein »Wilhelm«, der Tell, so ging es Louise durch den Kopf.

»Und wir wagen zu hoffen, dass Ihre schöne Seele erhalten bliebe!«, ergänzte Goethe. Wiederum Applaus. Die Gäste waren literarisch so erfahren, dass sie die »schöne Seele« als eine Figur aus Goethes Roman »Wilhelm Meisters Lehrjahre« erkannten. Noch ein Wilhelm.

Louise setzte sich, bekam einen Tee, auch Gebäck und Schokolade standen bereit. Sie fragte sich, ob jeder in diesem Raum Kenntnis von ihrer speziellen Lage hatte, eingeklemmt zwischen Baum und Borke, zwischen Mördersuche und Höflichkeit, zwischen Volksinteresse und Standesbewusstsein. Sie wusste es nicht und wollte es auch nicht wirklich wissen, denn sie war weiterhin voll des Erstaunens und Entsetzens über das, was sie in den Kirchenbüchern gefunden hatte. Das musste hinaus aus ihrer schönen Seele, die solch Gedankengut von Eltern nicht wahrhaben wollte, es musste auf den Tisch – in dieser Runde.

»Verehrte Frau von Stein, darf ich Sie etwas fragen zu Ihren Söhnen, drei an der Zahl?« Sie erwähnte bewusst nicht die vier Töchter der Stein, die bereits im Kindesalter verstorben waren. »Haben Sie jemals auch nur einen einzigen Gedanken daran verschwendet, sie einer anderen Mutter oder einem anderen Vater abzutreten, damit diese sie an Kindes statt annehmen?«

Frau von Stein hob das Kinn. »Was erlauben Sie sich, welch eine Frage? Natürlich war das völlig undenkbar!«

»Ich bitte um Verzeihung«, antwortete Louise. »Meine Erkundigung war allgemeiner Natur und zielte nicht auf Sie persönlich ab. Zumal ich weiß, dass Sie Ihren Fritz zwecks *éducation* zeitweise zu Herrn Geheimrath von Goethe gaben, aber nie vollständig von ihm ablassen würden.«

»Selbstverständlich!«, antwortete die Stein mit einem nicht zu verhehlenden scharfen Unterton. Isabella von Zeiselburg nickte.

Goethe hatte Louises Ansinnen verstanden. »Meine Liebe, der Grund Ihrer Frage besteht wohl darin, dass Sie sich Gedanken machen, unter welchen Umständen eine Mutter bereit wäre, ihr Kind an Fremde abzugeben. Ist es das, was Ihr Interesse weckte?«

Louise sah ihn dankbar an. Aufgrund ihres aufgewühlten Innenlebens hatte sie die Frage wohl ein wenig zu forsch formuliert. »Danke, mein lieber Goethe, ja, genau das war mein Ansinnen.«

»Ich denke«, schaltete sich Anna Amalia ein, »das müssten ganz tiefgreifende Umstände sein, bitterste Armut, Krankheit, Tod, Krieg, Seuchen oder Ähnliches.«

»Das sehe ich ebenso, Hoheit«, pflichtete Goethe bei. »Dennoch, ich erinnere an die recht zahlreichen ledigen Mütter, verschuldet oder nicht, die danach trachten, ihr Kind in eine stabile und anständige Lebenssituation zu bringen. So manche würde ihr Kind – zwar nicht mit Freuden, aber doch mit ruhiger Seele – einer Ziehmutter übergeben.«

Louise konnte Frau von Stein ansehen, dass sie an August dachte, Goethes vierzehnjährigen Sohn, der in einem Haus ungesegneter Verhältnisse aufwuchs. Aber das schien den Geheimrath nicht im Mindesten zu stören.

»Heißt das«, fragte Louise, »dass unsere gesellschaftlichen Gepflogenheiten in diesen Fällen die Bindung zwischen Müttern und ihren Kindern zerstören?«

Anna Amalia presste die Lippen zusammen. Sie zögerte. Dann sagte sie: »Das Problem ist bekannt. Der Serenissimus wird sich darum kümmern.« Es war allgemeiner Wissensstand, dass sich die Herzoginmutter aus den Alltagsgeschäften und Regierungsentscheidungen ihres Sohnes heraushielt.

Hildebrand von Einsiedel versuchte, das Gespräch wieder von der Herzoginmutter wegzulenken: »Liebste Louise, ist Ihnen etwas widerfahren, das Sie zu solchen Gedankenspielen führt?«

»Oh ja, lieber Einsiedel, mir widerfuhr tatsächlich solch ein Offenbarungserlebnis. Dieses kann ich hier jedoch nicht ausbreiten. Damit bin ich an einem Punkt des Missbehagens angekommen, der mich fragen lässt, wie viel ein Mensch aufgeben muss, um seinen Verpflichtungen gegenüber der Allgemeinheit nachzukommen.«

»Sie hören sich ein wenig an wie Fichte mit seinem neuen absoluten Ich«, sagte Friedrich von Schiller.

»Es ist mir egal, ob ich wie Fichte klinge, wie Schlegel, Schelling oder sonst wer. Am liebsten klänge ich wie Louise von Göchhausen.«

»Gut, gut«, schaltete sich Goethe wieder ein. »Dann erinnere ich in diesem Zusammenhang an unseren vor Monaten verstorbenen ostpreußischen Freund Immanuel Kant. Er sagte: Handle immer so, dass dein Handeln selbst zum Gesetz werden könne.«

»Verzeihung, lieber Geheimrath«, antwortet Louise umgehend. »Aber das ist blanker Hohn! Wenn ich heute eine Entenbrust verspeise, soll dies dann Gesetz werden für alle? Die Enten könnten nicht so schnell Eier legen, wie das Gesetz es verlangen würde!«

Die gesamte Runde lachte.

Goethe lächelte mit den anderen, wurde dann aber schnell wieder ernst. »Demoiselle haben heute eine besonders scharfe Zunge. Nichts für ungut, aber bei der exakten Kant'schen Formulierung geht es nicht um das Handeln selbst, sondern um den grundsätzlichen Willen zur Handlung, jener sollte prinzipiell zu einer allgemeinen Gesetzgebung taugen.«

»Sie haben recht, lieber Goethe«, sagte Louise, zur Abkühlung der Gemüter beitragend. »Und damit wären wir wieder bei einem Gedanken angekommen, der uns schon mehrfach beschäftigt hat: Was ist der eigene Wille? Und ist dieser tatsächlich frei von äußeren Effekten?«

»Was meinen Sie damit im Falle der Annahme an Kindes statt?«

»Jeder will eine Mutter haben. Ist es dann eigener Wille, eine biologisch fremde Frau als Mutter anzuerkennen?«

»Um wen geht es hier eigentlich?«, fragte Charlotte von Stein.

»Nun«, antwortete Louise, »Sie werden sicher verstehen, dass ich in solch delikaten Angelegenheiten keine Namen nennen kann. Aber warten Sie einige Tage, dann werden Sie es wissen!«

Alle sahen sich an, ein lautes Gemurmel durchzog den Raum. Ohne Ankündigung stand Isabella von Zeiselburg auf und sagte: »Wenn Sie erlauben, Hoheit, kann ich an dieser Stelle etwas Neues und Erfreuliches in die Runde tragen.«

Die Anwesenden warteten gespannt. Anna Amalia gestattete ihr mit einer jovialen Handbewegung weiterzusprechen.

»Ich werde am kommenden Sonntag heiraten!«

Charlotte von Stein schien einer Ohnmacht nahe. Offensichtlich hatte nicht einmal sie davon gewusst. Henriette von Fritsch reichte ihr ein Riechfläschchen.

»Der Herzog hat bereits seine erlauchte Zustimmung gegeben«, fuhr sie stolz fort. »Ich werde mein Leben in neue Bahnen lenken. Er heißt Frederic Marquis de Laval und ist ein französischer Graf mit einem großen Landgut zwischen Weimar und Jena. Er floh 1793 vor Robespierre in die teutschen Lande.«

Blitzartig schoss Louise ein Gedanke durch den Kopf. Ja, das war die Lösung! Sie sprang auf. Sie hörte das Blut durch ihre Adern brausen. »Frederic? Nein, das dürfen Sie nicht! Der Mann ist ein Hochstapler, ein Verbrecher!«

Charlotte von Stein schnappte nach Luft, Isabella von Zeiselburg fing an zu weinen, Anna Amalia bekam ein solch rotes Gesicht, dass man meinen konnte, sie hätte einen akuten Fieberschub erlitten. Die beiden Geheimräthe sprachen leise miteinander und sahen Louise dabei mehrfach an. Nur Friedrich von Schiller blieb ruhig sitzen und sagte ernst: »Gnädigste Louise, wie kommen Sie darauf, in diesem erlauchten Kreise so etwas Ungehöriges zu sagen? Wir kennen Sie schon lange und sind solch ein Verhalten von Ihnen nicht gewöhnt. Die Meinungsfreiheit ist bei mir jedoch hoch angesehen, deswegen sagen Sie schnell etwas zu Ihrer Verteidigung, bevor die Serenissima Sie – mit Recht – aus diesem Raum entfernen lässt.«

»Es tut mir leid, Frau von Zeiselburg, aber es gibt einen Mann, der in unserem Herzogtum sein Unwesen treibt. Er nennt sich Friedrich Graf von Truss …«

»*Mon dieu!*« Der Ausruf kam von Anna Amalia.

»… oder Federico Conte di Spinola. Und nun offensichtlich auch Frederic Marquis de Laval. Friedrich, Federico und Frederic. Alle drei sind ein und dieselbe Person, da bin ich mir sicher. Und bei jeder neuen Identität behauptet er, ein großes Landgut zwischen Weimar und Jena zu besitzen, was in keiner Weise der Wahrheit entspricht. Oder haben Sie dieses Landgut je in Augenschein genommen?«

Sie fixierte Isabella. Keine Antwort.

»Und das Schlimmste ist …«, Louise fuchtelte aufgeregt mit den Händen, »… er hat Frau Meyerbeer und Frau von Bandewitz ermordet. Sie könnten die Nächste sein – retten Sie sich!«

Jetzt fiel Frau von Zeiselburg in Ohnmacht. Die Herzoginmutter klingelte nach den Bediensteten, verlangte, einen Medicus herbeizuholen, und befahl, Louise von Göchhausen aus dem Palais zu entfernen. Die letztere Aufgabe fiel Herrmann zu, der aussah, als habe man ihm Essig zu trinken gegeben. Immerhin schaffte er es noch, Louises bordeauxrote Pelisse herbeizubringen, denn draußen herrschte eine herbstliche Nachtkälte von fünf oder sechs Centigraden.

Louise streckte ihren Rücken durch und verließ erhobenen Hauptes, eine beeindruckende geistige Größe ausstrahlend, den Raum.

In Herrmanns Begleitung stieg sie hinab ins Foyer. Dort öffnete Rosine ihr mit einem Grinsen das Portal, Louise zog sich die Pelisse über und trat ins Freie. Militärisch stramm stand ein Husarenleutnant vor ihr, dessen strenger Blick sie fixierte. »Demoiselle, ich darf Sie bitten, mir zu folgen!«

19. Von Zwecklügen, Notlügen und Zwangslügen

Dienstag, 16. Oktober 1804

Wilhelm hatte das Pferd am Montagabend wieder im Marstall abgegeben. Nun wartete er in der Hirtenkammer auf das am Sonntag während der Rückfahrt von Kötschau vereinbarte Treffen mit Louise von Göchhausen.

Er trug immer noch Samtwams und Gehrock, seine Handwerkerkleidung lag in der Truhe, oben auf dem Deckel sein brauner Filzhut neben der schwarzen Franzosenmütze. Zumindest hatte er dieses Mal genug zu essen, denn das Geld aus der herzoglichen Kasse gestattete ihm eine vernünftige Verpflegung. Frisches Brot, Butter und Salz, ein Stück Käse. Auch Wendela konnte er eine ordentliche Mahlzeit aus Fleisch- und Fischresten spendieren.

Früh am Morgen hörte Wilhelm Hufgetrappel. Er trat hinaus ins Dunkel, das erste zarte Morgenrot lauerte am östlichen Himmel. Er konnte einen Reiter erkennen.

»Gansser, wo sind Sie?« Die Stimme des Majors.

»Ich bin hier. Was ist los, Herr Major? Wo ist Louise?«

»Lassen Sie uns hineingehen, es darf mich niemand sehen. Deswegen komme ich so früh.«

Wilhelm ging zurück in die Hirtenkammer. Der Major band sein Pferd hinter der Scheune an und folgte ihm.

»Hören Sie, Gansser. Meine Husaren haben die Demoiselle von Göchhausen festgesetzt, sie befindet sich im Gefängnis.«

»Oh Gott, wie konnte das passieren?«

»Sie war so unvorsichtig, sich im Palais der Herzoginmutter aufzuhalten. Eine der Zofen hat sie verraten.«

Rosine natürlich, wer sonst. Rachegedanken stiegen in Wilhelm auf. »Verdammt, können Sie da nichts machen?«

»Im Moment nicht. Ich muss abwarten. Die Anschuldigungen der Demoiselle haben in Hofkreisen einen riesigen Aufruhr verursacht. Die Herzoginmutter ist mehr als erzürnt. Insbesondere weil das Ganze während ihrer Teegesellschaft passierte, bei der ja eigentlich Theater und Poesie das Zepter schwingen sollten. Wir können nur hoffen, dass der Herzog noch nichts davon mitbekommen hat. Er lässt das Fräulein von Göchhausen sonst umgehend aus dem Herzogtum verbannen.«

»Von welchen Anschuldigungen sprechen Sie?«

Der Major erklärte ihm Louises Verdacht, dass Truss und Spinola ein und dieselbe Person seien. Möglicherweise sogar identisch mit einem gewissen Marquis de Laval, den Isabella von Zeiselburg am kommenden Sonntag heiraten wolle.

»Das ist ja unglaublich«, rief Wilhelm aus. »Alle drei dieselbe Person? Was halten Sie davon?«

»Nun, Sie selbst haben festgestellt, dass Truss und Spinola eine ähnliche Figur haben, groß, etwa sechs Fuß hoch, breitschultrig, im Grunde … so wie Sie!« Friedrich von Seebach lachte.

»Das ist nicht lustig, Herr Major. Aber ja, sie sind sich ähnlich. Der eine mit, der andere ohne Perücke, das könnte man sogar als Verschleierungsmaßnahme deuten. Wir hätten es also nur mit einem Mörder zu tun? Nur eine Person, die wir jagen, statt zwei?«

»Möglich. So eine Art Hochzeitsbetrüger. Auf jeden Fall ein Scharlatan. Und wenn die geplante Heirat der Frau von Zeiselburg mit diesem Marquis stattfinden sollte, dann ist ein weiterer Mord nicht auszuschließen. Wir müssen allerdings vorsichtig sein, denn bisher glaubt niemand, dass diese Hochzeit gefährliche Auswirkungen haben könnte. Und Isabella von Zeiselburg ist eine Verwandte der Charlotte von Stein. Insofern haben wir momentan den gesamten Weimarer Adel gegen uns.«

»Sie selbst ausgenommen?«

»Natürlich! Als Soldat sehe ich das sowieso sachlicher, mit weniger ...«

»Gefühlen?«

»Ja, richtig. Wenn ein Herr von Göchhausen diese Anschuldigung einem Herrn von Zeiselburg gegenüber ausgesprochen hätte, wäre das die Grundlage für ein Duell. Unter Adligen, Offizieren und Studenten ist das eine Ehrenpflicht.«

Urplötzlich wurde in Wilhelm eine Erkenntnis wach. »Herr Major, ich glaube, Louise hat recht. Ich war gestern bei Konrad Jansen. Er ist im Besitz eines Testaments, in dem seine Schwester Franziska Meyerbeer ihn als Alleinerben benennt, ich habe es selbst gesehen. Graf von Truss – dieser angebliche Friedrich von Truss – war vor einigen Tagen bei Jansen. Er behauptete, es existiere ein neueres Testament, in dem er, also Truss, als Erbe eingesetzt sei. Er hat es Jansen gezeigt, der hat die Unterschrift seiner Schwester erkannt. Mehr allerdings nicht, denn Konrad Jansen kann gar nicht lesen! Das ist mir im Moment erst klar geworden. Dieser Kerl – wer immer das auch ist – hat Jansen irgendein Dokument unter die Nase gehalten, er hat ihn getäuscht.«

»Gut, gut, Gansser, das passt, langsam laufen unsere Fäden zusammen. Jansens Aussage könnte vor dem Kriminalgericht wichtig sein. Ich befürchte allerdings, das reicht noch nicht. Wir brauchen dringend zusätzliche Beweise.«

»Ich verstehe. Wir sollten die Katze ausgraben und untersuchen lassen. In Jena an der Universität, dort, wo auch

Menschenkörper untersucht werden. Ich denke, es müsste eine offizielle Aktion sein, sonst können wir Herrn von Schiller nicht für uns einnehmen. Würden Sie ihn ansprechen?«

»Sie meinen Friedrich von Schiller, den Dichter?«

»Ja, er war einst Regimentsarzt und hat gute Kontakte in die Universität, sagt Louise, er könnte das bewerkstelligen.«

»Ich kümmere mich darum. Jetzt muss ich wieder zurück, meine Männer haben Emil Schandinger gefasst, ich werde ihn verhören. Übrigens, die Demoiselle von Göchhausen lässt fragen, ob Sie mit Zweitnamen Bruno heißen.«

»Ich – Bruno?«

»Ja, vielleicht hätte sie sich besser bei Ihrer Mutter erkundigt, die wird's wissen.« Mit einem leicht spöttischen Lächeln auf den Lippen verließ der Major die Hirtenkammer, stieg auf seinen Fuchshengst und trabte davon.

Wilhelm war überhaupt nicht nach Lachen zumute. Bruno. Wilhelm Bruno Gansser? Er wusste, dass Louise so etwas nie im Scherz sagen würde. Und sie wollte die Kirchenbücher einsehen. Hatte sie dabei etwas über ihn entdeckt? Nun ja, ein zweiter Name war nichts Ungewöhnliches, im Gegenteil, fast jeder hatte zwei oder drei Vornamen. Aber warum verheimlichten seine Eltern ihm den Zweitnamen?

Er griff nach seinem Umhang, setzte die Franzosenmütze auf und schritt aus in Richtung Winkelgasse.

∽☙∽

Wilhelm hatte nicht damit gerechnet, dass sein Vater zu Hause sein würde. Doch als er die Tür aufstieß, stand er ihm direkt gegenüber. Von Angesicht zu Angesicht. Agnes Gansser saß mit weit aufgerissenen Augen hinter ihrem Ehemann am Tisch.

»Wilhelm?« Der Vater betrachtete ihn ungläubig. »Wie siehst du aus? Das ist ja ungeheuerlich! Was sind das für Kleider? Hast du die gestohlen?«

»Natürlich nicht, Vater. Stimmt es, dass ich den Zweitnamen Bruno trage?«

»Und diese Franzosenmütze? Gehörst du jetzt zu Robespierre und seinen Handlangern?«

»Lassen Sie mich in Ruhe«, schrie Wilhelm. »Was ist mit diesem Zweitnamen, Mutter, antworten Sie mir bitte!«

Agnes Gansser begann zu weinen.

Heinrich Gansser wurde nun ebenfalls laut: »Du redest nicht mit deiner Mutter, sondern mit mir, ist das klar?!« Dabei versuchte er, Wilhelm daran zu hindern, an ihm vorbeizugehen.

Der Impuls kam ganz tief aus Wilhelms Innerem, aufgestaut seit vielen Jahren, sich unwiderruflich den Weg an die Oberfläche bahnend. Ohne dass er eine eigene Willensbildung oder eine Kontrolle über seine Faust gehabt hätte, ballte sich diese zusammen und schoss Heinrich Gansser mitten ins Gesicht. Der Getroffene flog gegen die Küchenwand, rutschte an dieser hinab und sank ohne einen weiteren Ton auf dem Boden in sich zusammen.

»Wilhelm!« Agnes Gansser wollte aufstehen.

»Bleiben Sie bitte sitzen, Mutter!«, sagte Wilhelm. »Der erholt sich wieder. Nun, was ist mit dem Namen Bruno?«

Agnes Gansser erbleichte. Sie zitterte am gesamten Leib. »Es stimmt, du heißt Wilhelm Bruno.«

»Aber warum haben Sie mir das so lange verschwiegen?«

»Weil ... ich konnte es dir nie sagen, es tut mir so leid.«

»Was konnten Sie mir nicht sagen, Mutter? Sprechen Sie, bitte!«

Von seinem Vater ertönten Schmerzenslaute.

»Ich war guter Hoffnung und habe das Kind verloren. Die Medici meinten, ich könne nie wieder ein Kind bekommen.«

»Aber ich bin doch da, schauen Sie hier!«
»Ich bin ...«
»Mutter!«
»Ich bin deine Mutter, aber in gewisser Weise doch nicht.«
»Meine Güte, was heißt das?« Wilhelm wollte nicht schreien, aber er konnte nicht anders.

Agnes Gansser wurde nun ganz ruhig. »Wir haben dich angenommen, an Kindes statt.«

»An Kindes statt? Was bedeutet das?«

»Ich habe dich nicht geboren, ich konnte es nicht, bitte verzeih mir!« Die Tränen liefen ihre Wangen hinab. »Wir haben dich angenommen wie unser eigenes Kind, du warst erst ein paar Wochen alt. Du hast den Wechsel gar nicht gemerkt.«

Wilhelm begann zu schweben. Er hatte sich als Kind oft gewünscht, fliegen zu können, jetzt flog er, aber er wollte nicht weg, er wollte bleiben, wo er aufgewachsen war. Er setzte sich und klammerte sich an den Küchentisch, an dem er so oft gegessen hatte, Milch, Brei, Brot. Er konnte nicht mehr sprechen, sein Gaumen war trocken, seine Lippen klebten aneinander.

»Wir lieben dich wie unseren eigenen Sohn, das musst du mir glauben, bitte!«

»Sie tun das, Mutter«, murmelte er. »Aber bestimmt nicht dieser Elendshaufen dort!« Damit zeigte er auf Heinrich Gansser, der immer noch auf dem Küchenboden lag.

Sollte dies plötzlich nicht mehr seine Heimat sein? Und wenn nicht hier, wo war sie dann?

»Wer sind dann meine – wie soll ich es nennen? – meine Geburtseltern?«

»Deine leibliche Mutter heißt Olivia Lorenz.«

»Olivia Lorenz«, wiederholte er, um sich an den Namen zu gewöhnen. »Wilhelm Bruno Lorenz. Also ... Lorenz. Unglaublich!«

»Mein Sohn, es fehlt noch etwas Wichtiges bei dieser Geschichte, das solltest du auch noch wissen, da müssen wir beide jetzt gemeinsam durch. Es tut mir so leid!«

Wilhelm war nicht in der Lage zu antworten.

»Olivia arbeitete als Magd auf Gut Kötschau.«

Wilhelm klammerte sich erneut an die Tischplatte. »Mir wird schwindlig, Mutter!«

»Ich freue mich, Wilhelm, dass du mich immer noch Mutter nennst. Die bleibe ich auch. Für immer. Dein leiblicher Vater lebt nicht mehr. Sein Name war Graf Friedrich von Brun.«

»Der alte Graf von Gut Kötschau?« Wilhelm erinnerte sich an das Hochzeitsbild.

»Ja, er hat Olivia heimlich ...«

»Geschwängert?«

Agnes Gansser nickte. »Der Graf wollte kein außereheliches Kind. Olivia wandte sich an das Gebärhaus und kam damit zu der Hebamme, die auch mich in der kurzen Zeit meiner Schwangerschaft betreut hat. Sie hatte die Idee, dich hierher zu geben, weil ich mir ein Kind wünschte und Olivia Angst hatte, dass der Graf dich ...«

»... mich tötet?«, fragte Wilhelm mit dünner Stimme.

»Ja. Olivia hat dein Leben gerettet, indem sie dich hergab. Zunächst hatte sie vor, dich in einer Drehlade abzulegen, in manchen Klöstern gibt es so etwas.«

Wilhelm hatte davon gehört.

»Dann hat sie aber erfahren, dass diese Kinder nicht unbedingt in Obhut der Nonnen bleiben, sondern in Waisenhäuser oder Findlingsanstalten gebracht werden, wo sie nicht ausreichend ernährt werden und als Arbeitssklaven für Manufakturen herhalten müssen. Deshalb entschied sie sich, dem Familientausch zuzustimmen. Der Graf war damit einverstanden, denn so behielt er seinen guten Ruf. Seine Bedingung war allerdings, deinen Namen zu ändern. Statt Wilhelm von Brun solltest du Wilhelm Bruno heißen.«

»Ich bin also ein Ziehkind?«

»Ja, mein Sohn.« Jetzt sprach seine Mutter vollkommen klar, ohne Umschweife, ohne die Augen niederzuschlagen oder die Stimme zu senken. Erleichterung schwang in ihren Worten mit.

»Du hast einen Bruder, Wilhelm, er heißt Wilbert. Und eine Schwester namens Wilma. Freut dich das?«

Wilhelm war viel zu aufgewühlt, um Freude zu empfinden, er musste die Neuigkeiten erst einmal verkraften. Dennoch sagte er: »Natürlich, Mutter! Ich wollte so gerne Geschwister haben, schon immer, aber ...«

»Was meinst du?«

»Wilbert ... irgendetwas stimmt nicht mit ihm.«

»Ich habe ihn noch nie gesehen«, sagte Agnes Gansser und brachte ihm ein Stück Haferkuchen, den Kuchen, mit dem er sich als Kind immer so gern hatte trösten lassen, besonders, wenn er ihn in warme Milch einbrocken konnte.

Was hatte sein Bruder mit dem Grafen von Truss zu tun? Hatte er Wilhelm niedergeschlagen?

Agnes Gansser schien sich nicht sonderlich um ihren Ehemann zu sorgen, der lag auf dem Küchenboden, regelmäßige Atemgeräusche kündeten davon, dass er schlief.

»Fast hättest du noch einen zweiten Bruder gehabt, Willebrord, aber er starb am Tag seiner Geburt und liegt in Kötschau begraben.«

Wilhelm erinnerte sich an den kleinen Friedhof neben der Brücke. Wie ein Nebelschleier, der sich hob, kam ihm jetzt die Namensähnlichkeit in den Sinn. Wilbert, Willebrord, Wilma. Wilhelm. Wie hatte er das nur übersehen können?

»Gräfin Elisabeth, die Frau deines Vaters, ist darüber fast verrückt geworden. Sie ahnte nicht, dass ihr Mann dein Vater ist, aber dann sah sie dich – als Säugling – und erkannte das Muttermal in deinem Nacken, du weißt, das Kindergesicht. Alle männlichen Nachkommen der von Bruns tragen dieses Merkmal. Damit wusste sie Bescheid. Olivia hat mir das alles erzählt.«

Wilhelm sagte nichts, stopfte indes den Haferkuchen in sich hinein. Fast hatte er den Eindruck, dass seine Mutter entschlossen war, ihm hier und heute eine Menge Erkenntnisse zu schenken, ja sogar ein neues Leben, so wie eine zweite Geburt, da sie die erste nicht hatte übernehmen können. »Was ist eigentlich letzte Woche an der Jacobskirche geschehen?«, fragte Agnes Gansser. »Heinrich behauptete, dich beim Schänden von Gräbern erwischt zu haben.«

Wilhelm schüttelte den Kopf. »Warum sagt er so etwas? Er hat mich gar nicht auf dem Friedhof gesehen, lediglich draußen, vor der Kirche.«

»Ich habe das sowieso nicht geglaubt. Was geschah, als ihr euch begegnet seid?«

Wilhelm hatte ihr das eigentlich nicht erzählen wollen, doch nun, da sie fragte, musste es heraus. Er skizzierte ihr in wenigen Sätzen, was er mit Heinrich Gansser und seinen beiden Dachdeckerkollegen erlebt hatte.

Sie schien nicht wirklich überrascht zu sein. »Heinrich, mir graut vor dir!«, murmelte sie.

Eine Weile starrten sie vor sich hin.

»Weißt du, Sohn, mit ihm ... mit Heinrich, das ist eine besondere Geschichte. Damals, als du zu uns kamst, habe ich mich sehr, sehr gefreut. Heinrich war ... zurückhaltend. Er hat es nie verwunden, dass du nicht sein ›eigener Sohn‹ bist. Einmal, du warst fünf Jahre alt, da habe ich geglaubt, er hätte es überwunden. Sie bauten ein Haus in Hohlstedt, da ist ihm ein kleiner Hund zugelaufen. Ein freundliches Tier, hellbraun mit dunklen Flecken. Heinrich mochte den Hund, er kümmerte sich um ihn. Ich habe meinen Ehemann nie zuvor so zärtlich erlebt. Na, und du erst! Du warst begeistert, ihr beide teiltet die Freude an dem Tier, und ich dachte, ihr hättet nun eine gemeinsame Basis für eine Freundschaft. Wenn schon nicht Vater-Sohn, dann wenigstens Freunde. Und ein ruhiges Familienleben. Bis ...« Sie stockte.

»Bis?«, fragte Wilhelm.

»Bis ein Nachbar meinte, die Tierliebe hättest du wohl von Heinrich geerbt.«

Wilhelm erschrak.

»Damit kippte alles ins Gegenteil.« Agnes Gansser hob entschuldigend die Hände, obwohl es nicht mehr um ihr Verhalten ging, sondern um das ihres Ehemanns. Alles – jedes Wort und jede Geste – brachte jetzt eine Bedeutung hervor.

»Ich erinnere mich an den Hund«, sagte Wilhelm. »Ich liebte ihn. Plötzlich war er verschwunden. Was geschah mit ihm?« Kurze, bildhafte Eindrücke der Kindheit, die die Erinnerung belichten wie ein Blitz in der Nacht.

»Ich habe dir damals erklärt, dass er nach Hohlstedt gelaufen sei, zurück zu seinem Herrchen, und dass es ihm dort gut geht. In Wahrheit hat Heinrich ihn in einem der Rathsteiche ertränkt.«

Aus Wilhelms Mund erhob sich ein Geheul. Er schoss hoch und wollte sich auf Heinrich Gansser stürzen, doch der lag flach und reglos, schmal und erbärmlich auf dem Küchenboden. Seine Nase war blutverschmiert. Wilhelm wäre sich schäbig vorgekommen, einen Wehrlosen zu traktieren. Er drehte sich weg, um den Anblick seines Ziehvaters nicht länger ertragen zu müssen.

»Und Sie, Mutter, Sie haben das alles klaglos ertragen?«

»Ich hatte keine andere Wahl. Ich habe Olivia versprochen, dich aufzuziehen, dir eine gute Kindheit zu ermöglichen. Ich ...« Sie begann erneut zu weinen. »Ich habe es versucht!«

Sie erhob sich und nahm seine Hand. »Bitte, Wilhelm, verzeih mir. Ich dachte, es wäre leichter für dich, die Wahrheit zu erfahren, wenn du erwachsen bist, und dann war so oft die falsche Zeit dafür, ich weiß, es ist meine Schuld.«

Er strich ihr über den Arm. »Ich bin Ihnen nicht gram, Mutter. Ich muss das nur alles hier drinnen …«, er klopfte sich auf die Brust, »… zur Ruhe kommen lassen.«

Agnes Gansser versuchte, ihn zu umarmen, aber er konnte es nicht zulassen, es passte nicht zu diesem Moment, jetzt, da er an einer riesigen Wegkreuzung stand und nicht wusste, wo seine Wege herkamen und wo sie hinführten. »Mutter, ich muss mich verabschieden. Ich habe noch eine Aufgabe.«

»Sohn!« Mit einem scheuen Zeichen versuchte sie, ihn aufzuhalten.

Er sah sie fragend an.

»Es gibt viele Unwägbarkeiten in der Kindheit eines Menschen. In welcher Familie wächst er auf, lernt er Hunger kennen oder Völlerei? Welche Zeiten herrschen, Krieg oder Frieden? Gibt es Großeltern, Tanten, Onkel, bekommt er eine gute Bildung oder nicht? Was ich damit sagen will: Es gibt viele Zufälle, aber was du daraus machst, ist allein deine Sache!«

Er nickte dankbar, warf einen kurzen Blick auf Heinrich Gansser und verließ sein Elternhaus. War es überhaupt noch sein Elternhaus? Oder hatte er jetzt zwei Elternhäuser? Sollte das andere dieses marode Landgut in Kötschau sein?

Er zog sich die Franzosenmütze tief ins Gesicht und wählte den Weg über das Äußere Jacobstor statt durch den Graben, um anderen Menschen möglichst aus dem Weg zu gehen. Auf keinen Fall durfte er einer Husarenstreife begegnen.

Sekunden später passierte genau das. Zwei Husaren, ein Sergeant und ein Obergefreiter, bogen, aus der Rollgasse kommend, um die Ecke. Beide bewaffnet mit einem

Säbel und einer leichten Kavalleriepistole. Sie starrten ihn an. Groß, kräftig, auch das Alter stimmte – das mochten sie wohl gedacht haben. Als er an ihnen vorbeigehen wollte, sprachen sie ihn an.

»Halt, der Herr, sind Sie Wilhelm Gansser?«

»Was erlauben Sie sich, ich bin Graf Wilhelm von Brun!« Eigentlich war die Antwort als Notlüge gedacht, doch schlagartig wurde ihm bewusst, dass sie der Wahrheit entsprach.

»Graf Wilhelm ...«

»Jawohl. Sie haben mich vielleicht verwechselt wegen des gleichen Vornamens.«

Später, als Wilhelm über dieses Gespräch nachdachte, schüttelte er ungläubig den Kopf über seine törichte Antwort, schließlich kann man vom Augenschein her keinen Namen verwechseln, allenfalls ein Gesicht.

Dennoch, die beiden Husaren waren beeindruckt. Der Obergefreite lief um ihn herum und inspizierte seine Kleidung.

»Woher stammt dieser Gehrock mit so feinen Knöpfen?«, fragte er, wohl in der Annahme, das Kleidungsstück könnte gestohlen sein. Ein häufiges Vergehen in diesen Jahren.

»Von der Hofschneiderei in der Wagnergasse.« Auch das entsprach der Wahrheit, was dazu beitrug, dass Wilhelms Auftreten immer selbstbewusster wurde. »Sie können gerne dort nachfragen!«, ergänzte er und nannte den Namen des Schneidermeisters.

»Tragen Sie Waffen?«, fragte der Sergeant.

»Nein, natürlich nicht. Ich bin Gutsbesitzer aus Kötschau, wozu brauche ich eine Waffe?« Erschrocken über seinen eigenen Mut merkte er, dass auch diese Aussage in gewisser Weise den Tatsachen entsprach. Immerhin war er der Sohn des Grafen Friedrich von Brun, des verstorbenen Gutsbesitzers. Da konnte er versuchen, Notlügen anzubringen, soviel er wollte, es gelang ihm nicht, alles entsprach der Wahrheit. Während ihm diese Erkenntnis durch den Kopf wirbelte, kam bereits die nächste Aufgabe auf ihn zu.

»Wohin führt Ihr Weg?«, wollte der Sergeant wissen.

»Was ist Ihr Begehr hier in Weimar?«, ergänzte der Gefreite.

Mit dieser Art von Fragen hatte Wilhelm nicht gerechnet. In diesem Moment erinnerte er sich an seine Ausrede, die er gebraucht hatte, um mit Louise den Wachposten an den Magazinscheunen zu passieren. »Ich bin auf dem Weg zum Siechhaus, um dem dortigen Anstaltsleiter eine Spende zukommen zu lassen. Hier, diese fünf Taler.« Er zog die Münzen aus der Tasche und zeigte sie den Husaren. Geld machte immer Eindruck.

»Fünf Taler, gut, gut. Dann …«, der Gefreite sah seinen Sergeanten an, der nickte, »… dann lassen wir Sie gehen!«

Wilhelm setzte sich in Bewegung und wischte den Schweiß von seiner Stirn. Die Herbstsonne stand hoch am Himmel, es mochte zwei oder drei am Nachmittag sein, aber auch ohne die Sonne wäre Wilhelm bei diesem Gespräch ins Schwitzen gekommen. Er schlüpfte vor dem Bertuch'schen Haus durch eine Gartenpforte und durchquerte den Baumgarten in Richtung Schwanseegatter.

Friedrich Justin Bertuch war der reichste Mann in Weimar. Bis zu einem gewissen Grad teilte er seinen Reichtum mit anderen. In seiner Fabrik zur Herstellung künstlicher Blumen beschäftigte er viele Frauen, auch solche, die aufgrund eines unehelichen Kindes aus der Gesellschaft ausgeschlossen wurden. Den großen Baumgarten verpachtete er in kleinen Parzellen zu einem annehmbaren Preis von ein bis zwei Talern pro Jahr an fünfundsiebzig Stadtbewohner, die damit ihre Gemüseversorgung sicherstellen konnten.

An diesem Herbsttag war viel Leben in den Gärten, alle hegten und pflegten und ernteten. Wilhelm freute sich an dem Bild, doch als er die Tür zur Hirtenkammer aufschloss, durchschoss ihn ein Gedanke, der so gar nicht zu der freundlichen Stimmung passte: War Wilbert von Brun, landläufig »Bert« genannt, möglicherweise identisch mit dem Grafen von Truss, dem Conte di Spinola und dem Marquis de Laval? Der Major hatte gesagt, Wilhelm habe die gleiche Figur wie Truss und Spinola. Er hatte dabei gelacht, aber es war kein Spaß. Das war ernst und es schmeckte gallebitter. Kämpfte Wilhelm womöglich gegen seinen eigenen Bruder? Und – war sein Bruder ein Mörder?

Er ahnte, dass die Antwort auf all diese Fragen ein Ja sein würde, hoffte aber inständig, dass ein Nein im Bereich des Möglichen lag.

Er musste überlegen, was nun zu tun sei. Dazu brauchte er Zeit. Und er hatte Zeit, denn alles, was zu tun war, musste bis zur Dunkelheit warten.

⁓☙⁓

Der Abend war herbstlich kühl, immer wieder zogen Wolken am Mond vorbei. In den großen Städten, die Wilhelm auf seiner Walz besucht hatte, gab es in den Hauptstraßen eine durchgehende Beleuchtung und einen abgetrennten Bereich für die Bürger, die zu Fuß unterwegs waren, die sogenannten Bürgersteige. In Prag waren die Menschen so frankophil veranlagt, dass man den Bürgersteig *Trottoir* nannte. In Weimar existierte nichts dergleichen.

Er hatte beschlossen, sich dem Witthumspalais von hinten zu nähern. Vorne am Hauptportal war es zu hell und durch den Theaterplatz recht belebt. Er trug wieder den blauen Gehrock und das Samtwams, dazu die langen hellbraunen Hosen und die Franzosenmütze. Vorsichtig schlich er sich am fürstlichen Kornhaus entlang bis in den Hof des Palais.

Es war 19 Uhr, und er wusste, dass Rosine um diese Zeit üblicherweise einen kleinen Ausflug auf den Theaterplatz machte und dafür, wie den Bediensteten auferlegt, die Hintertür benutzte. Wilhelm hatte aus seinem alten braunen Filzhut eine Gesichtsmaske mit Augen-, Nase- und Mundschlitzen gefertigt. Rosine würde sich zu Tode erschrecken! Das hatte sich dieses verräterische Weibsstück redlich verdient.

Während er in seiner Deckung im Dunkeln ausharrte, dachte er über den Ausdruck »zu Tode erschrecken« nach. War es das, was seine Mutter ihm beigebracht hatte? Jemanden so einzuschüchtern, dass ihn fast der Schlag traf? Nein, sie hatte ihn andere Werte gelehrt: keine Rache zu üben, sondern die betreffende Person anzusprechen, ihr deutlich zu machen, was passiert war und was er durch sie erlitten hatte.

Rosine verließ das Palais und betrat den Hof. Wilhelm verharrte in seinem Versteck, sie überquerte den Hof, fröhlich singend, erklomm die Außentreppe, öffnete das Gartentor und verschwand in Richtung Theaterplatz.

Wilhelm schlug sich mit der Hand vor die Stirn. Was tat er hier? Mädchen verängstigen? Was für eine Demütigung seiner selbst. Er sollte sich lieber darauf konzentrieren, den Mörder zu fassen und dazu etwas Sinnvolles beizutragen. In diesem Moment wusste er, was zu tun war. Er wandte sich in Richtung Stadtkern und schlug sich durch dunkle Gassen, bis er den Jacobskirchhof erreicht hatte. Sein Ziel war es, den Küster zu sprechen, den Mann, der ihn vor Heinrich Gansser und dessen Kumpanen beschützt hatte. Als er von der Kleinen Todtengasse kommend den Jacobsplan überquerte, begegneten ihm drei Männer. Schwankend, lärmend, offensichtlich betrunken. Es gelang ihm nicht, ihnen rechtzeitig auszuweichen. Sie erblickten ihn, blieben stehen, auch Wilhelm hielt inne, die drei rissen die Augen auf, ihre Münder standen offen, Entsetzen machte sich auf ihren Gesichtern breit, der erste begann zu schreien, die anderen taten es ihm gleich, dann drehten sie sich um und rannten davon, so als sei Luzifer persönlich hinter ihnen her. Erst jetzt bemerkte Wilhelm, dass er immer noch die Maske vor dem Gesicht hatte. Er zog sie herunter und lächelte. Dann lachte er sogar, denn in einem der Flüchtenden erkannte er einen schmalen älteren Mann, den man gut als Dachdecker, nicht jedoch als Tischler hätte gebrauchen können.

Er hob die Hände, blickte gen Himmel und bedankte sich beim Allmächtigen für die von ihm in die Wege geleitete kleine Rache an dem, der sie wirklich verdient hatte.

Der Küster war herausgekommen, um zu sehen, wer da so schrie. Wilhelm winkte, ging zu ihm und erklärte die Situation. Der Küster musste ebenfalls lachen, er konnte es nicht unterdrücken, klopfte Wilhelm auf die Schulter und bat ihn herein. Wilhelm erkundigte sich, ob Frau von Zeiselburg tatsächlich am Sonntag diesen französischen Marquis heiraten werde. Der Kirchenmann bestätigte das. Die Hochzeit solle ohne viel Prunk am Sonntagmittag um zwei in der Jacobskirche stattfinden, nicht in der großen Stadtkirche. Wilhelm wollte wissen, ob die Worte »ohne Prunk« von ihm, dem Küster, stammten oder von der Braut. Weder noch, gab der zur Auskunft, diesen Wunsch habe der Bräutigam geäußert. Auch die ungewöhnliche Uhrzeit, sonntags um zwei, wenn viele einen Mittagsschlaf hielten, sei vom Marquis gewünscht, nein, sogar gefordert worden. Wilhelm fragte, ob die Papiere in Ordnung seien. Selbstverständlich, erwiderte der Küster, sogar die französische Geburtsurkunde, eine *acte de naissance*, sei vorgelegt worden.

Wilhelm verabschiedete sich. Jetzt wusste er, wann und wo der letzte Akt dieses Dramas aufgeführt werden würde. Und er wusste, dass er verpflichtet war, dem Schlussakt gemeinsam mit Louise und dem Major eine unwiderstehliche Dramaturgie zu verleihen.

20. Von Schmerz in Haut und Herz

Mittwoch, 17. Oktober 1804

Wilhelm schlief in dieser Nacht sehr unruhig. Einmal meinte er, von draußen Geräusche zu hören, doch das mochten wohl Tiere sein. Seine Hirtenkammer war durch den inneren Riegel gesichert. Er fiel wieder in rastlosen Schlaf.

Dann gab es einen heftigen Schlag gegen die Tür. Wilhelm schreckte hoch. Er nahm den Ast eines Apfelbaums in die Hand, den er Wendela hingelegt hatte, um ihre Krallen daran zu schärfen. Das Holz hatte den Durchmesser eines dünnen Arms.

Wilhelm lauschte – nichts. Er wartete. Irgendwann hielt er es nicht mehr aus und schob den Riegel zurück. Langsam öffnete er die Tür. Es war noch dunkel. Frische Morgenluft strömte herein. Schleierwolken zogen über den Himmel.

Vor der Kammer lag, vom bleichen Mondlicht beschienen, eine Katze, weiß mit einer schwarzen Stirnblesse: Wendela. Aus ihrer Kehle rann frisches Blut. Wilhelm kniete sich neben sie, stupste sie an, rüttelte verzweifelt an ihrem Bein, keine Reaktion. Sie war tot.

Eine kalte Hand griff nach seinem Herzen. Er verharrte vor dem leblosen Körper des Tieres, in Schockstarre, minutenlang. Dann plötzlich ging ein Ruck durch sein Inneres, er sprang auf und starrte in den Baumgarten. Da draußen, hinter den Bäumen oder im hohen Gras, dort musste der Mörder sein. War es sein Halbbruder? Kampfbereit hielt er den Ast in der Hand, als sei er ein Schwert, und trat aus der Kammer. Wut schoss durch seinen Körper. »Komm her, du feiger Katzenmörder, zeig dich!«

Die Wolken hatten sich verzogen, der große Mond stand über ihm, blendete ihn fast.

»Warum verfolgt Er mich?« Die Stimme erklang aus dem Dunkel zwischen den Bäumen.

Wilhelm bemühte sich, einen menschlichen Körper zu erkennen, doch er sah nur die Silhouetten der Baumkronen. Bewegte sich da etwas? Er beschloss, alles auf eine Karte zu setzen. »Ich bin dein Bruder!«, rief Wilhelm.

»Ist Er des Wahnsinns? Ich hatte nur einen Bruder, der starb am Tag seiner Geburt.«

»Willebrord.«

Für einen Moment herrschte Stille. »So steht es auf seinem Grabstein. Das kann jeder wissen.«

Er war es tatsächlich, Wilbert! »Ja, auf dem kleinen Friedhof in Kötschau. Ich bin dein Halbbruder. Unser Vater fand Gefallen an Olivia.«

»Olivia? Unsere Küchenmagd? Niemals, nicht mit so einer ...«

»Hüte dich, sie zu beleidigen!«

»Er hat mir gar nichts zu befehlen!« Die Stimme war plötzlich gefährlich nah, und ehe Wilhelm reagieren konnte, fühlte er den blanken Stahl eines Dolchs an seinem Hals.

»Du meinst, das macht mir Angst?« Wilhelm versuchte, in möglichst mutigem Ton zu sprechen.

»Natürlich, so ein kleiner Handwerksbursche versteht es nicht zu kämpfen.«

»Und ein Graf Wilhelm von Brun, meinst du, der könnte kämpfen?«

»Untersteh Er sich, diesen Namen zu verwenden, sonst ...«

Ehe Wilbert etwas unternehmen konnte, drehte Wilhelm den Kopf zur Seite und schlug mit dem Ast so vehement auf Wilberts Hand, dass ihm der Dolch entfiel und im Gras landete.

»Was sagst du nun, ohne Waffe …?«

»Ha, hier, mein Degen!« Wilbert hatte eine lange Stichwaffe gezogen.

»So, du traust dich also nicht, einen armen Handwerksburschen nur mit den Waffen anzugreifen, die die Natur dir mitgab? Du Schwächling!«

»Was erlaubt Er sich! Na schön, wenn es sein soll …« Mit diesen Worten warf Wilbert den Degen zu Boden.

Wilhelm ließ seinen Ast fallen. Langsam gingen die Brüder aufeinander zu.

Dem ersten Fausthieb konnte Wilhelm noch ausweichen, der zweite traf ihn an der Schulter. Er wankte, fiel aber nicht.

Wilhelm deutete einen Schlag mit dem linken Arm an, trat dann mit dem rechten Fuß in Richtung von Wilberts Kopf, der hielt sich den Arm schützend vors Gesicht, konnte den Tritt aber nicht komplett abwehren. Er wurde nach hinten geschleudert, stürzte, rollte sich ab und stand innerhalb Sekunden wieder auf den Beinen.

»War das alles, du angeblicher Bruder?«

»Warte nur, es wird noch besser!«

»Wo ist denn deine sogenannte Mutter, diese Küchenmagd?«

Wilhelm wurde bewusst, dass er das gar nicht gefragt hatte. »Das weiß ich nicht. Sie heißt Olivia Lorenz, wahrscheinlich trägt sie inzwischen einen anderen Namen.«

»Natürlich hat Er keine Ahnung, weil alles erstunken und erlogen ist!«

»Ist dir denn bekannt, wo unsere Schwester Wilma sich aufhält?«

Kurze Pause. »Nein. Außerdem geht Ihn das nichts an.«

Mit dem letzten Wort traf Wilhelm eine Faust am Kinn, direkt danach eine zweite. Er ging zu Boden. Die Apfelbäume über ihm erkannte er nur noch schemenhaft. Neben ihm blinkte etwas: der Degen. Er griff zu. Noch nie hatte er eine solche Waffe in der Hand gehalten. Wilbert hatte inzwischen den Dolch wiedergefunden. Von Osten fielen die ersten Sonnenstrahlen flach in den Baumgarten.

»Ha, du bist völlig unerfahren im Fechten. Das ist etwas anderes als Hobeln!« Wilbert lachte laut.

Wilhelm hatte schon Kämpfe mit Stichwaffen gesehen – aber eben nur gesehen. Er versuchte, sich an die richtige Position zu erinnern, und rückte in kleinen Schritten vor. Sein Bruder schien überrascht, Wilhelm schnellte nach vorn und stach zu. Wilbert wich aus, der Degen erwischte immerhin seine grünen Rockschöße. Durch den eigenen Impuls nach vorn geschleudert, stolperte Wilhelm, stürzte, ließ die Waffe fallen und lag nun bäuchlings auf dem Boden.

Wilbert stürzte sich auf ihn und hob die Hand mit dem Dolch.

»Halt, Bruder!«

Tatsächlich hielt Bert in seiner Bewegung inne.

»Schau meinen Nacken an. Wenn dich das nicht zum Nachdenken bringt, kannst du mich erstechen!«

»Deinen Nacken?«

»Ja.« Damit schob Wilhelm seine Nackenhaare hoch. Er wusste, was Wilbert jetzt sah: das Muttermal, das die Form eines Kindergesichts hatte. Eigentlich ein Vatermal.

Wilbert erhob sich. Wilhelm stand auf und ordnete seine Kleider. Die Morgensonne schien auf zwei Brüder, die sich zum ersten Mal von Angesicht zu Angesicht betrachteten. Neugierig, wütend zugleich.

»Warum habe ich nichts von dir gewusst?«, fragte Wilbert durch die Zähne gepresst.

Wilhelm erklärte ihm, dass er ohne öffentliches Aufsehen zu seinen Zieheltern gelangt war. Wilberts Gesicht spiegelte Unverständnis. Auch er musste verkraften, dass er einen Blutsverwandten gefunden hatte, in einem Menschen, den er bisher als Gegner betrachtet hatte.

Wilhelm schwankte zwischen Verstehen und Abscheu. »Wie hast du mich gefunden?«, fragte er.

»Ich bin Stammgast in der Umspanne und rauche gern mal ein Pfeifchen. Gestern bin ich dem Husarenmajor gefolgt.« Er grinste. Dann sagte er: »Also gut, Wilhelm. Heute hast du Glück gehabt, ich will Milde walten lassen. Aber lauf mir nicht noch einmal über den Weg, und vor allem: Halte dich von meiner Hochzeit fern! Sonst ...« Er hob den Dolch vor Wilhelms Gesicht. Die Klinge war rot von Wendelas Blut.

Wilhelm schäumte vor Wut. »Du Mörder!«

Wilbert lachte.

»Katzenmörder! Frauenmörder!«, rief Wilhelm.

»Halt dein vorwitziges Maul! Du wirst mich nie wiedersehen.«

Wilhelm trat einen Schritt zurück. Nie mehr. Gut so. Er wollte nichts mit einem Mörder zu tun haben. Sekundenbruchteile später ging er erneut einen Schritt auf Wilbert zu. »Warum? Du kannst ja zumindest versuchen, mir die Beweggründe deiner Taten zu erklären.«

Wilbert wandte sich um und sagte in die Morgenkühle hinein: »Wir sehen uns nie mehr wieder. Nie mehr!«

»Aber, Bert, das kann doch nicht sein, endlich habe ich einen Bruder!« Wilhelm legte ihm die Hand von hinten auf die Schulter. Mit einer Drehung schnellte Wilbert herum, und ehe Wilhelm begriff, was passiert war, spürte er einen heftigen Schmerz im Bauch.

»Ich habe dich gewarnt!«, presste Wilbert hervor und zog den Dolch wieder heraus. Dann lief er davon.

Wilhelm wusste minutenlang nicht, was passiert war. Woher kamen die Schmerzen in seinem Bauch? Im Morgenlicht erkannte er Blut an seinen Händen, Blut an seinem Wams, Blut auf seinen Schuhen. Sein Bruder besaß einen Dolch, hatte er ihm diese Waffe in den Leib gerammt? Warum? War er ihm zu nahegekommen? Man darf doch seinem Bruder nahekommen. Wilhelm stand noch auf den Beinen, dachte, die Verletzung sei nicht schwerwiegend. Doch Sekunden später merkte er, wie ihn seine Kräfte verließen, wie seine Beine einzuknicken drohten. Was hatte sein Bruder ihm angetan? Ja, zugegeben, Bert war nur sein Halbbruder, trotzdem, für Wilhelm machte es keinen Unterschied. Er war fassungslos. Ihn bedrängte weniger die Angst um seine Gesundheit als die Sorge um das Bild der idealen Familie, so wie er es verstand. Wie konnte man das nur beschmutzen, verletzen, mit Blut besudeln? Zuerst sein Vater, dann sein Bruder. Er schleppte sich in die Hirtenkammer, schaffte es noch, die Tür zu schließen, aber nicht mehr, den Riegel vorzuschieben. Schwer atmend ließ er sich auf den Strohsack fallen.

Konnte er auf Hilfe hoffen? Außer Louise und dem Major wusste niemand, wo er war. Langsam schwand seine Kraft, als würden durch die Wunde in seinem Bauch nicht nur sein Blut, sondern auch seine Sinne entweichen.

꘎

Major Friedrich von Seebach besuchte an diesem Morgen Louise von Göchhausen in ihrer Gefängniszelle. Er brachte ihr zwei zusätzliche Decken, denn sie fror erbärmlich, trotz der wärmenden Pelisse, die sie über ihr dünnes Musselinkleid gezogen hatte. Dann führten sie ein langes Gespräch. Der Major machte ihr klar, dass ihr Auftritt bei der Teegesellschaft nicht zu einer sachlichen Betrachtung der Mordfälle beigetragen hatte. Im Gegenteil: Derzeit glaubte niemand an einen unnatürlichen Tod der beiden Frauen. Bei Hofe war die Empörung über die Anschuldigungen der Demoiselle von Göchhausen noch immer nicht abgeebbt. Wie oft in solchen Fällen hatten die Gerüchte ein erstaunliches Eigenleben entwickelt. Die gemeinen Handwerker, Arbeiter und Bauern hingegen interessierten sich nicht für die Todesumstände von Großgrundbesitzern und Manufaktureigentümern, sie wollten nur wissen, ob sie nach dem Tode der beiden Frauen ihr Ein- und Auskommen behielten.

Solange es keine zusätzlichen Beweise für ihre Behauptung gab, konnte Major von Seebach die Demoiselle von Göchhausen nicht entlassen. Zumal Regierungsrath von Fritsch ein strenges Auge auf ihn hatte.

Louise setzte ihre Hoffnung auf Wilhelm, der sich um Jansen und Spinola kümmern wollte, und auf Herrn von Schiller, den der Major am Nachmittag aufsuchen würde.

Doch zunächst stand die Vernehmung des Emil Schandinger an. Er sah schlimm aus: verdreckt, die Kleider zerrissen, die Haare verfilzt. Zudem roch er äußerst streng. Leider redete Schandinger nur wirres Zeug und behauptete, keine Ahnung von Goldregen, Bohneneintopf oder Kuhpocken zu haben. Major von Seebach überlegte lange, ob Schandinger den Verwirrten nur spielte oder ob er wirklich desorientiert war. Schwer zu sagen. Er ließ ihn in die Gefängniszelle neben Louise von Göchhausen bringen.

Sodann einigte er sich mit von Fritsch darauf, ihn eine Nacht in Gewahrsam zu nehmen, am nächsten Tag noch einmal zu verhören und ihn dann, falls es erneut zu keinem Ergebnis kam, zu entlassen.

Als Major von Seebach bei Regierungsrath von Fritsch in dessen Büro weilte, erschien ein Husar und meldete, eine Frau von Bandewitz wünsche den Herrn Major zu sprechen.

Friedrich von Seebach sah den Regierungsrath an, überrascht, verwirrt. Er merkte, dass es von Fritsch ebenso ging. Der war bleich, als erwartete er einen Geist.

Die Schwiegermutter! So schoss es dem Major durch den Kopf, und er genoss diesen Wissensvorsprung gegenüber dem Regierungsrath. Schon rauschte eine Dame mit wehenden Rockschößen durch die Tür. Sie ging direkt auf den Major zu, der durch seine Uniform leicht erkennbar war.

»Herr Major von Seebach?«

»Jawohl. Was kann ich für Sie tun, Madame?«

»Ich bin Clementine von Bandewitz, die Schwiegermutter der getöteten Eleonore von Bandewitz.«

Der Major deutete eine höfliche Verbeugung an. »Ich bin im Bilde, Madame.« Er wendete sich dem Regierungsrath zu. »Dies ist der Generalpolizeydirektor, Herr von Fritsch.«

Karl Wilhelm von Fritsch legte keinen Protest gegen die verfrühte Beförderung ein. Frau von Bandewitz vollführte einen kleinen Hofknicks, von Fritsch erhob sich und nickte jovial.

»Dann muss ich mich wohl an Sie wenden, Herr Generalpolizeydirektor?«

»So ist es, gnädige Frau. Dürfen wir Ihnen einen Stuhl anbieten?«

»Danke, nein. Ich unterhalte mich lieber auf Augenhöhe.«

Friedrich von Seebach musste der Dame innerlich Respekt zollen. Sie schien es gewohnt zu sein, sich durchzusetzen. Clementine von Bandewitz war eine groß gewachsene schlanke Frau, etwa fünfzig Jahre alt. Sie war vollständig in Schwarz gekleidet. Der bodenlange Rock trug im unteren Teil drei Reihen Seidenstickereien. Die Ärmel verliefen kräuselnd bis hinauf an die Schultern, unter der schmalen Brust hielt ein Samtband das Kleid zusammen. Ein seltsamer schwarzer Hut türmte sich über ihrem Kopf auf, dunklen Wolken ähnelnd. Ihren schwarzen Umhang aus schwerem Wollstoff hatte sie abgelegt, der Husar trug ihn über dem Arm. Der Major winkte ihn hinaus auf den Flur und deutete ihm an, die Tür zu schließen.

»Ich muss Sie warnen«, begann Frau von Bandewitz sofort. »Dieser Conte de Spinato …«

»Meinen Sie Spinola?«, fragte der Major dazwischen.

»Meinetwegen.« Sie stutzte. »Sie kennen ihn?«

»Ja, ich habe bereits mit ihm gesprochen.«

»Dann wissen Sie ja sicher Bescheid.«

»Was meinen Sie, gnädige Frau?«

»Der Mann ist ein Schwindler. Er behauptet, ein Testament von Eleonore zu haben, in dem er als Erbe eingesetzt wurde. Das ist natürlich Unsinn.«

»Sind Sie sicher?«, fragte der Regierungsrath.

Clementine von Bandewitz verzog ihr Gesicht, als wollte sie den Regierungsrath und die halbe Welt für verrückt erklären. »Selbstverständlich. Das hätte meine Schwiegertochter nie zugelassen.«

Von Fritsch ging zwei Schritte auf sie zu. »Gehe ich recht in der Annahme, dass Sie ein gutes Verhältnis zu Ihrer Schwiegertochter hatten?«

Der Major war überrascht vom Regierungsrath. Das war ein kluger Schachzug.

Für einen kurzen Moment war die Madame sprachlos. »Ja, ja … sicher, unser Verhältnis war … gut.«

»Darf ich fragen, seit wann Sie in Weimar weilen?«, fragte der Major.

»Was soll das denn? Wollen Sie mich kontrollieren?«

Major von Seebach antwortete nicht. Manchmal war es besser, Worte einfach im Raum stehen zu lassen.

»Ich logiere im Hotel Elephant.«

Wieder entstand eine Pause.

Regierungsrath von Fritsch räusperte sich. »Gnädige Frau, darf ich Sie bitten, die Frage des Herrn Major zu beantworten? Seit wann logieren Sie im Elephant?«

Das Gesicht der Clementine von Bandewitz lief rot an. Major von Seebach merkte, dass sie Mühe hatte, die Contenance zu wahren. »Seit dem gestrigen Tage.«

»Wir danken Ihnen«, sagte der Major. »Wir werden uns selbstverständlich um diese Angelegenheit kümmern und auch Ihre Sorgen entsprechend berücksichtigen.«

»Davon gehe ich aus«, sagte die Dame.

»Eine letzte Frage noch, gnädige Frau. Falls dieses vom Conte erwähnte Testament tatsächlich nicht existiert, wer erbt dann das Landgut ihrer Schwiegertochter in Kleyn Kromstorff?«

»Das fällt zurück an unsere Familie, an die Familie von Bandewitz. Das hat mein Sohn Bernward vor seiner Hochzeit mit dies… also mit Eleonore so festgelegt.«

»Was heißt das genau? Wer in Person wird es erben?«, fragte von Fritsch.

»Es heißt in Bernwards Testament, dass es an seine Familie fällt und das derzeitige Familienoberhaupt weiter darüber bestimmen darf.«

Die beiden Männer sahen sie fragend an.

»Das Familienoberhaupt bin ich, und ich werde es an Bernwards Bruder Gero, meinen jüngsten Sohn, weitergeben.«

»Wir danken Ihnen«, sagte der Regierungsdirektor. »Ich darf Sie allerdings bitten, Weimar nicht zu verlassen, solange diese Angelegenheit nicht geklärt ist.«

Clementine von Bandewitz zuckte zusammen. »Das hatte ich sowieso nicht vor«, entgegnete sie.

Major von Seebach überlegte einen Moment, ob er ihr sagen sollte, dass er die Dauer ihres Aufenthalts im Hotel

Elephant überprüfen werde, beschloss dann aber, ihr nicht noch eine Demütigung zuzumuten.

Clementine von Bandewitz drehte sich um und verließ ohne ein weiteres Wort den Raum.

~~∞~~

Wilhelm hatte Schmerzen, sein Bauch brannte, Durst quälte ihn, doch niemand war da, um ihm zu helfen. Durch das Fenster sah er den sonnenüberstrahlten Himmel. Konnte es das letzte Mal sein, dass er dieses Blau wahrnehmen durfte? Er versuchte, ein Vaterunser zu sprechen, schlief aber schon nach zwei Sätzen wieder ein.

~~∞~~

Am Nachmittag besuchte Major von Seebach den allseits geachteten Dichter, Dramatiker und Arzt Friedrich von Schiller. In einem ausführlichen Gespräch erläuterte er ihm die außergewöhnlichen Umstände, die zu Louise von Göchhausens Verhalten während der Teegesellschaft geführt hatten. Herr von Schiller blieb skeptisch und berichtete dem Major bildgewaltig – wie es einem Dichter zugestanden werden kann – von seinen höchsteigenen Impressionen der Ereignisse, da er sogar versucht hatte, Louise von Göchhausen zur Vernunft zu bringen. Als der Major ihn bat, zu einer finalen Klärung beizutragen, indem er sich für eine Untersuchung der Meyerbeer'schen Katze an der Universität Jena einsetzte, sagte er sofort zu. Schiller erklärte sich bereit, einem Medicus namens Schrödinger eine Depesche zu senden, in der er ihn bat, am morgigen Donnerstag die Katze zu examinieren. Er zeigte dem Major genau auf, was er zu tun hatte. Von Seebach bedankte sich, salutierte und verließ Schillers Haus auf der Esplanade.

Auf dem Weg ins Rote Schloss kam er am Hotel Elephant vorbei. Kurz entschlossen ging er hinein und verlangte das Gästebuch zu sehen. Frau von Bandewitz war am Tag zuvor eingetroffen. Sie konnte ihre Schwiegertochter nicht ermordet haben. Der Fall Bandewitz klärte sich zusehends, Stück für Stück, Tag für Tag. Zurück im Roten Schloss, befahl er seinem Leutnant, mit zwei Gefreiten nach Apolda zu reiten, mithilfe von Denise Meyerbeer die Katze auszugraben und nach Jena zu bringen. Spätestens am morgigen Donnerstag gegen Mittag müsse sie dort bei einem gewissen Doktor Schrödinger eintreffen.

Erst dann ging der Major zu Herrn von Fritsch, um ihn über diese Maßnahme zu informieren. Da Friedrich von Seebach keinen Menschen zu exhumieren gedachte, sondern lediglich ein Tier, ließ der Regierungsrath ihn gewähren. Allerdings wies er den Major an, ihn zukünftig bei ähnlichen Aktionen vorab in Kenntnis zu setzen, und zwar schriftlich. Von Seebach stimmte zu, wenn auch widerwillig.

꧁☙꧂

Als Wilhelm wieder zu sich kam, hatte die Dämmerung bereits eingesetzt. Unter großen Mühen versuchte er, das Bett zu verlassen. Er hielt sich mit einer Hand an der Bettkante fest, setzte vorsichtig einen Fuß ab, drehte sich ganz langsam, stürzte zu Boden. Ein scharfer Schmerz schoss ihm durch die Eingeweide. Er atmete schnell und flach. Wie ein Ertrinkender schob er sich Stück für Stück hinüber zum Tisch, griff nach dem Wasserkrug, mühsam darauf bedacht, keinen Tropfen zu verschütten, hob er ihn von der Tischplatte herunter und trank gierig. Mit dem Rest spülte er seine Wunde. Viel Blut schien nicht ausgetreten zu sein, aber die Schmerzen waren fast unerträglich. Sein Kopf fühlte sich heiß an.

Auf dem Boden liegend fiel er in eine erneute Bewusstseinsdämmerung.

Louise hatte sich in ihrer Zelle im Untersuchungsgefängnis unter den beiden Decken vergraben, fror aber immer noch. Sie hatte schon oft von Menschen gehört, denen man Missetaten vorwarf, die inhaftiert und später, nach bewiesener Unschuld, wieder freigelassen worden waren. Zwei oder drei Tage im Gefängnis – viele Menschen ihres Standes meinten, das sei nichts Schlimmes. Auch sie selbst hatte sich dieser Meinung angeschlossen, zugegeben: ohne lange zu überlegen. Heute wusste sie, dass dies eine törichte Fehleinschätzung gewesen war. Selbst ein einziger Tag in der Zelle schien ihr unerträglich. Man war seines freien Willens beraubt, wurde gedemütigt, wie ein ungehorsamer Schüler in die Ecke gestellt, wobei diese Ecke auch noch vergittert war. Den gesamten Tag lang hatte sie über Wilhelm nachgedacht. Wie mochte es ihm gehen? Hatte er schon Beweise gefunden? Sie wollte ihm eine Nachricht zukommen lassen. Aber wie? Lange hatte sie überlegt. Der Major hatte sie nicht noch einmal besucht, er hielt sich wohl aus taktischen Gründen von ihr fern. Wen konnte sie als Boten einsetzen? Von hier, aus der Gefängniszelle – unmöglich.

Draußen setzte die Dämmerung ein. Und damit schienen sich ihre Gedanken aufzuhellen. Endlich hatte sie eine Idee. »Schandinger!«, rief sie durch die Gitterstäbe hinüber zur Nachbarzelle.

Als Wilhelm das nächste Mal aus den Tiefen seiner Bewusstlosigkeit auftauchte, war es draußen erneut dunkel. Ein Käuzchen rief. Er meinte, Wendela in ihrer Schlafecke schnurren zu hören, doch dann schlich sich die Erinnerung in seine Gedanken: Die Katze war tot. Mühsam hievte er sich zurück ins Bett. Die Anstrengung nahm ihm fast die Luft. Er hörte Stimmen, eine Männerstimme, die ihn zum Gehorsam rief, und eine Frauenstimme, die ihn als Vergewaltiger beschimpfte. Nein, nein, nein – das war das Schlimmste, was er sich vorstellen konnte, eine Frau gewaltsam zu intimen Handlungen zu zwingen. »Nein!«, schrie er laut. Dann schlief er ein.

Irgendwann begann es zu regnen. Laut und regelmäßig schlugen die Tropfen auf das Dach der Scheune, beruhigend, einschläfernd, fast schon gemütlich. Langsam stellte er sich darauf ein, in diesem verlassenen Winkel sein Leben auszuhauchen. Es machte ihn traurig, denn er hatte noch so viele Pläne. Und er hatte Angst. Wie würde der Tod ihm begegnen? Als schwarzer Sensenmann, der ihm den Kopf abschlug? So behaupteten einige Kirchenmänner den Sündigen gegenüber. Oder als heller Lichtkegel, der ihn anzog, ihm Erlösung versprach? So hatte ein Soldat berichtet, der auf dem Schlachtfeld knapp dem Tod entkommen waren. Für den Moment war es ihm fast gleichgültig, denn er war unendlich müde und wollte nur noch schlafen.

21. Kurz und gut: von der Liebe

Donnerstag, 18. Oktober 1804

Als Wilhelm wieder aufwachte, tat ihm sein Bauch immer noch weh, aber die stechende Qual war einem ruhigen, friedlichen Schmerz gewichen. Trotz der heftigen Alpträume, die ihn geschüttelt hatten, fühlte er sich etwas kräftiger, auch war die Hitze aus seinem Kopf gewichen. Durch das kleine Fenster der Hirtenkammer fiel Tageslicht herein, er musste lange geschlafen haben. Wilhelm versuchte, sich zu orientieren, seine Sinne hatten ihm in den letzten Stunden so manchen Streich gespielt. Er meinte, das Quietschen der Tür zu hören und frische, regengereinigte Luft einzuatmen. Geschah das wirklich? Stand da ein alter Mann vor ihm?

Ja, tatsächlich, er stand da, mitten in der Kammer, zerrissene Kleider, verfilzte Haare, nass von Kopf bis Fuß.

»Sapperlot, was is 'n das?«, fragte der Fremde.

Wilhelm wusste nicht, wer der Mann war und was er hier wollte, freute sich aber unbändig darüber, dass ein menschliches Wesen den Weg zu ihm gefunden hatte. Er zeigte auf seinen Bauch.

Der Mann knöpfte vorsichtig das Samtwams auf. Wilhelm hielt die Luft an, weil er fürchtete, der scharfe Schmerz könnte zurückkommen. Aber er blieb aus. Der alte Mann hob die Augenbrauen.

»Messer?«

Wilhelm nickte.

»Direkt am Solarplexus, auweia!«

Wilhelm nickte erneut.

»Nich' gefährlich, Stich is' flach!« Dabei lachte er und zeigte einige schwarze Zahnstumpen. »Aus 'ner Drehung gestoch'n?«

»Ja«, antwortete Wilhelm. Woher wusste der Kerl das?

»Zum Glücke, sonst wärsde tot!«

Der Fremde schien eine Art Medicus zu sein. Wilhelm fasste Vertrauen zu ihm.

»Muss Kräuter besorgen, nich' weglaufen!« Der Mann grinste.

Wilhelm lächelte schwach. Zum ersten Mal seit dem Kampf mit seinem Bruder. »Wer bist du?« Mühsam bewegte er seine Lippen.

»Schandinger, Emil.«

Wilhelm hatte diesen Namen schon einmal gehört, konnte ihn aber momentan nicht zuordnen, in seinem Gedächtnis herrschte dichter Nebel.

»Soll dich grüßen von Madame Göchhaube oder so.«

»Göchhausen?«

»Ja.« Emil schien kein Freund langer Sätze zu sein.

»Hat sie noch etwas gesagt, eine Nachricht geschickt?«

»Du sollst zu Annette geh'n.«

»Mehr nicht?«

»Nee!« Damit verließ er die Kammer. Von draußen rief er: »Die Gatze habbich beerdscht!«

Das verschaffte Wilhelm eine gewisse Beruhigung, wenigstens hatte Wendela eine ordentliche Beerdigung bekommen. Mit diesem Gedanken schlief er ein.

Wilhelm hatte keine Ahnung, wie lange Emil Schandinger weg gewesen war. Als er wieder die Hirtenkammer betrat, regnete es immer noch. Schandinger holte verschiedene Kräuter unter seiner Jacke hervor. Aus der einen Sorte rollte er eine Art Zigarre und zündete sie an.

»Rauch das maa, tut guut!«

Wilhelm nahm zwei ordentliche Lungenzüge. Wie zu erwarten, überkam ihn ein Hustenanfall.

»Nu weiter!«, rief Emil Schandinger und Wilhelm gehorchte.

Der alte Mann fertigte aus großen Blättern eine Kompresse, die er vorsichtig auf die Wunde legte. Dann zog er ein Messer aus dem Gürtel, trennte fein säuberlich das Futter aus Wilhelms neuem Gehrock – der Hofschneider hätte einen Weinkrampf bekommen – und stellte daraus mit Geschick einen Verband her, der die Kräuterkompresse am rechten Platz hielt.

Der Zigarrenrauch, den Wilhelm sonst nicht leiden konnte, hatte seiner Erinnerung auf die Sprünge geholfen. Emil Schandinger, der Mann aus Denstedt, den der Major suchen ließ.

»Bist du der Mann von Margarete und der Vater von Rosine?«

»Jo.«

»Sag mal, Emil, was ist mit deiner Frau und deiner Tochter geschehen?«

»Nu, die ham Probleme, genauso wie ich. Die Margarete un ich, wir ham zusamm gelechen, bevor wir geheirat' ham. Als sie trächtich war, ham wir sofort die Hochzeit angemeld, bei diesem Oberheiligen Günther. Es ganze Dorf hat sich das Maul zerrissen. Dazu gam dann meine Tätchgeit als Medizinmann. Alle ham sich über mich lustich gemacht. Und über Marga ham se geschimpft. Een Mann hier aus Weimar, der hat Pilze verwechselt unn is fast dran verreckt. War aber nich' Margas Schuld. Die gennd sich aus. Un Rosinchen war komplett durch'nander. Nu ja, sie hat manchmal Pech beim Denken.«

»Und auch beim Handeln?«

»Jo. Das Tuchendhafte liecht ihr nich so. Unn so isses gegomm, wie's gomm musste. Unsere Familie is zerbrochen.«

Wilhelm erkannte, dass sich manche Menschen das Leben der Anderen so hinbiegen wollten, wie es ihrer Ansicht nach zu sein hatte. Nicht nur Könige und Fürsten konnten das, nein, auch der gemeine Mann oder die gemeine Frau.

»Un alleene schon unser Name, Schandinger. Da dengt mer doch sofort an Schande. Is' es dir nich' ooch so gegangen?«

Wilhelm beließ es bei einem schlichten »Nein!« und wusste, dass diese Notlüge diesmal wirklich notwendig war.

»Warum hast du eigentlich dem Conte di Spinola den Tod seiner Frau durch Schlagfluss bescheinigt?«

»Ganz eenfach: Er hat mich dafür bezahlt!«

Angesichts des jämmerlichen Zustands von Schandinger war das für Wilhelm nachvollziehbar. Wahrscheinlich war der Conte dabei noch gut weggekommen. Und noch eine Frage konnte er dem Emil nicht ersparen: »Es gibt das Gerücht, du hättest der Marga Gewalt angetan.«

»Nu ja«, Schandinger vollendete den Verband, und Wilhelm hatte den Eindruck, dass er seinem Blick auswich. Wilhelm hätte gern gewusst, was dieses »Nu ja« genau bedeutete, doch jetzt setzte die beruhigende Wirkung der Kräuterzigarre ein, er fühlte sich gut, die Schmerzen hatten ihn endlich verlassen, er lachte ohne Grund und hatte das Gefühl, über dem Bett zu schweben.

»Ich kann doch nicht zu der kleinen Annette gehen in meinem Zustand«, lallte er.

»Nee, heut und morchen bestimmt nich! Übrichens, die Madame hat gesacht, ich grich neue Gleider von dir.«

»Ja, hier die neuen, Louise hat sie bezahlt, du kannst sie

haben. Den Gehrock hast du etwas malträtiert, kann man aber noch tragen.«

»Nee, so was Feines zieh ich nich an. Was hast 'n sonst noch?«

»Meine Handwerkerkluft, da in der lustigen Truhe, hihihi!«

Emil hob den Truhendeckel. »Nu gugge da, glar, die nehm' ich.«

Schandinger zog seine alte, zerfetzte Hose aus, Sekunden später stand er da in den Arbeitskleidern eines Tischlers. Die Hosenbeine waren zu lang, er schlug sie um.

Wilhelm schob seinen Unterkiefer zustimmend nach vorn. »Gut so. Jetzt musst du nur noch meinen braunen Filzhut aufsetzen, damit man deine wirren Haarbüschel nicht mehr sieht. Der hat zwar ein paar Löcher, aber die fallen kaum auf.«

Emil Schandinger folgte seinem Rat. »Was is 'n eichentlich mit den Papieren hier?« Er zog ein paar beschriebene Blätter aus der Truhe hervor.

»Meine Güte, das Testament, mein Trumpf im Ärmel, das habe ich ganz vergessen. Zeig mal!«

Wilhelm versuchte, das Testament zu entziffern, etwas zu erkennen. Erst zerflossen die Buchstaben, kurz darauf tanzten sie vor seinen Augen hin und her.

»Das muss zu Annette!« Sie würde wissen, was damit zu geschehen hatte.

Wilhelm atmete tief durch und versuchte, sich zu konzentrieren. »Pass auf, Emil, die Demoiselle hat gesagt, ich soll zu Annettchen gehen. Das geht nicht, kann ich nicht, aber du könntest das übernehmen, du bringst Annette von Auerbach das Testament. Natürlich kennt sie dich alten Burschen nicht, aber allein die Zunftkleidung ist ein Zeichen, das wird sie verstehen!«

»Sapperlot, meinsde echt?«

»Ja, bestimmt. Wenn es klappt, bekommst du außer den Kleidern zehn Groschen obendrauf.«

»Echt jetzte?«

»Ja, wirklich. Wenn die Auerbachs die Papiere nicht annehmen, bringst du sie zurück zu mir.«

»Nu gut, dann geh' ich das Wachnis ein.«

Wilhelm überlegte, Annette eine Nachricht auf die Rückseite des Testaments zu schreiben, aber er hatte weder Feder noch Tinte. Auch war keine Feuerstelle in der Nähe, aus der er ein Stück Kohle hätte entnehmen können. Und ob er in seinem gegenwärtigen Zustand hätte leserlich schreiben können, war zu bezweifeln. Mit schwerer Zunge erklärte er Schandinger, wohin er gehen musste. Dann nahm er zwei weitere Züge von der Kräuterzigarre und ließ sich von dem Rauch mit einer gewissen inneren Zufriedenheit ins Nirwana hinübertragen.

»So isses gud, rooch ma noch eene!« Damit verließ Schandinger die Hirtenkammer.

―⁂―

Annette saß am Fenster ihres Zimmers im ersten Stock des Auerbach'schen Hauses und verbrachte den gesamten Vormittag damit, dem Regen zuzuschauen, der, einem Sturzbach ähnlich, an der Scheibe herabfloss. Und sie dachte an Wilhelm. Noch am vergangenen Wochenende war sie innerlich so weit von ihm entfernt gewesen wie Europa von einem stabilen Frieden. Doch am Montag hatte Tante Louise mit ihr gesprochen und versucht, ihr klarzumachen, dass es Gründe für Wilhelms seltsames Verhalten gab und sie selbst ihn sogar dazu animiert hatte. Annette betrachtete das als Ausrede und wunderte sich darüber, dass ihr Tantchen diesen Tischlergesellen unterstützte. Was war da los? Es schien eine Verbindung zwischen den beiden zu geben, eine Verbindung, die ihre Tante verheimlichte. Sie müsse ihr glauben, hatte Louise mehrmals gebeten, aber Annette schaffte es nicht. Über eine Stunde war das Gespräch der beiden Frauen hin- und hergewogt, hatte zwischen Vertrauen und Misstrauen geschwankt, zwischen Ehrlichkeit und Zurückweisung. Endlich, als Annette schon das Zimmer verlassen wollte, begann Tante Louise, sich zu öffnen. Sie verlangte von ihrer Nichte Geheimhaltungsschwüre, die sie bekam, und erklärte sodann, dass es um die Aufklärung zweier Morde ging.

Ihre Tante jagte Mörder? Annettes Respekt vor ihrem Tantchen war gestiegen. Auch begann ihre Abneigung gegen Wilhelm zu bröckeln. Sie erinnerte sich an das erste Treffen mit ihm im Tieffurther Park, als er mit wirrem Haar aus der Gartenhütte aufgetaucht war, an sein frisches Lächeln und daran, dass er ihren Namen gekannt hatte, bevor sie sich vorgestellt hatte. Woher? Sie musste sich eingestehen, dass ihr das imponiert hatte.

Um den offiziellen Charakter der Mission darzustellen, hatte Tante Louise berichtet, ein herzoglicher Offizier habe die Führung übernommen. Die Anweisung lautete, dass Annette auf keinen Fall mit irgendjemandem darüber reden dürfe. Annette hatte sich zunächst daran gehalten.

Seit Mittwoch war dieses Diktum jedoch reinste Makulatur. Das Weimarische Wochenblatt hatte eine Enthüllung aller Details vom Montagabend während der Teegesellschaft der Serenissima gebracht. Darin war auch zu lesen, dass die Demoiselle von Göchhausen vorläufig wegen Behinderung der Justiz festgesetzt worden war. Annette machte sich große Sorgen um ihre Tante.

Onkel Ferdinand sorgte sich um etwas anderes. Er war als Präzeptor am Weimarer Wilhelm-Ernst-Gymnasium tätig und hoffte inständig, der Nachfolger des bisherigen Direktors Karl August Böttiger zu werden, der Weimar in Richtung

Dresden verlassen hatte. Dazu musste er allerdings gegen seinen Kollegen Professor Heinrich Voß antreten. Seine Sorge galt dementsprechend weniger Louise, sondern hauptsächlich seinem guten Ruf, denn schließlich war er ja – wenn auch nur entfernt – mit Louise verwandt.

Das brachte Annette zwangsläufig auf einen zweiten Gedankengang, während der Regen wie himmlische Schnüre zwischen den Häusern hing: die Frage nach ihrer eigenen Zukunft. Hatte sie eine Chance, als selbstbestimmte Frau, nicht in Abhängigkeit von ihrem Patenonkel, zu leben? Sie wollte ihn nicht beleidigen, denn er und seine zweite Ehefrau, Tante Ernesta, hatten sie nach dem Tod ihrer Eltern liebevoll aufgenommen und umsorgt. Nur eines wusste sie: Dieses Umsorgen bedeutete zugleich ein Leben im güldenen Käfig, ohne die Möglichkeit, ihre Schwingen auszubreiten. Statt tagelang an langweiligen Handarbeiten zu sitzen und die Gäste ihres Onkels zu unterhalten, wollte sie Schriftstellerin werden und mit ihren Werken Geld verdienen. Caroline Schelling war ihr großes Vorbild. Sie hatte einige Jahre in Jena verbracht, dort mit ihrem inzwischen geschiedenen Ehemann August Wilhelm Schlegel mehrere Shakespeare-Werke übersetzt und auch eigenständige Schriften verfasst. Und Caroline war willens und in der Lage gewesen, sich ihre Männer selbst auszuwählen. Sie hatte sich von Schlegel scheiden lassen und ihren Geliebten Friedrich Schelling geheiratet. Dieser Aspekt war Annette besonders wichtig. Einen Mann ohne Liebe zu heiraten, von den Familien arrangiert, vielleicht sogar aus wirtschaftlichen oder machtpolitischen Gründen, so wie es allgemein üblich war, nein – das war für sie unvorstellbar. Ihr Vater hatte ihr vor Jahresfrist, kurz vor seinem Tod, noch beibringen wollen, dass sie wegen ihres verkrüppelten Fußes nicht zu wählerisch sein dürfe bei der Auswahl ihres zukünftigen Gatten. Vermutlich hatte er diesen Leitsatz der Heiratsanbahnung auch an seinen Bruder Ferdinand weitergegeben. Dies hatte Annette bereits den Reden ihres Onkels entnommen, mehr zwischen den Zeilen als in deutlicher Sprache. Aber das wollte sie nicht einsehen, und um genau eine solche Hochzeit zu vermeiden, musste sie eine unabhängige Lebensgrundlage finden. Sobald sie jedoch nur ansatzweise davon sprach, Geld verdienen zu wollen, brach Onkel Ferdinand das Gespräch ab. Wilhelm würde ihre Haltung sicher verstehen. Er schien ihr trotz seiner einfachen Schulbildung sehr klug und lebensgewandt. Meine Güte – was für Gedanken irrten da durch ihren Kopf? Woher wollte sie das wissen?

Nach dem Mittagessen, sie saßen noch bei Tisch, kündigte sich Besuch an. Annette hörte Stimmen, Diskussionen am Portal, die sich eine Weile hinzogen, bis ihr Onkel schließlich aufstand, ihr mit einer klaren Handbewegung bedeutete, sitzen zu bleiben, und zur Tür ging. Dort beendete er das Gespräch mit wenigen kurzen, lauten Sätzen. Als er zurückkehrte, hielt er einige beschriebene Blätter in der Hand. »Schon wieder so ein ... Handwerksbursche!«

»Wer war das denn?«, fragte Annette in ruhigem Ton, Desinteresse vortäuschend.

»Nicht der von neulich, ein älterer Mann in schwarzer Handwerkskleidung. Er behauptete, die Blätter seien für dich, so ein Unsinn!« Er lief in Richtung Kaminfeuer.

Annette erhob sich. »Die Schriften sind für mich, Onkel!«

»Na hör mal ...«

»Bitte behandeln Sie mich nicht wie ein Kind. Ich bin erwachsen.«

Für einen Moment herrschte Unschlüssigkeit im Raum.

»Du solltest sie ihr geben«, sagte die Tante schließlich.

Mit bitterer Miene reichte Ferdinand von Auerbach ihr die Papiere.

Annette sah die Blätter durch. »Das könnte helfen, Tante Louise aus dem Gefängnis zu befreien.«

»Tatsächlich?«, rief Ernesta von Auerbach. »Das ist ja wunderbar!«

»Ich muss diese Papiere unbedingt zu der richtigen Person bringen«, sagte Annette.

»Du willst doch nicht etwa allein durch die Stadt gehen?«, fragte der Onkel empört.

»Warum nicht?«

»Na also, das gehört sich nicht für eine Frau aus dem Hause von Auerbach!«

»Lieber Onkel, Sie wissen sicher, dass mich das nicht im Geringsten stört!« Annette wurde immer mutiger.

»Aber mich, dann gehe ich eben mit«, entgegnete Ferdinand von Auerbach.

»Nein, danke!«, sagte Annette entschieden.

Ihr Onkel hob gerade zu einer Wutrede an, als seine Frau dazwischenging. »Ich begleite Annette.«

»Von mir aus«, sagte Onkel Ferdinand.

»Von mir aus«, sagte Annette.

⁓☙⁓

Annette und Tante Ernesta kleideten sich an und verließen das Auerbach'sche Haus. Nach dem Regen herrschte eine feuchtkalte Herbstwitterung. Sie trugen beide eine mit Pelz verbrämte Pelisse, die Tante hatte zusätzlich einen der modernen *parapluies* bei sich. Annette blieb nichts anders übrig, als Tante Ernesta, die sie so mutig unterstützt hatte, in ihre Pläne einzuweihen. Die Papiere, die der Unbekannte ihr zugespielt habe, so erklärte sie im Gehen, hätten sich als das Testament der Eleonore von Bandewitz herausgestellt, das sie einen Tag vor ihrem Tod unterschrieben habe.

»Der Begünstigte ist der Conte di Spinola. Das Testament kann damit als Beweis dienen, dass der Conte Frau von Bandewitz nur geheiratet hat, um sie anschließend zu töten und zu beerben.«

Tante Ernesta blieb stehen. »Kaum zu fassen, Annette.« Ihr Antlitz glich dem Weiß eines Briefbogens. »So viel Schlechtigkeit und Verbrechertum ... Das kann ich mir gar nicht vorstellen.«

Annette war dies eine Bestätigung ihres Freiheitsbegriffs, der nicht nur persönliche Entfaltung, sondern leider – aber notwendigerweise – auch Erfahrungen betrüblicher Art beinhaltete.

Nun wollte die Tante wissen, wohin ihr Weg sie eigentlich führe. Zu Henriette von Fritsch, gab Annette Auskunft. Das finale Ziel ihrer Aktion sei allerdings deren Ehemann, Karl Wilhelm von Fritsch, der Regierungsrath. Nur leider sei es so, dass eine Frau ein in der Öffentlichkeit vorgetragenes Argument schlechter durchsetzen könne als eine Ehefrau gegenüber ihrem Gatten in den eigenen vier Wänden. Ihre Tante sah sie fragend an, so als sei sie noch nie auf diesen Umstand aufmerksam geworden. Dann jedoch nickte sie, und Annette konnte ihrem Gesichtsausdruck eine weibliche Solidarität entnehmen, verbunden mit einer gewissen Hochachtung.

Sie liefen weiter.

~◦~

Annette hatte zunächst Mühe, sich bei Henriette von Fritsch überhaupt Gehör zu verschaffen. Als sie jedoch darauf hinwies, dass Frau von Fritsch helfen könne, ihre Freundin Louise von Göchhausen aus dem Gefängnis zu befreien, erklärte sich diese mit der ihr zugedachten Aufgabe einverstanden. Vor dem Abend sei allerdings nicht mit der Heimkehr ihres Ehemanns zu rechnen. Annette bedankte sich.

Auf dem Rückweg kreisten ihre Gedanken um den ominösen älteren Handwerker, der das Testament gebracht hatte. Warum schickte Wilhelm einen Arbeitskameraden und kam nicht selbst? War ihm womöglich etwas passiert? Mit Macht überfiel sie die Ahnung, dass Wilhelm in Not war. Auch wenn sie das niemandem offenbart hätte, so spürte sie tief in ihrem Innern, dass sie sich um Wilhelm sorgte. Sie erinnerte sich an ihr Treffen auf dem Marktplatz. Den Brief von Tante Louise hatte sie leider nicht lesen können, da er versiegelt war. Aber auf der Rückseite des Einlassscheins hatte sich eine Handskizze als Wegbeschreibung befunden. Es dauerte nur Sekunden, bis ihr die Anordnung der Striche wieder ins Gedächtnis kam. Sie lief so schnell, wie es mit ihrem fehlgebildeten Fuß möglich war, in Richtung Schwanseegatter. Die Tante musste ihr folgen, ob sie wollte oder nicht, sie schimpfte und zeterte hinter ihr her, so lange, bis sie realisierte, dass dieses Mädchen einfach nicht aufzuhalten war.

※

Er lag immer noch auf seinem Strohlager, als die Tür der Hirtenkammer aufgestoßen wurde.

»Wilhelm?« Die Stimme, der Tonfall – das alles klang nach Annette. Lieber Gott, wie sah er aus? Wilhelm fuhr sich mit der Hand durch seine braunen Locken, doch da war nichts mehr zu retten.

»Halt!«, rief eine ältere Frauenstimme. »Lass mich vorgehen!« Das klang so, als wollte die ältere Frau Annette beschützen. Aber wovor? Vor dem Blut- und Eitergestank, der sich in der Hirtenkammer ausgebreitet haben musste? Vor dem, was man den Dornenweg des Lebens nannte, auf dem jeder Mensch seinen Fußabdruck hinterließ? Oder vor Wilhelm selbst?

Er lächelte die Frau an. Sie trug eine weiße Haube, die schief auf ihrem Kopf saß.

»Was ist mit Ihnen?«, fragte sie.

»Ich wurde überfallen«, er deutete auf seinen Bauch, »Messerstich!«

Annette schrie auf, sie stürzte zu ihm, kniete sich vor sein Bett und weinte. »Wilhelm!«

Er nahm ihre Hand.

Die fremde Frau trat neben die beiden. »Geh zur Seite, Annette! Wenn er uns wegstirbt, hast du nichts mehr zum Festhalten.«

»Das ist Ernesta von Auerbach, meine Tante«, flüsterte Annette, als spräche sie mit einem kranken Kind. »Wir helfen dir!«

»Wer hat die Wunde verbunden?«, fragte Tante Ernesta.

»Emil«, antwortete Wilhelm.

Die Tante nickte anerkennend. »Gut, dieser Emil. Ich habe als junge Frau im Siebenjährigen Krieg viele solcher Verbände angelegt, der hier ist gut. Auch die Kräuter sind die richtigen. Allerdings muss der Verband gewechselt werden. Wir brauchen frisches Leinen.« Sie ließ ihren Blick durch die Kammer schweifen. »Zudem hat der arme Tropf nichts zu trinken und nichts zu essen.«

Annette sah sie flehend an.

»Ich besorge das alles, Annette, du bleibst hier! Ich gehe davon aus, dass er zu nichts in der Lage ist, außer Händchen zu halten.« Damit verließ Tante Ernesta die Kammer.

Wilhelm bemerkte, dass Annettes grüne Augen strahlten.

»Halt mich bitte fest!«, sagte er. Sie drückte seine Hand. Beide schauten durchs Fenster, hinaus in den Himmel, der voller Wolken war, voll schöner, tiefer Regenwolken, die schnell von dannen zogen, zu einem unbestimmten Ziel.

Dann sagte Wilhelm: »Dein Tantchen Louise, sie möchte so gern die Patin unseres ersten Kindes werden!«

Sie drehte den Kopf ruckartig herum, stützte kniend die Hände in die Hüften und musterte ihn herausfordernd. »Wilhelm Gansser, soll das etwa ein Heiratsantrag sein?«

»Ja«, sagte Wilhelm. Er fand, dass es keiner weiteren Worte bedurfte.

»Hat sie das vorgeschlagen oder hast du es ihr angeboten?«

»Ich habe es ihr angeboten, weil sie doch keine eigene Familie hat, verstehst du?«

Sie sah aus dem Fenster. »Ja, das verstehe ich.«

»Und, was meinst du dazu?«

Er konnte ihr Gesicht nicht erkennen und bekam plötzlich Angst. Vielleicht war er zu forsch vorangegangen.

Sie wandte sich ihm wieder zu. »Willst du mich denn wirklich haben mit diesem ... Fuß?«

»Natürlich, Liebste!«

»Sicher?«

»Ganz sicher!«

»Aber nur ...«

Wilhelm zitterte.

»... wenn ich den Namen für unser Kind aussuchen darf!«

Er wäre vor Freude am liebsten aus dem Bett gesprungen, doch allein der Versuch tat irrsinnig weh, immerhin, er konnte sich setzen und sagte: »Selbstverständlich, meine Liebste, das darfst du. Ich bin so glücklich, dass ich dich gern küssen möchte.«

Annette lächelte. Sie näherten sich einander, angezogen durch diese unwiderstehliche Kraft, die man Liebe nennt. Ihre Lippen fanden sich, zuerst zart und unsicher, dann leidenschaftlich, inbrünstig, hingebungsvoll. Wilhelm badete in

Annettes Düften, in ihrem Atem, das Glück überflutete ihn, alle Zaghaftigkeit und Verschwiegenheit war dahin. Nach einer Zeit, deren Dauer er nicht einschätzen konnte, die für ihn aber noch Tage hätte weiterbestehen können, lösten sie sich voneinander. Wilhelms Kopf brannte. War es das Fieber oder die Hitze der Liebe? Er fiel zurück auf sein Strohlager und sank in einen Dämmerzustand.

Erst als er draußen Schritte hörte, kam er wieder zu sich. Die Tante erschien, sofort fragte sie: »Na, habt ihr euch tugendhaft verhalten?«

»Ja, Tante«, sagte Annette. »Wir haben uns nur verlobt, sonst nichts!«

Wilhelm liebte sie dafür.

Tante Ernesta ließ sich auf den Stuhl fallen und gab einen tiefen Seufzer von sich. »Annettchen, das war ein Scherz, oder?«

»Nein, Tante, das war mein voller Ernst.«

Ernesta von Auerbach überlegte einen Moment. Dann sagte sie an Wilhelm gerichtet: »Ich kenne Annette inzwischen so gut, dass es keinen Sinn macht, ihr etwas auszureden. Ich weiß nur nicht, wie ich das Ferdinand erklären soll.«

»Machen Sie sich bitte keine Sorgen«, sagte Wilhelm. »Ich habe da schon eine Idee.«

»Sie?« Die Tante hob die Augenbrauen. »Sie haben eine Idee?«

»So ist es. Lassen Sie sich überraschen. Bitte!«

Und Annette warf ihm einen Blick zu, so als wollte sie sagen, dass sie ihn dafür liebe.

Wilhelm musste sich im Liegen mehrmals drehen, damit Tante Ernesta den Verband abnehmen konnte. Das fiel ihm schwer, aber die Schmerzen waren erträglich. Als Annette die Wunde erblickte, stöhnte sie auf und rannte hinaus an die frische Luft. Ihre Tante betrachtete den Messerstich routiniert, meinte, die Heilung schreite gut voran, griff nach einer Flasche und schüttete eine großzügige Portion Branntwein ohne Vorwarnung über Wilhelms Bauch. Er schnappte nach Luft, stöhnte auf, schloss die Augen und versuchte, den Schmerz wegzuatmen. Seine Wunde brannte wie tausend Brennnesseln. Die Tante entschuldigte sich und meinte, das müsse sein. Dann bedeckte sie die Wunde mit dem Rest der Kräuter, die Emil übrig gelassen hatte, und legte mit frischem, sauberem Leinen einen neuen Verband an. Wilhelm trank Wasser und aß ein Stück Brot. Danach fühlte er sich besser.

Draußen sprach Annette mit einem Mann. Es stellte sich heraus, dass es der Kutscher der Familie von Auerbach war, der ihn nach Hause bringen sollte. Wilhelm wehrte sich, er wollte nicht zu seinen Eltern und auf keinem Fall seinem Ziehvater – diesem Heinrich Gansser – begegnen. Die Tante erklärte ihm, dass sie mit »nach Hause« das Haus derer von Auerbach gemeint habe. Diese Großzügigkeit machte Wilhelm sprachlos. Das bedeutete jedoch auch, dass die Konfrontation mit Ferdinand von Auerbach schneller erfolgen würde, als er vermutet hatte.

Wilhelm schleppte sich mithilfe des Kutschers auf den Rücksitz der Auerbach'schen Berline. Annette hielt ihm die Hand, trotzdem wurde es die längste Fahrt seines Lebens.

Endlich angekommen, halfen der Kutscher und ein Pferdeknecht ihm auf ein klappbares Feldbett, trugen ihn ins Haus und legten ihn zunächst im Foyer ab. Die Zofe der Tante schrie vor Schreck auf, als sie ihn sah. Das rief umgehend den Hausherrn auf den Plan. Ferdinand von Auerbach schritt langsam die Treppe herunter, sein Gesicht wurde rot und roter, seine Augen traten hervor, und sein Doppelkinn schien derart anzuschwellen, dass er Wilhelm an einen kampfbereiten Truthahn erinnerte. Annette erklärte ihm, dass Wilhelm verletzt sei und es die Menschenpflicht der gesamten Familie sei, ihm zu helfen.

Mit puterrotem Kopf befahl der Onkel, Wilhelm in den Keller zu bringen. Annette weinte, Tante Ernesta ging in den Salon und warf die Tür hinter sich zu. So kam Wilhelm von der halbdunklen Hirtenkammer in einen dunklen Kellerraum. Trotzdem besser, dachte er, denn er war nicht mehr allein. Annette war in seiner Nähe. Mit diesem Gedanken schlief er ein, ohne zu wissen, ob es draußen noch hell oder schon dunkel war, ob es regnete oder nicht und ob die schönen, dunklen Wolken immer noch zu demselben, unbekannten Ziel zogen.

∽§∾

Als er wieder erwachte, saß Annette neben ihm auf dem Boden, die Augen voll Tränen. »Mein Onkel wollte, dass die Bediensteten dich versorgen, aber das lasse ich nicht zu, ich will mich selbst um dich kümmern. Ich habe dir Decken mitgebracht, etwas Wein und Reste vom Mittagessen, Huhn und Kartoffeln.«

»Danke, meine Liebste.«

Er aß mit Heißhunger und trank den Wein – in kleinen Schlucken, denn er wollte in Auerbachs Keller bei Sinnen bleiben.

Annette hob die Schultern. »Ich weiß nicht, wie wir es anstellen sollen, meinen Onkel umzustimmen. Wir können nur warten, bis du kräftig genug bist, den Keller auf eigenen Füßen zu verlassen, und dann ... dann gehe ich mit dir!«

»Ich habe eine andere Idee, Liebste. Sag deinem Onkel bitte, dass ich ihn zum Duell auffordere. Besser noch: Teile ihm mit, ich verlange Satisfaktion!«

Annette hielt sich die Hände vors Gesicht. »Wilhelm, du kannst doch nicht ...«

»Nein, nein, keine Sorge, nur Adlige, Offiziere und Studenten duellieren sich, sagt jedenfalls der Major. Und schließlich gehöre ich keiner der drei Gruppen an. Sag es ihm trotzdem, vielleicht kommt er vor lauter Empörung hierher, ich muss unbedingt mit ihm sprechen.«

∽☙∾

Es dauerte keine fünf Minuten, bis Ferdinand von Auerbach die Kellertreppe herunterpolterte und in Wilhelms Kellerraum stürmte. »Ist Er des Wahnsinns, Mann, ich duelliere mich doch nicht mit ...«

»Moment, bitte!« Wilhelm erhob sich, mühsam, aber es gelang ihm. Auge in Auge. Gleiche Chancen. »Entschuldigen Sie, werter Herr von Auerbach, das Duell war nur ein Vorwand, um mit Ihnen sprechen zu können. Vielen Dank, dass Sie mich hier aufgenommen haben. Wären Sie so gütig, mir zwei Minuten Ihrer Zeit zu gewähren? Es ist wichtig und betrifft die Zukunft Ihrer Nichte!«

∽☙∾

Eine Viertelstunde später verließ Ferdinand von Auerbach den Kellerraum. An der Tür drehte er sich noch einmal zu Wilhelm um und sagte: »Also gut, das Wortduell haben Sie gewonnen!«

Dann stieg er die Treppe hinauf ins Foyer, verschwand kurzzeitig in seinem Büro und befahl anschließend seinem Diener, einen Brief zum Hofprediger Günther zu bringen und auf Antwort zu warten. Die Standuhr im Foyer zeigte kurz vor acht am Abend. Nach vierzig Minuten des ungeduldigen Ausharrens, währenddessen sich Auerbach nicht in der Lage sah, seiner Frau oder seiner Nichte auch nur ein Sterbenswörtchen von dem Wortduell mitzuteilen, erschien der Diener mit einem Antwortbrief. Der Hausherr las ihn, nickte und befahl seinen Bediensteten, Wilhelm ins Gästezimmer zu bringen und ihn mit Essen und Trinken zu versorgen.

Annette und ihre Tante staunten, wussten nicht, was passiert war, und konnten sich nicht entscheiden, ob sie lachen oder weinen sollten.

~·~

Kaum war Wilhelm im Gästezimmer einquartiert worden, stürmte Annette herein, voller Freude und ungeduldiger Neugier, denn sie wollte wissen, was Wilhelm mit ihrem Onkel besprochen hatte. Wilhelm berichtete, dass er keine lange Vorrede angestimmt, sondern direkt um ihre Hand angehalten hatte.

Annette strahlte übers ganze Gesicht, fiel dann aber schnell in eine düstere Stimmung zurück, da sie sich denken konnte, dass Wilhelm keinen Erfolg gehabt hatte.

Natürlich, wie zu erwarten, hatte der Onkel sein Ansinnen als Frechheit abgelehnt, worauf Wilhelm fragte, welche Bedingungen er denn erfüllen müsse, um Annette ehelichen zu dürfen. Von dieser Frage überrascht, entspann sich eine Art Wortduell. Des Onkels Antwort lautete, der Kandidat müsse mindestens von adligem Stand sein, etwas Reichtum wäre von Vorteil und eine gute Erziehung natürlich, auch gutes Aussehen könne nicht schaden. Sonst nichts? Nein, das reiche, so der Onkel.

Annette war empört. Sie vergoss Tränen. Wilhelm kannte den Grund: Nicht mit einem einzigen Wort hatte ihr Vormund von Liebe gesprochen. Oder wenigstens von Sympathie, nein, nichts dergleichen.

Daraufhin, so berichtete Wilhelm weiter, habe er dem Onkel erklärt, dass er im Säuglingsalter von den Ganssers als Ziehkind angenommen worden war und dass sein wahrer Vater der verstorbene Graf Friedrich von Brun sei, weswegen er mit Zweitnamen Bruno heiße. Seine Mutter sei Olivia Lorenz, die damals bei dem Graf auf Gut Kötschau gearbeitet habe. Und falls er das nicht glaube, solle er den Oberkonsistorialrat Günther fragen, der wisse Bescheid.

Annette sprang auf, tanzte umher und lachte und meinte, da habe er den Onkel ja recht zum Narren gehalten.

Daraufhin, fuhr Wilhelm lächelnd fort, habe der Onkel ihn ernsthaft angesehen und sich nachdenklich am Kopf gekratzt. Er habe sich die Geschichte von Wilhelms Kindespflegschaft noch einmal genau rapportieren lassen und gesagt, wenn dies alles von Wilhelm Christoph Günther bestätigt würde, könne er die Annette heiraten.

Seine Liebste sprang hoch, umarmte Wilhelm und rief: »Ja, ich will!«

Was Wilhelm an dieser Stelle verschwieg, war die Frage von Onkel Ferdinand nach Wilhelms Besitztümern. Er hätte antworten können, dass er ein Landgut zwischen Weimar und Jena besaß, aber damit hätte er eine ebensolche unverschämte Finte benutzt wie sein Halbbruder, und das wollte er nicht. Stattdessen hatte er ruhig und bestimmt geantwortet: »Ich besitze eine Ausbildung als Tischlergeselle und einen gesunden Menschenverstand!« Der Onkel hatte gezögert, war mehrmals durch den Raum gelaufen und hatte schließlich gemeint: »Na gut, dann sollen Sie die Annette haben. Mit ihrem Klumpfuß hat sie sowieso schlechte Chancen, also kann sie auch einen wie Sie nehmen. Den Umgang mit den Besitztümern regeln wir in einer schriftlichen Heiratsvereinbarung.« Diesen Teil des Wortduells behielt Wilhelm für sich.

Er küsste seine Liebste und hob an, weiter zu berichten: Er habe daraufhin den Onkel gefragt, ob es wirklich so leicht sei, seine Nichte zu heiraten, wenn man nur von hohem Stand und gut aussehend sei. Sollte das tatsächlich reichen? Man könne strohdumm, arrogant und unzuverlässig sein und das Annettchen gar nicht liebhaben, das würde alles keine Rolle spielen?

Annette hüpfte vor Vergnügen im Raum umher und hatte einen unvergleichlichen Spaß daran, wie Wilhelm ihren Onkel zum Nachdenken über seine eigenen Maßstäbe gebracht hatte.

Ferdinand von Auerbach hatte zumindest eingestanden, dass er Wilhelm weder für strohdumm noch arrogant oder unzuverlässig halte. Abgesehen davon habe er den Eindruck, dass Annette ihm, dem Wilhelm, durchaus freundlich zugetan sei. Nun solle Wilhelm aber warten, bis er selbst die Bestätigung vom Hofprediger erhalten habe. Wilhelm erwiderte daraufhin, dass »freundlich zugetan« nicht korrekt sei. Sie liebten sich beide. Punkt.

Wieder verschwieg Wilhelm einen Satz des Onkels: »Der Liebe sollte man nicht zu viel Bedeutung beimessen, Hauptsache, eine Frau hält Bett und Herd warm!«

Zum zweiten Mal war Wilhelms Faust kurz davor gewesen, sich selbstständig zu machen, doch sein starker Wille hatte sie bremsen können. Er wusste genau, dass Annette ohne die Zustimmung ihres Patenonkels und Vormunds nicht heiraten konnte.

Annette sah ihn mit ihren strahlenden grünen Augen an und küsste ihn. Wie schön das wäre, wenn Wilhelms Erzählung der Wahrheit entspräche, schließlich sei sie ja selbst auch ein Ziehkind, weil sie bei Onkel und Tante lebte, seit ihre Eltern gestorben waren.

Wilhelm fühlte großes Mitleid mit ihr. »Wie …? Also … magst du davon erzählen?«

»Wie meine Eltern zu Tode kamen?«

»Ja.«

»Sie waren mit der Kutsche unterwegs von Gotha nach Sonneberg, quer durch den Thüringer Wald. Sie waren gewarnt worden vor Räubern und Wegelagerern, aber sie schlugen alle Warnungen in den Wind und fuhren ohne Begleitung. Wir haben sie Wochen später erschlagen im Wald gefunden.«

»Oh, das tut mir sehr leid.« Er schwieg nachdenklich. »Meine Mutter ist verschollen, ich weiß nicht, ob sie noch lebt.«

»Wie bitte?«

»Meine biologische Mutter, nicht meine Ziehmutter.«

»Du meinst …?«

»Genau das meine ich!«

»Nein, nein, das kann doch nicht sein, Liebster, wir müssen fliehen, am besten nach Frankreich, wenn mein Onkel herausbekommt, dass du ihn zum Besten gehalten hast, dann wird er sehr böse!«

»Keine Sorge, meine Liebste. Alles, was ich soeben gesagt habe, ist wahr. Nichts davon war gelogen. Der Hofprediger hat es bestätigt!«

In Sekunden sackte Annette in sich zusammen. Wilhelm fing sie auf, legte sie auf dem Bett ab, das ihm bislang als Krankenlager gedient hatte, und wartete, bis sie sich von der Wahrheit erholt hatte. Sie weinte und weinte, hemmungslos, vermutlich aus Rührung, vielleicht vor Freude oder aus Liebe, das war nicht mehr zu trennen. Als sie sich beruhigt hatte, schlug die Standuhr im Foyer des Auerbach'schen Hauses zehnmal.

Noch lange nach Mitternacht saßen Wilhelm und Annette

zusammen und sprachen über ihre jeweilige Kindheit, über Zieheltern, über die Geburt, die Liebe und den Tod.

Die Geburt sei das wichtigste Ereignis im Leben jedes Menschen, meinte Annette. Man erlebe sie selbst mit, könne sich trotzdem nicht daran erinnern. Ein Kuriosum. Zugleich ein Faszinosum.

Wenn man sich sowieso nicht seiner Geburt entsinnen könne, meinte Wilhelm, so sei es doch auch egal, ob man seine Geburtsmutter behalte oder bei einer anderen Mutter aufwachse.

Annette schien unschlüssig. »Eigentlich schon. Aber ich möchte ehrlich sein, Wilhelm. Ich glaube, es ist wichtig für dich, die Frau zu kennen, die dich geboren hat. Nur zu kennen, mehr nicht. Deswegen musst du deine Ziehmutter ja nicht verstoßen. Wenn du magst, helfe ich dir, Olivia Lorenz zu finden.«

Wilhelm nickte ihr dankbar zu, sprechen konnte er in diesem Moment nicht.

Dann erzählte Annette, wie ihre Mutter oft von ihrer Geburt berichtet habe, ausführlich, lange, von all den Schmerzen, den Ängsten und Hoffnungen und von einer unfähigen Hebamme, die das winzige Annettchen fast zu Tode gebracht hätte, wenn die Großmutter nicht eingegriffen hätte. Daher habe sie ihren missgestalteten Fuß, der in Wahrheit kein angeborener Klumpfuß sei, sondern ein während der Geburt angerichteter Schaden mit zahlreichen Knochenbrüchen, die nie korrekt verheilt waren.

Dieser Bericht half Wilhelm zwar ein wenig über die Tatsache hinweg, nichts über seine eigene Geburt zu wissen, dämpfte jedoch nicht die Sehnsucht, Olivia Lorenz zu finden. Seine leibliche Mutter. Und weiterhin stand er seinem eigenen Lebenslauf mit einer gehörigen Skepsis gegenüber.

Louise von Göchhausen war noch am Donnerstagabend aus dem Gefängnis entlassen worden. Sie trug nach wie vor das dünne roséfarbene Musselin-Kleid vom Montagabend, sie war müde und hatte sich tagelang nicht gewaschen und gekämmt. Der Major schickte nach Herrmann, der sie mit der Kutsche abholte, damit sie niemand in diesem Zustand zu Gesicht bekam. Immerhin fiel ihr im letzten Moment ein, dass Dietrich Taupe dem Geheimrath Goethe jeden Freitag Wein lieferte und eventuell etwas zur Aufklärung beitragen konnte. Herrmann setzte sie am Palais ab, danach schickte sie ihn zum Frauenplan, um ein Gesuch für ein Treffen mit Goethe und seinem Weinhändler am nächsten Tag zu avisieren.

Louise schlich sich in die Mansarde, fiel nach einer schnellen Körperwäsche ins Bett und genoss eine traumfreie, erholsame Nacht.

22. Vom Geheimen Rath und seiner Gastfreundschaft

Freitag, 19. Oktober 1804

Der Geheimrath hatte freundlicherweise zum Mittagessen geladen. Nach der geruhsamen Nacht fühlte sich Louise von Göchhausen deutlich besser und war froh, von der Musselinkrankheit verschont geblieben zu sein. Sie verließ das Palais bereits um 11 Uhr, weil sie noch Annette und Wilhelm besuchen wollte. Das Haus der Auerbachs lag auf dem Weg zum Frauenplan. Die Regenwolken hatten sich aufgelöst, das sonnige Herbstwetter war zurückgekehrt.

Sie war froh, endlich wieder handlungsfähig zu sein. Ihr war klar, dass die Zeit drängte, sie musste unbedingt die Hochzeit von Isabella von Zeiselburg verhindern. Zugleich war ihr bewusst, dass sie dies nicht allein schaffen konnte. Ein neuer Schlachtplan musste her. Vom Major hatte sie erfahren, welchen Aufruhr sie am Montag verursacht hatte und dass sich ihre Anschuldigungen mithilfe des Weimarischen Wochenblatts bereits in Stadt und Land verteilt hatten. Auch Wilhelms Schicksal hatte er ihr geschildert. Einerseits sorgte sie sich um seinen Gesundheitszustand, anderseits war sie froh, dass er im Hause Auerbach in Sicherheit war.

Ihr Erstaunen war groß, als sie nicht nur Ferdinand im Foyer seines Hauses antraf, sondern auch Major Friedrich von Seebach. Sie begrüßte beide, der Major verbeugte sich höflich, deutete einen Handkuss an und sagte: »Es tut mir außerordentlich leid, Gnädigste, dass es mir nicht früher gelungen ist, Sie aus dem Gefängnis zu befreien, aber Herr von Fritsch war etwas – wie soll ich sagen? – sperrig.«

»Ich weiß, Herr Major«, sagte Louise. »Ich habe es überlebt. Abgesehen davon hatte dieser Aufenthalt etwas Lehrreiches. Ich werde mit der Beurteilung von Stunden und Tagen hinter Gittern in Zukunft vorsichtiger umgehen. Man könnte auch sagen: Das gesprochene Wort bleibt kalt und tot gegen das lebendige Bild des Erlebten!«

Der Major nickte. »Gnädigste wissen immer die richtigen Worte zu finden. Sie sehen übrigens entzückend aus in diesem blut... äh, ich bitte um Verzeihung!«

»Kirschroten?«

»Jaja«, er atmete auf. »In diesem wunderschönen kirschroten Kleid!«

»Ich danke Ihnen! Begleiten Sie mich zum Frauenplan?«

»Natürlich, sehr gerne. Mein Leutnant wird auch dabei sein, ebenso Gansser. Und ich warte noch auf Nachricht aus Jena.«

»Sagten Sie Gansser?«, fragte Louise. »Wilhelm Gansser?«

»So ist es.«

Wie aufs Stichwort öffnete sich die Tür zum Gästezimmer, und Wilhelm schritt langsam, einen Fuß ganz bewusst vor den anderen setzend, in den Flur. Annette stützte ihn.

»*Mon dieu!*«, rief Louise, stürzte auf Wilhelm zu und umarmte ihn.

»Vorsicht«, murmelte er und deutete auf seinen Bauch. Vielleicht war ihm auch die Umarmung unangenehm.

»Ich bin ja so froh, Sie zu sehen«, sagte Louise. »Doch wie? Sie können ja kaum laufen!«

»Das geht schon, Annette wird mir helfen.«

»Ich finde das unpassend«, sagte Ferdinand von Auerbach. »Sowohl für Herrn Gansser als auch für meine Nichte.«

Annette zuckte nur kurz mit den Schultern.

Onkel Ferdinand setzte eine jovial zustimmende Miene auf. »Angesichts der Tatsache, dass zwei Husarenoffiziere zu ihrem Schutz anwesend sind, würde ich dem zustimmen.«

Annette verdrehte die Augen, offensichtlich nicht willens, sich für die gnädige Haltung ihres Onkels zu bedanken.

Vor der Tür stand die Auerbach'sche Berline. Annette und der Major halfen Wilhelm einzusteigen, der Kutscher setzte die Pferde langsam in Bewegung. Alle anderen gingen zu Fuß. Über die Esplanade bis zum Frauenplan benötigte man höchstens zehn Minuten.

»Darf ich bitten?«, fragte der Major und bot Louise seinen Arm. Sie nahm das Angebot mit einer vornehmen Kopfbewegung an. Es passierte nicht oft, dass ein stattlicher Offizier sie durch die Stadt führte.

»Aber bitte nicht zu schnell, Herr Major. Ich möchte gern schreiten!«

※

Wilhelm bewunderte das großzügige Haus des Geheimraths von Goethe. Die breite, imposante Treppe vom Eingang in den ersten Stock bereitete ihm Probleme, aber mit Unterstützung von Annette und dem Husarenleutnant schaffte er es, die Stufen zu erklimmen. Vor der Tür zum Saal entdeckte Wilhelm ein in den Holzboden eingearbeitetes »Salve«. Trotz seiner Wunde am Bauch ließ er sich auf die Knie nieder und untersuchte die Intarsien. Er nickte anerkennend. Der Leutnant half ihm, sich wieder aufzurichten.

»Das bedeutet ›sei gegrüßt!‹«, sagte Annette.

Er sandte ihr ein dankbares Lächeln.

Sie aßen in einem Salon mit gelben Wänden. Solch eine Ausstattung war Wilhelm noch nie in Privaträumen begegnet, allerhöchstens in herzoglichen Gebäuden. Bunte Teller waren zu sehen, nicht waagerecht gestapelt in Schränken, sondern senkrecht aufgestellt in Vitrinen – quasi zur Bewunderung dargeboten. Mehrere riesige Gipsköpfe standen umher, und an den Wänden hingen Bilder von nackten Engeln. Eine lange Tafel nahm fast den gesamten Raum ein. Wilhelm hätte sich selbst einen Wohnraum niemals in dieser Art eingerichtet, aber er musste zugeben, dass der gelbe Saal Eindruck machte. Vielleicht war das sogar sein Hauptzweck.

Goethe hatte alles vorbereitet – oder vorbereiten lassen. Es gab einen kalten Imbiss, nichts Besonderes, wie er behauptete, nur eine Fasanenpastete, etwas Wildschweinsülze, geräuchertes Forellenfilet, gerollte Scheiben vom Kalbsbraten in Salbei, von seiner Christiane frisch gebackenes Nussbrot – das betonte der Geheimrath, wobei Christiane selbst nicht erschien – und eine Reihe von Macarons zum Dessert. Dazu einen Würzburger Stein, Goethes Lieblingswein. Taupe war auch zugegen, er entkorkte den von ihm gelieferten Wein persönlich und schenkte ein. Nur das dezente Klappern von Porzellan und Besteck füllte den Raum, ansonsten kehrte eine genussvolle Stille ein.

Kurz darauf meldete sich der Hausdiener mit einer Depesche für Major von Seebach, diese habe soeben ein Gefreiter namens Koch abgegeben. Der Major öffnete den Brief und lächelte. Dann griff er nach seinem Weinglas und leerte es in einem Zug. Man sah ihn neugierig an, aber keiner wollte ihn inkommodieren, und so fragte niemand nach dem Inhalt des Briefs.

Nach dem Mittagsmahl gingen die Gäste hinüber ins Gesellschaftszimmer, in dem sich auch ein Musikinstrument mit Tasten befand, Wilhelms Vermutung nach ein Cembalo. Vorsichtig strich er über das lackierte Wurzelholz. Er konnte es sich dankenswerterweise auf einer *chaiselongue* bequem machen. Sein Oberbauch schmerzte, und er war froh, sich ausstrecken zu können. Bei Portwein, Kaffee und Quellwasser aus dem hauseigenen Brunnen begann die Beratung.

Goethe schien über sämtliche Ereignisse im Bilde zu sein, wahrscheinlich hatte Louise ihn auf den neuesten Stand gebracht. Auch der Leutnant war von seinem Vorgesetzten instruiert worden. Nur der Weinhändler Dietrich Gottlieb Taupe wusste nicht vollständig Bescheid.

Goethe als Hausherr und Alterspräsident erteilte Friedrich von Seebach das Wort mit dem Hinweis, dass trotz der geringen Zeit bis Sonntagmittag ein aufs Sorgfältigste ausgearbeiteter Plan vonnöten sei.

Der Major erhob sich und lief einige Schritte durchs Zimmer. »Zunächst muss ich darauf hinweisen, dass alles hier Besprochene einer strengen Geheimhaltung unterliegt. Niemand darf etwas von unseren Plänen erfahren. Wir haben versucht, Wilbert von Brun aufzuspüren, haben das Gut in Kötschau durchsucht, die Meyerbeer'sche Fabrik und das Landgut der Frau von Bandewitz, sogar den Bauernhof von Konrad Jansen und das Gasthaus ›Zur Umspanne‹. Nichts. Er hält sich versteckt, und er weiß, dass Gansser sein Halbbruder ist. Möglicherweise glaubt er, seinen Bruder mit dem Messerstich abgeschreckt zu haben. Das würde uns helfen. Die einzige Möglichkeit, ihn zu fassen, ist die Hochzeit. Zielpunkt: übermorgen, Sonntag, 21. Oktober 1804, um zwei am Nachmittag an der Jacobskirche. Dort soll die Hochzeit von Isabella von Zeiselburg mit Frederic Marquis de Laval stattfinden, der sehr wahrscheinlich identisch ist mit Wilbert von Brun. Es gilt, diese Trauung unbedingt zu verhindern. Soweit die Lage.«

»Hat der vor wenigen Minuten eingegangene Brief etwas mit unserer aktuellen Problematik zu tun?«, fragte Goethe.

»Oh ja, allerdings, ich habe den Inhalt zunächst für mich

behalten, um das köstliche Mahl nicht zu stören, verzeihen Sie! Die Depesche kam aus Jena von Doktor Schrödinger. Im Magen der Katze wurde tatsächlich Goldregensamen gefunden. Dies ist für mich ein weiterer Beweis der Täterschaft des Wilbert von Brun.«

»Heißt das, Sie hatten bisher Zweifel?«, fragte Wilhelm.

»Allerdings. Um einen Missetäter zu überführen, müssen drei Bedingungen zusammengeführt werden: Hatte derjenige die Gelegenheit zur Tat, die notwendigen Mittel und einen validen Beweggrund? Am Ende zählt das Geständnis, aber das bekommen wir nur, wenn alle drei dieser Bedingungen zweifelsfrei nachgewiesen sind, der Frevler somit keinen Ausweg mehr sieht.«

Wilhelm schätzte diese klare Analyse, und er hatte den Eindruck, dass auch die anderen in der Runde dem Major Respekt zollten.

Von Seebach fuhr fort: »Die Gelegenheit hatte Graf von Truss, da er in der letzten Lebenswoche von Frau Meyerbeer ständig in Apolda weilte, um ihr wegen der vermeintlichen Pockenerkrankung beizustehen. Er kochte seiner Frau einen Bohneneintopf, der sie sehr wahrscheinlich tötete. Die Gelegenheit, seine Ehefrau zu ermorden, hatte auch der Conte di Spinola nach seiner Rückkehr – seiner angeblichen Rückkehr – aus Italien. Die Bestechung des Emil Schandinger macht sein Verbrechen noch wahrscheinlicher. Die notwendigen Mittel, die Goldregensamen, hatten beide, wenn wir davon ausgehen, dass Wilbert von Brun, ansässig in Gut Kötschau, die gemeinsame Identität des Grafen und des Conte ist. Die Goldregensamen aus Kötschau bewahre ich weiterhin als Beweis auf. Den Nachweis, dass Wilbert von Brun tatsächlich identisch mit Truss und Spinola ist, erbrachte der Angriff auf seinen Bruder. Er erwähnte dabei seine Hochzeitspläne. Der Beweggrund dürfte Habgier sein.«

»Um ehrlich zu sein«, warf Wilhelm ein, »ich kann mich des Eindrucks nicht erwehren, dass Wilbert noch einen anderen Grund hatte, die Frauen zu töten. Doch den kenne ich nicht. Noch nicht!«

»Mag sein, hilft uns derzeit aber nicht. Sonstige Anmerkungen?«

Louise hüstelte, sie brauchte einen Moment, um sich zu sammeln. »Bevor wir über das weitere Vorgehen entscheiden, hätte ich gern einige Auskünfte von Herrn Taupe. Insbesondere eine Antwort auf die Frage, wie er zu der Einschätzung gelangte, dass die Frauen eines nicht natürlichen Todes gestorben seien.«

Der Angesprochene nickte. »Das dachte ich mir. Und ich habe beschlossen – wenn ich das in meiner Handelssprache sagen darf –, Ihnen reinen Wein einzuschenken. Demoiselle von Göchhausen, man sagt, Sie seien eine hervorragende Rezitatorin. Darf ich Sie bitten, diese zwei Briefe vorzulesen?«

Louise griff nach den Blättern, die Taupe ihr reichte. »Ich beginne mit dem ersten Brief: *Es wird Zeit, lieber Dietrich, dass ich dir einen Umstand eröffne, der mir Sorgen bereitet. Direkt nach unserer Hochzeit begann Friedrich vom Verkauf der Tuchmanufaktur in Apolda zu reden, was für mich keinesfalls in Betracht kommt. Wir stritten darüber immer häufiger. Einmal kochte er für mich, das war sehr aufmerksam, ansonsten vermisste ich seine vor der Hochzeit zutage getretene Liebenswürdigkeit und Rücksichtnahme.*

Ich schreibe dir dies, weil ich dich als verständigen Mann in Erinnerung habe und bis heute nicht weiß, warum du unsere Verlobung im Sommer 1782 gelöst hast. Manches muss man sich vielleicht auch einfach von der Seele schreiben. Zudem geht es mir nicht gut, die Pocken haben mich ereilt, es ist möglich, dass wir uns nicht mehr wiedersehen. Gott schütze dich! Franziska.«

Louise atmete tief durch. »Franziska Meyerbeer?«

»Ja«, sagte Taupe leise.

Alle sahen ihn an, keiner sagte ein Wort.

»Nun der zweite Brief«, fuhr Louise fort. »*Heute schreibe ich dir, mein lieber Dietrich, weil ich sonst niemanden kenne, dem ich dies offenbaren könnte. In mir reift der Eindruck, dass mein Ehemann Federico mich hasst. Seitdem wir verheiratet sind, fragt er dauernd nach meinem Landgut, nach Münzen und anderen Werten. Die geplante Reise auf seine Weingüter in Italien lehnt er inzwischen rundweg ab, in einer Art und Weise, die mich zweifeln lässt, ob diese Weingüter überhaupt existieren. Einmal bin ich auf der Treppe ausgerutscht und konnte mich gerade noch festhalten. Danach habe ich einen Fettfleck auf der Stufe entdeckt, der dort kurz zuvor noch nicht war und auch nicht von meinen Bediensteten stammen kann. Ehrlich gesprochen: Ich habe Angst. Bitte hilf mir! Und sag mir endlich, warum du unsere Verlobung im Sommer 1782 gelöst hast – bitte! Gott schütze dich! Lore.*«

Louise ließ das Blatt sinken und griff nach ihrem Weinglas. »Lore?«

»Eleonore von Bandewitz.«

Jetzt wusste Wilhelm, warum Frau von Bandewitz ihr Testament unter dem Schrank versteckt hatte: Schon zu diesem Zeitpunkt hatte sie einen Verdacht gegen den Conte, traute ihm nicht mehr.

»Möchten Sie uns eine Erklärung abgeben, Herr Taupe?«, fragte Louise in einem Ton, der kein Nein als Antwort duldete.

»Ja, Gnädigste. Ich war mit den Damen, wie sie den Briefen entnehmen konnten, verlobt. Ich habe sie gemocht, mehr noch, ich habe sie geliebt. Aber was die Probleme der beiden betrifft, die ja recht ähnlich waren, habe ich sie nicht ernst genommen. Ich schäme mich dafür. Wenn ich Ihnen die Briefe eher gezeigt hätte, wären sie vielleicht noch am Leben.«

»Nun ja«, meinte der Major, »das hätte auch anderen passieren können. Frauen können manchmal etwas … überspannt reagieren.«

»Na, na, Herr Major«, fuhr Annette dazwischen. »Bitte verbreiten Sie nicht solche unbewiesenen Verallgemeinerungen!«

»Ich muss Fräulein von Auerbach recht geben«, sagte Goethe. »Diese und ähnliche sprachlichen Induktionen sind eine schreckliche Angewohnheit unserer Zeit.«

»Mag sein, ich bitte um Verzeihung. Dann sage ich es in anderen Worten: Ich kann Herrn Taupes Gründe nachvollziehen, zumal er inzwischen verheiratet ist und seine frühere Verlobung nicht an die große Schiller'sche Glocke hängen wollte.«

Hier schaltete sich Wilhelm ein. »Ich sehe noch einen weiteren Grund, weshalb Herr Taupe die Briefe zunächst einmal niemandem gezeigt hat, nicht wahr?«

Annette sprang auf. »Oh ja, Wilhelm, vollkommen richtig! Und ich ahne, um was es geht. Die Jahreszahlen!«

»Sie meinen?«, fragte der Leutnant.

»Sommer 1782 und noch einmal Sommer 1782 – habe ich das richtig in Erinnerung, Herr Taupe?«

Der Angesprochene blickte beschämt zu Boden. »Ja, das haben Sie korrekt erkannt.«

Annette redete sich nun in Rage. »Heißt das, Sie waren mit beiden Frauen zur selben Zeit verlobt?«

Taupe nickte. »Ja. Ich … nun ja, ich konnte mich nicht entscheiden, daraufhin habe ich eine Dritte geheiratet und den Handelskontor des Vaters übernommen. Leider verstarb meine Frau vor zwei Jahren im Kindbett.«

»Das tut mir leid. Dennoch, zurück zu dem Handelskontor, war es das Geschäft Ihres Vaters«, Annette zeigte auf Taupe, »oder dasjenige Ihres Schwiegervaters?«

»Das meines Schwiegervaters«, murmelte Taupe.

Annette ließ sich auf ihren Stuhl fallen und schüttelte den Kopf. Wilhelm ahnte, was sie quälte. Der Vorrang des Geldes vor den Gefühlen. In diesem Moment wusste er, dass sein Leben mit ihr unter einem guten Stern stand.

»Aha«, sagte Major von Seebach. »Damit, Taupe, wandelten Sie am Rande einer gesetzeswidrigen Tat. Doch das ist lange her, außerdem haben Sie mir die Briefe übergeben, damit ich sie dem Kriminalgericht vorlegen kann, wenn es darum geht, die Morde zu beweisen und den Täter zu überführen. Das spricht für Sie.«

Louise schob Friedrich von Seebach die Briefe über den Tisch zu, Taupe versuchte, danach zu greifen, doch der Major war schneller.

»Oder wollen Sie sich wegen eines doppelten Eheversprechens verantworten?«

»Äh, nein, nein, ist gut«, murmelte Taupe.

»Nun zu unserem weiteren Vorgehen. Sonntag um zwei. Wer hat Vorschläge?«

»Müssen wir noch andere Personen einweihen?«, fragte Louise. »Ich meine, jemanden außerhalb der Runde hier?«

»Günther, den Hofprediger?«, fragte Annette.

Der Major schüttelte den Kopf. »Davon würde ich abraten. Er muss alle Vorbereitungen für die Zeremonie treffen, so als sei nichts Besonderes zu erwarten. Falls er sich ängstlich umschaut und dieser Wilbert Verdacht schöpft, verschwindet er, bevor wir ihn ergreifen, und alles war umsonst.«

»Wir sollten den Küster einbeziehen«, sagte Wilhelm. »Ich kenne ihn, er ist vertrauenswürdig. Er könnte uns bei der Vorbereitung helfen.«

»Gute Idee!«, sagten der Major und der Leutnant fast gleichzeitig.

Annette meldete sich erneut: »Wenn wir Günther nicht ins Bild setzen, hieße das, dass wir auch gegenüber der Braut nichts verlautbaren dürften. Wir entziehen ihr im allerletzten Moment, direkt vor dem Altar, ihren Bräutigam ... Ist das nicht sehr demütigend für sie?«

»Ich habe Frau von Zeiselburg am Montag während der Teegesellschaft der Serenissima gewarnt«, antwortete Louise. »Sie hat die Warnung nicht ernst genommen, also muss sie das jetzt durchstehen.«

Annette hob die Schultern.

»Uns bleibt keine andere Wahl«, sagte Wilhelm, »da zu befürchten ist, dass er auch sie kurz nach der Hochzeit töten würde.«

»Das stimmt!«, pflichtete Goethe bei. »Diese Situation gleicht einer klassischen griechischen Tragödie. Viele Kritiker sagen, solch eine Tragödienkonstellation gäbe es nur auf der Bühne, mühsam konstruiert durch den Dichter. Doch hier sehen wir, dass das echte Leben viel unerbittlicher ist als das frei erfundene Bühnenleben.«

So langsam erkannte Wilhelm, welche gehobenen, trotzdem gut erfassbaren Gedankengänge diesem berühmten Mann zu eigen waren.

»Was ist mit Regierungsrath von Fritsch?«, fragte Louise.

»Hm.« Major von Seebach überlegte. »Ich muss ihm Meldung machen, werde das aber so tun, dass er uns nicht in die Quere kommt.«

Der Husarenleutnant trat hervor. »Herr Major, Sie erlauben mir die Frage, wie Sie das zu bewerkstelligen gedenken?«

»Ich werde ihn schriftlich in Kenntnis setzen, das hat er verlangt. Den Brief lege ich heute Abend auf seinen Schreibtisch. Platz genug ist dort auf jeden Fall.« Er lächelte. Dieser Scherz war speziell für Louise von Göchhausen gedacht.

»Ich weiß, dass er während des Wochenendes nicht in sein Büro kommt, jedoch ist dies nicht mein Problem, sondern das seinige.«

»Guter Plan«, warf Goethe sofort ein. »Darf ich den für eines meiner Dramen adaptieren?«

»Dürfen Sie, Herr Geheimrath, jedoch bitte erst ab Montag!«

Allgemeines Gelächter folgte.

»Wie gehen wir mit der Herzoginmutter um?«, fragte Louise von Göchhausen.

»Schwierig!«, meinte der Major. »Sie kennen sie am besten. Haben Sie eine Idee?«

»Nun, nach meinem Auftritt bei ihrer Teerunde ist sie immer noch sehr erbost«, gab Louise zu. »Ich denke, es hat keinen Sinn, sie von unserem Plan zu überzeugen. Und auf mich hört sie derzeit sowieso nicht.«

»In Ordnung, dann weihen wir sie nicht ein. Das wird uns nachträglich Ärger einbringen, aber damit müssen wir leben.«

»Nur ... ehrlich gesagt ...« Louise von Göchhausen stockte.

»Was wollen Sie sagen?«

»Es gibt da ein Problem bezüglich der Serenissima, das ich ... Also, lassen Sie mich einen Moment darüber nachdenken.«

»In Ordnung. Darum kümmern wir uns später. Bleibt noch die Möglichkeit, dass der Bräutigam gar nicht erscheint.«

Louise nickte. »Ich habe mir einige Gedanken zu diesem Thema gemacht. Wilbert ist ein großer, kräftiger, gut aussehender Mann, dreißig Jahre alt und von gehobener Herkunft. Warum ist er nicht verheiratet?«

»Geldmangel?«

»Möglich, dennoch, er ist im Besitz eines Landguts, auch wenn es in schlechtem Zustand ist, mit Kraft und Willen kann man es wiederaufbauen.«

Sie legte eine Pause ein, und alle blickten sie erwartungsvoll an.

»Er sucht nach Anerkennung«, fuhr sie fort. »Nach gesellschaftlicher und persönlicher Anerkennung. Die hätte er mit der Heirat mit Frau Meyerbeer eigentlich erreicht, doch er tötet sie. Das Gleiche bei Frau von Bandewitz, er heiratet und tötet sie. Warum? Hier kommt ein zweiter Beweggrund ins Spiel, den Sie, Wilhelm, bereits angesprochen haben. Den kennen wir nicht und werden ihn vielleicht niemals kennen. Möglicherweise hat es etwas mit dem Alter der Frauen zu tun, die er geheiratet hat oder anstrebt zu heiraten. Auch Frau von Zeiselburg ist deutlich älter als er. Es wäre vorstellbar, dass sich bei ihm eine Art Zwang entwickelt hat, ältere Frauen zu ehelichen, so wie andere einem Trink- oder Esszwang unterliegen.«

Der Major schüttelte unwillig den Kopf. »Verzeihen Sie, Gnädigste, ehrlich gesagt wirkt mir das zu ... konstruiert.«

»Bei einem einmaligen Vorgang würde ich Ihnen recht geben, Herr Major. Aber nicht bei einer zweimaligen Wiederholung. Ich habe erst kürzlich ein Buch von Johann Christian Reil gelesen über nichtsomatische, also nicht körperliche Erkrankungen. Er nennt sie Geisteszerrüttungen. Glauben Sie mir, so etwas ist möglich. Und ich sage Ihnen: Der Bräutigam wird am Sonntag auftauchen!«

»Gut!«, sagte Major von Seebach. Er setzte ein ernstes Gesicht auf. »Gehen wir davon aus, dass er kommt. Wir handeln unter zwei Prämissen: Erstens darf der Frevler nicht fliehen, zweitens darf niemand verletzt werden, insbesondere keine Zivilisten. Es wird keine große Hochzeit werden, dennoch, nach den Vorkommnissen während der Teestunde bei der Serenissima und der Veröffentlichung Ihrer Anschuldigungen im Weimarischen Wochenblatt rechne ich mit einigen Neugierigen auf dem Jacobsplan vor der Kirche. Wenn der traditionelle Hochzeitszug der Frauen und derjenige der Männer sich vor der Kirche treffen, sind üblicherweise auch Kinder dabei. In Anbetracht dessen erscheint mir ein Eingreifen außerhalb der Kirche zu gefährlich. Mein Plan sieht folgendermaßen aus: Wir sorgen dafür, dass für das Brautpaar vor der Kirche und beim Betreten derselben alles normal erscheint. Meine Husaren bleiben im Versteck. Sobald das Brautpaar sich in der Kirche befindet und sämtliche Anwesenden ihre Plätze eingenommen haben, riegeln wir von außen ab. So kann der Bräutigam nicht entkommen.«

»Wird er bewaffnet sein?«, fragte Taupe.

»Das wissen wir nicht. Normalerweise ist ein Bräutigam unbewaffnet.«

»Doch grau, teurer Freund, ist jede Theorie!«, erwiderte Taupe.

»Woher haben Sie diesen Spruch?«, fragte Goethe.

»Nun ... den habe ich irgendwo einmal gehört«, antwortete Taupe. »Der ist gut, nicht wahr?«

»Ja«, sagte Goethe lächelnd. »Das finde ich auch.«

»Das kann tatsächlich reine Theorie sein«, warf Wilhelm ein, »denn als er mich angriff, trug er einen Dolch im Stiefel.«

»Gut zu wissen, Gansser! Wir achten darauf. Schade, dass wir keine schnelle Nachrichtenübermittlung von innerhalb der Kirche gut sichtbar nach außen bewerkstelligen können, das wäre wichtig. Das französische Militär benutzt dazu einen Flügeltelegraphen, der optische Signale überträgt. Ein Buchstabe braucht damit über eine Strecke von dreißig Meilen nur noch zwei Minuten. Ohne jeglichen Einsatz von Ross und Reiter.«

»Oh!«

»Tatsächlich?«

Wilhelm wunderte sich, dass der Major, der sonst einen

kurzen prägnanten Redestil bevorzugte, dieses Thema so ausführlich dargestellt hatte. Immerhin hatte es Wilhelm Zeit zum Nachdenken gegeben. »Einen Turm haben wir ja. Wir könnten statt optischer Signale akustische verwenden.«

»Sapperlot, Gansser! Sie meinen die Kirchenglocken?«

»So ist es.«

Major von Seebach überlegte. »Hervorragend! Für diese Aufgabe brauchen wir jemanden, auf den wir uns verlassen können und den dieses Mannsbild Wilbert von Brun noch nicht kennt ...«

Sein Blick glitt über die Anwesenden und blieb an Taupe hängen. »Unbedingt!«, antwortete Dietrich Taupe sofort. »Ich würde gern etwas von meiner Schuld abtragen.«

»In Ordnung«, sagte der Major. »Sie kleiden sich ähnlich dem Küster, einfach, simpel, nicht so aufwendig wie ein Weinhändler, Sie verstehen?«

»Absolut!«

»Dann ersetzen Sie einen der Glöckner.« Er zog pantomimisch an einem Glockenseil. »Ihre Aufgabe ist es, genau dann den Befehl zum Läuten zu geben, wenn das Brautpaar auf seinen Stühlen Platz genommen hat. Das ist das Signal für uns, die Kirche zu umstellen und den gesamten Jacobsplan abzuriegeln. Ich werde mir noch militärische Unterstützung holen. So kann der Kerl nicht entkommen.«

»In Ordnung!«, antwortete Taupe.

»Sehr gut. Herr Geheimrath, können wir auf Sie zählen?«

Goethe hüstelte. »Der Hochzeit an diesem Sonntage möchte ich nicht beiwohnen. Zum einen sind solche Feierlichkeiten meine Sache nicht, zum anderen muss ich dringlich einen Brief beantworten.« Er warf Louise einen Blick zu. »Diesen Brief von Alexander.«

Louise schaute den Geheimrath skeptisch an.

»Alexander von Humboldt!«, schob der hinterher.

Auch für Wilhelm hörte sich das eher nach einer Ausrede an. Den Brief konnte er auch am morgigen Samstag schreiben.

»Aber meinen Geist kann ich gern zur Verfügung stellen«, fügte Goethe an.

»Wie bitte?« Major von Seebach hob die Augenbrauen.

»Meinen Diener, Johann Ludwig Geist.«

»Ach soooo, ja … nun, vielleicht müssen Sie ihm den Brief diktieren, da möchten wir nicht im Wege stehen.«

»Ich danke Ihnen für die Rücksichtnahme«, antwortete Goethe. »Dennoch könnte ich mich nützlich erweisen und Herrn Taupe bis Sonntag Unterschlupf in meinem Hause gewähren. Dann müsste er nicht heute nach Jena zurückkehren und morgen erneut nach Weimar aufbrechen.«

Taupe erhob sich und verbeugte sich leicht. »Welche Ehre, Herr Geheimrath, das nehme ich gerne an.«

Major von Seebach schien zufrieden. »Herr Geheimrath, Sie haben, wie ich hörte, eine gut ausgestattete Bibliothek. Findet man darin auch einen Plan der Jacobskirche?«

»Selbstverständlich, Herr Major!«

»Sehr gut, dann möchte ich Sie bitten, Herrn Taupe morgen in die Lokalitäten der Kirche einzuweihen, damit er sich am Sonntag frei und wie selbstverständlich dort bewegen kann. Und vielleicht können Sie ihm etwas Kleidung leihen, eine einfache Tunika oder Ähnliches.«

»Sehr gerne«, entgegnete Goethe, und Wilhelm hatte den Eindruck, dass er froh war, etwas beitragen zu können, ohne sich außerhalb seines Hauses in Gefahr zu begeben.

»Klar ist, dass die Jacobskirche vier Ein- beziehungsweise Ausgänge besitzt. Den mit einer Treppe versehenen Haupteingang von Westen durch den Turm, je einen Nord- und Südzugang zum Kirchenschiff, beide mit einer Doppelflügeltür, sowie eine kleinere Tür im Nordosten, die direkt zur Sakristei führt. Meine Leute werden alle Eingänge besetzen.

Falls jemand von innen flüchten muss, vereinbaren wir ein Erkennungswort, das meinen Husaren als Zeichen dient, die Tür zu öffnen. Herr Geheimrath, geben Sie uns die Ehre, dieses Kennwort festzulegen?«

»Gerne. Da wir es mit einem Mörder zu tun haben, schlage ich vor: ›Die Kraniche des Ibykus‹. Schillern sei Dank.«

»Gut. Die Kraniche des Ibykus.«

Der Leutnant erhob sich, Major von Seebach gab ihm ein Zeichen zu sprechen.

»Demoiselle von Göchhausen, kennt diese Mannsperson Sie persönlich?«

»Ja, vom Jagdfest auf dem Schloss. Dort trat er als Graf von Truss auf. Wir haben uns zwar nett und unverfänglich unterhalten, er im Jagdanzug, ich im Abendkleid, aber er wird aus dem Weimarischen Wochenblatt wissen, dass ich ihn durchschaut habe.«

»Verstehe. Dann müssen Sie der Zeremonie fernbleiben. Wir dürfen nichts tun, was ihn misstrauisch machen könnte.«

»Fernbleiben?«

»Jawohl.« Die Stimme des Leutnants klang ebenso klar und akzentuiert wie die seines Vorgesetzten. »Das Gleiche gilt für Sie, Gansser. Er kennt Sie von Ihrem Kampf am Schwanseegatter. Sie bleiben im Haus der Auerbachs, da sind Sie sicher und er vermutet Sie dort nicht.«

»Im Haus?« Mit allem hatte Wilhelm gerechnet, aber nicht damit. »Ich werde mich doch nicht verstecken!«

»Wilhelm!«, rief Annette.

»*Grand Dieu*, Wilhelm!«, schloss sich Louise an.

»Abgesehen davon sind Sie noch lädiert«, fuhr der Leutnant fort. »Warten Sie, bis Ihre Wunde verheilt ist. In Ihrem aktuellen Zustand sind Sie für diese Operation nicht einsetzbar.«

Wilhelm schnappte nach Luft.

»Wir können zwei Husaren zu Ihrem Schutz abstellen«, ergänzte der Major.

»Das ist nicht notwendig«, entgegnete Wilhelm. »Sie brauchen Ihre Husaren alle an der Kirche. Zudem weiß er ja nichts von meiner Verbindung zur Familie von Auerbach. Geben Sie mir eine Pistole, das reicht. Ich kann mich verteidigen!«

»Wie Sie wünschen«, sagte der Major in einem Tonfall, der seine Zweifel offenlegte, ob Wilhelm überhaupt mit einer Schusswaffe umgehen konnte. »Und damit möchte ich diesen Disput beenden, wir haben nur wenig Zeit.«

Wilhelm war erstaunt über das militärische Gehabe des Husarenoffiziers, so hatte er ihn bisher nicht erlebt. Er wusste aber, dass der Major recht hatte: Die Zeit für klare, schnelle Entscheidungen war gekommen. Außerdem hatte Friedrich von Seebach eine offizielle herzogliche Stellung inne und war somit ein Vertreter des Serenissimus, auch wenn er dessen Anweisungen recht flexibel auslegte. Zudem – und das war der wichtigste Punkt – hatte Wilhelm seine eigenen Pläne für den Sonntag.

Der Major begann wieder, im Zimmer umherzulaufen, die Hände auf dem Rücken verschränkt. »Der Leutnant und ich werden morgen um 15 Uhr eine Lagebesprechung im Roten Schloss durchführen. Dabei werden wir festlegen, wer von uns den Grafen in der Kirche festnimmt. Taupe, es wäre gut, wenn Sie morgen zu uns stoßen könnten und den Küster mitbringen. Stimmen Sie sich mit Gansser ab, er kennt ihn.«

»Jawohl, Herr Major!« Auch Taupe, wenngleich Zivilist, verfiel in den militärischen Jargon der beiden Offiziere.

»Leutnant, Sie sorgen dafür, dass Gansser morgen eine leichte Kavalleriepistole überstellt bekommt.«

»Jawohl, Herr Major!«

»Gut. Nun haben wir nur noch einen offenen Posten: Wenn Sie, Taupe, das Glockenläuten beaufsichtigen und sich im Bereich des Turms aufhalten, brauchen wir noch eine Person im Kirchenschiff, die im Falle eines unvorhergesehenen … na, sagen wir … Tumults auf die Serenissima aufpasst und sie in Sicherheit bringt. Dies muss eine Person sein, die der Verdächtige nicht kennt …«

»Entschuldigen Sie, Herr Major«, unterbrach Louise von Göchhausen. »Außer diesem Aspekt gibt es noch ein Problem, angesichts dessen ich vorhin gezögert habe. Die Serenissima kennt Graf von Truss von der Jagdgesellschaft im Schloss, es kann sein, dass sie ihn erkennt. Sie wird zwar als Letzte die Kirche betreten und ihn zunächst nur von hinten sehen, er wird auch anders gekleidet sein, aber trotzdem …«

»Tatsächlich?« Der Major schritt weiter durch den Raum und schien angestrengt nachzudenken. »Wir können die Fürstin Anna Amalia nicht ausladen, sollten sie allerdings auch nicht vorab in unsere Pläne einweihen. Das heißt, die Person, die wir ihr zur Seite stellen, muss sie notfalls kurz und knapp über unsere Absichten aufklären.«

»Und wer soll diese Person sein?«, fragte Wilhelm.

Annette sprang auf. »Ich mache das!«

»Wie bitte?« Wilhelm schoss hoch, sein Bauch schmerzte. »Auf keinen Fall, wir bringen Annette doch nicht in Gefahr!«

Major von Seebach ließ seinen Blick durch den Raum wandern. »Ich sehe hier keine andere Person, die infrage käme.« Er wartete.

Annette umarmte ihren Verlobten, es schien ihr völlig gleichgültig zu sein, wer dabei zusah oder nicht.

»Das ist nur für den Notfall, Liebster. Ich habe schon eine Idee, wie ich das bewerkstelligen kann. Sie kennt Onkel Ferdinand, unsere Familie ist ihr bekannt. Ich schaffe das. Und die Herzoginmutter ist es doch wert, oder?«

Wilhelm musste nicken, ob er mochte oder nicht, er wollte weinen, schämte sich diesmal aber, so stauten sich seine

Gefühle wie das Wasser vor dem Ilmwehr, und seine Brust schien fast zu bersten. Er bat, die Zusammenkunft verlassen zu dürfen.

Annette und der Hausgeist begleiteten ihn hinunter zur Kutsche, die im Innenhof von Goethes Wohnhaus wartete. Annette versicherte ihm, sie werde sich morgen exakt mit Louise abstimmen und in den Kirchenplänen ein Versteck suchen, in das sie sich mit Anna Amalia notfalls zurückziehen konnte. Wilhelm hörte zu, begriff aber nicht alles, seine Kräfte schwanden, er ließ sich auf den Kutschensitz fallen und hatte nur noch einen Gedanken: schlafen.

23. Von Gesundung, Überlegung und Vorbereitung

Samstag, 20. Oktober 1804

Der Samstag war von allgemeiner Geschäftigkeit geprägt. Louise und Annette trafen sich gegen 10 Uhr mit Taupe in Goethes Urbinozimmer und studierten die Pläne der Jacobskirche. Sie mussten die wichtigsten Teile des Gebäudes gedanklich parat haben, um für sämtliche Eventualitäten gewappnet zu sein. Der Geheimrath brachte ihnen Bücher und Mappen aus seiner Bibliothek. Christiane verwöhnte sie mit belegten Broten, Kaffee, Tee und Kakao.

Man einigte sich, die Herzoginmutter bei einer möglichen Unruhe im Kirchenschiff entweder durch die selten benutzte nördliche Tür des Kirchenschiffs oder die kleine Pforte der Sakristei ins Freie zu bringen. Beide Ausgänge führten nach Norden, dort würde eine Kutsche warten. Kannten noch alle das Erkennungswort für die Öffnung der Türen durch die Husaren? Ja: »Die Kraniche des Ibykus«.

Jedes Detail wurde wiederholt, insbesondere die Einzelheiten des Lageplans der Jacobskirche. Fühlten sich die Beteiligten gut vorbereitet? Das fragte der Geheimrath. Ja. So kam die Antwort von der gesamten Runde.

Wilhelm schlief sich gesund. Er nahm ein Frühstück ein, gemeinsam mit der Familie von Auerbach. Er saß mit ihnen am Tisch, so als sei er bereits Teil der Familie, zwinkerte Annette zu und war glücklich. Später am Vormittag ließ Ferdinand von Auerbach einen Medicus kommen, der Wilhelms Wunde begutachtete. Er war zufrieden. Ein Kräuterbalsam wurde aufgetragen, der Verband erneuert, Wilhelm schlief wieder ein. Das Mittagessen verpasste er, man wollte ihn nicht stören, erst gegen drei am Nachmittag, als Annette von der Zusammenkunft bei Goethe heimkehrte und nach ihm schaute, wachte er auf. Es gab Tee und dazu einen Kuchen, den die Köchin der Auerbachs gebacken hatte. Wilhelm lobte ihre Kochkunst, Tante Ernesta lächelte. Wilhelm wusste nicht, dass es sich in diesem Fall geziemte, die Hausherrin zu loben. Das erfuhr er erst später, sah aber trotzdem nicht ein, dass man jemanden lobte, der selbst gar nicht aktiv geworden war, lediglich das Ganze bezahlte.

Annette unterhielt sich mit ihrem Onkel über die politische Situation. Sie waren sich einig, dass es dringend geboten war, die kleinteiligen teutschen Lande in einen einheitlichen Staat zu überführen. Das existierende Heilige Römische Reich Teutscher Nationen war weder heilig noch römisch, so versicherte der Onkel, und man benötigte keinen Kaiser, keinen Franz den zweiten oder den ersten, der in Wien saß und sowieso nur die habsburgischen Interessen vertrat. Bei der Beurteilung der Französischen Revolution waren die Meinungen recht unterschiedlich: Ferdinand von Auerbach wollte gern einen teutschen König behalten, wobei nicht klar war, wie weit sich die ihm zugehörigen Lande ausdehnen sollten, während Annette eine Volksvertretung ähnlich der französischen Nationalversammlung bevorzugte, jedoch ohne einen Robespierre und erst recht ohne einen Doktor Guillotin und sein Mordwerkzeug.

Wilhelm hatte seine Gedanken nie weit über Weimar hinaus gespannt, höchstens einmal nach Jena oder Eisenach, doch nie weiter als bis zu den Grenzen des Herzogtums. Er war fasziniert von der Selbstverständlichkeit, mit der Annette die teutschländischen Strukturen und die der Nachbarländer sezierte. Nie wäre er selbst auf die Idee gekommen, über weltumspannende Zusammenhänge nachzudenken oder sogar zu sprechen. Er fühlte sich hineingezogen in einen Weltanschauungsstrom, der in ein ihm unbekanntes Meer der Erkenntnis mündete. Er war begeistert.

Dennoch sah er nicht ein, seinen gesunden Menschenverstand, den ihm Agnes Gansser vermittelt hatte, abzulegen. So meinte er, aus seinem Grundverständnis des menschlichen Zusammenlebens heraus habe eine Republik möglicherweise einen guten Einfluss auf die Bildung aller Menschen. Dabei betonte er das Wort »aller«, das ihn selbst mit einschloss. Der pädagogische Anteil an des Onkels Seele stimmte dem zu und gewann vorübergehend die Oberhand über seine royalistische Bruderseele.

Nach einem leichten Abendessen begab sich Wilhelm wieder ins Gästezimmer, legte sich nieder und dankte seinem Herrgott für das Glück, das ihm widerfahren war. Dann schlief er ein.

~~~

Die militärische Lagebesprechung fand um 15 Uhr im Roten Schloss unter Leitung von Major von Seebach statt. Taupe war vom Frauenplan herübergekommen und hatte den Küster mitgebracht. Major von Seebach erklärte den beiden genau, was sie zu tun hatten. Der Küster sollte Taupe zeigen, wo und wie die Glocken geläutet wurden, damit dieser jederzeit das Signal geben konnte. Ansonsten sollte er sich unauffällig verhalten. Insgesamt gab es vier Glocken, eine davon war derzeit stillgelegt, die Aufhängung musste repariert werden. Die dritte Glocke wurde vom Sohn des Küsters geläutet, der keiner Aufklärung bedurfte.

Zudem war da noch ein Kantor, der die Orgel spielte, den hatte man bisher vergessen. Weil dieser schon beim Einmarsch des Brautpaares musizieren sollte, einigte man sich darauf, ihn nicht ins Vertrauen zu ziehen. Zitternde Finger waren nicht erwünscht.

Dann erläuterte der Major dem Leutnant und zwei anwesenden Sergeanten, wie die Männer positioniert werden sollten. Verschiedene Szenarien wurden gedanklich durchexerziert. Der Moment des Glockengeläuts wurde als Zeitpunkt null definiert. Im Halbminutentakt legte der Major die Bewegungen der Husaren und der zusätzlich verpflichteten Infanteristen fest, bis zum völligen Abriegeln des Jacobsviertels. Dieses Abriegeln würde zum Zeitpunkt plus vier abgeschlossen sein müssen, also zwei Minuten nach dem Geläut.

Friedrich von Seebach machte erneut deutlich, wie wichtig es war, dass die Husaren und Soldaten nicht vorab gesehen wurden. Für den Fall, dass Wilbert von Brun schon früher auftauchte, einigte man sich darauf, dass alle Beteiligten zwei Stunden zuvor, also um 10 Uhr, ihre Posten beziehen sollten. Major von Seebach würde das Befehlszentrum in einem leer stehenden Haus nahe des Wangemann'schen Gartens einrichten. Von dort konnte er das Geschehen an der Südseite der Kirche beobachten und eventuell korrigierend eingreifen. Der Gefreite Koch wurde ihm als persönlicher Adjutant zugeteilt.

»Nun fehlt noch ein wichtiges Detail«, sagte der Major. »Wir brauchen jemanden im Innern der Kirche, der diesen Lump festsetzt und in Ketten legt. Ohne Blutvergießen und vor allem: vor der Trauungszeremonie. Eventuell ein Husar ... in Zivil.« Er hatte »in Zivil« widerwillig ausgesprochen, kein

Soldat ließ sich gerne von seiner Uniform trennen, insbesondere nicht während einer offiziellen Mission.

Überraschend meldete sich der Leutnant: »Herr Major, das kann ich übernehmen.«

Der Major sah ihn erstaunt an. »Wie das? Vorschlag?«

»Heute früh hat mich Frau von Stein angesprochen, sie hätte ja etwas gut bei mir. Das stimmt, sie hat mir mal geholfen mit … äh, jedenfalls bat sie mich, den Trauzeugen für Frau von Zeiselburg zu geben. Sie selbst ist die zweite Trauzeugin. Ich habe mir Bedenkzeit erbeten.«

Der Major hob die Augenbrauen. »Das ist gut, Leutnant, das ist sogar sehr gut! So schleusen wir Sie in die Kirche, zwar in Paradeuniform, ohne Pistole, aber immerhin, Sie sind nah dran. Jeder erkennt, dass Sie zu Repräsentationszwecken dort sind, und damit haben wir Sie quasi inkognito ins Kirchenschiff gelotst. Hervorrrrragend! Die Details besprechen wir gleich unter vier Augen.«

»Zu Befehl, Herr Major!«

»Und noch eines …« Die Augen des Majors blitzten auf. »Ich will diesen Mörder lebend haben, klar? Ich will wissen, was seine Beweggründe waren!«

Alles war vorbereitet. Nach menschlichem Ermessen konnte nichts schiefgehen.

24. Von Glück, Heil, Scham und Tod

Sonntag, 21. Oktober 1804

Isabella war bereit. Im Haus ihrer Cousine Charlotte an der Ackerwand hatte sie sich ankleiden und frisieren lassen. Das Hochzeitskleid in zartem *Bleu* stand ihr hervorragend. Der Blumenschmuck war rechtzeitig eingetroffen, die weiße Kutsche stand bereit.

Die Suche nach dem Brautführer hatte sich schwierig gestaltet. Ihr Vater war tot, so auch Charlottes Ehemann Josias. Ihr ältester Sohn galoppierte mit der preußischen Kavallerie irgendwo übers Land, und ihren Schwager konnte sie nicht ausstehen. So hatte sie entschieden, Carl Wilhelm von Stein zu fragen, den ältesten Sohn ihrer Cousine Charlotte. Er war inzwischen Herr auf Schloss Kochberg, hatte seiner einundsechzigjährigen Mutter die Verantwortung abgenommen, und er hatte zugesagt. Seine Frau Amélie hatte keine Einwände. Isabella hatte sich während des Aufenthalts auf Schloss Kochberg mit ihr angefreundet. Carl Wilhelm war mit neununddreißig Jahren zwar vier Jahre jünger als Isabella selbst, das war ungewöhnlich für einen Brautführer, aber es störte sie nicht. Zudem war sie sicher, dass er nicht irgendwann *fleurette* zu ihr sagen würde, denn sie hatten sich zu ihrer Jugendzeit noch nicht gekannt.

Die Verlobung mit Frederic hatte zu zweit stattgefunden – sehr romantisch, an einem lauschigen Plätzchen zwischen wunderschön gefärbten Bäumen bei strahlendem Herbstwetter. Mit einer reizend gedeckten Tafel voller kleiner Köstlichkeiten. Sogar Feigen waren dabei gewesen. Und Frederic hatte ihr allerliebste französische Zärtlichkeiten ins Ohr geflüstert, so als wären sie erst achtzehn oder neunzehn Jahre alt. Das war ihr Geheimnis, niemand wusste davon. Nicht von den bunten Herbstblättern, die selbst dem leisesten Wind nicht mehr widerstehen konnten, sich lösten und freudig zu schweben begannen, nicht von Frederics Hand, die, über Isabellas zitternde Haut streichend, von ihrer Schulter hinab ins Dekolletee glitt.

Ihre Cousine war empört gewesen nach Isabellas Auftritt bei der Teegesellschaft. Warum sie ihr das nicht zuvor mitgeteilt hatte, sie habe sich so geschämt. Isabella entschuldigte sich und argumentierte, dass Frederic sie um Stillschweigen gebeten habe, da er erst noch seine französische Geburtsurkunde besorgen müsse und es sonst Probleme mit der herzoglichen Administration geben könne. Und diese Urkunde habe er just am Montag erhalten.

Daraufhin fragte Charlotte, ob dies eine »ehrliche« Hochzeit sei. Isabella lachte. Natürlich sei dies eine ehrliche Hochzeit, mit dreiundvierzig Jahren werde sie nicht mehr schwanger. Sie nahm ihrer Cousine die Frage nicht übel, denn solche kurzfristigen Hochzeitsankündigungen, noch dazu mit minimalen, fast schon geheim zu nennenden Feierlichkeiten, waren üblich für Paare, die vorher »zusammen gelegen« hatten und die Schwangerschaft nachträglich legalisieren wollten. Die eigentliche Feier fand in solchen Fällen erst bei der Kindstaufe statt.

Als Isabella dann ihre Cousine Charlotte fragte, ob sie ihre Trauzeugin werden wolle, stimmte diese lächelnd zu und war wieder versöhnt. Nun musste Isabella aber noch einen zweiten Trauzeugen finden, das war klar, üblicherweise ein

Mann – aber wer sollte das sein? Isabella wollte jemanden, den sie nicht kannte, der keine Fragen stellte und ihr keine zusätzlichen Verpflichtungen aufbürdete. Anderseits keinen frivolen Kavalier, der auf falsche Gedanken kam. Charlotte schlug vor, den Leutnant der Ordonnanzhusaren zu fragen, einen stattlichen jungen Mann, der mit seinem roten Dolman, der weißen Hose und den schwarzen Stiefeln sicher ein gutes Bild neben Isabella abgäbe. Er sei ihr noch »etwas schuldig«, so meinte Charlotte von Stein. Isabella hatte zugestimmt.

Sie würde Frederic um halb zwei vor der Jacobskirche treffen. Ihre Spannung stieg.

⁓⦿⦾

Major von Seebach stand bereits seit 12 Uhr auf seinem Beobachtungsposten im ersten Stock des Wangemann'schen Hauses. Zuvor hatte er die vier Husaren- und Infanteristenverstecke kontrolliert. Alles in Ordnung.

Das Wetter war gut, bewölkt, keine blendende Sonne, angenehme Temperaturen um dreizehn Centigrade.

Gegen eins bemerkte er, wie der Platz vor der Jacobskirche sich allmählich mit Zuschauern füllte. Seine Vermutung hatte sich bestätigt: Der Bericht im Weimarischen Wochenblatt lockte Neugierige an, die wissen wollten, ob die Hochzeit tatsächlich stattfand, auch wenn weder Zeit noch Ort bekanntgegeben worden waren. Nun ja, es gab nur zwei Kirchen in Weimar, und die Uhrzeit für heimliche Hochzeiten war so etwas wie ein schlecht gehütetes Geheimnis in der Stadt. Inzwischen hatten sich siebzig bis achtzig Zuschauer eingefunden, die sich an der Westseite des Jacobsplans versammelt hatten, um den Eingang der Kirche im Blick zu behalten.

Von Osten, über den Plumpborn, näherte sich die mit wunderbaren Blumen geschmückte Brautkutsche. Ein Ring von

Astern und Anemonen umgab die Karosserie. Die Pferde trugen einen Kopfschmuck aus weißen Chrysanthemen.

Seebach zog seine Taschenuhr heraus: halb zwei. Der Gefreite Koch, sein persönlicher Adjutant, stand am Nachbarfenster.

Der Brautkutsche folgten die Brautmäden mit ihren Blumenkörben und ein paar Weibsleute, die den Brautzug vervollständigten. Die Kutsche hielt an der Ostseite des Jacobsplans, ein Mann stieg aus. Der Bräutigam? Major von Seebach griff zum Fernrohr. Nein, es war Carl Wilhelm, der Sohn der Frau von Stein, er kannte ihn aus Kochberg. Dann folgten die Braut und Charlotte von Stein. Der Sohn schien der Brautführer zu sein, er bot der Braut seinen Arm, sie setzten sich an die Spitze des Weiberzugs und marschierten über die Südseite des Jacobsplans in Richtung Kirchenportal.

Von Westen her sah der Major nun den Männerzug näher kommen, so wie es üblich war. Erneut richtete er sein Fernrohr ein. An der Spitze des Zugs erkannte er jedoch nicht den Bräutigam, sondern seinen Leutnant, im vollen Ornat, dahinter etwa zehn Männer, die, ohne viel Freude, den herumspringenden Kindern ein paar Pfennige zuwarfen. Wo war der Marquis de Laval alias Wilbert von Brun?

Die Kinder wandten sich nun dem Zug der Weibsleute zu. Eine ältere Frau, die sogenannte Rumpelfrau, verteilte kleine runde Kuchen. Friedrich von Seebach hatte den Eindruck, dass Charlotte von Stein ihren prüfenden Blick über all die Vorgänge schweifen ließ.

Doch wo blieb der Bräutigam?

~⚬~

Isabella stieg aus der Kutsche. Carl Wilhelm von Stein reichte ihr seinen Arm, sie setzten sich an die Spitze des Brautzugs und schritten langsam an der Südseite der Jacobskirche entlang. Direkt hinter ihnen lief Charlotte von Stein, rechts und links die Brautmäden. Mit Freude erblickte sie den Zug der Männer, der von Westen auf sie zukam. Doch was war das? Der Husarenleutnant führte den Zug an. Wo war Frederic?

Sie gingen aufeinander zu, hielten kurz an, der Leutnant lächelte, Isabella machte einen ernsten Eindruck, sie drehten sich beide nach Norden und marschierten weiter. Das Ganze hatte etwas militärisch Exerzierendes an sich. Vor dem Kirchenportal drehten sie nach rechts. Jetzt strahlte Isabella wieder. Frederic stand im Portal, etwas zurückgesetzt, nur mit frontal gerichtetem Blick sichtbar. Er lachte. Sein Gesicht war braun gebrannt, die Haare trug er offen, bis auf die Schultern fallend, die dunkelgrüne Uniform mit dem Degen stand ihm sehr gut. Er sah umwerfend aus.

Sie beschleunigte ihre Schritte. Am liebsten wäre sie ihm um den Hals gefallen, aber das passte nicht zu der öffentlichen Situation.

»Das ist Frederic Marquis de Laval!«, sagte sie stolz in Richtung ihrer Cousine.

»*Mon plaisir, Monsieur!*«

»*Madame!* Die Freude ist ganz meinerseits.« Damit drehte sich der Marquis zur Seite und musterte den Leutnant. »*Qui est-ce?* Wer ist das?«

»Der Leutnant ist mein Trauzeuge«, antwortete Isabella von Zeiselburg.

Der Marquis betrachtete den Degen des Husaren, dann blickte er prüfend auf dessen Koppel, so als suchte er etwas, vielleicht die Pistole. Doch der Leutnant trug keine Schusswaffe.

»*Alors* ... nun gut. *On y va?*«

»*Oui.*« Isabella nahm Frederics Arm, dann schritten sie langsam und würdevoll mit Orgelklang durch das Portal und unter dem Kirchturm hindurch in Richtung Altar. Isabella war sehr zufrieden.

Major von Seebach ließ hinter dem Fenster im ersten Stock einen solch heftigen Fluch los, dass der Gefreite Koch errötete.

»Dieser Hund von einem Marquis hat sich vorher schon in die Kirche geschlichen!«

»Ist das schlimm?«, fragte Koch.

»Nicht unbedingt«, brummte der Major. »Hauptsache, wir kriegen ihn, ohne dass jemand verletzt wird. Ich hätte diesen *crétin* gern mit eigenen Augen gesehen. Kann nur hoffen, dass er unsere Männer nicht bemerkt hat und irgendeine Schweinerei im Schilde führt.«

Wilhelm hatte alles Mögliche im Sinn an diesem Sonntag, nur nicht, sich im Auerbach'schen Haus zu verstecken. Er hockte im Gebüsch hinter der Friedhofsmauer auf der Nordseite der Kirche. Er musste darauf achten, den Busch nicht ins Wanken zu bringen, sonst würde er sich verraten. Die Pistole, die der Leutnant ihm am Vortag übergeben hatte, trug er nicht bei sich. Für ihn war es ungewohnt, mit Waffen umzugehen, sie waren ihm fremd. Und sie waren gefährlich. Er hatte die Waffe früh am Morgen – noch im Dunkeln – hinter dem Stein im privaten Felleisen deponiert. Dort konnte er sie holen, falls es wirklich notwendig war. Die große Buche, hinter der das Geheimfach lag, war etwa zehn Schritte von ihm entfernt. Er hatte vergangene Nacht gut geschlafen und fühlte sich stark. Wilhelm wartete.

Louise hatte alles Mögliche im Sinn an diesem Sonntag, nur nicht, sich im Palais zu verstecken. Sie war mit dem Kantor der Jacobskirche befreundet, sie musizierten oft zusammen. Louise hatte ihm angeboten, bei dieser Hochzeitsfeier als *tourneuse de pages* für ihn zu dienen. Dem Kantor war das äußerst willkommen, denn normalerweise war das Umblättern der Notenseiten die Aufgabe eines Knaben, der weder gut lesen noch eine Partitur nachverfolgen konnte. Louise konnte beides. Das wusste er.

In aller Herrgottsfrühe hatte sie sich mit dem Kantor in die Jacobskirche geschlichen. Mühsam war sie die gefühlt einhundert Stufen zur zweiten Galerie hochgestiegen. Der Kantor musste zunächst die Orgel reparieren. Das erledigte er routiniert, brauchte dafür aber zwei Stunden. Dann bereitete er seine Musikstücke vor, Louise half ihm durch das zeitgerechte Umblättern der Partiturseiten und das Auflegen der entsprechenden Noten für die evangelisch-lutherischen Kirchenlieder. Sie saß direkt neben ihm auf einem Klavierhocker aus Eichenholz. Um sich im Fall des Falles gut bewegen zu können, hatte sie sich in schwarze Reithosen gekleidet. Zudem wollte sie damit verhindern, dass Graf Wilbert sie erkannte, denn er hatte sie nur einmal gesehen, bei der Jagdfeier im Schloss, und da hatte sie das scharlachrote Abendkleid getragen.

Der Herzoginmutter hatte sie ausrichten lassen, sie fühle sich nicht wohl, daher werde Annette von Auerbach sie begleiten. Wie Louise hörte, hatte Anna Amalia nach dem Eklat am Montag erleichtert reagiert.

Das einzige Problem für Louise von Göchhausen bestand darin, dass die Orgel sich in der zweiten Galerie im Bereich des Kirchturms befand, also direkt über dem Eingangsbereich und damit zu weit entfernt vom Geschehen am Altar.

Annette hatte noch nie direkt neben der Fürstin gesessen. Anna Amalia war – wenn man ihre übliche Turmfrisur abzog – kleiner, als sie vermutet hatte, zudem war sie freundlicher als gedacht. Während der Fahrt vom Witthumspalais zur Jacobskirche unterhielten sich die beiden Frauen. Als eine kurze Gesprächspause entstand, sagte Annette: »Hoheit, falls Ihnen der Bräutigam bekannt vorkommen sollte, er ist der Bruder des Grafen von Truss.«

»Tatsächlich? Von einem Bruder hat mir der Graf gar nichts erzählt, Frau von Zeiselburg auch nicht von einem Bruder ihres Bräutigams. Seltsam.«

Annette antwortete nicht und hoffte inständig, dass die Serenissima nicht weiter nachfragen würde. Ihre Hände zitterten. »Es ist recht kalt, Hoheit«, versuchte sie abzulenken. »Ich hoffe, Sie fühlen sich wohl.«

»Danke, meine Liebe. Es geht mir gut.«

Zum Glück erreichten sie jetzt den Jacobsplan. Sobald die männlichen und weiblichen Hochzeitsgäste im Kirchenschiff verschwunden waren, lenkte Herrmann die Berline mit den beiden Damen vor das Portal. Annette wollte die Tür der Kutsche öffnen, doch die Herzoginmutter ermahnte sie mit einem Handzeichen zu warten. Worauf? Annette war unsicher. Schließlich wurde die Kutschentür von außen geöffnet, Herrmann klappte den Treppensteig herunter, und sie konnten aussteigen. Solch ein Fürstinnenleben hatte seine Eigenheiten. Annette folgte Anna Amalia durch den Gang Richtung Altar. Der Hochzeitsmarsch ertönte, das Brautpaar hatte soeben den Altar erreicht. Sie standen vor ihren Stühlen und warteten auf das Schweigen der Orgel. Der Kantor wiederum wartete auf die Fürstin. Die Serenissima nahm Platz. Annette setzte sich neben sie. Ihre Plätze befanden sich in der ersten Reihe der nördlichen Bankseite, direkt neben dem Nordausgang, das hatte Annette so geplant. Es war schon oft von einer Fürstenloge gesprochen worden, mit einem separaten Eingang, aber diese war noch nicht vollendet. Man maß der Angelegenheit wohl keine allzu hohe Priorität bei, denn die Fürstenfamilie besuchte hauptsächlich die Stadtkirche St. Peter und Paul. Der Leutnant saß auf derselben Bank, jedoch am anderen Ende, direkt am Mittelgang. Er schien nervös zu sein. Annette vermied es, ihn anzusehen. Zwischen dem Leutnant und der Serenissima saß eine ältere, komplett in Schwarz gekleidete Dame mit einem dunklen wolkenähnlichen Hut. Sie saß dort mit hochgerecktem Kinn und einer gespielten Würde. Das Gegenbeispiel zu Anna Amalia.

Die Orgel verstummte. Das Brautpaar setzte sich. Eine der Glocken begann zu läuten, die anderen folgten. Zeitpunkt null. Annette zählte in Gedanken bis hundertzwanzig. Als sie zu Ende gezählt hatte, war nichts passiert. Niemand hatte sich gerührt, alles war still. Sie wusste, dass die Kirche inzwischen von Soldaten umstellt war. Doch was ging im Innern des Gotteshauses vor sich? Wilbert von Brun saß weiterhin auf seinem Stuhl neben Isabella, unmittelbar vor der ersten Bankreihe. Annette erkannte, dass er eine dunkelgrüne Uniform und einen Degen trug. Dazu schwarze Stiefel. Hofprediger Günther sprach ein paar rituelle Wortformeln, dann ging er auf das Brautpaar zu.

Annette sah das Folgende nur schemenhaft an sich vorüberziehen. Am nächsten Tag würde sie die Details nicht mehr wiedergeben können.

Der Leutnant griff unter seinen Sitz, holte eine Pistole hervor und trat auf Wilbert zu. Einige Frauen und Kinder schrien auf. Ehe Graf von Brun etwas unternehmen konnte, hatte der Leutnant ihn erreicht und setzte den Pistolenlauf an seinen Hinterkopf.

»Graf Wilbert von Brun, Sie sind verhaftet! Knien Sie sich vor Ihrem Stuhl auf den Boden!«

Eiskalte Stille.

Der Graf rührte sich nicht, sagte nur: »*Je suis Frederic Marquis de Laval!*«

Günther starrte den Leutnant an. »Was erlauben Sie sich! Sie stören eine kirchliche Handlung, Sie gottloser Geselle!«

Annettes Gedanken rotierten. Hätten sie den Prediger doch einweihen sollen? Sie maß den Abstand zum nördlichen Ausgang. Sechs, sieben Schritte. Annette sah die Serenissima an. Die Fürstin war kreidebleich.

»Hoheit, wenn ich Ihnen ein Zeichen gebe, laufen Sie mit mir zu dieser Tür.« Sie deutete mit dem Kinn auf den Nordausgang. »Dahinter wartet Herrmann mit der Kutsche!«

Anna Amalia nickte. Sie zitterte.

»Kommen Sie nicht näher!«, rief der Leutnant dem Hofprediger zu. »Das ist zu gefährlich!«

Doch Günther ignorierte ihn. »Verschwinden Sie, Mann, aber augenblicklich!«

Der Leutnant war für einen Moment abgelenkt, schon hob Isabella von Zeiselburg ihren Stuhl und hieb ihm diesen gegen den Kopf. Er ging zu Boden. Menschen kreischten, Annette nahm Anna Amalias Hand. »Schnell, Hoheit, folgt mir!« Sie zog sie über den Gang. Die beiden Frauen erreichten Sekunden später den Nordausgang. Sie klopften an die Tür.

»Was ist los?«, fragte eine Männerstimme.

»Die Kraniche des Ibykus!«, rief Annette.

»Was soll das?«, brummte die Männerstimme.

»Aufmachen, schnell, die Kraniche des Ibykus!«, schrie Annette noch lauter. Hinter ihr hatte sich ein lärmender Tumult erhoben.

Endlich wurde die Tür geöffnet, die beiden Frauen rannten hinaus, laut fielen die Türflügel hinter ihnen ins Schloss. Annette entdeckte sofort die Berline und zog die Serenissima dorthin. Herrmann erkannte die Situation, sprang vom

Kutschbock, öffnete den Schlag, die Frauen stiegen ein, die Pferde schnaubten, er kletterte flink wieder hinauf, schwang die Peitsche, und sie brausten unter wildem »Heja, heja, heja ho!« davon.

~~~

Major von Seebach beobachtete zufrieden, wie nach dem Zeitpunkt null bis zum entscheidenden Moment plus vier alles wie am Schnürchen lief. Der Bereich der Jacobskirche und des Jacobsplans war umstellt.

Doch dann änderte sich schlagartig seine Laune. Hinter der Kirche raste in atemberaubendem Tempo die Berline der Herzoginmutter hervor, der Kutscher brüllte irgendetwas Sinnloses, hieb auf die beiden Pferde ein, die schnaubend in die Kirchhofgasse galoppierten, und innerhalb von Sekunden war die Kutsche verschwunden. Von Seebach hatte zwei Frauen in der Berline erkannt und nahm an, dass Anna Amalia und Annette nun in Sicherheit waren.

»Gefreiter Koch, sofort zur Nordseite der Kirche, klären, was dort vor sich geht. Treffpunkt vor dem Kirchenportal!«

»Zu Befehl, Herr Major!« Der Gefreite rannte die Treppe hinunter.

~~~

Louise war entsetzt. Im Kirchenschiff hatte sich Chaos ausgebreitet. Viele Menschen drängten sich hektisch durch die Reihen, einige wollten die Kirche verlassen, andere suchten Deckung unter den Kirchenbänken. Von der zweiten Galerie aus beobachtete sie, dass Wilbert alias Frederic die Pistole des Leutnants ergriff, die vor dem Altar liegen geblieben war. Er hob die Waffe in die Höhe.

Frauen kreischten.

»Herhören!«, schrie Wilbert. »Jetzt setzen sich alle wieder hin, und dieser verdammte Pfarrer hier spricht endlich seine Trauformel – ist das klar?!«

Selbst auf die Entfernung konnte Louise wahrnehmen, wie entsetzt Isabella ihren Verlobten anstarrte. Sie tat ihr leid. Wilbert hatte sie am Arm gepackt und hielt sie fest. Er befahl einem alten, dünnen Mann in der ersten Reihe: »Schließ das Portal!«

Der Alte lief durch den Gang nach vorn. Louise erkannte ihn: der Klepper. Doch er kam nicht bis zum Portal. Kurz bevor er das Turmgebäude erreicht hatte, traf ihn von oben ein Klavierstuhl aus Eichenholz.

~ · ~

Wilhelm hatte von seinem Beobachtungsposten aus wahrgenommen, wie Annette mit der Serenissima geflohen war. Gut, die beiden waren also in Sicherheit. Doch was war da drinnen los? Er sah einen Husarengefreiten herumlaufen, der sämtliche Soldaten befragte, wahrscheinlich der Adjutant des Majors, der eine Lagemeldung abgeben sollte. Hoffentlich hatte der Major alles im Griff. Wilhelm warf sicherheitshalber einen Blick hinüber zum steinernen Felleisen. Der Schreck fuhr ihm in die Glieder: Der Stein war verschwunden, das Geheimfach stand offen! Ob die Pistole noch drinnen lag, konnte er nicht erkennen, auch durfte er sich nicht bewegen, um nicht entdeckt zu werden. Er hatte keine andere Wahl: Er musste warten.

~ · ~

Nachdem der Klavierstuhl den Klepper an der Schulter getroffen und zu Boden gerissen hatte, schaute Wilbert zu

Louise hoch. Ihre Blicke trafen sich. Ja, er begriff. Die Frau in der Reithose war identisch mit derjenigen im scharlachroten Kleid. Und ja – auch ihr wurde klar, wer da unten stand: Friedrich Graf von Truss alias Frederic Marquis de Laval oder Wilbert Graf von Brun. Der eloquente Plauderer von der herzoglichen Jagdgesellschaft. Beide wussten, wer der jeweilige Gegner war. Und Wilbert sollte nun gewiss sein, dass er nicht nur einem Kontrahenten gegenüberstand. Hoffentlich verunsicherte ihn diese Erkenntnis und ließ ihn einen Fehler begehen.

Umgehend wurde Louise bewusst, dass sie sich falsche Hoffnungen gemacht hatte. Wilbert zerrte seine Verlobte gnadenlos vor den Hofpfarrer, hielt ihr die Pistole an den Hals und schrie den Prediger an, er solle endlich die Heiratsformel sprechen.

Christoph Günther blieb keine andere Wahl. »Willst du, Isabella von Zeiselburg, den hier erschienenen Frederic Marquis de Laval heiraten und ihm treu bleiben, bis dass der Tod euch scheidet?«

Isabell sah Wilbert ängstlich an, er hielt sie brutal am Arm.

»Nun sag schon Ja! Los!«

Isabella schien etwas zu flüstern. Louise konnte es nicht hören.

»Lauter!«, schrie Wilbert.

»Ja, ich will, du verdammter Idiot!«

Wilbert lachte. »Weiter!«

»Willst du, Frederic Marquis de Laval, die hier anwesende Isabella von Zeiselburg heiraten und ihr treu bleiben, bis dass der Tod euch scheidet?«

»Ja, genau das will ich: bis der Tod uns scheidet!«, brüllte Wilbert durch das Kirchenschiff, mit solch einer kalten Stimme, dass viele Menschen zusammenzuckten.

In diesem Moment rappelte der Leutnant sich auf. Er schien sich von dem Schlag mit dem Stuhl erholt zu haben. »Du kommst mir nicht davon!«, schrie er, einen Dolch in der Hand haltend.

Wilbert drehte sich um. Mit der Linken zog er Isabella an sich, mit der Rechten umfasste er die Pistole. Der Husarenoffizier ging auf ihn zu. Wilbert von Brun hob die Pistole, ohne Hast, zielte auf die Stirn des Leutnants und drückte sofort ab.

Ein tausendfaches Echo klang durch das Kirchenschiff, manch einer mochte an die Apokalypse glauben – hier und jetzt. Blut spritzte auf die erste Reihe der Gäste. Der Husarenleutnant klappte wie ein gefällter Baum zusammen und schlug mit einem lauten Knall auf den Steinboden.

Louise glaubte kaum, was sie sah. Das hätte niemals geschehen dürfen. Sie fühlte sich, als ob eine eiserne Hand nach ihr griff. Sie starrte auf die Szenerie unter ihr, verharrte reglos – stumm und still.

Entsetzen hatte sich ausgebreitet, keiner sagte ein Wort, niemand wagte einzugreifen. Der Hofprediger hielt sich mühsam am Altar fest. Das Blut des Leutnants breitete sich zu seinen Füßen aus.

Für einen Moment schien Wilbert von seiner eigenen Tat überrascht zu sein. Er überlegte kurz, dann steckte er die Pistole in seinen Stiefelschaft, stieß Isabella auf ihren Stuhl und schrie: »So, ich hab's geschafft, das kann mir keiner mehr nehmen!«

Louise krampfte es den Magen zusammen. Sie hatte die Trauung nicht verhindern können. Isabella von Zeiselburg war nun mit diesem schrecklichen Mann verheiratet. Und was noch schlimmer wog: Dabei war ein Mensch zu Tode gekommen.

Dem Major war von seinem Adjutanten gemeldet worden, dass in der Kirche ein Schuss gefallen war. Umgehend öffnete er das Portal. Kaum hatte er die Jacobskirche betreten, fiel ein zweiter Schuss. Er stürmte hinein. In all dem Durcheinander brauchte er einen Moment, um sich zu orientieren. Dann hörte er jemanden rufen: »Die Kraniche des Ibykus!«

Er lenkte seinen Blick zum Nordausgang. Wilbert. Verdammt, wer hatte ihm das Kennwort verraten?

Diesmal wurde sofort geöffnet, schon im Laufen sah von Seebach, wie Wilbert seinen Degen zog, direkt auf einen seiner Husaren zuging und ihm die Waffe in den Leib stieß. Röchelnd brach der Soldat zusammen. Der Major lief schneller. Unter schwerem Gefecht, teils gegen drei Husaren gleichzeitig, versuchte Wilbert, zum Friedhof zu gelangen. Einer der Soldaten hatte seine Pistole gezogen, ein anderer ein Gewehr in Anschlag gebracht.

»Ich brauche ihn lebend!«, befahl der Major vom Nordportal aus.

⁓⊚⌒

Wilhelm schüttelte den Kopf. Er hätte diesen Mordbuben schon längst erschossen. Eine Gänsehaut überzog seinen Körper bei dem Gedanken, dass er in Kürze seinem Bruder gegenüberstehen würde. Seinem Bruder, dem Mörder.

Wilhelm löste sich aus seinem Versteck und sprang hinüber zum Steinernen Felleisen. Die Pistole lag noch an ihrem Platz, er nahm sie zur Hand und drehte sich um.

Wilbert stand sieben oder acht Schritte von ihm entfernt. Er hielt die Pistole des Leutnants in der Hand. Wilhelm legte an. Er spannte den Hahn. Er zielte.

Wilbert hob den Arm. Ein Pistolenduell. Nicht zu vergleichen mit einem Wortduell. Sollte Wilhelm zuerst schießen?

Wenn er verfehlte, hatte Wilbert freie Schussbahn. Falls er wartete, konnte es ihn erwischen, bevor er selbst abdrückte.

Um ihn herum tauchten immer mehr rote Uniformen auf. Zwischen den Gräbern, vor den Mauern, auf den Mauern, neben den Bäumen. Keiner wagte einzugreifen.

Er versuchte, Wilbert zu fixieren. Es gelang ihm nicht. Hinter dem Pistolenlauf schwebte das unscharfe Bild eines Menschen. Die Umrisse seines Bruders.

Nicht nachdenken, sagte er sich. Doch dieses Nichtdenken fiel ihm schwer. Er sah Agnes Gansser vor sich. Und eine Frau in der typischen Kleidung einer Magd.

Langsam ließ er seine Hand sinken.

»Dacht' ich mir doch!«, rief Wilbert. »Du traust dich nicht, ha, ha, ha!« Sein Lachen hallte hässlich über den Friedhof.

Urplötzlich kam von der Seite ein Schatten geflogen, Wilhelm glaubte, es sei ein Vogel, doch dieser Schatten flog auf Wilbert zu, traf ihn am Kopf, er kippte zur Seite und sackte in sich zusammen.

Ein junger Mann eilte auf Wilhelm zu, lächelnd, freundlich. Er trug eine einfache Tunica mit einem Strick um den Leib. »Nu, mei Gutsder, zum Glücke hadd' ich den Mauerstein grad zur Hand!«

25. Von zwei Orden und zwei Toten

Freitag, 26. Oktober 1804

Eine Woche später hatte sich die Stimmung in Weimar immer noch nicht beruhigt. Die unglaubliche Tatsache, dass ein Heiratsbetrüger drei Damen höchsten Standes getäuscht hatte, sorgte für jede Menge Gesprächsstoff. Überschattet wurde dies von dem Doppelmord an Frau Meyerbeer und Frau von Bandewitz. Der »Gipfel der Verkommenheit« – so hieß es im Weimarischen Wochenblatt – sei jedoch der Mord an dem Husarenleutnant direkt vor dem Altar der Jacobskirche gewesen. Der Klepper, den der Klavierstuhl an der Schulter getroffen hatte, wurde in der Zeitung als Mittäter bezeichnet. Er war verschwunden.

Unter großer Anteilnahme der Bevölkerung war der Leutnant am Donnerstag beerdigt worden, nur wenige Meter von seinem Todesort entfernt. Wilhelm und Annette hatten Louise am Grab in ihre Mitte genommen und ihren Tränen freien Lauf gelassen.

Am gleichen Tag war Wilbert von Brun durch das Oberlandesgericht Jena zum Tode durch das Schwert verurteilt worden.

Herzog Carl August hatte für den Freitag Louise, Wilhelm, Annette und Friedrich von Seebach zu einer Audienz ins Schloss geladen. Sie mussten ihm Bericht erstatten über die Vorfälle am vergangenen Sonntag in und um die Jacobskirche. Einen besonders detaillierten Rapport verlangte der Serenissimus über die mögliche Gefährdung und die Rettung seiner Mutter. Als er hörte, dass ebendies Annettes Obliegenheit gewesen sei, lobte er sie und gestand ihr einen freien Wunsch zu. Einen Wunsch, den er – der Herzog – mächtig genug sei, erfüllen zu können. Annette zögerte keinen Moment: Sie bat den Herzog um seine Einwilligung, Wilhelm Gansser oder Wilhelm Graf von Brun – wie immer der Mann nun auch hieß – heiraten zu dürfen. Der Herzog lächelte ein wenig, denn wenn überhaupt, hätte er diesen Wunsch von Wilhelm erwartet. Irgendwie erinnert ihn das Fräulein Annette an eine gewisse Caroline S. aus Jena – ihren vollen Namen hatte er vergessen. Er erkundigte sich bei Wilhelm, ob er damit einverstanden sei, und gab dem Wunsch der beiden jungen Leute statt.

Dem Major Friedrich von Seebach heftete er einen Orden an die Brust und gratulierte ihm in militärischer Manier zu seiner hervorragenden Planung der Aktion und der umsichtigen Ausführung. Einer Beförderung zum Oberstleutnant schien nichts mehr im Wege zu stehen. Auch der Gefreite Koch bekam – in Abwesenheit – einen Orden und wurde zum Sergeanten befördert.

Während sie noch zu einem kleinen Plausch zusammenstanden, stürmte der Regierungsrath Karl Wilhelm von Fritsch ohne Anmeldung herein, entschuldigte sich beim Herzog drei- bis fünfmal bücklingsweise für seinen Auftritt und erklärte, dass er einen seiner Canzlisten dabei erwischt habe, wie er amtliche Dokumente gefälscht habe. Darunter sei auch eine französische Geburtsurkunde gewesen, im Französischen *acte de naissance* genannt, ausgestellt für einen gewissen Frederic Marquis de Laval. Der Herzog nickte wohlwollend, und Herr von Fritsch sah die Aussicht auf seinen zukünftigen Posten als Generalpolizeydirektor im hellsten

Lichte am Horizont erstrahlen. Wilhelm wusste sofort, wer dieser Canzlist war: der Mann mit der schiefen Nase, dem er in Zusammenhang mit der Lieferung des Schreibtisches an die Canzley im Roten Schloss begegnet war.

Dann sagte der Herzog etwas, das jedermann erhofft und herbeigesehnt hatte: Mit dieser vom Regierungsrath von Fritsch soeben amtlich festgestellten Fälschung und der Tatsache, dass ein Marquis de Laval im Grunde gar nicht existierte, sei die Voraussetzung für eine legale Heirat verwirkt und es sei kein Problem, die Ehe zwischen diesem Marquis und Frau von Zeiselburg für ungültig zu erklären. Natürlich müsse das alles seinen amtlichen Weg über das Weimarer Konsistorium und das Geheime Conseil gehen. Er selbst werde jedoch keine Einwände erheben, das sollte man vorab wissen.

⁃⁓⊙⁓⁃

Als Wilhelm, Annette, Louise und der Major das Schloss verließen, trafen sie vor dem Tor auf Sergeant Koch, der den Major zu sprechen begehrte. Louise, Wilhelm und Annette traten ein paar Schritte beiseite und warteten, bis Koch die Nachricht an den Offizier übermittelt hatte. Während sich die beiden Husaren unterhielten, schauten sie immer wieder zu Wilhelm herüber. Schließlich kamen sie auf ihn zu.

»Gansser«, sagte der Major. »Ich muss Ihnen etwas mitteilen. Leider zu Ihrem Nachteile.«

Wilhelm sah ihn überrascht an. »Wie bitte? Um was geht es?«

»Ihr Vater, also Ihr Ziehvater, dieser Heinrich Gansser, er ist tot.«

»Oh!« Wilhelm wusste nicht, was er sagen sollte. Noch vor Kurzem hatte er ihm den Tod gewünscht, doch nun konnte er es kaum fassen. »Wie …? Ich meine, wie ist das passiert?«

»Wir haben mehrere Zeugen aus der Winkelgasse, die berichteten, dass Ihre Mutter, Agnes Gansser, ihn erschlagen hat. Mit dem Schürhaken. Zuvor habe er sie angeschrien, sie sei ... mit Verlaub ... eine taube Nuss.«

⚜

Von diesem Freitagnachmittag an bis zum folgenden Montag verkroch sich Wilhelm Gansser im Gästezimmer der Auerbachs. Er saß nur da und dachte nach, ließ sein Leben an sich vorüberziehen, aß nichts, trank nur ab und zu einen Schluck Wasser und sprach kein Wort.

26. Von Gründen und Abgründen

Montag, 29. Oktober 1804

Am Montag gegen 11 Uhr klopfte ein Fremder an die Tür des Auerbach'schen Hauses. Er trug eine Tunika, einfach geschnitten, aber aus feinem Tuch, dazu einen breiten Ledergürtel, und stellte sich als Martin Gottfried Reisinger aus Jena vor. Er suche einen jungen Mann, groß, kräftig, mit braunen Locken, der sich auf dem letzten Zwiebelmarkt so wissbegierig nach dem Bau von Musikinstrumenten erkundigt hatte. Annette gab Reisingers Frage durch die Tür des Gästezimmers an ihren Verlobten weiter. Schon stand Wilhelm neben ihr und sprach seine ersten Worte seit zwei Tagen: »Ich bin der Tischlergeselle Wilhelm Bruno Gansser. Suchen Sie mich?«

Reisinger musterte ihn, lächelte breit und gab einen tiefen Seufzer von sich. »Ja, genau Sie habe ich gesucht. Seit Tagen. Endlich!« Er atmete hörbar aus. »Jacob August Otto hat sie mir beschrieben, und nicht nur das, er hat sie mir freundlichst empfohlen. Er wandert nach Halle ab, und ich werde seine Geigenbau-Werkstatt fortführen. Vergangene Woche habe ich den Meisterbrief des Herzogs erhalten, und ich habe das Gefühl – so wie Otto Sie mir beschrieben hat –, dass wir gut zusammenpassen. Sind Sie willens und in der Lage, bei mir in Jena als Geselle für den Musikinstrumentenbau anzufangen?«

Annette merkte, dass ihr Verlobter zögerte. Noch vor wenigen Wochen hätte er jedem, der ihm anbot, Weimar zu verlassen, eine Abfuhr erteilt, das wusste sie. Doch nach den Ereignissen der letzten Tage hatte sich sein Blick möglicherweise geweitet.

»Wir könnten zusammen etwas aufbauen!«, ergänzte Reisinger.

Annette sah ihren Verlobten an. Er konnte noch nicht wieder lächeln, sein Gesichtsausdruck war unverändert, aber sie erkannte ein Strahlen in seinen Augen. Sie nahm seine Hand und erklärte, dass Jena die Heimatstadt einiger fabelhaft rebellischer Männer und Frauen sei, auch Caroline Schelling habe dort gelebt. Da wolle sie hin, da wolle sie wohnen und sich mit ihm ein neues Leben aufbauen.

»Dort gibt es aber kein Hofleben!«, warf der Onkel ein.

»Ich weiß. Und das ist gut so. Das würde meine Entscheidungsfreiheit und Kreativität nur einschränken.«

Ferdinand von Auerbach warf ihr einen entsetzten Blick zu, sagte aber nichts.

Dann küssten sich die beiden Verlobten. Onkel und Tante, der Hausbursche und die Zofe hielten sich die Augen zu. Nur Martin Gottfried Reisinger nicht, er nahm am Glück der beiden jungen Menschen Anteil und hoffte, dass deren momentaner Ausnahmezustand zu einem Dauergefüge wurde.

Wilhelm wurde in diesen Tagen über Höhen und durch Täler getrieben. Am Nachmittag erschien ein Bote und überbrachte eine Depesche des Oberlandesgerichts. Wie üblich sollte auch dem Todeskandidaten Wilbert von Brun ein letzter Wunsch gewährt werden: Er wollte seinen Bruder sprechen.

Wilhelm lief aufgeregt in der Auerbach'schen Wohnstube umher und warf das Papier mit einer wütenden Geste in den Kamin, in dem schon Ferdinand von Auerbach das Testament der Frau von Bandewitz hatte verbrennen wollen, und rief: »Nein, nein und nochmals nein!«

Annette versuchte, ihn zu beruhigen.

»Ich will mit diesem Menschen nichts mehr zu tun haben!«, sagte er, jetzt mehr verzweifelt als wütend.

Ferdinand von Auerbach ging langsam auf ihn zu. »Hören Sie, Wilhelm, Sie müssen mit Ihrem Bruder sprechen. Sie werden Antworten erhalten auf Fragen, die, so sie unbeantwortet bleiben, Ihr Leben zur Qual machen. Hören Sie auf einen erfahrenen Mann und Gelehrten: Sprechen Sie mit Wilbert!«

Wilhelm dachte nach. Onkel Ferdinand hatte seine Meinung in der ihm eigenen, lehrhaften Art ausgedrückt, doch immerhin hatte er sich bemüht, ihm einen Rat zu erteilen. Und Wilhelm musste ihm recht geben. Es gab zwar noch eine Halbschwester, Wilma, aber die war verschollen, vielleicht schon tot. Wilbert war tatsächlich der Einzige, der etwas über Wilhelms leibliche Eltern wusste und ihm möglicherweise helfen konnte, die Magd Olivia zu finden. Er sah Annette an.

»Wilhelm«, sagte sie. »Bitte sprich mit ihm. Du bist ein wissbegieriger Mann, obwohl man dir früh einen Deckel auf den Krug der Erkenntnis setzte. Im Nebel wabernde Umstände kannst du nicht gut ertragen, und wenn diese sich auf dein eigenes Leben beziehen, wirst du nicht glücklich werden.«

»Aber ich habe dich, du bringst mir das Glück!«, entgegnete Wilhelm.

»Oh ja, Liebster, das zukünftige Glück, das werden wir teilen. Aber es gibt auch ein rückschauendes Glück, mehr eine Zufriedenheit mit seinem eigenen Weg. Das Leben muss vorausschauend gestaltet werden, aber es kann nur rückschauend verstanden werden.«

Onkel Ferdinand und Tante Ernesta hörten zu. Der Onkel lächelte, was er selten tat, Tante Ernesta liefen Tränen der Rührung die Wangen hinab.

Wilhelm nickte. »Gut. Dann will ich es sofort hinter mich bringen.«

»Soll ich dich begleiten?«, fragte Annette.

»Danke, Liebste, vielen Dank, aber das muss ich allein schaffen!«

⁓☙⁓

Das Zuchthaus war Teil des herzoglichen Gebäudekomplexes neben dem Witthumspalais.

Wilbert saß an einem einfachen Holztisch, seine Hände und Füße lagen in Ketten. Neben ihm standen zwei bewaffnete Husaren. Wilhelm hatte ebenfalls an einem Tisch Platz genommen, etwa fünf Schritte von seinem Bruder entfernt. Zunächst schwiegen sie. Minuten, die wie Stunden dahinschlichen. Wilhelm hatte sich vorgenommen, auf Wilberts erste Worte zu warten, schließlich hatte sein Bruder um dieses Gespräch gebeten. Vielleicht brauchte er es sogar, um sich über Wilhelm von dieser Welt zu verabschieden. Aber er schien es nicht zu schaffen.

»Was hast du mir zu sagen?«, begann Wilhelm nun doch. Mit borstiger, von Widerwillen begleiteter Stimme machten sich die Worte auf den Weg zu seinem Gegenüber.

»Ich wusste nichts von dir und du nichts von mir.«

Wilhelm wartete.

»Du kannst dich glücklich schätzen, nicht mit unserem Vater aufgewachsen zu sein.«

»Da kanntest du meinen Ziehvater nicht.«

Wilbert nickte. »Mag sein. Unser Vater hat meine Mutter nicht geachtet, deine noch weniger. Er hat beide ...«

»Geschlagen?« Wilhelm hoffte, nichts von Vergewaltigung hören zu müssen. Er wollte nicht der Sohn eines Stupratore sein.

»Ja. Mehrmals. Mich hat er nicht geschlagen. Aber es gibt andere Mittel, jemanden zu unterdrücken.«

Wilhelm war sich nicht sicher, was sein Bruder damit meinte.

»Als ich achtzehn Jahre alt war, verliebte ich mich in eine ältere Frau, sie war zweiunddreißig. Agnetha, die Liebe meines Lebens. Verarmter masurischer Landadel, ihr Mann war im Krieg gefallen. Phänomenale Frau. Ich wollte sie heiraten, doch Vater lehnte es strikt ab, wollte mich sogar enterben. Sie sei zu alt für mich und nicht wohlhabend genug.« Er holte tief Luft. »Das war alles: zu alt und zu arm. Sind das Gründe?«

»Nein!«, floss es ungewollt aus Wilhelms Mund. Er dachte an Frau Meyerbeer und Frau von Bandewitz, beide deutlich älter als Wilbert. Und reicher.

»Also habe ich deutlich ältere Frauen geheiratet, um mich unserem Vater nachträglich zu widersetzen, wie ich das schon damals bei Agnetha hätte tun sollen. Aus Rache an ihm habe ich als falscher Bräutigam seinen Vornamen verwendet: Friedrich.« Wilbert lachte höhnisch auf. »Das hätte ihm so gar nicht gefallen.«

Wilhelm war entsetzt vom Ausmaß des Hasses, der aus Wilbert herausbrach.

»Ich konnte mich nie vollends als ein ›von Brun‹ sehen. Habe mich als Bert wohler gefühlt.«

»Was geschah mit meiner Mutter?«, fragte Wilhelm.

»Dass unser Vater Olivia schwängerte, wusste ich nicht. Aber jetzt, mit diesem Wissen, erklären sich einige Merkwürdigkeiten. Meine Mutter, Gräfin Elisabeth ... sie hat sich eines Tages gewandelt, von einem stolzen, schönen Weib in eine griesgrämige Xanthippe. Anders kann man es nicht beschreiben. Sie ist im Jahr darauf gestorben, im Kindbett. Das Kind hat überlebt – unsere Schwester Wilma.«

»Und meine Mutter?«

»Olivia muss dich allein zur Welt gebracht haben, in ihrer Kammer, oben unterm Dach. Ich habe nichts davon mitbekommen, war ja erst vier Jahre alt. Plötzlich verschwand sie, hat dich wohl bei deinen Zieheltern abgegeben.«

»Nein, sie hat mich ins Gebärhaus gebracht, zu einer Hebamme, die wiederum kannte meine Ziehmutter. Woher weißt du das eigentlich alles, wenn du erst vier Jahre alt warst?«

»Johann hat mir das meiste erzählt. Ein alter dünner Mann, mein Vertrauter. Ein Klavierstuhl hat ihn an Schulter und Kopf getroffen, er liegt im Sterben.«

Wilhelm war in Gedanken so mit seiner Mutter beschäftigt, dass er kein Mitleid mehr für Johann übrighatte. »Was ist danach mit meiner Mutter passiert?«

»Soweit ich weiß, hat Olivia ihr Leben selbst beendet. Es hieß, man habe sie bei Hochwasser in Eberstedt aus der Ilm gezogen.«

»Es hieß ... was bedeutet das?«

»Hab ich gehört, in der Umspanne haben sie davon gesprochen.«

Wilhelm versuchte, Schmerz und Frust herunterzuschlucken. »Das muss aber nicht der Wahrheit entsprechen, oder?«

»Nein, muss es nicht. Selbst wenn ... du hast ja noch deine Ziehmutter«, sagte Wilbert.

»Leider nicht mehr lange. Sie wird dir bald zum Richtplatz folgen, weil sie ihren Ehemann erschlagen hat. Mit dem Schürhaken.« Wilhelm war kurz davor, in Tränen auszubrechen. Er hatte das Gefühl, zwei Mütter verloren zu haben. Es fiel ihm schwer weiterzusprechen. »Er hat sie ... beleidigt und ... gedemütigt, ihr ganzes Eheleben lang.«

»Ha!«, lachte Wilbert laut. »Dann muss ich wenigstens nicht allein dort sterben, fehlt nur noch der Dritte im Bunde für Golgatha!«

»Versündige dich nicht, Bruder!« Wilhelms Schmerz begann, sich in Wut zu wandeln.

»Oh, du nennst mich Bruder?« Wilbert schien überrascht.

»Ich habe mich immer nach Geschwistern gesehnt«, sagte Wilhelm. Seine Stimme wurde lauter, zugleich ärgerlich. »Und nun? Sind sie da und doch nicht da. Warum hast du mir nach dem Leben getrachtet?«

»Ach ja, das hat sich so ergeben ...«

»Welch ein Unsinn, sag die Wahrheit!«, rief Wilhelm. Die Husaren ermahnten ihn zur Ruhe.

»Zunächst war ich empört über deine Anmaßung, dich mit unserem Familiennamen zu schmücken. Dann war ich eifersüchtig auf dich.« Wilbert senkte seinen Blick.

»Was?«

»Du musstest unseren Vater nicht ertragen, hattest ein besseres Leben als ich, hast einen ordentlichen Beruf. Und das Wichtigste: Du kannst heiraten, wen du willst!«

Wilhelm war des Redens müde. Wie gern hätte er ein normales Gespräch mit einem normalen Bruder geführt. Wie sehr sehnte er sich danach. Doch der Wortwechsel mit Wilbert kostete ihn enorme Kraft. Er wollte sich gerade erheben, als Wilbert fragte: »Was drehst du da in deiner Hand hin und her?«

Wilhelm hatte gar nicht bemerkt, dass er Viola in der Hand hielt, die kleine blaue Holzfigur.

»Ach, nur ein Spielzeug.«

»Zeig mal!«

Wilhelm hob die Figur hoch.

»Kenne ich«, sagte Wilbert.

»Wie bitte?« Wilhelm war wie elektrisiert.

»Ich besaß auch so eine. Olivia hat sie für mich geschnitzt. Für andere Kinder auch. Soweit ich mich erinnere, hat sie die Figuren immer blau gefärbt. Veilchenblau. Vielleicht wollte sie dir ein Teil von sich selbst mitgeben.«

Wilhelm stand ruckartig auf und drehte sich um. Diese Minute seines Lebens gehörte ihm allein. Er hielt Viola fest in der Hand und drückte ihr einen Kuss auf den Kopf. Louise war eine goldene Taschenuhr von ihrer Mutter geblieben, ihm eine blaue Holzfigur von der seinen.

»Danke, Wilbert«, murmelte er. »Gott möge dir gnädig sein!«

27. Von Abschied und Willkommen

Freitag, 9. November 1804

Der Richtplatz lag im Westen von Weimar, eine halbe Landmeile außerhalb der Stadt. Es war ein beachtlicher Fußmarsch bis dort hinaus, trotzdem wollten an diesem Freitagvormittag viele sehen, wie dem Dreifachmörder der Kopf abgeschlagen wurde. Zudem drängten sich viele Kranke und Behinderte nach vorn ans Schafott, um eine Handvoll Sand mit dem Blut des Delinquenten zu erbeuten – der sollte angeblich gesundheitliche Wunder bewirken. Eine Art Volksfeststimmung hatte sich breitgemacht, fast so wie zum Zwiebelmarkt. Sogar Thüringer Rostbratwürste und Branntwein konnte man am Erfurther Thor kaufen, um für den Fußweg gerüstet zu sein. Graue Wolken hingen über Weimar, bisher war es trocken geblieben.

Wilhelm fand die öffentliche Hinrichtung und das damit verbundene Spektakel unausstehlich. Er hatte sich für diesen Tag von Annette und den Auerbachs verabschiedet, er wollte allein sein. Während halb Weimar zum Richtplatz pilgerte, lag er in der Hirtenkammer auf seiner harten Pritsche und dachte über die vergangenen Wochen nach. Über Louise, den Major, den unglücklichen Leutnant, Theo und die Familie Schandinger. Über Weinhändler, Apotheker und Prediger, Anna Amalia und das Hofleben als solches. Über seinen ehemaligen Gehilfen Anton und seinen zukünftigen Meister

Martin Gottfried Reisinger. Auch über Katzen, Pferde, Pilze und Goldregen. Und natürlich über seine Zieheltern.

Wilhelm gestand sich ein, dass Agnes Gansser der Anker seines Lebens gewesen war. Seine Wegweiserin. Seine Seelenvertraute. Sie hätte aufgrund der Constitutio Criminalis Carolina zum Tode verurteilt werden müssen. In dieser Gerichtsverordnung aus dem Mittelalter, die im Jahre 1804 – das hatte ihm Major von Seebach erklärt – de facto immer noch gültig war, gab es bei der Todesstrafe die folgenden Varianten: Verbrennen, Enthaupten, Vierteilen, Hängen, Ertränken und lebendig Begraben. Am Ende eines eintägigen Gerichtsverfahrens hatte das Landgericht Weimar seine Ziehmutter wegen Totschlags im Affekt zu einer zehnjährigen Zuchthausstrafe verurteilt. Und keiner, der das Urteil hätte verschärfen können, weder das Geheime Conseil noch der Herzog selbst, legte ein Veto ein. Dennoch: zehn Jahre in Gefangenschaft. Würde seine Mutter das durchhalten? Wilhelm hatte schon viel gehört über die Zustände im Weimarer Zuchthaus. Die meisten sprachen abfällig vom Kerker, vom Loch oder dem Bunker. Gemein waren allen Berichten die erbärmlichen Zustände: Schmutz, Kälte, miserables Essen. Konnte sie das überleben? Sein Inneres krampfte sich zusammen.

Nur über Annette dachte er in diesen Minuten nicht nach, sie war so verankert in seinem Herzen, dass sich keine zweifelnden Gedanken regten.

Die gesamte Stadt war geschmückt – nicht wegen der Hinrichtung, nein, am Nachmittag sollten des Herzogs Sohn, der Erbprinz Carl Friedrich, und seine Braut Fürstin Maria Pawlowna aus Petersburg zurückkehren. Die Hinrichtung sollte vor ihrer Ankunft erfolgen, solch tödliches Schauspiel wollte man dem jungen Paar nicht zumuten. Major Friedrich von Seebach führte eine Delegation an, die bereits am Vortage aufgebrochen war, um das Brautpaar und seine Entourage an der Grenze des Herzogtums zu empfangen und in die Stadt zu geleiten.

Ferdinand von Auerbach hatte recht behalten. Das Gespräch mit seinem Halbbruder hatte Wilhelm Klarheit verschafft. Er wusste nun, dass es für Wilberts verbrecherisches Verhalten einen Beweggrund gegeben hatte, auch wenn dieser an seiner Schuld nichts änderte. Auge um Auge, Zahn um Zahn. Todesstrafe gegen Mord. Konnte man die Bibel so wörtlich nehmen? Er ertappte sich dabei, eine gewisse Sympathie für Wilbert zu empfinden. War das gerechtfertigt, nur weil er sein Halbbruder war? Er beschloss, dies am nächsten Tag mit Annette zu besprechen. Sie würde seine neue Wegweiserin werden, bei unwegsamen, sich schlängelnden Lebenswegen.

Sobald er sich mit Annette in Jena eingelebt hatte, würde er sich in Eberstedt nach dem Schicksal seiner leiblichen Mutter erkundigen. Er musste wissen, ob sie noch lebte. Sie hatte ihm das Leben geschenkt und das Leben gerettet.

Diese beiden Entschlüsse stärkten ihn.

Die Rathausuhr schlug elf Mal. Exakt mit dem elften Schlag setzte ein Geheul von Westen ein, dann Jubel. Er zog seinen alten, speckigen Wintermantel aus der Truhe, kroch hinein und trat vor die Tür der Hirtenkammer. Leichter Nieselregen hatte eingesetzt. Wilhelm blickte hinauf in den Himmel und schickte ein Gebet für seinen Bruder nach oben.

⁓§⁓

Louise von Göchhausen nahm ebenfalls nicht an der Hinrichtung teil. Einem solch grausamen Schauspiel beizuwohnen, entsprach nicht ihrem Naturell. In den Adelskreisen des Herzogtums war sie inzwischen vollkommen rehabilitiert.

Dennoch zog sie sich zurück in die Mansarde des Witthumspalais, um die Ereignisse der vergangenen Wochen niederzuschreiben, in ihren eigenen Worten, in ihrer eigenen Art. Ihrem Wunsch, Rosine loszuwerden, kam die Herzoginmutter insofern nach, als sie das Mädchen ins Schloss versetzte, wo sie in die Entourage der Fürstin Maria Pawlowna aufgenommen wurde und seither mit ihrer bisherigen Herrin nur noch selten zusammentraf. Die Demoiselle von Göchhausen freute sich sehr über Wilhelms und Annettes Glück und hoffte inständig auf ein Kind, dessen Patentante sie werden durfte.

―⚬―

Die Mitgift der Fürstin Maria Pawlowna Romanowa war bereits im Oktober mit fünfundfünfzig Kutschen in Weimar eingetroffen und konnte im Fürstenhaus bewundert werden. Bertuchs »Journal des Luxus und der Moden« hatte jedes einzelne Stück vorgestellt und begutachtet.

Weder Wilhelm noch Annette hatten die kostbaren Stoffe, die Schmuckstücke und all das Porzellan in Augenschein genommen. Es interessierte sie nicht. Sie würden sich in Jena einen eigenen Hausstand aufbauen, ohne Teller mit Goldrand, ohne blitzende Kristallgläser. Während Weimar einer neuen Ära mit der russischen Großfürstin entgegensah, begannen Wilhelm und Annette ihre eigene gemeinsame Lebensphase.

Interessiert waren die beiden jedoch an der Persönlichkeit Maria Pawlownas. Vor vier Wochen war sie mit ihrem Gemahl Carl Friedrich in Petersburg aufgebrochen. Eine lange, ermüdende Reise. Würde sie guter Laune in Weimar Einzug halten?

Der bunte Zug kam von Tieffurth. Beim Erreichen des Stadtrands lugten pünktlich ein paar Sonnenstrahlen durch die Wolkendecke. Postillone und Husaren ritten voraus, das Brautpaar folgte in einer Galakalesche, gezogen von acht Schimmeln mit silberbeschlagenem Geschirr und weißen Federbüschen auf dem Kopf. Major von Seebach ritt stolz direkt neben der Fürstin. Ob sie wohl Wieland, Goethe und Schiller kannte? Annette wusste es, ja, Maria Pawlowna hatte die Werke der berühmten teutschen Dichter gelesen und freute sich darauf, sie persönlich kennenzulernen. Die Fürstin winkte aus ihrer Kutsche heraus, nicht huldvoll oder jovial, nein, wohlgesonnen, freundlich, fast schon herzlich. Das Volk jubelte.

Annette und Wilhelm freuten sich – für Weimar, für Anna Amalia und für Louise von Göchhausen. Ihr eigener Lebensmittelpunkt lag ab sofort weiter im Osten des Herzogtums. Beide kannten die Stadt Jena nur vom Hörensagen. Sie sei offen für Freiheitssuchende, so sagte man, für neue Ideen, für Wissenschaft und für Musik. Die Zukunft wartete.

ENDE

28. Anhang

Anhang 1: Historische Anmerkungen für Interessierte

Nach dem ersten Höhepunkt der Französischen Revolution mit der Erstürmung der Bastille 1789 folgte die Schreckensherrschaft Robespierres, die mehr als dreißigtausend Menschen das Leben kostete. Diese wurde im Juli 1794 durch die Hinrichtung des Robespierre selbst beendet. Die französische Revolutionsarmee unter General Napoleon Bonaparte verteidigte ihre Errungenschaften gegenüber den Monarchien Österreichs, Russlands, Preußens und Großbritanniens in zwei Koalitionskriegen zwischen 1792 und 1802. Die Renaissance der Monarchie folgte dann jedoch aus dem eigenen Land, indem sich Napoleon nach weitreichenden militärischen Erfolgen am 2. Dezember 1804 selbst zum Kaiser krönte.

Frankreich übernahm alle Gebiete links des Rheins als Kriegsbeute und löste im Rheinbund einige deutsche Fürstentümer aus dem Heiligen Römischen Reich Deutscher Nationen. Dieses konnte unter Kaiser Franz II. nur noch wenige Jahre bestehen.

Herzog Carl August und das Herzogtum Sachsen-Weimar-Eisenach blieben von den europolitischen Vorgängen in diesem Zeitraum fast unberührt. Das lag hauptsächlich an den Verwandtschaftsverhältnissen: Preußenkönig Friedrich II., auch der »Alte Fritz« genannt, war Anna Amalias Onkel, und die Schwester des Zaren Alexander I., Fürstin Maria Pawlowna, heiratete 1804 ins Herzogtum ein. Solche Verbindungen gewährten einen gewissen Schutzstatus.

Anhang 2:
Im Roman erwähnte historische Personen

2.1 Herzogliche Familie

Anna Amalia, geb. Prinzessin von Braunschweig-Wolfenbüttel (1739–1807): von 1759 bis 1775 Herzogin von Sachsen-Weimar-Eisenach, Ehefrau des Herzogs Ernst August II. (1737–1758).

Carl August (1757–1828): ab 1775 Herzog von Sachsen-Weimar-Eisenach, ab 1815 Großherzog, älterer Sohn der Anna Amalia und des Herzogs Ernst August II.

Friedrich Ferdinand Constantin (1758–1793): Prinz von Sachsen-Weimar-Eisenach, jüngerer Sohn der Anna Amalia und des Herzogs Ernst August II.

Luise von Hessen-Darmstadt (1757–1830): ab 1775 Ehefrau des Carl August, damit Herzogin, ab 1815 Großherzogin von Sachsen-Weimar-Eisenach.

Carl Friedrich (1783–1853): Sohn des Carl August und seiner Ehefrau Luise, ab 1828 Großherzog von Sachsen-Weimar-Eisenach.

Maria Pawlowna Romanowa (1786–1859): russische Großfürstin, Schwester des Zaren Alexander I., ab 1804 Ehefrau des Carl Friedrich, ab 1828 Großherzogin von Sachsen-Weimar-Eisenach.

2.2 Wichtige Geistesmenschen rund um Anna Amalia

Bertuch, Friedrich Justin (1747–1822): Kaufmann und Industrieller, Verleger und Mäzen. Verwalter der herzoglichen Privatschatulle.

Böttiger, Karl August (1760–1835): Theologe, Pädagoge, Schriftsteller, von 1791 bis 1804 Direktor des Weimarer Wilhelm-Ernst-Gymnasiums, verließ Weimar im Mai 1804 und ging nach Dresden.

Egloffstein, Henriette von (1773–1864): Freundin von Louise von Göchhausen, meistens Jette genannt. 1788 Zwangsheirat mit Graf Leopold von Egloffstein, drei Töchter und ein Sohn, 1803 gerichtlich geschieden. 1804 heiratete sie Carl von Beaulieu-Marconnay.

Egloffstein, Caroline von (1789–1868): Tochter der Henriette von E. und des Leopold von E., Komponistin, später Hofdame der Fürstin Maria Pawlowna.

Einsiedel, Friedrich Hildebrand von, eigentlich Freiherr von Einsiedel-Scharfenstein (1750–1828): Jurist, ab 1802 Weimarer Geheimer Rath und Oberhofmeister, regelmäßiger Teilnehmer an Anna Amalias Teegesellschaften.

Fritsch, Henriette von, geb. Freiin Wolfskeel von Reichenberg (1776–1859): zunächst Hofdame, dann Freundin von Anna Amalia und Louise von Göchhausen, ab 1803 Ehefrau von Karl Wilhelm von Fritsch.

Fritsch, Karl Wilhelm von (1769–1851): Jurist, Staatsmann, Beamter. Ab 1789 Mitglied der Weimarer Regierung, seit 1805 Leiter der Generalpolizeydirektion, ab 1811 Mitglied des Geheimen Conseils. 1803 Heirat mit Henriette Freiin Wolfskeel von Reichenberg.

Geist, Johann Ludwig (1776–1854): Goethes Diener und Schreiber von 1795 bis 1804, später Hofbeamter.

Göchhausen, Louise von (1752–1807): erste Hofdame der Fürstin Anna Amalia. Befreundet mit J. W. von Goethe und dessen Mutter sowie C. M. Wieland und C. L. von Knebel.

Goethe, Johann Wolfgang von (1749–1832): Geheimer Rath, Dichter, Naturforscher und Politiker. Seit 1806 verheiratet mit Christiane von G., beider Sohn: August von G.

Goethe, Christiane von, geb. Vulpius (1765–1816): ab 1806 Ehefrau des Johann Wolfgang von G.

Goethe, August von (1789–1830): Sohn des Johann Wolfgang von G. und seiner Frau Christiane. Gestorben und begraben 1830 in Rom.

Günther, Wilhelm Christoph (1755–1826): Hofprediger und Oberkonsistorialrat unter Carl August, in dieser Funktion seit 1801 Nachfolger des J. G. von Herder.

Herder, Johann Gottfried von (1744–1803): Philosoph, Dichter, Theologe, bis zu seinem Tode Oberkonsistorialrat unter Carl August.

Helmershausen, Dr. Paul Johann Friedrich (1734-1820): Amtsphysikus, entspricht dem heutigen Amtsarzt, Vorbesitzer von Goethes Haus am Frauenplan.

Hoffmann, Karl August (1756–1833): Hofapotheker in Weimar.

Humboldt, Alexander von (1769–1859): Naturforscher, Universalgenie. 1799 bis 1804 wissenschaftliche Entdeckung Südamerikas, entscheidende Veröffentlichungen, danach in Paris, teilte sich dort einige Zeit eine Wohnstätte mit Gay-Lussac. Kontakte nach Weimar. Bruder: Wilhelm von H.

Klauer, Martin Gottlieb (1742–1801): Hofbildhauer in Weimar und Kunstlehrer an der Fürstlichen Freien Zeichenschule.

Knebel, Carl Ludwig von (1744–1834): Goethes »Urfreund«, wurde von Prinz Carl August nach Frankfurt am Main geschickt, um Goethe zu treffen und nach Weimar zu holen, Erzieher der Prinzen Carl August und Constantin. 1798 Hochzeit mit Luise von Rudorff, vordem Maitresse des Herzogs Carl August.

Kraus, Georg Melchior (1737–1806): Leiter der Fürstlichen Freien Zeichenschule in Weimar.

Otto, Jacob August (1760–1829): herzoglicher Instrumentenbauer, Gotha/Weimar/Jena/Leipzig. Beteiligt an der Einführung der Gitarre in Deutschland (aus Italien kommend).

Schardt, Ernst Carl Constantin von (1744–1833): Landschaftskassendirektor, ältester Bruder von Charlotte von Stein.

Schiller, Friedrich von (1759–1805): Dichter, Historiker, Philosoph und Arzt.

Schultze, Carl Adolph (1758–1818): Weimarer Bürgermeister von 1798 bis 1811, damals ehrenamtlich, Hofadvokat.

Seebach, Friedrich von (1767–1847): Freund des Herzogs Carl August mit verschiedenen Aufgaben: ab 1802 Kammerherr, Major und Stallmeister, Mitglied der Generalpolizeydirektion, später Oberst und General, Kommandeur eines Freiwilligenbataillons, Erbauer der Altenburg in Weimar. Im vorliegenden Roman vernunftbegabter Befehlshaber der Ordonnanzhusaren (historisch nicht belegt, aber passend zu seinem überlieferten Charakter). Bruder der Amélie von Stein.

Stein, Charlotte von (1742–1827): ehemalige Hofdame der Herzogin Anna Amalia, später ihre Freundin und Beraterin. Verheiratet mit G. Ernst Josias von S.

Stein, Gottlob Ernst Josias von (1735–1793): herzoglicher Oberstallmeister, Ehemann der Charlotte von S.

Stein, Gottlob Carl Wilhelm von (1765–1837): ältester Sohn der Charlotte von S. und des Josias von S., ab 1796 Herr auf

Gut Kochberg, seit 1798 verheiratet mit Amélie, geb. von Seebach.

Stein, Amélie Constantine von, geb. von Seebach, auch genannt Amalia (1773–1860): seit 1798 Ehefrau des G. Carl Wilhelm von S., Schwester des Friedrich von Seebach.

Stein, Gottlob Friedrich Konstantin von, genannt Fritz (1772–1844): jüngster Sohn der Charlotte von S. und des Josias von S., Mit-Erziehung durch Goethe. Seine kulturhistorisch wichtige Tat war die Aufbewahrung aller bis heute erhaltenen Briefe von Goethe an Charlotte von S.

Wieland, Christoph Martin (1733–1813): Prinzenerzieher, Philosoph, Schriftsteller und Herausgeber.

Voigt, Christian Gottlob (1743–1819): Geheimer Rath, Mitglied der Weimarer Regierung.

Voß, Heinrich (1779–1822): deutscher klassischer Philologe und Übersetzer (Homer), 1804 bis 1806 Professor am Weimarer Wilhelm-Ernst-Gymnasium.

2.3 Nationale und internationale Persönlichkeiten

Celsius, Anders (1701–1744): schwedischer Erfinder, etablierte die Temperatureinteilung in hundert Stufen zwischen Gefrier- und Siedepunkt des Wassers, damals Centigrade genannt. Erst 1948 wurde diese Einteilung zu Ehren ihres Erfinders in »Grad Celsius« umbenannt.

Fichte, Johann Gottlieb (1762–1814): berühmter und zugleich umstrittener Philosoph, Vertreter des deutschen Idealismus, wird 1798 als Professor der Universität Jena entlassen, nachdem ihm seine Schrift »Über den Grund unseres Glaubens an eine göttliche Weltregierung« massive Atheismusvorwürfe einbrachte.

Franz II./I., auch »Blumenkaiser« genannt, (1768–1835): als Franz II. von 1792 bis 1806 letzter Kaiser des Heiligen Römischen Reichs Deutscher Nationen, als Franz I. ab 1804 Kaiser von Österreich.

Fouché, Joseph (1759–1820): ab 1796 Chef der französischen Generalpolizei und Geheimpolizei im Ministerrang. Diese Stellung hielt er vor, während und nach der Französischen Revolution.

Gay-Lussac, Joseph Louis (1778–1850): französischer Chemiker und Physiker. Er entdeckte die gleichmäßige Ausdehnung von Gasen (Gay-Lussac-Gesetz) und ermittelte zusammen mit Alexander von Humboldt das Gasmengenverhältnis 2:1 von Wasser bei der Elektrolyse.

Guillotin, Joseph-Ignace (1738–1814): französischer Arzt, Politiker und Freimaurer. Die Hinrichtungsmaschine Guillotine wurde nach ihm benannt. Er wollte den Delinquenten damit unnötiges Leid ersparen im Vergleich zu der Enthauptung durch das Schwert.

Heim, Ernst Ludwig (1747–1822): Deutscher Mediziner, Armenarzt, führte in Berlin die ersten Pockenschutzimpfungen nach dem Modell des Edward Jenner durch.

Jenner, Edward (1749–1823): englischer Arzt, Entdecker der Pockenschutzimpfung im Jahr 1796.

Kant, Immanuel (1724–1804): Philosoph der Aufklärung, Königsberg/Ostpreußen. Bekanntestes Zitat: »Die Freiheit des Einzelnen endet dort, wo die Freiheit des Anderen beginnt.«

Kleist, Heinrich (1777-1811): deutscher Dramatiker, Erzähler und Lyriker. Schwieriges Verhältnis zu Wieland und seinen Töchtern.

La Roche, Sophie von (1730–1807): eine der ersten Schriftstellerinnen in Deutschland, die von ihrer literarischen Arbeit leben konnten. Hauptwerk: »Geschichte des Fräuleins von Sternheim«.
Sophie von La Roche war die Cousine Wielands, die Mutter von Maximiliane von Brentano und die Großmutter von Bettine und Clemens von Brentano. Sie verbrachte die letzten zwanzig Lebensjahre zusammen mit ihrer Tochter Luise, genannt Lulu, in Offenbach am Main.

Linker oder Lyncker, Johann Friedrich, Freiherr von Lützenwick (1773–1844): um 1804 Besitzer des Guts Denstedt, des Vorwerks und der Mühle.

Marcard, Heinrich Matthias (1747–1817): norddeutscher Arzt und Schriftsteller.

Reil, Johann Christian (1759–1813): Arzt und Reformer, gilt als der Begründer der Psychiatrie in Deutschland.

Schelling, Caroline, geb. Michaelis, verw. Böhmer, gesch. Schlegel (1763–1809): Schriftstellerin und Übersetzerin. 1796 bis 1803 in Jena, danach mit Ehemann Friedrich S. in Würzburg und München. Die zentrale Person im Kreis der Jenaer Romantiker.

Schelling, Friedrich (1775–1854): deutscher Philosoph und Anthropologe. Mitglied der Jenaer Romantiker. Seit 1803 verheiratet mit Caroline S.

Schlegel, August Wilhelm (1767–1845): Literaturhistoriker, Übersetzer und Schriftsteller. Seit 1796 verheiratet mit Caroline Böhmer. Mitglied der Jenaer Romantiker. Shakespeareübersetzungen zusammen mit seiner Frau Caroline S. (spätere Schelling).

Soemmerring, Samuel Thomas (1755–1830): Anatom, Physiologe und Erfinder, führte 1801 in Frankfurt am Main die Pockenschutzimpfung ein.

Alle in Anhang 2 nicht erwähnten Namen gehören zu vom Autor dieses Romans frei erfundenen Figuren.

Anhang 3: Begriffe

Im Roman erwähnte, erklärungsbedürftige historische oder mundartliche Begriffe, Orte und Ereignisse, hier in alphabetischer Reihenfolge:

Abolle (thür.): umgangssprachlich für die Stadt Apolda.

Altan (auch Söller): auf Stützen ruhender Balkon bei älteren Gebäuden.

Argand'sche Luftstromlampe: benannt nach Francois-Pierre-Amédée Argand, einem Schweizer Physiker und Chemiker. Er stellte 1783/1784 eine moderne Öllampe vor, die aus einem Glaszylinder – zwecks Kamineffekt –, einem Baumwolldocht und einem separaten Tank bestand.

Artig: Adjektiv, damals gebraucht im Sinne von »höflich«, »nett«, »angenehm wirkend«.

Baumgarten: Pachtgarten, damaliger Besitz von Friedrich Justin Bertuch, heutiger Weimarhallenpark.

Bemme (thür.): Butterbrot, belegtes Brot.

Berline: leichte, vierrädrige Kutsche mit festem Dach, meist zweispännig gefahren.

Blattern: schuppenartige Hautveränderungen bei der Pockenerkrankung.

Bonmot (frz.): »Gutes Wort«, treffende Bemerkung, witziger Einfall.

Breite Gasse (Innenstadt): heutige Marktstraße, dort verlief um 1800 wahrscheinlich der Lottenbach.

Büchsenschießhaus: heutiges Schießhaus am Johann-Heinrich-Gentzplatz.

Bureau Plat (frz.): Schreibtisch ohne Aufsatz.

Canzley: Schreibbüro, nicht vergleichbar mit der heutigen (Rechtsanwalts-)Kanzlei.

Canzlist: Schreiber, Angestellter in einer Canzley.

Centigrade: damalige Bezeichnung für »Grad Celsius«. Ergab sich aus der Einteilung in hundert Stufen zwischen Gefrier- und Siedepunkt des Wassers. Erst 1948 wurde diese Temperatureinteilung zu Ehren ihres schwedischen Erfinders Anders Celsius in »Grad Celsius« umbenannt.

Chaiselongue (frz.): wörtlich »langer Stuhl«, gepolstertes Sitz-Liegemöbel mit separater, später integrierter Beinauflage.

Constitutio Criminalis (lat.): Strafrechtsordnung aus dem 16. Jahrhundert, nominell im Jahr 1804 immer noch gültig. In den preußischen Staaten wurde sie erst 1851 ersetzt.

Dolman: eng anliegende Uniformjacke der Husaren, meist mit querliegendem Schnurbesatz.

Drehlade: damalige Form der Babyklappe, in einigen Klöstern, auch in verschiedenen großen Städten wie Hamburg oder Mailand. Teilweise auch als »Torno« (ital.) bezeichnet.

Drückkarren: zweirädriger Karren, der mittels zweier Handgriffe geschoben bzw. »gedrückt« wurde.

Duck'scher Garten oder Duxscher Garten: ehemaliger Garten der Familie Duck im Ilmpark, Nähe Dessauer Stein.

Einbrocksch (thür.): Brot- oder Brötchenstücke in Kaffee oder Milch »eingebrockt«, also eingeweicht.

Erbprinz: damaliger Gasthof Erbprinz, am Markt in östlicher Richtung neben dem Gasthof Elephant. Im Nachbarhaus wohnte zu Beginn des 18. Jahrhunderts Johann Sebastian Bach. Beide Häuser wurden 1989 abgerissen, die Fläche dient heute als Parkplatz für die Gäste des Hotels Elephant.

Erfurther Thor (früher Äußeres Erfurther Thor): heute innerstädtischer Beginn der Erfurter Straße, Kreuzung mit Heinrich-Heine-Straße/Sophienstiftsplatz. Das heute noch bestehende Torhaus von Wenzeslaus Coudray wurde 1822/24 direkt vor das ehemalige Äußere Erfurther Thor gesetzt.

Erndtethor: zusätzliches Tor für Erntewagen in der Nähe des Armbrustschießstandes, heutige Kreuzung Steubenstraße/Schützengasse.

Esplanade: heutige Schillerstraße, damals wie heute städtische Flaniermeile.

Faun (lat. »faunus«): altrömischer Feld- und Waldgott, der meist mit Bocksfüßen und Hörnern dargestellt wird.

Fauxpas (frz.): Fehltritt, Fehlverhalten.

Felleisen: 1. Transportbehälter für Briefe bei der damaligen Post. Der Behälter wurde verschlossen, mit Eisen ummantelt und einem Postreiter zur Beförderung übergeben. 2. Lederner Rucksack, häufig von Handwerkern auf der Walz getragen. Hier: geheimer Briefkasten.

Fichu (frz.): dreieckiges oder zu einem Dreieck gefaltetes Tuch, das Hals und Dekolleté der Frauen bedeckte.

Floßbrücke: heutige Naturbrücke im Ilmpark.

Flügeltelegraph: optische Nachrichtenübermittlung nach Claude Chappe, 1792. Mittels zuvor vereinbarter Ausrichtung der Flügel konnten einzelne Buchstaben übertragen werden.

Fuß (Längenmaß): 1 weimarischer Fuß = 28,2 cm. 6½ Fuß = ca. 1,83 m.

Frauenthor, früher Äußeres Frauenthor: Kreuzung Frauenplan/ Ackerwand, davorliegend der heutige Wielandplatz.

Gefach: Raum zwischen den Holzbalken eines Fachwerkhauses, meistens mit Lehm und Weidengeflecht befüllt.

Generalpolizeydirektion: herzoglicher öffentlicher Dienst der Landesverwaltung, unterteilt in Wohlfahrtspolizey und Sicherheitspolizey.

GenPolDir: in Berichten und Dokumenten übliche Abkürzung für die Generalpolizeydirektion.

Gesellschaftszimmer (in Goethes Wohnhaus am Frauenplan): teilweise auch Musikzimmer genannt. 1823 ließ Goethe hier den großen Junokopf installieren, danach bekannt geworden als Junozimmer.

Gottesacker: Friedhof an der Jacobskirche, 1804 noch als Jacobsplan (freier Platz) vermerkt, 1812 bereits als Erweiterung des Friedhofs genutzt.

Groschenbrot: ein Brotlaib, der zum Festpreis von einem Groschen verkauft wurde. Je nach Mehlpreis wurde das Gewicht innerhalb eines amtlich festgesetzten Rahmens angepasst. Im Jahr 1805 betrug das Gewicht 25,5 Loth = 425 g. Ähnlich verhielt es sich mit der Pfennigsemmel, diese wog im gleichen Jahr etwa 33 g. Bei Erhöhung des Mehlpreises wurden »kleinere Brötchen gebacken«.

Großromscht (thür.): Großromstedt (Dorf zwischen Weimar und Apolda).

Heiligenstadt: heutiges Heilbad Heiligenstadt im Kreis Eichsfeld/Thüringen.

Herzoginmutter: Bezeichnung für Anna Amalia, wurde seit der Regierungszeit ihres Sohnes verwendet, obwohl sie nicht die Mutter der Herzogin, sondern des Herzogs war.

Husaren (auch Ordonnanzhusaren): Carl Augusts persönliche Schutz- und Eingreiftruppe. Das kleine Husarenkorps (fiktiv unter Leitung des Majors von Seebach) begleitete den Herzog, ritt Patrouillen, repräsentierte und übermittelte Eilmeldungen. Bei Bedarf unterstützte es die unteren Polizeybehörden, auch die Strafpolizey.

Ilmbezirk: Wohnviertel gemäß der damaligen Einteilung der Stadtbezirke, begrenzt durch Vorwerk und Kegelplatz im Süden, die Jacobstraße im Westen, den Spitalbach im Norden und die Ilm im Osten. Siehe Quellenangaben Stadtarchiv, Stadtplan von 1812.

Jabot (frz.): Zwischenbesatz aus Batist oder Spitze, meist weiß, der in den Brustausschnitt eines Männerhemds genäht wurde. Heute in veränderter, überhängender Form noch üblich bei Amtsroben.

Jacobsthor, früher Äußeres Jacobsthor: heutige Kreuzung Jakobstraße/Friedensstraße.

Kalotte: halbkugelförmige Kopfbedeckung, oft aus Samt oder Seide.

Kirchhofsgasse: heutige Friedensgasse.

Kitzelbach: volkstümliche Bezeichnung für den Ort Niederroßla bei Apolda.

Kleine Todtengasse: heutige Kleine Kirchgasse.

Kleyn Kromstorff: heutiges Kromsdorf-Süd (Ortsteil von Ilmtal-Weinstraße).

Knackwurst: typische Thüringer Wurstsorte aus grobem Schweinemett, unter anderem mit Kümmel gewürzt, durch leichtes Räuchern und Trocknen haltbar gemacht.

Komödienhaus: erbaut 1779, Vorgänger des heutigen Deutschen Nationaltheaters am selben Platz, 1798 auf tausend Sitzplätze erweitert. Ab 1791 Heimat des Hoftheaters, unter Goethes Leitung bis 1818.

Knöchelspielerin: Typus einer altgriechischen Bildhauerei, nach deren Vorbild hier: »Mädchen, das mit Würfeln spielt«, Statue von Martin Gottlob Klauer.

Konsistorium: evangelische Kirchenbehörde, die damals unter Kontrolle der Fürsten, hier Herzog Carl August, stand.

KonsW: in Berichten und Dokumenten übliche Abkürzung für »Konsistorium Weimar«.

Koppel: Uniformgürtel, Einsatzgürtel.

Krawenzmann (thür.): riesiges Teil einer sonst normalgewichtigen Spezies, Menschen oder Sachen.

Kromstorff Major: Großkromsdorf, heutiges Kromsdorf-Nord, Ortsteil von Ilmtal-Weinstraße.

Laternen und Lampen: Zu Beginn des 19. Jahrhunderts wurden Öl-, Talg- und Tranlaternen benutzt. Öl war dabei der teuerste Rohstoff, dann folgten Talg (meist Rinderfett) und Tran (Fett von Walen und Robben). Selbiges gilt für Lampen im Haus.

Landauer: leichte vierrädrige Kutsche mit klappbarem Verdeck, ein- oder zweispännig gefahren.

Landmeile oder geographische Meile: übliche Maßeinheit bis zum frühen 19. Jahrhundert, entspricht 7,5 km.

Landschaftskasse: herzogliche Kasse, U-förmiges Gebäude, am heutigen Goetheplatz gelegen, damals an einen Turm der inneren Stadtbefestigung angeschlossen, dem heute noch so genannten Kasseturm.

Leimknecht: Hilfsmittel zum Pressen zweier Holzteile nach dem Leimen, Ersatz für Schraubzwingen bei größeren Werkstücken.

Macaron (frz.): französisches rundes Kleingebäck aus Baiserteig, ursprünglich mit Mandelmehl.

Magazinscheunen: herzogliche Wagnerei, am Ort der heutigen Musikschule Johann Nepomuk Hummel (Karl-Liebknecht-Str.1).

Mähren/sich ausmähren (thür.): ziellos agieren, unsicheres Herumlaufen, Ausweichen, Abschweifen.

Neue Straße: heutiger Goetheplatz. Im 18. Jahrhundert Schweinemarkt, nach Westen durch eine Reihe von herzoglichen Scheunen abgeschlossen. Nach dem großen Scheunenbrand 1797 wurde der Schweinemarkt über Jahre hinweg besiedelt und zu einem repräsentativen Platz umgestaltet. Zunächst erhielt er den Namen Neue Straße, später Karlsplatz, dann Goetheplatz.

Oberkonsistorialrat: Vorsitzender des Konsistoriums.

Oßmischt (thür.): Oßmannstedt.

Palais: in höfischen Kreisen übliche Abkürzung für das Witthumspalais am Theaterplatz.

Parapluie (frz.): Regenschirm.

parler de tout et de rien (frz.): Reden von allem und nichts, heutiger Small Talk.

Pelisse: Mantel, Überkleid.

Pentagramm, auch Pentakel, Drudenfuß, Pentalpha oder Fünfstern: zwei ineinander übergehende Dreiecke, im Mittelalter und Nachmittelalter als Zauber- und Abwehrzeichen gegen Dämonen genutzt.

Pfennigsemmel: siehe Groschenbrot.

Physikus: Amtsarzt.

Pompadour (auch réticule, frz.): beutelartige Damenhandtasche.

Präzeptor: Lehrer, Hauslehrer.

Puffarth: damalige Bezeichnung für den Ort Buchfart.

Quadratfuß (Flächenmaß): 100 weimarische Quadratfuß entsprechen 7,95 qm.

Rathsteiche: Reihe von drei großen Teichen entlang des heutigen Goetheplatzes und des Grabens. Die Verfüllung begann um 1800.

Reiherbusch (oder aigrette, frz.): historischer Kopfschmuck aus Reiherfedern, getragen an Uniformmützen oder als Damenschmuck an Haarreifen.

Richtplatz: Hinrichtungsstätte, heutige Straße »Galgenberg« zwischen der Erfurter Straße und der Schwanseestraße in Richtung Tröbsdorf, wurde bis in die 1820er-Jahre für den Vollzug der Todesstrafe genutzt, meistens für Enthauptungen. Zwei überlieferte Beispiele: Johanna Catharina Höhn aus Weimar (enthauptet 1783 wegen Kindsmord) und Johann Christian Blumenstein aus Großromstedt (enthauptet 1810 wegen Totschlags von Ernst Friedrich Schönherr).

Runksen (thür.): dicke Brotscheibe.

Sansculottes (frz.): wörtlich »ohne Kniebundhosen«, Begriff für eine Gruppe von politisch aktiven Mitgliedern des Kleinbürger-, Arbeiter- und Handwerkertums, die an der Seite der Jakobiner für die Französische Revolution kämpften. Die Sansculotten waren für ihre Radikalität und ihre teils hohe Gewaltbereitschaft bekannt. Sie trugen gestreifte lange Hosen, während die Kniebundhose ein Zeichen der Aristokratie war.

Schlagfluss: historischer Ausdruck für Schlaganfall (ugs. auch: »vom Schlag getroffen«).

Schloßbrücke: heutige Sternbrücke.

Schnürbrust, auch Schnürleib: Korsett zur Formanpassung des weiblichen Oberkörpers, teils unter Schmerzen und Atemnot getragen und ertragen.

Schonndorf: damalige Ausdrucksweise für Schöndorf, heute Stadtteil von Weimar.

Schwager: in Verbindung mit einer Kutsche Bezeichnung für den Postillon, Gespannführer oder Postkutscher.

Schwanseegatter: Teil der damaligen äußeren Stadtbefestigung, ungefähr auf Höhe der Mitte des heutigen Weimarhallenparks.

Schweinemarkt: heutiger Goetheplatz (siehe auch Neue Straße).

Serenissimus/Serenissima (lat.): Adelstitel, Anrede (Durchlaucht).

speckeliern (thür.): sich umsehen, die Lage erkunden.

Sperrgeld: Gebühr für den Einlass von Bürgern ins Innere der Stadtbefestigung nach dem offiziellen Toresschluss.

Stadtkirche: Kirche St. Peter und Paul, heute meistens Herderkirche genannt.

Strumpfwirkerin: Bezeichnung für einen ehemaligen Beruf, betraf die Herstellung von Maschenwaren wie Strümpfe, Socken, Schlafhauben, Hosen, Handschuhe aus Schafwolle, Seide, Baumwolle oder Leinengarn, meist in Handarbeit und Heimarbeit.

Stupratore (lat., ital.): Vergewaltiger.

Taler (auch Reichstaler): In der damaligen Münzeinteilung entsprach ein Taler je dreißig Groschen, ein Groschen je zwölf Pfennig. Der Tagesverdienst eines Handwerksgesellen betrug ungefähr sieben Groschen.

Teutscher Merkur: Literaturzeitschrift, in Weimar herausgegeben von Christoph Martin Wieland, 1773 bis 1789 vierteljährlich, von 1790 bis 1810 monatlich als Neuer Teutscher Merkur.

Tieffurther Chaussee oder Chaussee nach Tieffurth: heutige Tiefurter Allee.

Trienickl (thür.): einfältiger Mensch.

Tüncher: Anstreicher, Weißbinder.

Voltasche Säule: von Alessandro Volta erfundener Vorläufer der Batterie.

Waldklafter, hier die Weimarische Waldklafter (WWK): damals übliches Raummaß. 1 WWK = 2,83 Kubikmeter (3 WWK entsprechen also etwa 8,5 Kubikmeter).

Webicht: kleiner Wald zwischen Weimar und Tieffurth, wird heute noch so genannt.

Wegmacher: damaliger Beruf, der die Säuberung und Instandhaltung der Wege, Straßen und Entwässerungsrinnen beinhaltete.

Welschtirol: die heutige norditalienische Provinz Trentino, südlich von Südtirol bis zum Gardasee, Hauptstadt Trient.

Windische Gasse: heutige Windischenstraße, damals unterteilt in Kleine Windische Gasse und Große Windische Gasse.

Winkelgasse: heutige Luthergasse.

Wo'nen (thür.): typisch Abkürzung für »Wo denn?«.

Zettelgen: kleine Zettel, die Goethe an Charlotte von Stein und andere befreundete Personen mit kurzen Nachrichten schickte, meistens durch Boten.

Ziegelhütte: Gebäudekomplex am heutigen Nordende des Goetheplatzes, Herstellung von Backsteinen.

Zippelmarckt: alte Bezeichnung für den Weimarer Zwiebelmarkt – Markttradition seit mindestens 1653. Zu Beginn auf dem Frauenplan, später erweitert auf Markt und Esplanade.

Anhang 4: Quellennachweise

4.1 gedruckte Quellen

Ammon, Frieder von; Golz, Jochen; Matuschek, Stefan; Zehm, Edith: »Goethe-Jahrbuch«, 137. Band, Wallstein Verlag, Göttingen, 2020.

Biedrzynski, Effi: »Goethes Weimar – das Lexikon der Personen und Schauplätze«, Patmos Verlag GmbH & Co. KG, 2010. Neuausgabe der 1992 im Artemis & Winkler Verlag, Mannheim, erschienenen Erstausgabe.

Damm, Sigrid: »Christiane und Goethe – Eine Recherche«, Insel-Verlag, Frankfurt a. M. und Leipzig, 1999.

Deetjen, Werner: »Die Göchhausen – Briefe einer Hofdame aus dem klassischen Weimar«, E.S. Mittler und Sohn, Berlin, 1923 (Reprint by Leopold Classic Library, South Yarra, Victoria, Australia).

Deneke, Toni: »Das Fräulein Göchhausen«, Gustav Kiepenheuer Verlag, Weimar, 1955.

Eberhardt, Dr. Hans: »Weimar zur Goethezeit. Gesellschafts- und Wirtschaftsstruktur«, Stadtmuseum, Weimar, 1980.

Friedenthal, Richard: »Goethe – sein Leben und seine Zeit«, 14. Aufl. 2000, Piper, München.

Goethe, Johann Wolfgang von: Brief an W. v. Humboldt. In: Ders.: Werke (1887-1919). Hrsg. von Großherzogin Sophie von Sachsen, hier: IV. Abteilung, 17. Band: Anfang 1804 – 09. Mai 1805. Hrsg. von Hermann Böhlau 1895, S. 171.

Günther, Gitta; Huschke, Wolfram; Steiner, Walter (Hrsg.): »Weimar – Lexikon zur Stadtgeschichte«, Verlag Hermann Böhlaus Nachfolger, Weimar, 1998.

Hecker, Jutta: »Die Altenburg – Geschichte eines Hauses«, Verlag der Nation, Berlin, 1983.

Hecker, Jutta: »Wieland«, Verlag der Nation, Berlin, 1975.

Klauß, Jochen; Schlichting, Reiner; Ulferts, Gert-Dieter u.a.: »Ihre Kaiserliche Hoheit Maria Pawlowna – Zarentochter am Weimarer Hof«. Verlag Stiftung Weimarer Klassik und Kunstsammlungen, ISBN-13: 9783744301268 Kühnlenz, Fritz: »Weimarer Portraits, Männer und Frauen um Goethe und Schiller«, Greifenverlag, Rudolstadt, 1970.

Mandelkow, Karl Robert; Morawe, Boris (Hrsg.): »Johann Wolfgang von Goethe – Briefe – Kommentare und Register – HA in 4 Bänden«, Christian Wegner Verlag, Hamburg, 2. Aufl. 1968.

Mandelkow, Karl Robert (Hrsg.): »Briefe an Goethe – Kommentare und Register – HA in 2 Bänden«, Christian Wegner Verlag, Hamburg, 1. Aufl. 1965.

Maul, Gisela; Oppel, Margarete: »Goethes Wohnhaus in Weimar«, Stiftung Weimarer Klassik bei Carl Hanser Verlag, München und Wien, 2. aktualisierte Auflage 2000.

Müller, Ulrike: »Die klugen Frauen von Weimar«, Elisabeth Sandmann Verlag, München, 3. Auflage 2009.

Osten, Manfred: »Goethes Entdeckung der Langsamkeit«, Wallstein Verlag, Göttingen, 2. Auflage 2017.

Preisendörfer, Bruno: »Als Deutschland noch nicht Deutschland war – Reise in die Goethezeit«, Verlag Galiani, Berlin, 2016.

Riederer, Jens-Jörg: »Exotische Inspiration. Gesellige Teekultur in Weimar um 1800«, Stiftung Thüringer Schlösser und Gärten, Weimar, 2. Auflage 2022.

Schmidt, Georg: »Durch Schönheit zur Freiheit – die Welt von Weimar-Jena um 1800«, C.H. Beck Verlag, München, 2022.

Schnaubert, Guido: »Weimars Stadtbild um das Jahr 1782/84«, Hof- Buch- und Steindruckerei Dietsch & Brückner, Weimar, 1909.

Schnaubert, Guido: »Weimars Stadtbild 1784 – 1828 – 1909«, Verlag Rockstuhl, Regensburg, 2011, Reprint der 1. Auflage von 1909 (s. o.)

Schöne, Albrecht: »Der Briefschreiber Goethe«, C.H. Beck, München, 2015.

Schwarzkopf, Christoph; Beyer, Constantin: »Jakobskirche Weimar«, Verlag Schnell & Steiner, Regensburg, 2013.

Stadtarchiv Weimar (Ltg. Dr. Jens Riederer): Plan der herzoglichen Haupt- und Residenzstadt Weimar, Verlag des Geographischen Instituts, 1812. Siehe auch Anhang 4.4.

Vehse, Karl Eduard: »Der Hof zu Weimar«, Anaconda Verlag, Köln, 2011.

Wahl, Volker (Hrsg.): »Das Geheime Consilium von Sachsen-Weimar-Eisenach in Goethes erstem Weimarer Jahrzehnt 1776-1786 Regestausgabe. Zweiter Halbband 1781-1786«, Böhlau Verlag, Wien/Köln/Weimar, 2014.

Wulf, Andrea: »Fabelhafte Rebellen«, Verlag C. Bertelsmann in Penguin Random House, München, 2022.

4.2 Digitale Quellen

4.2.1 Allgemeine Webseiten (abgerufen im September 2023)

www.deutsche-biographie.de
www.fembio.org
www.freies-deutsches-hochstift.de
www.dewiki.de/Lexikon/Sachsen-Weimar-Eisenach
www.dwds.de
www.gwb.uni-trier.de/de/
www.juraforum.de

www.klassik-stiftung.de/
www.hr2.de/programm/literaturland
www.literaturland-thueringen.de
www.maria-pawlowna.de
www.was-war-wann.de
www.weimar-lese.de

4.2.2 *Spezielle Quellen und Webseiten (alle abgerufen am 5.3.2024)*

Berg, Günther Heinrich von: »Handbuch des Teutschen Polizeyrechts«, Verlag der Gebrüder Hahn, Hannover, 1802. www.digitale-sammlungen.de/en/view/bsb10550651?page=,1

Döring, H.: »Chr. M. Wieland's Biographie«, The Project Gutenberg eBook, Release Date: January 4, 2006 [EBook #17454]

Geheimes Consilium: www.archive-in-thueringen.de/de/findbuch/view/bestand/26127/systematik/83785, darunter: 1.Archivalien-Signatur: B 2824 Bestandssignatur: 6-12-3007 Datierung: 1810, Untersuchung gegen Johann Christian Blumenstein, Großromstedt und seine Bestrafung mit dem Schwert wegen Totschlag an Ernst Friedrich Schönherr.

2. Archivalien-Signatur: B 2799 Bestandssignatur: 6-12-3007 Datierung: 1805, Gesuch des Tischlergesellen Georg Rudolf Christian Frede aus Weimar um Milderung seiner Bestrafung wegen angeblich verschuldetem Tod des Büchsenmachergesellen Böttcher.

Hesse, Helge: »Residenzschloss Weimar. Durch Räume und Zeit ins Heute.« https://www.klassik-stiftung.de/assets/

Dokumente/KOEM/PDFs/2022/KSW_Schloss-erza__hlen_Heft_105x150mm_v7.pdf.

Kollar, Elke; Spinner, Veronika: »Verbündete, Weggefährten, Seelenverwandte – Freundschaften im Kontext der Weimarer Klassik«. Klassik Stiftung Weimar, Lernort Klassik, Lehrerheft Freundschaft 1, S. 13-17. https://www.klassik-stiftung.de/assets/Dokumente/Bildung/Materialien/Lehrerhefte/Lehrerheft_Freundschaft.pdf

Kopp, Bettina Alexandra; Schink, Simone: »Babyklappe – Die soziale Situation der Findelkinder seit dem 17. Jahrhundert und die Diskussion in der BRD um die Babyklappe«, Diplomarbeit an der Universität-Gesamthochschule Siegen, integrierter Studiengang Außerschulisches Erziehungs- und Sozialwesen. https://www.bildung.uni-siegen.de/mitarbeiter/groddeck/files/baby.pdf

Kronfeld, Constantin: »Geschichte und Beschreibung der Fabrik- und Handelsstadt Apolda und deren nächster Umgebung ...«, Druck und Verlag von E. M. Teubner, Apolda 1871, Digitalisat BSB, MDZ. https://www.digitale-sammlungen.de/de/view/bsb11005635?page=5

Langhof, Dr. Peter; Beger, Jens; Lippert, Bernd: »Münzen, Maße und Gewichte in Thüringen«, Hilfsmittel zu den Beständen des thüringischen Staatsarchivs Rudolstadt, Informationsheft Nr. 7, 3. Auflage 2006 (Online-Version).   https://landesarchiv.thueringen.de/media/landesarchiv/5Standorte/Rudolstadt/Veroeffentlichungen/Muenzen__Masse_und_Gewichte_in_Thueringen.pdf

Mai, Michaela (Red.): »Ralley Weimar um 1800«, Klassik Stiftung Weimar, Referat Forschung und Bildung (Hrsg.) https://

www.klassik-stiftung.de/assets/Dokumente/Bildung/Materialien/Rallye/KSW-Rallye-Weimar-1800.pdf

Maier, Heidi-Melanie (Hrsg.) »Alltägliches Leben um 1800«, Quellen zur Geschichte Thüringens, Landeszentrale für politische Bildung Thüringen Erfurt, https://www.db-thueringen.de/servlets/MCRFileNodeServlet/dbt_derivate_00025069/3714Ad01.pdf, 2004, ISBN 3-931426-80-7

Müller, Gerhard: »Goethe und Carl August – Freundschaft und Politik«, https://publikationen.ub.uni-frankfurt.de/frontdoor/index/index/year/2010/docId/14095, provided by core.ac.uk.

Riederer, Jens: »Weimars Größe – statistisch. Eine quellenkritische Untersuchung zur Zahl seiner Einwohner zwischen 1640 und 1840«, in Weimar-Jena: Die große Stadt 3/2 (2010) S. 87-116 https://verlagvopelius.de/.

Seemann, Annette Dr.: »Der Beruf der Hofdame im Allgemeinen und im klassischen Weimar im Besonderen«, Vortrag bei der Goethe-Gesellschaft Erfurt am 2.11.2021. https://www.goethe-gesellschaft-erfurt.de/der-beruf-der-hofdame-im-allgemeinen-und-im-klassischen-weimar-im-besonderen/

Stefek, Alex: »Weimar unterirdisch. Der Lottenbach und der Schützengraben als historische Stadtgewässer«, In Weimar-Jena: Die große Stadt 4/4 (2011) S. 241-261 https://verlagvopelius.de/.

Wahl, Volker: »Die geheime Ratsstube im roten Schloss zu Weimar – der Versammlungsort des geheimen Consiliums zwischen 1743 und 1803«, Weimar-Jena: Die große Stadt 6/1 (2013) S. 6-21 https://verlagvopelius.de/.

Wahl, Volker: u.a. Das Geheime Consilium von Sachsen-Weimar-Eisenach in Goethes erstem Weimarer Jahrzehnt 1776-1786 Regestausgabe. Zweiter Halbband 1781-1786. www.vrelibrary.de, eISBN 978-3-412-21739-6.

Weimarisches Wochenblatt a. 24. Dezember 1800 und ff. b. 5. October 1803 und ff. (Kartoffelpreise) Digitalisate: https://zs.thulb.uni-Jena.de

Wurm, Helmut: »Goethe und Weimar ohne Rücksichten, Filterungen und Schönungen«, Betzdorf 2010, http://www.goethe-weimar-wetzlar.de/index-Dateien/Goethe%20und%20Weimar%20ohne%20Ruecksichten,%20Filterungen%20und%20Schoenungen.pdf.

4.3 Zitate

»Heinrich! Mir graut's vor dir!« Goethe, Faust I (Gretchens Erlösung).

»Grau, teurer Freund, ist alle Theorie!« Goethe, Faust I (Studierzimmer).

»Das Leben kann nur rückschauend verstanden werden; doch gelebt werden muss es vorausschauend.« Nach Søren Kierkegaard. Vollständiges Zitat: »Es ist ganz richtig, was die Philosophie sagt, dass das Leben rückwärts verstanden werden muss.

Aber darüber vergisst man den anderen Satz, dass es vorwärts gelebt werden muss.«

»Der Buchstabe wird kalt und todt gegen das lebendige Bild in der Seele ...« Louise von Göchhausen, Brief an C. L. von Knebel 16.9.1782. Siehe 4.1 »Die Göchhausen ...«, Werner Deetjen.

4.4 Ausschnitte aus dem Stadtplan von Weimar 1812

Siehe 4.1 Stadtarchiv Weimar

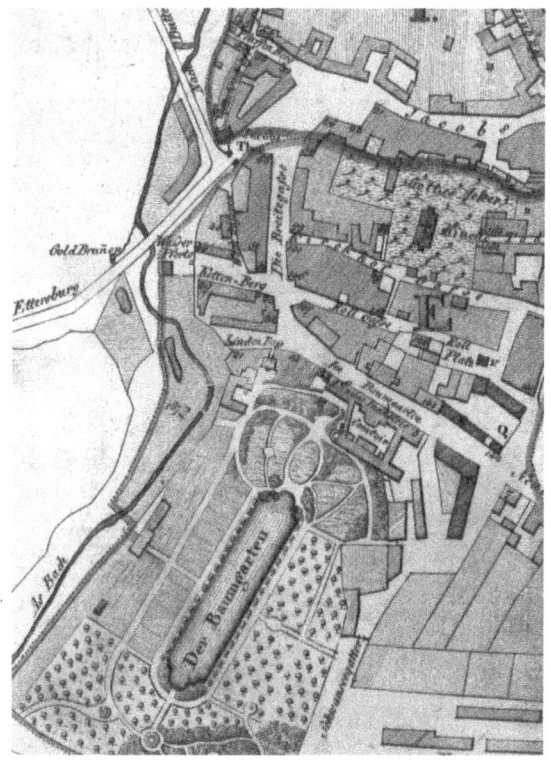

Ausschnitt Bezirk E
Jacobskirche/Rollplatz/Baumgarten/Schwanseegatter

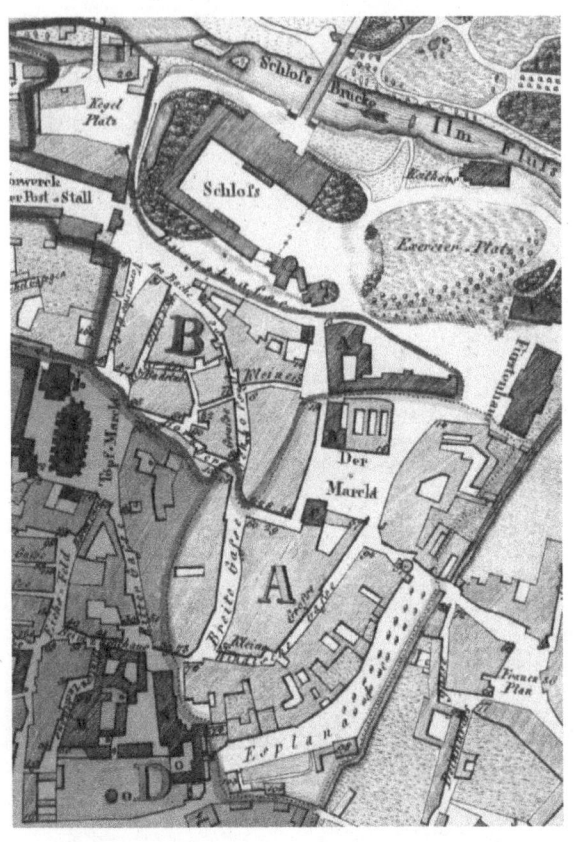

Ausschnitt Bezirk A/B/D (Schloss/Markt/Esplanade)
O = Witthumspalais mit Garten, P = Komödienhaus

Anmerkung: Im Stadtarchiv Weimar existieren aus dieser Zeit lediglich die Stadtpläne von F. L. Güsselfeld aus dem Jahr 1784 (bearbeitet und kommentiert von Guido Schnaubert 1909) und derjenige von 1812 (Verlag des geographischen Instituts). Im vorliegenden Roman wurden die Unterschiede zwischen beiden Versionen mittels der angeführten Textquellen zielgerichtet auf das Jahr 1804 interpoliert.

Danksagung

Für Ihre Mühe, Geduld und Zeit danke ich meinen Helfern bei der umfangreichen Recherche und meinen Testleserinnen.

Zu den Recherchehelfern gehörten: Dr. Jens Riederer (Leiter des Stadtarchivs Weimar), Jana Voll (Nieder-Olm), Stefan Stern (Köln), Thomas Nonnenmacher (Antiquariat Nonnenmacher Freiburg) sowie Prof. Dr. Jochen Golz (Weimar, ehemaliger Präsident der Goethe-Gesellschaft in Weimar e.V., als Leiter verschiedener Akademien zu Goethe und Weimar).

Zum Kreis der Testleserinnen zählten: Rosemarie Spanheimer, Patricia Psaila, Stefan Katzenbach (alle Frankfurt), Christine und Uwe Völlkopf (Überlingen), Ina und Holger Weifenbach (Griesheim), Britta Haak (Obertshausen), Dietrich Seele (Porta Westfalica), Jürgen Platt (Offenbach), Burkhard Mohr (Wiesbaden), Hans-Dieter Wunderlich (Lübeck), Hannelore Köstering (Gießen).

Zudem danke ich dem Team des Gmeiner-Verlags, hier besonders der Programmleiterin Claudia Senghaas und meiner Lektorin Katja Ernst. Sie machten mir Mut, das Projekt eines historischen Romans anzugehen.

Ein tiefes Dankeschön geht posthum an meine Schwester Ulrike Köstering, die selbst Gedichte und Kurzgeschichten schrieb und mich durch unseren ständigen Austausch sehr bereicherte (RIP).

Mein allergrößter Dank und viel Liebe gilt meiner Ehefrau Stefanie Jost-Köstering, die es tolerierte, mich in vielen Stunden mit Wilhelm und Louise teilen zu müssen.

Bernd Köstering
im Gmeiner-Verlag:

Literaturdozent Wilmut ermittelt:
1. Fall: Goetheruh
ISBN 978-3-8392-1045-1

2. Fall: Goetheglut
ISBN 978-3-8392-1181-6

3. Fall: Goethesturm
ISBN 978-3-8392-1330-8

4. Fall: Goethespur
ISBN 978-3-8392-2398-7

5. Fall: Goetheherz
ISBN 978-3-8392-0029-2

Ex-Journalist Herbert Falke ermittelt:
1. Fall: Falkensturz
ISBN 978-3-8392-1600-2

2. Fall: Falkenspur
ISBN 978-3-8392-1844-0

3. Fall: Falkentod
ISBN 978-3-7349-9460-9

Weitere:
Düker ermittelt in Offenbach
ISBN 978-3-8392-1971-3

Mörderisches Oberhessen
ISBN 978-3-8392-2063-4

Lieblingsplätze Frankfurt am Main (mit Ralf Thee)
ISBN 978-3-8392-2617-9

Die Witwen von Weimar
ISBN 978-3-8392-0691-1

GMEINER SPANNUNG

WWW.GMEINER-VERLAG.DE
Wir machen's spannend